btb
Aus Freude am Lesen

Ägypten 2000

Jamal Mahjoub · Der Sternenseher

November

Jamal Mahjoub

Der Sternenseher

Roman

Deutsch von Barbara Jung
und Sabine Saßmann

btb

Die Originalausgabe erschien 1998
unter dem Titel »The Carrier«
bei Phoenix House, London

Umwelthinweis:
Dieses Buch und sein Schutzumschlag wurden auf
chlorfrei gebleichtem Papier gedruckt.
Die Einschrumpffolie (zum Schutz vor Verschmutzung) ist aus
umweltschonender und recyclingfähiger PE-Folie.

btb Bücher erscheinen im Goldmann Verlag,
einem Unternehmen der Verlagsgruppe Bertelsmann

1. Auflage

Satz: IBV Satz- und Datentechnik GmbH, Berlin
Druck und Bindung: Graph. Großbetrieb Pößneck
Printed in Germany
ISBN 3-442-75037-7

1. KAPITEL

Die Legende Algier wartet. Ihre fremdartigen, zählebigen Wurzeln verheddern sich in der Phantasie. Die Stadt ist wie ein geheimnisvoller, unerforschter Körper, der darauf wartet, Schicht um Schicht von den Händen eines erfahrenen Liebhabers freigelegt zu werden. Mit bloßem Auge betrachtet, liegt sie auf dem knorrigen, verkrümmten Rückgrat der Berge der Kabylei wie der Sattel eines routinierten Reiters. Der Hafen, zum Bersten voll mit Schiffen, die von allen nur erdenklichen Punkten der Erde kommen und hier anlanden, dröhnt inmitten des atemlosen, unablässigen Geschnatters der Menschen und der Gezeitenwechsel zur Melodie fremder Sprachen. Eine Stadt, deren Lebenssäfte, deren Atemzüge Salzwasser und Blut sind und die gefährlich zwischen unbekümmertem Höhenflug und dem totalen Untergang thront. Hier zeigt sich die Menschheit in ihrer elementarsten Gestalt und in all ihrer Verzweiflung, so daß sich wenige dem Gefühl, zugleich verzaubert und abgestoßen zu werden, entziehen können. Sie ist nichts geringeres als der auf einzigartige Weise berüchtigste Hafen der Welt und kein Ort, um leichtfertig Risiken einzugehen. Hier lauern noch immer die Legenden um Barbarossa und Uluç Ali. Hier konnte ein Mann König werden, sein Glück machen oder, wenn das Schicksal es so wollte, zwischen Sonnenaufgang und Sonnenuntergang alles verlieren, was er besaß, sein Leben eingeschlossen. Alles, aber auch alles, was das Herz begehren mochte, konnte man in den eng verschlungenen Eingeweiden der Kasba finden, und tatsächlich hatten viele sich dort verirrt. Eine Stadt, in der Seeräuber und Freibeuter, Kaufleute und Sklavenhändler Schutz vor dem Meer gefunden hatten, jeder einzelne im Kampf um sein eigenes Stück von der Welt. Dies war nicht mehr die Ära großer Reiche und großer Könige, sondern eher eine Zeit kleiner Tyrannen, habgieriger Mittelsmänner und wichtigtuerischer Bürokraten. Der Dei legte Lippenbekenntnisse zu Konstantinopel ab, viel mehr aber auch nicht, denn die blauen Kuppeln und der Diwan waren weit, jenseits des Horizontes. So wie die Mauern der Kasba die Trennlinie zwischen den Herrschern und dem gemeinen Volk von Algier markierte, so bildete das mächtige Mittelmeer die Grenze zwischen dem Sultan und den entlegenen Außenposten seines Reiches an den pulsierenden Küsten Nordafrikas.

Was immer über den als Raschid al-Kenzy bekannten Mann festgehalten worden sein mag, ist auf dem Weg durch die Jahrhunderte zerstoben wie Staub. Eine verwischte Spur. Nur schwer zu verfolgen, wenn überhaupt. Eine wahrlich dürftige und heikle Fährte, von der nur unvereinbare Bruchstücke, kaum mehr als Anhaltspunkte, geblieben sind, die zusammengefügt werden müssen – eine Aufgabe, der sich nur ein Wahnsinniger oder ein außergewöhnlich beharrlicher Wissenschaftler stellen kann.

Es heißt jedoch, daß alle Geschöpfe Gottes mit irgendeiner Gabe gesegnet sind. Manchmal muß man nur ein bißchen genauer hinschauen, um sie zu finden. Und es heißt auch, daß das Schicksal eines Menschen unter tausend Schichten aus hauchdünnem Musselin verborgen ist, die zu entwirren ein ganzes Leben in Anspruch nehmen kann.

Aus den Straßen dringt lautes Geschrei. Es ist später Nachmittag an einem ansonsten kaum bemerkenswerten Tag im Monat Muharram im Jahre 1016 der Hidschra – oder 1609 nach dem christlichen Kalender. An einem kleinen Platz im Mudadschan-Viertel lebten die *al Andalusin* – Menschen, die im Laufe der Zeit vor dem Wüten der Ungläubigen in Spanien geflohen waren. Die Kronen der Palmen schwankten, und die Leute hasteten mit gesenkten Häuptern, die Gesichter geschützt gegen die Nadelstiche scharfer Sandkörner, über den Platz. Die Wachen der Janitscharen waren gekommen, um ihn gefangenzunehmen. Daß dies auf einem Irrtum beruhte, war keineswegs eine Seltenheit, doch wie sich noch zeigen sollte, hatte er mehr Glück als die meisten der unschuldigen Lämmer, die das Gesetz für eigene Interessen opfert: Ein wunderlicher Eingriff des Schicksals sollte seinen Kopf retten. Doch da er das natürlich nicht ahnen konnte, tat Raschid al-Kenzy genau das, was jeder andere in seiner Lage ebenso getan hätte – er floh. Er lief schneller, als jeder andere gelaufen wäre. Und zweifellos wäre er auch weiter gelaufen als jeder andere, hätte ihn nicht der Umstand gehindert, daß er in seiner Verwirrung nicht mehr wußte, wohin er rannte – ebenso wie er nicht die leiseste Ahnung hatte, welches Verbrechen er eigentlich begangen haben sollte. Er war von Entsetzen gepackt, und so lief er, obgleich ein Mann von wachem Verstand und nicht geringer Bildung, wie eine Ziege den Berg hinauf, was ein Fehler war. Es war ein Fehler, überhaupt wegzulaufen, denn die Janitscharen sind viele, und sie sind unbarmherzig und treiben ihr Opfer am Ende stets in die Enge, es sei denn, es besitzt zufällig die Fähigkeit, sich in einen Wiedehopf zu verwandeln und über die Berge nach Süden davonzufliegen. Natürlich bekamen sie ihn zu fassen und verprügelten ihn nach Strich und Faden. Dann schleiften sie ihn an den Füßen über die Plätze und durch die Gassen, zurück durch die höhnende Menge des einfachen Volkes, das die staubige, besudelte Gestalt anspuckte. Mit schützend vor das Gesicht erhobenen Armen ertrug er die ganze Wucht ihres Hasses. Einmal ein Sklave, immer ein Sklave, dachte er. Sie geißelten ihn mit Palmwedeln und bewarfen ihn mit Kieseln und Steinen. Die Frauen erhoben ein Wehgeschrei, schlugen sich ins Gesicht und rauften sich in unbegreiflicher Wut die Haare. Jünglinge ließen es sich nicht nehmen, mitzutun, liefen flink nebenher und blieben nur stehen, um ihm den einen oder anderen Tritt zu verpassen. Die Wachen bahnten sich eilig ihren Weg, denn auch sie wurden Opfer dieser unkontrollierten Angriffe. Sie schleiften ihn unsanft durch die schmalen Gassen der Kasba und dann weiter, durch die steinernen Torbögen hinauf und die gewundenen Stufen hinunter, so daß sein Kopf aufschlug wie ein Wassersack, bis in den Gefängnishof. Hier fesselten sie ihn an einen Stein und ließen ihn zwei Tage lang in der Sonne liegen, um ihn zu schwächen, bevor sie ihn losbanden und hineinzerrten.

2. KAPITEL

Später sollte Hassan erfahren, daß die ganze Geschichte durch Merkur ausgelöst worden war – nicht der römische Gott ist gemeint, sondern der Himmelskörper, genauer gesagt eine Steinskulptur des Planeten, die ein lokaler Künstler kreierte. Er war es auch, der die Granitblöcke am Berghang über dem See entdeckte. Sie hatten dort gelegen, solange die Leute sich erinnern konnten, doch offenbar war niemand auf die Idee gekommen, sich zu fragen, wie sie ursprünglich dorthin gelangt waren. Landvermesser, Geologen, Generationen von Bauern, Telefontechniker, Militärberater, niemand hatte je die Frage gestellt, warum und wie sie dorthin geschafft worden waren. Von Natur aus kam Gestein dieser Art in der Gegend nicht vor, ja nicht einmal in anderen Teilen des Landes; irgend jemand hatte es importiert.

Und während der Ausgrabung der gewaltigen Steinblöcke hatten sie die Überreste der Leiche gefunden.

Ein merkwürdiger Anfang, dachte Hassan. Er saß im Wagen an einer Straße, die meilenweit vom nächsten Ort entfernt war. Er hatte die Orientierung verloren, war an den Rand gefahren und ausgestiegen, um im Kofferraum nach seiner Karte zu suchen. Dann begann es zu regnen. Er gab die Suche nach der Karte auf und war mit einem Satz an der Autotür, doch als er sich auf den Sitz fallen ließ, war er schon völlig durchnäßt, und Wasser tropfte ihm vom Gesicht. Es war von Anfang an eine sonderbare Geschichte gewesen mit diesem Auftrag, der ihn dennoch neugierig machte.

»Wieso ich?« hatte er gefragt, als Jensen ihm davon erzählte.

»Ich geh in Urlaub«, lautete die vergnügte Antwort, »und außerdem, kennen Sie jemanden, der besser dafür geeignet wäre?«

Hassan ging den Flur hinunter und versuchte, mit seinem älteren und erheblich größeren Kollegen Schritt zu halten.

»Ich weiß nicht, ob es gut ist, wenn ich ausgerechnet jetzt hier weggehe.«

Jensen machte eine elegante Drehung und fixierte ihn. Jensen war schnell wie ein Wiesel. Neonlicht sickerte durch die langen silbernen Haarsträhnen. »Seien Sie nicht so pessimistisch« war das einzige, was er sagte, bevor er sich umwandte und davonsprang.

Hassan fuhr heim in ein leeres Apartment, saß in der Dunkelheit und fragte sich, welcher Teufel ihn geritten hatte, eine so große Wohnung zu kaufen. Drei Tage später war er unterwegs. Er verließ Kopenhagen am Mittag, und um vier Uhr nachmittags parkte er völlig orientierungslos am Straßenrand. »Das kann doch nicht so schwer sein!« sagte er sich und trommelte auf das Steuerrad; noch immer tropfte Wasser auf seine Sachen. Er lenkte den Wagen zurück auf die Straße, dann fuhr er eine weitere Stunde geradeaus, in entgegengesetzter Richtung, versuchte es mit Abzweigen nach rechts und links, kehrte wieder um. Schließlich hielt er erneut an. Diesmal fand er die Karte, die auf dem Boden hinter seinem Sitz verstaut war – eine Stelle, an der sie vielleicht ein kleines Kind verstecken würde. Er fuhr, stellte er fest, auf einer Straße, die fast exakt entlang des 56. Breitengrades verlief.

Es war nicht viel mehr als eine Gabelung der Straße, ein kleiner Abzweig. Er fuhr auf den Vorplatz einer verlassenen Tankstelle, wo sich aufsässige Büschel Gras durch die Risse im Asphalt schoben. Die Wolken schleuderten eine letzte Handvoll Regen auf ihn nieder und hasteten dann weiter nach Westen. Was für ein Wetter. Ein stürmischer Wind, der die Bäume knacken und ächzen ließ, durchsetzt von grimmigen Regenattacken. Und schon hatte er die schwere Wolkenwand weggefegt, um erneut die stechenden Strahlen der Sonne durchzulassen.

Er kletterte aus dem Wagen, spürte, wie das Blut wieder in seine Beine strömte. Irgendwo in der Nähe zwitscherte aufgeregt ein Vogel, und von den wippenden Blättern einer mächtigen Eiche tropfte Wasser. An dem Gebäude, das früher einmal eine Werkstatt gewesen sein mußte, befand sich eine Schiebetür, die nicht mehr richtig schloß, davor eine alte Benzinpumpe mit einem Zählwerk aus Metall, die schon vor Jahren stillgelegt worden war.

Er streckte sich, und dann stützte er, ohne nachzudenken, die Ellbogen auf das Wagendach und spürte, wie das Wasser durch sein Hemd sickerte. Vielleicht brauche ich das, dachte er. Eine Weile Abstand von der Welt, Abstand von mir selbst.

Am Rand des Vorplatzes flatterte eine Fahne, und nachdem er sie eine Weile angestarrt hatte, begriff er, daß in dem Gebäude inzwischen irgendein Laden untergebracht war. Er ging hinüber und schob die Tür auf. Eine Klingel ertönte. Er schlenderte an den Regalen entlang, ohne ihren Inhalt bewußt wahrzunehmen, nahm sich eine Zeitung, ein Päckchen Kaffee und eine Packung Kekse. Im Kofferraum stand eine ganze Kiste mit Lebensmitteln. Er brauchte nichts.

»Hallo.«

Sie war schmächtig gebaut, hatte dunkles Haar, das unauffällig und praktisch geschnitten war, und einen derben, ländlichen Teint. Er schätzte sie auf etwa fünfzehn. Sie strahlte dieses befangene, pubertäre Bewußtsein des eigenen Körpers aus. Das Lächeln verschwand aus ihrem Gesicht, und sie begann, Zeitungen und Zeitschriften auf der Ladentheke hin- und herzuräumen. Er fand den Zettel mit der Adresse in seiner Hosentasche. Sie warf einen kurzen Blick darauf und vermied es, ihn anzusehen, dann wandte sie sich wieder der Kasse zu, wies mit einer Handbewegung über die Schulter hinter sich und legte ein paar Münzen auf die Theke.

»Es ist nur die Straße runter, am Ende biegen Sie rechts ab. Das Haus ist links, ein grünes mit einem kaputten Tor. Die alte Frau wohnt nebenan.« Er nickte ihr dankend zu. Sie stützte eine Hand auf die Kasse, die andere auf die Hüfte und schaute zu, wie er mit der Tür kämpfte. Ein roter Traktor tauchte auf, als er draußen neben dem Wagen stand. Der Fahrer neigte grüßend den Kopf, während er vorbeituckerte.

Das Haus war eines der letzten im Dorf, danach kam nur noch ein Lagerplatz für landwirtschaftliche Maschinen und dahinter offene Felder, auf denen er Kühe weiden sah.

»Ja, bitte?« fragte die alte Frau, die die Tür öffnete. Sie war außer Atem, eine winzigkleine aber kräftige Gestalt in einem Acrylkleid mit aufgedruckten, seit langem verblichenen Rosen.

»Frau Ernst? Das Museum hat mich geschickt.«

Sie schaute ihn ein paar Sekunden lang prüfend an. »Mir hat man gesagt, Sie kämen nicht vor Montag.«

»Tut mir leid, das muß ein Mißverständnis gewesen sein.« Er merkte, daß er unwillkürlich lauter gesprochen hatte, weil es ihm so vorkam, als habe sie Probleme mit dem Hören. Sie murmelte etwas vor sich hin, das er nicht verstand. Dann langte sie hinter der Tür nach einem Mantel und trat mit festem Schritt in den hellen Nachmittag hinaus. Sie reichte ihm kaum weiter als bis zur Taille, und offenbar war mit ihrer Hüfte etwas nicht in Ordnung, denn beim Laufen schaukelte sie beängstigend von einer Seite auf die andere.

»Ist das Ihr Wagen?« fragte sie mit ausgestrecktem Finger.

»Ja«, erwiderte er leicht belustigt. »Das ist mein Wagen.«

»Ein schöner Wagen«, sagte sie, bevor sie sich wieder umwandte und von dannen wackelte. Es kam ihm so vor, als kichere sie in sich hinein, als sie voranging.

Das Haus war grün, jedenfalls was Fenster und Tür betraf. Ansonsten waren die Wände einfach weißgetüncht.

»Meine Schwester und ihr Mann haben hier gewohnt, aber dann ist sie gestorben, und er ist weggezogen. Sie hat mir das Haus hinterlassen. Ich hab versucht, es zu verkaufen, aber niemand will mehr in dieser Gegend leben. Alle wollen in der Stadt wohnen. Die jungen Leute ziehen alle fort. Im Sommer haben wir manchmal Gäste, die eine Woche oder so bleiben.« Sie sprach atemlos und keuchend, während er ihr von Zimmer zu Zimmer folgte, knipste Lichter an und öffnete Fenster, Schränke, Waschmaschinen.

Es war ein kleines, unauffälliges Haus in einem altmodischen Stil. Das niedrige Dach war früher mit Stroh gedeckt gewesen, inzwischen ersetzt durch graue Ziegel, die jetzt mit weichen grünen Mooskissen übersät waren. Der Hintereingang führte in die Küche, die düster, aber sauber und aufgeräumt war. Das angrenzende Wohnzimmer enthielt ein verblichenes Sofa und einen kleinen Tisch. Der Vordereingang war zu einem Besenschrank umgebaut worden, in dem auch ein Bügelbrett untergebracht war. Das Schlafzimmer erreichte man über eine kleine Wendeltreppe, die neben dem Bad nach oben führte. Ein umgebauter Dachboden, der nach frischem Kiefernholz roch. Die Wände waren so schräg, daß Hassan nur in der Mitte des Zimmers aufrecht stehen konnte. Es war recht hübsch, fand er, behaglich.

»Ist alles in Ordnung?«

»Bestens«, rief er nach unten, »alles bestens.«

»Einmal in der Woche kommt ein Mädchen zum Saubermachen und Wäschewaschen.« Ihre Stimme verlor sich in der Ferne, als sie ihre Führung fortsetzte.

»Frau Ernst«, rief er, »in welche Richtung geht das Fenster?«

»Wie bitte?«

»Das Fenster. In welche Himmelsrichtung geht es?«

Als keine Antwort kam, ging er wieder die Treppe hinunter. Sie strich gerade mit einem Finger über die Fensterbank. »Nach Osten? Westen? Wissen Sie das?«

Sie sah ihn verdutzt an. »Woher soll ich so etwas wissen?«

Schweigend schauten sie einander an. Er wandte sich zur Tür.

»Sie haben das Bad noch nicht gesehen.«

»Bestimmt ist es tadellos.« Er lächelte, merkte erst, als es schon gesagt war, daß er einen Fehler gemacht hatte. Sie musterte ihn erneut, als überlege sie, was ihr zuvor entgangen sein könnte.

»Sie arbeiten für das Museum, sagten Sie?«

»Nicht für das Museum hier. Ich arbeite in Kopenhagen. Ich soll mir hier etwas anschauen, das sie kürzlich entdeckt haben.«

»Dann sind Sie so 'ne Art Experte?«

»So was ähnliches.«

Die Vagheit seiner Antwort machte die Sache nicht besser. Sie schnalzte mit der Zunge und setzte sich schaukelnd Richtung Tür in Bewegung. »Na denn, wenn Sie irgendwas brauchen, sagen Sie mir einfach Bescheid.«

»Vielen Dank.«

Als sie fort war, kletterte Hassan wieder die Treppe hinauf. Er setzte sich auf die Kante des schmalen Bettes und schaute hinaus in das dichte Grün hoher Bäume. Dahinter schien das Gelände abzufallen, und obwohl er es nicht mit Gewißheit sagen konnte, hatte er das Gefühl, daß dort drüben, knapp außer Sichtweite, der See lag. Dann streckte er sich auf dem Bett aus, starrte das Holz über seinem Kopf an und lauschte der Stille.

Er mußte eingeschlafen sein, denn als er die Augen öffnete, war es dunkel im Zimmer. Er ging nach draußen und holte das gesamte

Gepäck aus dem Wagen. Reisetaschen, Kisten und ein paar große Pappkartons mit seinen Papieren und Büchern, die er auf dem kleinen Tisch im Wohnzimmer abstellte. Dann setzte er sich einen Moment hin. Wieder dachte er über den See und das Haus nach. Inwieweit, überlegte er, hatten sich die Dinge in über vierhundert Jahren verändert?

Später saß er in der Küche und lauschte ein Weilchen der Stille des kleinen Hauses. Sie unterschied sich von der Stille einer Wohnung, stellte er fest, war weniger düster als die Stille der Stadt, aber umfassender – als wäre sie unendlich. Aus purer Neugier griff er zum Telefon und hob den Hörer ab; die Leitung war tot.

3. KAPITEL

Der Kadi lag ausgestreckt auf einer langen, mit mandarinenfarbener Seide bezogenen Liege. Er war fest eingeschlafen und schnarchte rhythmisch. Auf dem kühlen, türkisblauen Ozean andalusischer Fliesen dicht neben den Füßen des Kadi kniete ein vogelartiger Skribent, der damit beschäftigt war, den Messingkasten zu polieren, in dem er seine Federn und Tinte aufbewahrte. Als die Wachen eintraten, sah er auf und schüttelte den Kopf. »Kommt morgen wieder«, meinte er abweisend und wandte sich wieder seiner Beschäftigung zu.

Der erste Wachmann sagte nichts, sondern trat einfach nur einen Schritt vor und versetzte der Liege einen kräftigen Tritt. Der Skribent protestierte schrill, aber zu spät: Den Kadi durchlief bereits ein Schauer, dann erwachte er, leckte sich die Lippen und rieb sich die Augen.

»Nun«, erkundigte er sich gähnend, »was hat er verbrochen?«

»Das hier ist Raschid al-Kenzy«, murmelte der erste Wachmann.

»Al-Kenzy, al-Kenzy, al-Kenzy ... ?« Der Kadi schnitt eine Grimasse. »Ich geb's auf. Also, was hat er getan?«

»Er hat ein ehrenwertes und allseits geachtetes Mitglied der Gemeinde getötet.«

Der Kadi zuckte zusammen. Er richtete sich mühsam auf und schwang die Füße von der Liege. Einen Moment lang starrte er schweigend auf den Fußboden. »Tatsächlich?« Er sprach langsam, ohne den Kopf zu heben. »Um wen handelt es sich?«

»Maimonides, den Kaufmann.«

Er zog die Augenbrauen hoch und schaute die mit Blutergüssen und Blasen übersäte Gestalt, den Mann namens Raschid an. »Den Juden? Du hast den Juden getötet?«

»Herr, ich flehe Euch an…«, murmelte dieser durch die geschwollenen Lippen.

Der Kadi schob betont langsam die Füße in seine Sandalen. Er kratzte sich den Bart und trat ans Fenster, das auf die Bucht hinausging. »Bettle nicht«, seufzte er, ohne sich umzudrehen. »Es ist demütigend für jeden, der es mitanhören muß. Hast du diesen Mann getötet oder nicht?«

Der Gefangene schüttelte stumm den Kopf. Der Kadi zuckte die Achseln und wandte sich an die Wachen. »Wie hat er es gemacht?«

»Zauberei«, sagte der erste. Der zweite nickte eifrig. Dann begannen beide gleichzeitig zu sprechen. Der Kadi hob die Hände. »Bitte, ich habe zwei Ohren, das ist wahr, doch selbst ein so weiser Mann wie ich kann sich nicht zwei Versionen der gleichen Geschichte auf einmal anhören.« Er musterte die beiden Männer eingehend, dann nickte er dem ersten zu. »Du bist der größte, fang du an.«

Also fing der Wachmann von vorne an, und als er geendet hatte, lächelte der Kadi und hob die Hand. »Dieser Mann… stand also in Diensten des Sidi Cherif, dessen Tochter er vor einem schmerzhaften und allzu frühen Tod gerettet hat, ja? Dann ging er eines Tages in dem Haus, in dem er lebte, auf sein Zimmer und braute aus unerfindlichen Gründen einen abscheulichen Gifttrank zusammen, mit dem er den ehrenwerten und geachteten Kaufmann Maimonides ums Leben brachte, um sich noch mehr bei Sidi Cherif einzuschmeicheln, der, wie jeder weiß, der größte Rivale dieses Mannes ist oder besser gesagt war.« Der Kadi hielt in seiner Zusammenfassung inne und sah von einer Wache zur anderen. »Das ist eine schwere Anschuldigung«, erklärte er leise. »Wer hat euch diesen Unsinn erzählt?«

»Alle.« Die beiden Wachen schauten einander an, als seien sie im Zweifel, und begannen dann wieder, unisono zu sprechen. Der Kadi gebot ihnen mit erhobenen Händen zu schweigen.

»Wer ist alle?«

»Das ganze Viertel war hinter ihm her.«

»Wir haben ihm praktisch das Leben gerettet, indem wir ihn verhafteten.«

»Der Buchführer des Maimonides hatte uns schon vorgewarnt, daß so etwas geschehen würde.«

»Und woher«, lächelte der Kadi, »will er das gewußt haben?«

Der erste Wachmann, der Große, trat vor. »Herr, es war dieser Buchführer, der zu uns kam und uns von der ganzen Angelegenheit in Kenntnis setzte.« Er zuckte mit den Schultern. »Wie sonst hätten wir wissen sollen, was im Gange war?«

»Die gleiche Frage stelle ich mir jeden Morgen«, sagte der Kadi. »Und wißt ihr was? Ich frage mich auch, warum Gott die Janitscharen geschaffen hat. Warum er sie in seiner unendlichen Weisheit den langen Weg von Anatolien hierhergebracht hat, auf daß es mir an nichts fehle.« Die Wachen hörten mit versteinerter Miene zu, und nichts ließ erkennen, daß sie auch nur die blasseste Ahnung hatten, wovon er sprach. Der Kadi musterte Raschid al-Kenzy kopfschüttelnd von oben bis unten. Dann erhob er sich und streckte die Arme über dem Kopf. »Das einzige Zaubermittel, das es gegenwärtig gibt, ist das Schießpulver.« Er hielt inne, Auge in Auge mit der ersten Wache. »Aberglaube! Das ist doch Altweibergeschwätz – derlei Unsinn bekommt man vielleicht in jenen elenden Vierteln zu hören, in denen die Ungläubigen ihre Hirne mit dem berauschenden Aroma des Weines vernebeln. Sollen doch die Wilden die Sache unter sich ausmachen; was behelligt man mich mit diesen Dingen?«

»Die Leute des Viertels hatten die Sache bereits selbst in die Hand genommen.«

»Gewiß hätten sie ihn getötet.«

Der Kadi holte tief Luft und seufzte. »Hätten sie es getan, so wären uns die Scherereien erspart worden.« Mit einer ungnädigen Handbewegung wandte er sich ab. »Ich will nichts damit zu tun haben.«

»Aber was ist mit Maimonides, dem Kaufmann?«

»Was soll mit ihm sein? Er war ein alter Mann. Er ist gestorben. Die Menschen werden nun mal alt und sterben, Tag für Tag.« Der Kadi rieb sich die Augen und nahm wieder Platz. Mit einer Hand strich er über den Stoff seines Gewandes. Die beiden Wachen schauten einander an. Der zweite verzog ratlos den Mund, doch der Große beschloß, seine Frage dennoch zu stellen.

»Wenn der Jude eines natürlichen Todes gestorben ist, warum sollten sie dann auf ihm herumhacken?« sagte er mit einem Nicken in Richtung des Gefangenen.

»Das liegt doch auf der Hand, oder? Seht ihn euch an.« Er wies auf den knienden Mann. »Manche Menschen sind nun einmal so geboren.« Er verstummte, doch dann erhob er sich erneut und trat näher, um Raschid genauer in Augenschein zu nehmen. »Es ist sonderbar«, sagte er beinahe zu sich selbst. »Der dunkle Ton seiner Haut läßt vermuten, daß er ein Mann von niedriger Herkunft, vielleicht sogar ein Sklave ist. Und dennoch sagt uns die Gewähltheit, mit der er die Sprache des Propheten spricht, daß er ein Mann von gewissem Rang ist oder doch einmal war oder« – er hielt nachdenklich inne – »zumindest ein Mann mit gewissen Ambitionen. Mit Sicherheit hat er irgendeine Art von Unterweisung empfangen, höchstwahrscheinlich eine religiöse Schulung bei einer fernen Horde von Fanatikern.« Er hielt inne und schaute Raschid al-Kenzy in die Augen. »Aller Wahrscheinlichkeit nach ist er ein verwegener und höchst gefährlicher Mann.«

Der Gefangene hielt den Blick auf den Boden geheftet. Der Kadi schnalzte mit der Zunge, wandte sich ab und schritt wieder hinüber zum Fenster. Durch die schmale Öffnung drangen das Rauschen des Meeres und das ausgelassene Kreischen der Möwen. »Der Aberglaube hat eine beunruhigende Wirkung auf die Menschen. Sie neigen zu überreizten und aufgeregten Reaktionen. Ich würde dich lieber wegen Diebstahls hinrichten lassen.« Er zuckte die Achseln. »Sage mir, warum ich es nicht tun sollte.«

Der Gefangene holte tief Luft und verneigte sich. »Auch wenn ich hierzulande ein Fremder bin, so ist doch mein Ansehen in der Gegend von Tarabulus, Kairo und auf der Insel Zypern über jeden Tadel erhaben. Ich mag mich vieler Dinge schuldig gemacht haben, Herr, doch was das frühe Ableben dieses Kaufmannes betrifft, so bin ich unschuldig.«

Der Kadi hob die Hand. »Deine Rede überzeugt mich von zwei Dingen: Erstens, im Umgang mit Worten bist du sehr gewandt, ganz gleich ob das, was du sagst, nun wahr ist oder nicht. Und zweitens bin ich sicher, solltest du dich tatsächlich der Zauberei, derer man dich hier bezichtigt, nicht schuldig gemacht haben, so bist du gewiß eines anderen Vergehens schuldig, und zweifellos eines ebenso fragwürdigen.« Er zog die Brauen hoch, als erwarte er Einwände gegen seine Beurteilung. Doch es blieb ruhig. Er wandte sich an die Wachen. »Da habt ihr es, meine Herren. Seht euch unseren Freund hier gut an. Seht euch seine Augen an. Gott möge mein Zeuge sein, ich gehe jede Wette ein, daß man, ganz gleich, wohin er geht, einen Grund finden wird, ihn zu hängen.« Er hielt den beiden Janitscharen einen Vortrag. »Möge diese Episode uns allen eine Lehre sein. Die Menschen werden von solchen Dingen leicht aus der Fassung gebracht. Ein alter Mann stirbt, und sogleich wird in ihren Spatzenhirnen all dieser Unsinn aufgewirbelt. Und genau hierin, meine Freunde, liegt die größte Gefahr für uns alle: die törichten, irregeleiteten Gedanken, die den Leuten in den Kopf kommen.« Er sah von einer Wache zur anderen, dann wandte er sich mit einem verzweifelten Aufstöhnen um und tat den Fall als erledigt ab. »Wer immer er sein mag, werft diesen Mann einen Monat lang ins Gefängnis, danach werden wir sehen, ob wir etwas Vernünftiges aus ihm herausbringen.« Dann entließ er sie mit einer Handbewegung, streckte sich wieder auf seiner Liege aus und schloß die Augen.

Raschid al-Kenzy wurde unter einer unheilvollen Konstellation der Sterne geboren, zumindest könnte man das aus den Begleitumständen schließen, unter denen er das Licht dieser Welt erblickte. Er war das Kind einer Sklavin, die zur Zeit seiner Geburt selbst noch ein Kind war und schon lange jede Hoffnung aufgegeben hatte, das Dorf, in dem sie selbst geboren war und das in dem als Nubien bekannten Gebiet lag, je wieder zu Gesicht zu bekommen oder noch einmal das fröhliche Gemurmel des klaren Wassers zu hören, das Rauschen der Stromschnellen im steinigen Fluß, von denen ihr Volk seinen Namen hatte. Die bloße körperliche Erscheinung Raschids tat ein übriges zu diesem Gefühl eines Mißgeschicks. Nein, er war mit keinem besonders robusten Körperbau gesegnet, und auch seine Größe lag um einiges unter dem Durchschnitt. Man konnte nicht behaupten, daß er hübsch sei, und wegen der Schwächlichkeit seiner Knochen war sein Rücken so krumm, daß man überall, wo er sich blicken ließ, Bemerkungen darüber machte. Er hatte jedoch ein reines Herz und, obgleich seine gottgegebenen Begabungen tief verborgen blieben, wache, klare Augen. Er war, wie die Nubier sagen, bereits mit Zähnen auf die Welt gekommen. Gott schenkte Raschid in seiner Weisheit einen scharfen Verstand, und tatsächlich brauchte er jede Unze der göttlichen Gabe, um seinen Weg aus dem Labyrinth zu finden, in das der Allmächtige ihn bald führen sollte.

Ein traurig dreinblickender Hund schlich mit unschlüssigem Schnuppern hinüber zu der hintersten Ecke, in der sich ein tiefes, rechteckiges Loch im Boden befand, die einzige sanitäre Einrichtung, die den Gefangenen zur Verfügung stand. Im Hof schlurften ein paar Gestalten mit Ketten an den Füßen herum. Der Wind hob eine Handvoll Sandkörner auf und fegte sie über den steinigen Boden auf die Innenmauer zu, wo sich eine düstere Höhle in die wuchtige Felswand hineinfraß, auf der die Truppenunterkünfte in den Himmel emporragten.

Es war eine langgestreckte, gewölbte Steinhöhle, angefüllt mit trostlosen Schatten und Bildern des Jammers. Hier und da hockten Menschen auf Geröllhaufen. Raschid al-Kenzy stieg der strenge Geruch der anderen Gefangenen in die Nase, bevor das Dunkel sich lichtete und er sie erkennen konnte. Er empfand es als wohltuend, den festen Felsen in seinem Rücken zu spüren, und schloß die Augen, um zu schlafen. Er konnte nichts weiter tun als warten, und auf seine Weise war er dankbar für die Atempause, die diese Gefängnismauern ihm gewährten. Um die Wahrheit zu sagen, war er der Lügen und des Betrugs überdrüssig, die sein tägliches Brot gewesen waren, und er hatte es satt, vertrauensvolle Menschen davon zu überzeugen, daß er Wunder der einen oder anderen Art vollbringen könne.

Drei Monate lang träumte Raschid al-Kenzy im Schlaf jede Nacht vom Wind, der auf dem Rücken der Wellen in den Hafen fegte und an der langen, indigoblauen Schärpe zerrte, die er um den Kopf gewickelt hatte. Und dann, als er erwacht, dreht sich der Wind im Rund der Kaianlagen, um das gewundene Gewirr von Straßen, Gassen und Steinstufen hinaufzustürmen, vorbei an der Kasba, an den hohen Mauern des Paschapalastes und den Kasernen der Janitscharen, wo er ihn schließlich aufstöbert, zitternd in einer Ecke kauernd, inmitten der zusammengewürfelten Gesellschaft von Mördern, blinden Aussätzigen, Bettlern und den amputierten Stümpfen der Diebe. Seine Gedanken verweilten einen Moment lang auf dem Platz mit den wogenden Palmwedeln, tief im spanischen Viertel, wo die Andalusier und die verrückten Seeleute ihren mit Kardamom gewürzten Kaffee trinken und ihre Segeltuchträume träumen. Hier hatte er Backgammon gespielt und die Nächte verplaudert, hier die Ellbogen auf abgewetzte Tische gestützt, mit den Fingerspitzen über die Messingschalen gestrichen und den Frauen gelauscht, die ihre Kinder in den Schlaf sangen. Und hier hatte ihn seine Vergangenheit eingeholt, die lange Peitsche der Gerechten war auf ihn niedergesaust, ganz erpicht darauf, ihn zur Strafe für seinen Verrat in Stücke zu reißen.

Verrat?

Er hatte nie um ihr Vertrauen gebeten.

Nein, er hatte nie um ihr Vertrauen gebeten, doch andererseits hatte er es auch nie zurückgewiesen. Kurz nach seiner Ankunft in diesem stürmischen Hafen vor ungefähr zwei Jahren hatte ihn eines Nachts der Lärm von Wehklagen und Schreien, der von der Straße heraufdrang, geweckt. Instinktiv griff seine Hand nach dem Dolch mit der langen Klinge, der, wo immer er schlief, stets unter seinem Kopf lag. Doch als er die Stufen hinabstieg und im Fackelschein die dichtgedrängte Menge sah, das Aufflackern von Gesichtern in den Schatten und Torbögen, ließ er das Messer unter seinem Gewand verschwinden. Der Tumult drang aus dem Haus des alten Patriarchen Sidi Cherif.

Sie war ein kleines Kind, vielleicht drei Jahre alt. Ihr Herz schlug nur noch langsam und ganz leise, und ihre Zunge färbte sich bereits schwarz. Im Hof des Hauses, wo man das kleine Mädchen auf eine dünne Wolldecke gebettet hatte, lag Hysterie in der Luft. Raschid hatte sich durch die Menge nach vorn geschoben, um besser sehen zu können, und plötzlich tat sich eine freie Fläche vor ihm auf; die Menge teilte sich wie ein Schwarm Fische, der von einer Sekunde zur anderen die Richtung wechselt. Unversehens starrte Raschid in das Gesicht des sterbenden Kindes.

Er kämpfte gegen den Menschenstrom an, versuchte, sich umzuwenden und aus seiner Mitte zu befreien, doch die Menge stand nun wieder dicht gedrängt. Er holte tief Luft und nahm das Chaos, das sich ihm darbot, in Augenschein; Männer, die einander anrempelten, wehklagende Frauen.

»Wasser«, raunte er dem Mann zu, der neben ihm stand. »Man muß ihr Salzwasser geben.« Der Mann schien seine Worte nicht zu hören. Er wandte den Kopf und sah Raschid einen Moment lang an. Dann begann er aufgeregt zu gestikulieren, zu zittern und zu schreien. Und mit einem Male befand sich Raschid im Zentrum des Interesses. Alle sahen ihn mit erwartungsvollem Schweigen an. Er führte seine hohlen Hände an die Lippen. »Salzwasser«, wiederholte er ausdruckslos.

Es dauerte einen Augenblick, doch dann klammerten sie sich an das Wort dieses Fremden, der letzten Hoffnung auf Rettung. Es wanderte die Straße hinunter, und zurück kamen Wasser und Salz. Raschid nahm den Becher und nötigte das Mädchen zu trinken, träufelte das Wasser auf ihre Lippen und zwang sie schließlich, es hinunterzuwürgen, wobei er ihre Kiefer fest umklammert hielt, damit sie es schluckte. Sie strampelte und sträubte sich, gab endlich entkräftet auf und blieb regungslos liegen. Doch dann schien das Salz ihre Kehle wachzurütteln, und ein Schauer durchlief ihren ganzen Körper, er bäumte sich auf und landete in Raschids Armen. Sie hustete, und dann noch einmal, heftiger, denn tief in ihrem Bauch rührte sich etwas. Eine Zuckung ging durch den schwachen Körper, dann würgte sie und erbrach den Inhalt ihres Magens auf seine Schulter. Die Frauen eilten herbei, um das weinende Kind in die Arme zu schließen, und auf der Erde lag der lange graue Wurm, der sie fast getötet hatte.

Raschid richtete sich auf, während die Menschen um ihn herum jubelnde Umarmungen und Küsse austauschten. Jeder, so schien es, wollte ihn berühren. Frauen streckten die Hand aus und strichen ihm über die Schulter oder zupften ihn am Ärmel, um dann in der Hoffnung, ein Teil des Segens, des *Baraka*, möge auch auf sie übergehen, die Finger auf ihre Lippen zu legen. Er spürte, wie er emporgehoben wurde auf der Welle ihrer Herzlichkeit und Dankbarkeit, und er spürte noch etwas anderes – die Macht, die von den Händen der Menschen ausgeht. Die Flut ihrer Begeisterung trug ihn bis vor den Patriarchen Sidi Cherif, ein stämmiger, grauhaariger Mann, der ihn ungestüm umarmte und dann mit ausgestrecktem Arm festhielt. »Mein Leben gehört dir«, sagte er schlicht.

Von diesem Tag fehlte es ihm an nichts. Die Leute verneigten sich vor ihm, wenn er auf der Straße vorüberging. Sie baten ihn, einzutreten und mit ihnen Tee zu trinken, in ihrem bescheidenen Heim zu wandeln, durch seine bloße Gegenwart ihrem Leben seine Segnungen zuteil werden zu lassen. Es war, als sei er ein Heiliger geworden. Sie nannten ihn »der Gelehrte«, wenn er vorüberging. »Seid gegrüßt, *ya mu'alim sir*!« Kaufleute lieferten Waren aller Art in jeder Größe und Form ins Haus, in dem er wohnte, ohne daß er darum ersucht hatte. Ladenbesitzer sandten ihm Geschenke: ein Glas ihres besten Honigs, Nüsse, Aprikosen und einmal sogar eine kleine Herde Schafe, die er seinem Vermieter schenkte und die von diesem Tag an durchs Haus streifte, bis zum *Id al-Bairam*, wo man sie opferte und das gesamte Viertel einlud, am Festmahl teilzunehmen. Kaufleute und Händler forderten ihn auf, sich zum Geschäftsinhaber zu setzen, und sogleich wurden Gläser gesüßter warmer Milch, gewürzt mit Zimt und Mandeln, aufgetragen. Die Mütter heiratsfähiger Mädchen verlegten sich darauf, sie langsam an seinem Haus vorbeistolzieren zu lassen oder, im Falle der zielstrebigsten unter ihnen, sich unter den fadenscheinigsten Vorwänden selbst bei ihm einzuladen. Junge Witwen kicherten, kreuzten absichtlich seinen Weg und taten so, als ob sie die Augen abwandten, wenn er sich in den engen Gassen an ihnen vorbeizwängte. Wenn er zum Beten in die Moschee ging, schoben die Leute Freunde und Nachbarn beiseite und luden ihn ein, auf dem verschlissenen Teppich neben ihnen zu knien. Einige suchten ihn auf, um seinen Rat einzuholen oder sich vertraulich über private Dinge zu besprechen: ein gewagtes geschäftliches Unternehmen, eine bevorstehende Heirat, Krankheit, Unfruchtbarkeit und alle anderen nur erdenklichen Sorgen, die zu beurteilen er samt und sonders vollkommen ungeeignet war. Kaufleute und Händler schickten Abgesandte, die ihn um Rat bitten sollten, welches der beste Zeitpunkt für den Verkauf oder Kauf ihrer Waren sei. Sein Ruf begann sich auszubreiten. Es hieß, er sei geschult in astrologischer Weissagung und in der Sternenkunde und habe an einer der berühmtesten Akademien im Osten studiert, deren genauen Namen oder Standort allerdings niemand kannte. Die Antworten, mit denen er aufwarten konnte und die oft nur auf dem gesunden Menschenverstand beruhten, waren häufig vollkommen angemessen, in der Regel jedoch eine Sache des Gespürs für das, was die Leute hören wollten. Sein Wissen offenbarte sich in den Zitaten, mit denen er seine Antworten ausschmückte, in den Beispielen, die er anführte, und in seiner Sprachgewandtheit. Und in dem Maße, in dem sein Ansehen wuchs, wandte sich sein Geschick langsam zum Besseren. Es schien, als gebe es nichts, wozu dieser bemerkenswerte Mann nicht imstande sei. Als er sich zum Geldverleiher in der Kasba begab, stellte er fest, daß die Besitztümer, die er bei seiner Ankunft dort hinterlegt hatte, schon für ihn bereitstanden, ohne daß er etwas bezahlen mußte. Er hatte ein Kind dem Tode entrissen, und dies war Beweis genug, daß er mit großem *Baraka* gesegnet war.

Was Raschid al-Kenzy selbst betraf, so griff er nie auf Unwahrheiten oder Betrug zurück. Über das Warum und Wozu dieser glücklichen Schicksalswende zerbrach er sich nie den Kopf. Hier war er genauso ein Außenseiter, wie er es an anderen Orten zu anderen Zeiten gewesen war. Er hatte gelernt, für die Möglichkeiten dankbar zu sein, die sich ihm boten, wie immer sie auch geartet sein mochten. Im Grunde war er für die anderen nichts als ein gewöhnlicher Sklave, kaum der Aufmerksamkeit wert und schon gar nicht einer Belohnung würdig, wodurch er ihnen jetzt nur noch teurer war. »Das ist der Lauf der Welt«, sagte er sich. »Die Wege des Schicksals sind in Wahrheit unbegreiflich.«

Eine böse Vorahnung? Ein sicherer Instinkt? Was auch immer es sein mochte, sein Gefühl trog ihn nicht. Eine Zeitlang vertrauten sie ihm, und dann durchlief sie, genau wie jene Fischschwärme, die im Ozean ihre Runden drehen, ein Zucken, und sie wechselten die Richtung. Die Menge kam heulend die Steinstufen herunter und verlangte nach seinem Blut.

Das geschah jedoch nicht von einem Tag auf den anderen.

Genauer gesagt, es verging ein Jahr, exakt ein Jahr. Die Arbeiten an der neuen Moschee waren abgeschlossen, der Dei verschied in aller Stille, und ein neuer wurde gefunden. Ein Schiff ging in den Winterstürmen vor der Felsenküste östlich der Stadt unter (die einzigen Überlebenden waren drei Affen mit silbernen Schwänzen, die an ein Stück Treibgut geklammert in den Hafen trieben), und Raschid al-Kenzy entdeckte an seinem Kinn ein graues Haar. Doch davon abgesehen – nichts.

Später fragte er sich oft, was wohl geschehen wäre, wenn er die Mission nicht übernommen hätte, die ihn von dieser Stadt fortführte. Was aus ihm geworden wäre, wenn er nicht jenem goldenen Lichtbogen gefolgt wäre, der ihn nach Norden zum grünen Meer führte, auf den Spuren des Epizykels seines Schicksals mitten ins Königreich des schielenden Aberglaubens und weiter durch die felsige Meerenge von Gibraltar, um ihn zuletzt nach Norden zu verschlagen, ans Ende der Welt? All das fragte er sich, doch er fand keine Antwort – was geschrieben steht, steht geschrieben. Die anderen Gefangenen behelligten ihn nicht. Seit sich herumgesprochen hatte, welchen Verbrechens er angeklagt war, hielten sie Abstand. Eines Abends trat der Kapitän einer tunesischen Kaik zu Raschid al-Kenzy, der in einer Ecke des Gefängnisses lag, und baute sich vor ihm auf.

»Ist es wahr, daß du der Mann bist?«

»Welcher Mann?« fragte Raschid und schaute an ihm vorbei zu der Gruppe hinüber, die in einiger Entfernung stand und auf das Ergebnis dieser Konfrontation wartete.

»Der Mann, der den jüdischen Kaufmann umgebracht hat.«

»Allah der Allmächtige weiß, daß er ein alter Mann war, seine Zeit war gekommen.«

»Vielleicht« – der Kopf des Anführers schnellte vor, und Raschid konnte seine Augen nicht von der entzündeten Beule wenden, die sich an der Stelle befand, wo früher ein Ohr gewesen war – »hättest du diese Entscheidung Gott überlassen sollen.«

Raschid schaute in die Gesichter der Männer hinter ihm, Männer, die das Gefängnis in der Gewalt hatten und ihre Schreckensherrschaft ausübten, wann immer es ihnen beliebte. Überrascht stellte er fest, daß sie auf der Hut vor ihm waren.

»Man sagt, du trägst den Fluch des Teufels in dir.«

»Jedem Menschen seinen eigenen Gott«, erwiderte Raschid vorsichtig. »Ich habe den fraglichen Mann nur ein einziges Mal zu Gesicht bekommen.«

»Dann ist es also wahr, was man sagt? Daß du ihn mit Hilfe von Zauberkünsten einen schrecklichen und qualvollen Tod hast sterben lassen?«

»Ich bin ein einfacher Mann und verfüge nur über ein bescheidenes Wissen.«

Die Männer rückten langsam näher, um die sonderbare Gestalt, die da zwischen Schmutz und Geröll in ihrem Gefängnis hockte, besser sehen zu können. Der Kapitän bedeutete ihnen mit einer ungehaltenen Handbewegung zurückzuweichen.

»Du behauptest also, du hättest die Tat nicht begangen?«

Raschid nickte. Der Kapitän drehte sich um, gab einem Mann, der bei den anderen stand, ein Zeichen und wandte sich erneut an Raschid. »Würdest du diese Behauptung einer Überprüfung unterziehen?«

»Gott ist der Richter aller Menschen.«

»Das ist ja alles gut und schön, mein schwarzer Bruder, doch ich habe hier noch einen weiteren Richter, der mir helfen wird.« Mit diesen Worten wandte er sich um und bedeutete einem anderen Mann vorzutreten, einem spindeldürren Mann mit eingefallenen Wangen und hervorquellenden Augen.

»Dieser Mann ist als Mascha'allah bekannt. Er kann den Menschen ins Herz schauen und darin lesen wie ein Seemann im Meer. Gib ihm deine Hand.«

Die Sträflinge scharten sich nun um Raschid, der die Hand ausstreckte. Die riesigen Augen des dürren Mannes zogen sich in den Schädel zurück, als er Raschids Handfläche mit festem Griff packte. Einige Male strich er mit den Fingern über die Handfläche. Kurz darauf begannen seine Lippen zu beben.

»Was siehst du?« bellte der Kapitän.

»Er wurde bei der Geburt von seinem Bruder getrennt.« Mascha'allah sprach mit dem Akzent der Bewohner des Marschlandes im östlichen Golf. »Er wird nach Norden reisen.«

Der Kapitän wurde immer ungeduldiger. »Was sonst steht geschrieben?« fuhr er ihn an und stieß einen der anderen Männer grob nach hinten, der sich zu weit vorgelehnt und ihm die Sicht genommen hatte.

»Er sucht nach dem Auge. Er glaubt, dieses Auge werde ihn befähigen, über Ozeane und auf Berggipfel zu fliegen. Er will die Sonne in Bewegung setzen und dem Willen Gottes trotzen.« Ein Schauer durchlief den dürren Mann, als habe ihn etwas erschreckt. Dann ließ er Raschids Hand fallen, richtete sich auf und preßte den Rücken gegen die Mauer der Männer, die die beiden umringten.

»Verflucht seist du, Mascha'allah.« Der Kapitän war eindeutig unzufrieden. Seine Faust schnellte vor, um den Kopf des Wahrsagers zu treffen, doch der dürre Mann duckte sich und war blitzschnell abgetaucht. Nun wandte der Kapitän sich wieder an Raschid, der fest damit rechnete, eine ordentliche Tracht Prügel zu bekommen. Doch der Kapitän zögerte.

»Sag mir nur eines: Was hat dieser Jude dir je getan?«

Raschid überlegte einen Moment, bevor er die Frage beantwortete. »Er hat mich Sklave genannt.«

»Möge Allah über uns wachen, wenn wir schlafen«, murmelte einer der Zuschauer.

»Auf Allah verlaß ich mich nicht«, fuhr der Anführer der Gruppe grob dazwischen und fuchtelte mit der Spitze seines Dolches in der Luft herum. »Ich mache kein Auge zu, solange dieser Mensch in unserer Mitte ist. Wir halten abwechselnd Wache.«

Sie zogen sich zurück, und Raschid blieb allein, gerettet durch ein Verbrechen, das er nicht begangen hatte. Von diesem Tag an ging er mit hocherhobenem Haupt durch das Gefängnis, denn keiner der Männer wagte es, ihm auch nur in die Augen zu sehen, aus Angst, ein schrecklicher Fluch könne ihn treffen.

4. KAPITEL

Und so kam er auf die Welt.

Die Gegend von Aleppo in der Trockenzeit, etwas über dreißig Jahre zuvor. Schwitzend lag der angesehene Seidenhändler Sayed Abdelrahman al-Jabri in der stickigen Stille der trägen Nachmittage jenes unerträglich langen Sommers, in dem sengende Hitze die Aprikosen an den Zweigen der Bäume runzlig und braun werden ließ, bevor sie abgepflückt werden konnten. Im Obstgarten hinter dem großen Haus hatte die grelle Sonne die Blätter ausgedörrt und in matt herabhängende trockene Bernsteintränen verwandelt. Tag für Tag hatte er in Schweiß gebadet dagelegen und die Stunden verstreichen lassen, ohne Schlaf zu finden. Durch die dünnen Vorhänge, die schlaff vor den offenen Fenstern hingen, konnte man trockene Wölkchen wie Rauch vorüberziehen sehen. So weit das Auge reichte, erstreckte sich unfruchtbares Land. Selbst das fröhliche Glitzern des Wassers, das gewöhnlich hoch oben in den Bergen zu sehen war, eine glorreiche, glänzende Bekräftigung des Lebens, war bereits vor Wochen verschwunden. Ein Hauch von Pessimismus hatte sich über die ganze Gegend gelegt. Niemand konnte sich mehr an das Geräusch des Regens erinnern, außer wenn es ihn im Traum peinigte. Die Menschen machten sich nicht mehr die Mühe, ihre zur Neige gehenden Waren auf dem Marktplatz feilzubieten, denn nun klopften die Kunden bereits an ihre Tür, bevor die Sonne aufging, um sich unter den Nagel zu reißen, was immer gerade zu haben war.

Die zutiefst unfruchtbare und grausame Verwandlung, die das Land durchgemacht hatte, zeigte allmählich auch bei den Menschen Wirkung. Ohne Vorwarnung brachen Streitigkeiten aus, die in der drückenden Hitze so rasch wie möglich beigelegt werden mußten, was dazu führte, daß die Beteiligten auf Methoden der Auseinandersetzung zurückgriffen, die unter normalen Umständen lauthals verdammt worden wären: Messer, Schwerter, ein Pfeil durch den Hals – was immer gerade zur Hand war. Schon der Gedanke, bei einem langwierigen Faustkampf Kraft zu vergeuden, wäre unerträglich gewesen. Auch Abdelrahmans Laune war entsprechend in Mitleidenschaft gezogen. Er stolzierte durchs Haus, brüllte hier und da einen Befehl und fluchte in solch derber Sprache, daß die Nachbarn dazu Zuflucht nahmen, sich Wachs in die Ohren zu stopfen.

So lag er allein da, tagein, tagaus, und schwitzte. Nirgendwo konnte er seinen Mißmut loswerden, seinem Ärger und Zorn Luft machen. An Gott hatte er sich bereits bei zahllosen Anlässen gewandt, doch ohne offenkundiges Ergebnis – die Ernte war verloren. Unerklärliche Verzögerungen hielten die Karawanen davon ab, zu ihnen zu gelangen. Schon jetzt nahm sein Gewerbe Schaden. Niemand wollte sich in ein so ödes Tal wie dieses vorwagen.

So lag er einfach nur da, ohne Schlaf zu finden, und mit jedem Tag, der verging, schien seine Gereiztheit zu wachsen, sich anzustauen, aufzutürmen. Und dann, als er eines Nachmittags die Treppe hinaufstieg, stolperte er beinahe über die Dienerin Butheyna. Sie war bereits seit über einem Jahr im Hause, stets freundlich, aber nicht besonders gesprächig. Ein Glasperlenhändler hatte sie ihm bei seiner Rückkehr von einer Geschäftsreise nach Kairo überlassen, und er hatte oft überlegt, ob es ein Fehler gewesen war, das Geschenk zu akzeptieren. Er nahm sie in erster Linie aus Gefälligkeit auf, und weil es einem guten Kunden gegenüber undankbar gewesen wäre, eine solche Geste zurückzuweisen. Ihre Haut hatte die dunkelbraune Schattierung, die man aus Oberägypten und dem Gebiet südlich davon, dem wilden Nubien, kennt. Eigentlich hatte er sie bislang kaum beachtet, doch gelegentlich hatte er sie singen hören. Sie sang für sich selbst oder für die anderen Bediensteten, und ihre Stimme schwebte von den windschiefen Quartieren der Sklaven hinter dem Haus die hohen Mauern empor, umkreiste die Veranden und verlieh den stillen Abenden eine gefällige Note. Es war ein leiser, vibrierender, einschläfernder Gesang, den er mit Primitivität, Bauerntum und Menschen mit schmutzigen Händen verband, der jedoch auf seine Art etwas Gewinnendes besaß. Um die Wahrheit zu sagen, wurde ihm, als er sich auf der Treppe aufrichtete, klar, daß er sie bislang noch nie richtig angeschaut hatte. Sie war klein und sehr jung, nicht schön, sondern eher unscheinbar. Sie hatte glatte Haut und, obgleich sie nicht älter als vielleicht fünfzehn war, bereits die Figur einer erwachsenen Frau.

»Dieser verflixte Staub macht sich überall breit«, sagte er in gereiztem Ton. »Wenn du hier fertig bist, gibt es da noch eine Ecke in meinem Gemach ...«

Als er sich an diesem Nachmittag dorthin zurückgezogen hatte, war ihm klar, daß er keineswegs die Absicht hatte zu schlafen. Er betrachtete sie, als sie sich an die Arbeit machte, und während sie akribisch den Boden schrubbte, spürte er ein neues Aufwallen von Lebenskraft – im wahrsten Sinne des Wortes. Nun hatte er ein Mittel gegen die langen, ausgedörrten Nachmittage gefunden. Freundlich hieß er sie näherzutreten. Er nahm ihre Hände in die seinen und schaute ihr tief in die runden dunklen Augen, die mit der Kraft der Einfalt und Weisheit strahlten. Er hatte dreimal so viele Jahre gelebt wie sie, und dennoch, angesichts eines solch offenkundigen Zutrauens zur Welt fragte er sich, wie viel von dieser Zeit er verschwendet hatte. Dies jedoch ließ seine Entschlossenheit nur flüchtig ins Wanken geraten. In unbeschwertem, amüsantem Plauderton schwatzte er drauflos. Als er sie fragte, was sie über die Männer wisse, antwortete sie, ihre Großmutter habe gesagt: »Wenn der Prophet eine Frau gewesen wäre, hätte niemand auf ihn gehört.«

Diese Antwort machte Sayed Abdelrahman neugierig, und er fragte: »Wie kam es, daß du Sklavin wurdest?«

Sie erzählte ihm, die Bewohner des Dorfes hätten ihrer Familie eingeredet, daß sie eine Quelle des Bösen sei und der Teufel sich ihrer Zunge bediene. »Vor nicht allzu langer Zeit war es in jener Gegend Brauch, den Göttern der Flüsse junge Mädchen zu opfern«, erklärte sie sachlich, wobei sie, daran bestand für ihn kein Zweifel, erneut auf die Weisheit ihrer Großmutter zurückgriff.

»Gewiß«, erwiderte der Gebieter, dem vor Neugierde ganz warm ums Herz wurde, »war das, bevor das Wort Gottes ihnen zuteil wurde.«

Das Mädchen schnaubte verächtlich und schüttelte wie eine ungeduldige Stute den Kopf. Mit oder ohne Gott, Unglück sei über das Dorf gekommen, Krankheit und Fieber. Sie hätten sie an den ersten Reisenden verkauft, der durchs Dorf gekommen sei.

Die innere Kraft dieser Kindfrau versetzte Abdelrahman in Entzücken. Eine Schweißperle rann von ihrem Nacken den Hals hinab und verschwand im Ausschnitt ihres Baumwollhemdes. Sie roch leicht nach Schweiß und besaß eine Aufrichtigkeit, die ihn fesselte. Und ihre lebhafte Art, sich zu äußern, entflammte seine Leidenschaft nur noch mehr. Er befahl ihr zu schweigen und sich zu ihm zu legen, was sie ergeben tat. Die folgenden fünf Wochen brachte er so seine Nachmittage zu, verausgabte sich und fluchte, keuchte und stöhnte, und so ergoß sich all seine angestaute Wut und Ohnmacht in dieses geduldige, fügsame Mädchen.

Gegen Ende der fünf Wochen geschah zweierlei – erstens beschloß seine Gemahlin, der sein Mangel an Aufmerksamkeit merkwürdig vorkam, die Dinge selbst in die Hand zu nehmen, und bestand darauf, daß er die Nachmittage in ihrer Gesellschaft verbrachte. Zweitens setzte die Regenzeit ein. Tag für Tag brach die Sintflut herein, und die Tropfen, groß und schwer wie Fische, prasselten und klatschten hernieder und ergossen sich in Sturzbächen durch die Straßen. Die lange Zeit der Dürre war vorüber.

Wie das Schicksal es wollte, wurden in diesem langen unfruchtbaren Sommer nicht nur ein, sondern gleich zwei Kinder gezeugt.

Raschid wurde im Monat Radschab geboren, und tatsächlich war das der gleiche Monat, ja sogar der gleiche Tag, an dem Sayed Abdelrahmans Gemahlin den Sohn des Hauses zur Welt brachte – seinen Halbbruder Ismail. Man könnte sogar behaupten, daß diese beiden Knaben in gewisser Weise, als zwei Teile eines Ganzen, unauflöslich miteinander verbunden waren, vielleicht den Gestirnen vergleichbar, aus denen sich das Sternbild des Zwillings zusammensetzt, doch wie es auch bei dieser Konstellation der Fall ist, glichen sie einander überhaupt nicht, sondern waren eher zwei verschiedenartige Hälften des gleichen Ganzen. Obgleich Raschid der Sohn seines Vaters war, sollte er Sayed Abdelrahman nie anders denn als seinen Gebieter erleben.

Im übrigen verlief Raschid al-Kenzys Ankunft auf dieser Welt reibungslos. Butheyna lag in dem kahlen Raum, in dem sie wohnten, und spürte, wie die kühle Nachtluft die Schweißperlen trocknete, die ihr den Körper hinabrannen. Keinen einzigen Schrei stieß sie aus, kein Zeichen, daß sie überhaupt zugegen war, geschweige denn gerade ein Kind zur Welt brachte. Allerdings wäre es bei dem beängstigenden Spektakel im obersten Stockwerk des großen Hauses ohnehin recht unwahrscheinlich gewesen, daß jemand sie gehört hätte.

Später erzählte sie ihrem Sohn, wie sie mit ihm im Arm dagelegen und den unausgesetzten Schreien der Hausherrin gelauscht hatte, deren Wehen noch weitere neun Stunden unvermindert anhielten, so daß die meisten Gäste zuletzt entweder eingeschlafen oder erzürnt heimgegangen waren, weil sie den Lärm nicht mehr ertragen konnten. Als Ismail endlich da war und mit seinen Schreien die Nacht zerriß, stieß die gesamte Stadt einen Seufzer der Erleichterung aus und drehte sich in den Betten auf die andere Seite, um noch ein wenig Schlaf zu finden. Selbst die Hebamme sagte, noch nie zuvor habe sie ein Kind mit einem so großen Kopf gesehen, und als sie drei Tage später das Haus verließ, murmelte sie mit einem Blick über die Schulter, gewiß werde der Gebieter sich bald eine neue Frau nehmen, denn es gebe kaum Hoffnung, daß ein Mann noch Befriedigung finden könne, wo dieses Ungeheuer sich seinen Weg gebahnt habe.

Eine Zeitlang wuchsen die beiden Knaben gemeinsam auf. In diesem zarten Alter verstanden die beiden noch nicht viel von den Unterschieden, die sie trennten. Kaum konnten sie stehen, da tobten sie schon stundenlang miteinander herum, jagten durch die ausgedehnten, staubigen Haine des Obstgartens hinter dem Haus, wo die Aprikosen wuchsen. Die Männer, die das Land bestellten, lachten und scherzten mit ihnen auf jene unschuldige Weise, in der kleine Knaben und Männer miteinander spielen. Gemeinsam kamen sie auch auf die Kuttab-Schule, doch nun ging Raschid stets zwei Schritte hinter seinem Halbbruder her. Bereits im Alter von fünf hatte Ismail etwas von seiner Mutter gelernt.

Auch Raschid hatte etwas begriffen. Aus den Blicken und groben Bemerkungen der Landarbeiter hatte er gelernt, daß er nicht länger ein Kind war und daß es ein Privileg war, zur Schule geschickt zu werden, das ihm von Geburts wegen nicht zustand. Sie erinnerten ihn daran, daß er einer der ihren war. Die älteren Knaben machten sich einen Spaß daraus, ihn quer durch die Felder zu jagen, doch nun geschah es, um ihn zu strafen, denn er hatte keinen Vater, und jeder wußte, was das bedeutete. Sie verprügelten ihn und drückten seinen Kopf in die würzige Erde, bis er keine Luft mehr bekam und sich fühlte wie ein Ertrinkender. Sie sagten, der Herr des Hauses werde sich nicht zufriedengeben, er habe nicht nur eine Vorliebe für schwarze Sklavinnen, sondern auch für junge Knaben mit weicher Haut.

Und wenn die Handlungsweisen des Herrn schon außerhalb der Mauern seines prächtigen, am Berghang über Aleppo thronenden Hauses Kummer bereiteten, so sorgten sie im Hause selbst für mindestens ebensoviel Leid. Ismails Mutter war seit dem Tage, an dem sie erfahren hatte, daß es eine Rivalin um die Gunst ihres Gemahls in den Quartieren der Sklaven gab, in einen Abgrund von Trübsal und Wahnsinn gestürzt. Ihre Schmach verzehrte sie gleichsam. Sie verschanzte sich im obersten Stock des Hauses und lehnte es ab, sich der Familie oder Freunden zu zeigen. Sie nahm eine neue Sklavin in Dienst, die ausschließlich für ihre Bedürfnisse zuständig war. Dieses Mädchen eilte, wenn die Herrin eingeschlafen war, die Treppe hinunter, setzte sich in die Küche und unterhielt die mit weit aufgerissenen Augen lauschende Dienerschaft mit ihren Geschichten: Die Herrin war inzwischen dürr und verkrümmt wie eine Kletterpflanze; sie hängte den Kopf über eine Kohlenpfanne mit Rauchwerk, bis ihr alle Haare ausfielen; sie schwärzte sich Gesicht und Arme und verstreute Asche, wo sie ging und stand.

Als die Knaben das Alter von dreizehn erreichten, sandte man nach dem Fakih. Mit angespannter und besorgter Miene traf er ein und eilte die Treppe hinauf, wobei er mit der ihm eigenen Geschwätzigkeit vor sich hinmurmelte. Es war an der Zeit, die Frage der weiteren Ausbildung zu erörtern. Sayed Abdelrahman war ein hochgeschätzter Mann. Durch seine Einzahlungen in den Steuersäckel des Sultans und nicht zuletzt in die Taschen des lokalen Wali war im Laufe der Jahre ein hübsches Sümmchen zusammengekommen, doch die Hüter der Gelehrsamkeit waren dafür bekannt, daß sie mit Argusaugen darüber wachten, wem die Ehre zuteil wurde, auf der berühmten Medrese angenommen zu werden.

Der Fakih sprach sehr schnell. Es sei wahr, daß in diesem besonderen Fall großer Segen auf dem Haus ruhe. Das Auge Gottes wache treu über seine Bewohner, zweifellos aufgrund der Güte, die im frommen Herzen des Hausherrn wohne. Abdelrahman lächelte wohlwollend, wie er es stets tat, wenn man ihn mit Schmeicheleien erfreute. »Ich danke Euch, Hadsch, ohne Zweifel wird Gott Euren Wohlstand mehren.«

Der ältere Mann nickte und verneigte sich, wartete jedoch ungeduldig darauf, seine Rede zu Ende zu bringen, und fuhr fort, den Hausherrn überschwenglich zu beglückwünschen. Ein in diesem Hause geborener Sohn werde dem Namen seines Vaters große Ehre machen. Sayed Abdelrahman al-Jabri, der ohnehin ein ziemlich breites Gesicht hatte, strahlte jetzt von einem Ohr zum anderen, wobei er töricht und eitel aussah. Naturgemäß von väterlichem Stolz erfüllt, sprang er auf, stürzte zur Tür des Empfangszimmers, rief nach den Dienern und befahl, man möge Ismail zu ihm bringen. Der Fakih stotterte und hustete und verschluckte sich beinahe an seiner Zunge. Das sei ein Mißverständnis. Offenbar habe er seine Sache nicht klar genug dargelegt. Er verneigte sich tief. Vielleicht habe er sich zuviel herausgenommen.

Der Herr des Hauses fühlte sich genarrt und verlor langsam die Geduld mit dem vertrottelten Fakih und seinem unergründlichen Gefasel. »Heraus mit der Sprache, Mann!« fuhr er ihn an.

Natürlich werde viel gemunkelt, begann der Fakih. Nicht etwa, daß er auch nur das geringste auf böse Zungen gebe, er sei jedoch davon ausgegangen, Sayed Abdelrahman habe den anderen Knaben an Kindes Statt angenommen und ihn zur Kuttab geschickt, um dies auch öffentlich kundzutun. Sayed Abdelrahman versteinerte und starrte ihn ausdruckslos an. Der alte Fakih befeuchtete sich die Lippen. Auch ihm sei doch vermutlich nicht entgangen, daß es Ismail, ungeachtet der Größe seines Kopfes, Schwierigkeiten bereite, irgend etwas zu erfassen, geschweige denn auch zu behalten. Die Worte schienen umherzuwandern, seien offenbar nicht imstande, sich in all dem leeren Raum festzusetzen. Er sei rastlos, das liege in seiner Natur. Er sei mit Taten schnell bei der Hand, doch sehr langsam, wenn es darum gehe, die Konsequenzen zu bedenken. Ismail stand mittlerweile in dem Ruf, mürrisch, ungeduldig, nachtragend und launenhaft zu sein. Natürlich war der alte Fakih nicht so dumm, all diese Dinge offen auszusprechen. Dennoch, was auf der Hand lag, lag auf der Hand. Der andere Knabe sei vielversprechender. Sein Verstand sei flink wie ein Falke. Er wiederhole nichts, was er nicht begreife, und habe keine Angst, Fragen zu stellen. Der Fakih faßte seinen Vorschlag zur Güte folgendermaßen zusammen: »Schickt beide Knaben, Herr. Gemeinsam werden sie unserer schönen Stadt, und natürlich diesem Hause, große Ehre machen.«

Alles Leben schien aus Sayed Abdelrahman zu weichen. Er ließ sich mit hängenden Schultern auf den Diwan fallen. Nichts schien mehr einfach dieser Tage. Er stieß einen tiefen Seufzer aus. »Ich habe schon einmal daran gedacht, die Sklavin und das Kind von ihren Pflichten zu entbinden«, murmelte er in seinen Bart, »doch das wäre unverantwortlich. Wo sollten sie hingehen, und was würde aus ihnen werden?«

Der alte Fakih nickte mitfühlend. »Es wäre eine Schande für sie, aus Euren Diensten entlassen zu werden. Kein Sklave hat auf diese Weise je sein Glück gefunden. Sie wären mittellos. Niemand würde sie aufnehmen, aus Angst, sie hätten irgendein schreckliches Laster oder schlimmer noch, eine ansteckende Krankheit.«

Der Sachverhalt war sonnenklar: Ismail würde sich unter den strengen Anforderungen der Medrese keine Woche halten, doch wenn der andere Knabe als sein persönlicher Sklave mitginge, dann ... gemeinsam ... Der Fakih hob, ein Zeichen des vorsichtigen Optimismus, die Hände. Abdelrahman kratzte sich am Bart. Innerhalb von zehn Minuten war er, so schien es, um ebenso viele Jahre gealtert. Mit müdem Nicken gab er seine Zustimmung. »Dem Allmächtigen gefällt es, uns an jeder Biegung des Weges etwas zu lehren.«

»Jeden Tag ist er von gewaltigen Aufgaben in Anspruch genommen«, ergänzte der Lehrer lächelnd und ohne jede Ironie.

Und so kam es, daß sich für Raschid die Pforten der berühmten Schule öffneten, die somit zum Ausgangspunkt des merkwürdigen und verschlungenen Pfades seiner Ausbildung wurde. Die Medrese war in vier Räume aufgeteilt, die durch eine kreisförmige Außenmauer miteinander verbunden waren. Im ersten war eine Moschee untergebracht; der zweite diente dem Studium der Hadith, den Überlieferungen und Aussprüchen des Propheten Mohammed; im dritten fand die Unterweisung in Geschichte und dem

Rechtswesen statt. Hier erfuhr man von den großen Leistungen Saladins und dem Fall Jerusalems, von Nebukadnezar und seinem Königreich Babylon, von siegreichen Schlachten und den Heldentaten früherer Jahrhunderte. Im letzten Raum wurden die Lehren der Sufis vermittelt. Und hier verweilte Raschid besonders häufig, lauschte den Klängen ihrer Gesänge und fragte sich, welche Geheimnisse ihre Andachtsübungen wohl bargen.

Anfangs nahmen die beiden Knaben Seite an Seite am Unterricht teil. Sie waren gleich, obwohl natürlich einer von ihnen gleicher war als der andere. Nach einer gewissen Zeit trat Ismails Ungeduld offener zutage, ebenso wie sein Mangel an Konzentrationsvermögen und seine Geringschätzung für die Welt im allgemeinen und seine Lehrer im besonderen. Er sei das Kind seiner Mutter, seufzte Sayed Abdelrahman traurig, womit er jede Verantwortung von sich wies. Butheyna begriff von all diesen Vorgängen kein Wort und bestand darauf, daß sich Raschid, wenn er nachmittags heimkam, sogleich an die Arbeit machte, Hühner rupfte und Korn mahlte, wie er es immer getan hatte. Sie fürchtete sich vor dem Kauderwelsch, das unablässig aus seinem Munde strömte und das ihm jene turbantragenden Graubärte aus der Medrese in den Kopf gesetzt hatten. Im Flüsterton vor sich hinmurmelnd, flehte sie zum Allmächtigen, er möge die Saat des Teufels aus dem Mund ihres Sohnes nehmen. Raschid seinerseits erklärte geduldig, auf allem Wissen, das ihnen vermittelt werde, ruhe der Segen des Propheten.

»Das mag ja gut und schön sein im großen Haus, aber dein Platz ist hier in der Küche, vergiß das bloß nicht.«

So wählte Raschid immer sorgfältiger aus, was er seiner Mutter erzählte. Zum Beispiel verschwieg er ihr, daß er jeden Nachmittag, wenn das ganze Haus schlief, heimlich in die Gemächer von Sayed Abdelrahman ging, genauso, wie sie es einst getan hatte. Die Kurzweil, die er dem alten Mann verschaffte, war indes ganz anderer Natur, denn er trug einfach nur vor, was er am Tage gelernt hatte. Er erwähnte ihr gegenüber nicht, daß sein wahres Interesse dem Offenbarungswissen galt, das heißt, dem Wissen, das in den heiligen Schriften niedergelegt ist. Und auch nicht, daß er von der Herrlichkeit und Weisheit mit Namen Samarkand träumte. Sein Geist durchwanderte das Buch der Geschichte, vor und zurück, bis er nicht mehr wußte, in welchem Zeitalter er lebte. Er vergaß, daß die Zeiten von Harun ar-Raschid vorüber waren und das Observatorium von Samarkand längst zu Staub und Asche zerfallen war. In seinem Streben nach Wissen bestärkte ihn einer der Meister des Sufi-Ordens, der in der Schule ansässig war. Sein neuer Freund trug den Namen Nuraddin – Licht des Glaubens. Nuraddin lehrte ihn vieles und sollte ihn einige Jahre später über die Berge im Osten zu einer fernab der Gesellschaft lebenden Kolonie von Gelehrten führen, die als Tal der Träumer bekannt war.

»In alter Zeit war das Wissen grenzenlos, das gesamte Wissen eine Einheit und somit gleichwertig«, verriet ihm Nur. »Es war der großartige al-Kindi, der gelehrt hat, daß wir jede Form des Wissens anerkennen sollten, ganz gleich, woher es kommen mag, selbst das Wissen aus fremdländischen Quellen.« Und mit erhobenem Finger deklamierte er: »Für den, der die Wahrheit sucht, gibt es nichts Höheres als die Wahrheit selbst.«

»Wann war das?« flüsterte Raschid.

»Vor Hunderten von Jahren. Als das Wissen der Griechen erstmals Eingang fand in die Sprache des Propheten, möge Gott ihn schützen.«

»Und wie wurden die Griechen so weise?«

»Sie wußten keineswegs alles. Sie waren schlau und konnten vieles mit dem Verstand berechnen. Die alten Griechen kannten jedoch Gott nicht, wie wir es tun. Es gibt stets Aspekte des Wissens, zu denen Allah allein den Schlüssel hat. Das führte schließlich zu ihrem Niedergang.«

Raschid starrte stundenlang ins Leere und versuchte, den Sinn der Dinge zu begreifen. Seine Mutter verlor fast den Verstand vor Wut über die befremdlichen Gewohnheiten, die von ihrem Kind Besitz ergriffen hatten. Im Laufe der Zeit wurde die Bevorzugung, die Sayed Abdelrahman ihm zuteil werden ließ, immer offensichtlicher. Ismails Mangel an Talent trat durch die Begabung seines illegitimen Bruders nur noch deutlicher zutage. Böse Zungen tuschelten, und es dauerte nicht lange, bis jeder wußte, daß der Herr des Hauses seine Weisheit und seinen Verstand eher an die Sklavin als an die eigene Frau weitergegeben hatte.

Und so war in der Nacht, als Ismail Abdelrahman al-Jabri lange vor der Zeit, hinweggerafft von hohem Fieber, aus dieser Welt verschied, die Tragödie vollkommen. In einem beispiellosen Ausdruck kollektiven Kummers erhob sich ein Schmerzensschrei gen Himmel. Die Schlange von Menschen, die kam, um ihm ihre Ehrerbietung zu erweisen, zog sich bis vor die Tore der Stadt und entlang der uralten, schräg abfallenden Stadtmauer. Raschid fand seine Mutter in den Quartieren der Sklaven, neben der Einzäunung für die Hühner hinter dem Haus, wohin sie sich geflüchtet hatte, um zu weinen. Sie raufte sich die Haare, und helle Tränen stürzten ihr aus den Augen. »Weine, mein Kind, denn für uns ist das Ende der Welt gekommen.«

Er sagte nichts. Er wußte natürlich, daß sie recht hatte.

Am Tag unmittelbar nach dem Tod ihres Sohnes erschien die Herrin des Hauses auf der Veranda, die auf den Hof und den Brunnen hinausging. Zuerst erkannte sie niemand, denn man hatte sie seit fünfzehn Jahren nicht bei Tageslicht gesehen. Ihre Haut war so bleich, daß sie fast durchsichtig schien, ihre Augen geschwollen und ihr Haar weiß wie Kreide. Sie stand da, umklammerte das hölzerne Geländer und knirschte mit den Zähnen, wobei ihr der Speichel in dünnen Fäden von den Lippen troff. Sie brauchte kein einziges Wort zu sagen.

Noch in derselben Nacht flohen sie, ihre Habe eingewickelt in Sackleinwand. Das blutunterlaufene Auge des Mondes erspähte die mittellosen Flüchtlinge in der Wiege des dunklen Gewölbes der Nacht. Nuraddin rieb sich die Augen und sagte, die Lage sei ernst. Er warf einen Blick auf Mutter und Sohn und pflichtete ihnen bei, daß sie nun, wo sie aus dem Dienst entlassen waren, nur schwer ein Obdach finden würden. Niemand würde sie aufnehmen, aus Respekt vor dem Namen Abdelrahman al-Jabri und aus Furcht, daß sie einen bösen Fluch mitbrächten. Es gebe keine andere Möglichkeit, als das Land zu verlassen.

»Mir geht es vor allem um den Jungen«, sagte Butheyna. »Ich möchte, daß mein Sohn eine Aussicht hat, sein Leben als freier Mann zu leben.«

Nuraddin saß eine Weile da, um die Angelegenheit zu überdenken. »Du bist ein heller Kopf, Raschid«, verkündete er nach geraumer Zeit. Butheyna war bereits eingeschlafen, und der Sufi gähnte. »Was willst du mit deinem Leben anfangen?«

»Ich habe keinen anderen Wunsch, als mich dem Studium des

Universums zu widmen, all dem Wunderbaren, das Gott erschaffen hat.«

Der Sufi-Lehrer hätte beinahe gelacht, doch dann merkte er, daß es dem Knaben ernst war. Er nickte zustimmend. »Die einzige Freiheit auf dieser Welt ist das Wissen. Aber hier kannst du nicht bleiben. Es gibt einen Ort, wo du hingehen kannst. Ein Ort, wo Menschen seit vielen Jahrzehnten Freiheit und Schutz vor jenen gefunden haben, die ihrem Geist und Körper Fesseln anlegten.«

»Wo ist dieser Ort?«

Nuraddin lächelte. »Sieben Tagesreisen entfernt. Es ist ein Ort, von dem nur wenige Menschen gehört und den noch weniger besucht haben. Er ist als Wadi al-Halimin, das Tal der Träumer, bekannt. Dort werdet ihr sicher sein.«

5. KAPITEL

Hassan stand früh auf und ging bei Frau Ernst vorbei, von der er erfuhr, daß ihr Cousin sich den Telefonstecker ausgeborgt hätte, aber sobald sie ihn erwischte, würde sie ihm sagen, er solle ihn zurückbringen. Hassan stieg in den Wagen und fuhr über den Hügelkamm durch die ausgedehnten Felder, dann die kurvenreiche Straße hinunter, die schließlich einen schmalen, am Bug des Sees vorbeiführenden Kanal kreuzte. Er bog von der Straße ab und ließ den Wagen auf einem Grasstreifen neben einem Holzgatter stehen. Kein Mensch war zu sehen. Auf den spärlich bewaldeten Hängen des Tales hinter ihm entdeckte er ein weißgeschecktes Pferd, das die Nüstern ins hohe Gras steckte und dessen langer Schweif ab und zu vom taufeuchten Boden hochschnellte. Er kletterte über das Holzgatter und ging den grasbewachsenen Abhang hinunter auf das Wasser zu. Die Luft war kühl und die Wasserfläche friedlich und unbewegt. Auf der linken Seite, die genau nach Osten liegen mußte, befand sich eine Schonung, ein dicht bewachsenes Rechteck kerzengerader Kiefern, die wie eine Kolonne Fußsoldaten auf den See zumarschierten. Die Bäume in der Schonung waren höchstens dreißig Jahre alt. Vorher war hier bestimmt offenes, struppiges Heidemoor gewesen, geformt von der letzten Eiszeit. Oberhalb der Schonung stieg das Gelände an, ein kahler, dem Wind ausgesetzter Hang, der sich bis zu einer flachen Bergschulter erstreckte, auf der er von fern die kleine Ansammlung von Gebäuden eines Gehöfts erkennen konnte. Durch die steile Erhebung hinter dem See wirkte der Berg höher und spitzer, als er tatsächlich war, und die Majestät, mit der er über dem See emporragte, hatte etwas Gebieterisches. Oberhalb des Gehöfts konnte er die Ausgrabungsstätte erkennen, kleine leuchtende Quadrate weißen

Segeltuchs, die sich flatternd gegen den dunklen Berg abzeichneten.

Während der Fahrt durch das Waldstück den Berg hinauf lauschte er dem Brummen des Motors. Es würde ein warmer Tag werden, trocken und sonnig. Als er neben dem Bauernhaus aus dem Wagen stieg, drangen Stimmen an sein Ohr. Ein Mädchen in Shorts und hohen Gummistiefeln kam vorbei. Sie hatte hellblondes, zu zwei praktischen Zöpfen geflochtenes Haar, die ihr bis zu den Schultern reichten. Hassan grüßte und fragte nach dem Weg, und sie wies bergan, auf ein Zelt unmittelbar hinter dem Bauernhof. Er nickte dankend und holte seine Tasche aus dem Wagen.

Das Zelt war ein behelfsmäßiges Büro. An der Längsseite standen hohe Gestelle, auf denen bereits verschiedene Gegenstände ausgelegt und mit Beschriftungen versehen worden waren. Auf dem Boden kniete eine untersetzte Gestalt mit langen, schütteren weißen Haarsträhnen, die wirr ins Gesicht hingen, und einem dichten grauen Bart.

»Hans Okking?«

Der Mann hob den Blick und spähte über den Rand seiner Brille. Er wischte den Staub von den Händen und richtete sich auf.

»Ja?«

»Ich komme vom Orientalischen Seminar in Kopenhagen.«

Okking starrte ihn einen Moment lang an, bevor er reagierte. »Ich hatte Jensen erwartet.«

Hassan lächelte, schaute sich im Zelt um und sagte schließlich achselzuckend: »Tja, nun müssen Sie mit mir vorliebnehmen.« Noch immer starrte Okking ihn an. Hassan schob seine Aktentasche von einer Hand in die andere und setzte zu einer Erklärung an. »Er meinte, angesichts der besonderen Gegebenheiten wäre ich für die Aufgabe am besten geeignet. Eigentlich wollte er versuchen, Sie zu erreichen, bevor er nach Finnland aufgebrochen ist.«

»Verstehe.« Okking warf einen kurzen Blick auf Hassans Aktentasche. Dann schien er sich zu einem Entschluß durchzuringen. Lässig fuhr er mit der Hand durch die Luft. »Was soll's. Sie sind hier, also ist es Ihr Job.« Er führte ihn hinaus an die frische Luft. »Dann gehn wir mal nach oben und schauen uns die Sache an, einverstanden?«

Es gab einen Weg, der zwischen dem kleinen Haus und einer Reihe von Wirtschaftsgebäuden hindurchführte. Eine Kuh lugte durch eine offene Stalltür, als sie vorbeigingen. Der Weg war sandig und ausgetreten.

»Wir haben Glück gehabt«, sagte Okking.

»Mit dem Wetter?«

»Der trockenste Sommer seit Beginn der Messungen.«

Okkings rundliche Erscheinung täuschte. Er war kräftig und stürmte im Stechschritt den Berg hinauf, ohne anzuhalten und ohne irgendein Zeichen, daß das rasante Tempo ihn anstrengte. Hassan, der nur halb so alt war wie er, hatte Mühe mitzuhalten. Als er schwitzend und außer Atem auf dem Berggipfel ankam, stellte er zu seiner Überraschung fest, daß bereits ein kompliziertes System von miteinander verbundenen Gräben ausgehoben worden war.

In der warmen Sonne ging den freiwilligen Helfern die schwere Arbeit gut von der Hand. Im Team herrschte eine unbeschwerte Stimmung – alle genossen das schöne Wetter, und der Fluß der Unterhaltung, die im leichten Plauderton geführt wurde, riß nicht ab. Insgesamt waren es vielleicht fünfzehn Leute, einige knieten auf dem Boden, einige ruhten aus, andere hockten brütend über winzigen Fundstücken. Hassan sprang gerade noch rechtzeitig beiseite, um einer schweren Schubkarre auszuweichen, mit der ein kräftiges Mädchen mit so kurzgeschorenem Haar, daß nur noch ein feiner Flaum Stoppeln den Kopf bedeckte, ihn beinahe umgerannt hätte. Okking hatte wieder das Wort ergriffen.

»Die Felsbrocken haben scharfe Kanten, wie gemeißelt, nicht wie die von den Gletschern in der Eiszeit hinterlassenen erratischen Blöcke, die man in dieser Gegend manchmal findet. Zuerst dachten wir, es habe irgendwelchen militärischen Zwecken gedient, eine Art Befestigungsanlage, wegen der Gräben und Steine.«

»Gab es hier denn irgend etwas, das verteidigt werden mußte?«

»Genau das ist der Punkt. Es ergab keinen Sinn. Keine Quelle liefert einen Hinweis in dieser Richtung.« Okking, der voranging und Hassan die gesamte Ausgrabungsstätte zeigte, erklärte, was es mit der Skulptur des Merkur auf sich hatte. »Stellen Sie sich vor«, grinste Okking, »eigentlich wollte er jeden Planeten in Gestalt einer Frau modellieren.«

Sie kamen zu einer Leiter, die in den tiefsten der acht Gräben hinabführte. Er war so breit, daß die beiden Männer ohne weiteres nebeneinander stehen konnten. Am hinteren Ende hing eine Segeltuchplane wie ein Vorhang herab. Okking schob sie beiseite und winkte Hassan, einen Blick hinein zu werfen.

Hassan beugte sich vor und spähte in das Dunkel. Man hatte ein kleines Areal freigeräumt, ein ordentlich in den Hang gegrabenes rechteckiges Loch. In dieser Aushöhlung, die auch an den Rändern sorgsam von Erde befreit worden war, lagen die sterblichen Überreste eines Menschen. Das Skelett war noch bemerkenswert intakt, abgesehen vom Kopf. Der Körper lag zusammengerollt auf der Seite – wie ein schlafendes Kind, dachte Hassan.

Okking hatte sich wieder hingekniet. »Sehen Sie das hier?«

»Der Schädel ist zertrümmert.«

»Durch einen kräftigen Schlag. Die Leiche hat in der Erde gelegen, und der Kopf hat herausgeschaut. Wer immer es war, der diesen Burschen beerdigt hat, hatte die Grube nicht tief genug ausgehoben. Er mußte den Schädel zertrümmern, damit er reinpaßt.«

»Sie haben ja richtige Detektivarbeit geleistet.«

Ein Zwinkern aus blauen Augen. »Wir haben uns einen Experten von der Gerichtsmedizin ausgeborgt.« Hassan fing an, Okking zu mögen.

Die ausgebleichten Knochen lagen auf dem Boden vor ihnen wie die Teile eines Puzzles.

»Ein Ritualmord?«

Okking strahlte und strich sich die langen Strähnen aus dem Gesicht. »Passen Sie auf, daß Ihre Phantasie nicht mit Ihnen durchgeht. Er lag in einem Sarg, und es gibt absolut nichts Ungewöhnliches, keine Artefakte, keinerlei bedeutsame Gegenstände. Wenn man bedenkt, daß es damals bestimmt nicht an Geld fehlte – zum Beispiel, um den Stein zu bezahlen –, ist es eine sehr bescheidene Bestattung. Entweder war irgend etwas Merkwürdiges im Gange, oder er ist beim Bau dieser seltsamen Gräben gestorben.« Das volle Gesicht wurde noch breiter, als er lächelte. »Da haben wir 'ne richtig mysteriöse Geschichte für Sie, was?«

»Haben Sie irgendeine Vermutung, wer er gewesen sein könnte?« Es war warm im Graben, denn hier waren sie vor der vom See kommenden Brise geschützt. Als sie wieder nach oben kletterten, stieg ihm ein fremder Geruch, die schwache Ausdünstung, die der Archäologe verströmte, in die Nase. Okkings Gesicht war von der Hitze leicht gerötet. Er wies mit dem Finger bergab.

»Auf diesem Gelände hat mal ein anderes Gebäude gestanden, da unten, wo Sie das häßliche moderne Ding sehen. Ein ziemlich großes Haus, vermuten wir. In einigen der Ställe kann man noch Überreste des alten Bauwerks entdecken. Es ist etwa Mitte des siebzehnten Jahrhunderts niedergebrannt, vielleicht auch früher. Wir würden uns die Sache da unten gern mal genauer anschauen, aber der Bauer ist ein griesgrämiger alter Halunke, und wir müssen erst mal die Rechtslage klären.« Okking wies mit dem ausgestreckten Finger in die Ferne. »Vermutlich hat es eine viermal so große Fläche wie das jetzige Haus eingenommen. Es gehörte einem Mann namens Heinesen.«

»Also das Gut eines wohlhabenden Mannes?«

Okking verzog die Mundwinkel. »Genaues wissen wir nicht. Die Quellen sind unvollständig.« Er kramte in seinem Overall, förderte ein Taschenmesser und einen großen roten Apfel zutage, dann begann er, ihn mit Akribie zu schälen. »Aber wenn man von der Größe des Anwesens ausgeht, würde ich sagen, Sie liegen wahrscheinlich richtig.«

»Das würde zu dem da unten passen«, sagte Hassan und nickte in Richtung Skelett. Okking fuhr sich mit der Zunge über die Lippen und schob sich ein Scheibchen Apfel, das er zwischen Daumen und Klinge hielt, in den Mund.

»In dieser Gegend wurden früher Pferde gezüchtet. Damals ein lukratives Geschäft.«

»Pferde?«

Sie gingen zurück zu dem größeren Zelt, Okking voran. Ein Mann mit schütterem schwarzem Haar kniete neben dem Eingang auf dem Boden. Okking machte ihn mit dem Besucher bekannt. »Jens, das ist der Mann, den sie geschickt haben, damit er unsere Hieroglyphen entziffert.«

Jens richtete sich auf und rückte seine heruntergerutschte Brille zurecht, wobei er sich die Nasenspitze mit Erde beschmierte. »Arabisch«, sagte er hastig mit aufgeregter Stimme. »Ich denke, es ist arabisch.« Einen Moment lang sah er Hassan wortlos an. »Natürlich bin ich nicht sicher.« Er wandte sich an Okking. »Ich dachte, sie schicken Jensen.«

»Er konnte nicht«, sagte Okking rasch, um das Thema zu beenden. »Also los, wo hast du's denn versteckt?«

In einer mit Seilen abgeteilten Ecke des Zeltes befand sich ein Sammelsurium von Gegenständen. Jens stieg über das Seil und hob eines der Objekte vorsichtig hoch. Dann strich er ein paarmal mit einem weichen Pinsel darüber, den er aus der Hosentasche zog, und legte es auf den Tisch in der Mitte des Zeltes. Hassan sah zunächst einen Schutzumschlag aus Leder, auf dessen Innenseite sich eine kunstvoll ausgeführte Inschrift befand, wie eine Tätowierung aus Linien und wirbelnden Buchstaben. Als dieser ganz aufgeklappt wurde, kam ein kleiner, länglicher Kasten zum Vorschein. Er war aus Messing, etwa von der Größe einer Schuhschachtel, wenn auch nicht sehr tief. Auf dem Deckel waren weitere Schriftzeichen eingraviert. An der Vorderseite des Kastens befand sich ein komplizierter Verschluß, den der Mann namens Jens aufschnappen ließ. Dann trat er einen Schritt zurück, hob die Hand und strahlte Hassan an wie ein Kellner, der ein kulinarisches Meisterstück präsentiert.

»Bitte sehr. Sie dürfen mitraten.«

Als er wieder im Wagen saß und zum Haus zurückfuhr, begann es bereits zu dämmern. Hassan war plötzlich müde. Die freudige Erregung über die Entdeckung dieses Tages wurde nun von der Tatsache gedämpft, daß er in ein leeres Haus zurückkehren mußte.

Auf dem Rückweg hielt er noch einmal am Laden an. Anstelle des Mädchens, dem er beim ersten Mal begegnet war, stand ein großer, schlaksiger Junge von etwa neunzehn oder zwanzig hinter der Theke. Er hatte pechschwarzes Haar, bestimmt irgendwie gefärbt, das viel zu lang war und ihm auf der einen Seite ins Gesicht hing, so daß er es ständig mit einem Ruck nach hinten werfen mußte.

Die Augen des Jungen glitten unruhig über ihn hinweg, bemüht, jeden Blickkontakt zu vermeiden. Hassan schaute sich in den Regalen um. Er hatte keinen Hunger. Er warf einen Blick in einen Gefrierschrank und nahm ein Fertiggericht mit Hühnchen heraus.

Vor dem Bierregal zögerte er einen Moment. Schließlich nahm er vorsichtig eine Flasche in die Hand und fing an, sich das Etikett durchzulesen.

»Es ist billiger, wenn Sie ein Sechserpack nehmen.«

»Wie bitte?«

Der Junge wies auf einen Stapel hinter Hassan. »Die da sind im Sonderangebot. Sie kriegen sechs für den Preis von fünf.«

Hassan wandte sich um und warf einen Blick auf den Stapel Sechserpacks, dann auf den Jungen hinter der Theke.

»Ich kenne die Marke nicht, taugt sie was?«

»Eine Brauerei aus der Gegend hier.« Der Junge zuckte die Achseln. »Alle trinken es.«

»Okay, warum nicht?« Hassan wartete, während der Junge die Beträge in die Kasse eintippte. »Sagen Sie mal«, fragte er. »Die Kirche da drüben. Wissen Sie, wie alt die ist?«

Der Junge starrte ihn verständnislos an. Wahrscheinlich hatte er sein ganzes Leben hier verbracht, aber darüber hatte er sich noch nie Gedanken gemacht. »Die Kirche?« Schließlich schüttelte er fast erleichtert den Kopf. »Keine Ahnung.«

»Nicht so wichtig. Das läßt sich rauskriegen.«

»Der Pfarrer wohnt in dem kleinen Haus gegenüber der Kirche. Der weiß es bestimmt.«

»Danke.«

Der Junge grinste nervös.

Hassan nahm seine Einkaufstüte und verabschiedete sich. Er hätte gern gewußt, ob der Junge und das Mädchen wohl Geschwister waren, ob das Geschäft ein Familienbetrieb war. Als er die Straße überquerte, hielt vor dem Laden mit kreischenden Bremsen ein Wagen mit einer Gruppe junger Burschen aus dem Ort. Aus dem kleinen Gefährt dröhnten Gelächter und der pulsierende Rhythmus von Musik. Wen interessierte es schon, wie alt eine Kirche war?

Später an diesem Abend ließ er sich am Tisch im Wohnzimmer nieder. Er räumte den Stapel Bücher und Papiere beiseite, den er dort am Vortag hastig abgeladen hatte, und stellte die Messingschatulle hin. Sie war in einen Fetzen Wollstoff eingewickelt, ein Stück von einer grauen Decke, und als er sie wegzog, erfüllte der Geruch nach Erde das Zimmer. Einen Moment lang starrte er den

Kasten an, dann erhob er sich, ging in die Küche und öffnete die letzte Flasche Bier. Er stand in der Tür und starrte zum Tisch hinüber, wo das Messing im kleinen Lichtkegel der Lampe über dem Tisch matt schimmerte. Ihm fiel auf, daß es zur einen Seite hin stumpf war, und zwar in dem Bereich, der vom Licht nur teilweise erhellt wurde. Das, erinnerte sich Hassan, nannte man die Penumbra, ein Halbschatten-Bereich, wie er etwa im Zusammenhang mit einer Mond- oder Sonnenfinsternis, kurz vor oder kurz nach der totalen Verfinsterung, entsteht. Es war ein Blick in die Vergangenheit, den er da warf, aber er war sich zugleich bewußt, daß er nur einen Teil dessen sah, was einst existiert hatte.

Er blieb so lange in der Tür stehen, wie er brauchte, um seine Bierflasche zu leeren. Ein einzelnes Auto fuhr in der Ferne vorbei. Dann wieder Stille. Schließlich konnte er seine Neugier nicht mehr länger zügeln. Er setzte sich hin und holte tief Luft. Dann streckte er eine Hand aus, schob den Riegel zur Seite und klappte ganz langsam und behutsam den Deckel des Messingkastens nach oben.

6. KAPITEL

Das enge Zimmer aus Stein liegt unter der Erde verborgen. Im Labyrinth endloser Folgen von Treppenschächten und düsterer Korridore ist es nicht leicht zu finden. Ein abgeschiedenes, kreisrundes Gewölbe. In der Mitte des Raumes steht Kapitän Kureischi, ein kleiner, kräftiger Mann, dessen Haut von Sonne und Salzwasser abgehärtet und gegerbt worden ist. Um seinen Kopf ist ein schmuddeliger Fetzen, der einst ein feines Seidentuch gewesen sein mag, gewickelt. An seinem Wams fehlt ein Knopf. Er fühlte sich unbehaglich in dieser ihm fremden Umgebung. Er ist der Kapitän eines kleinen Schiffes gewesen, das, obgleich es Gerüchten zufolge gelegentlich rechtmäßige Fracht transportiert haben soll, besser bekannt war für seine Unternehmungslust auf dem Gebiet der Freibeuterei – andere Schiffe wurden gekapert und, nachdem der gesamte Inhalt der Laderäume geplündert war, versenkt. Man mußte weit gehen, um einen Mann zu finden, der noch weniger vertrauenswürdig war. Er konnte jedoch auch beharrlich und unbeugsam sein, und es war seine Weigerung, mit irgend jemand anderem zu sprechen, die schließlich die Neugier des Kadi geweckt hatte.

»Sprecht.«

Der Kapitän räusperte sich, reckte die massigen, kräftigen Schultern und ließ seinen Blick einen Moment lang durch den Raum wandern, bevor er zu sprechen begann. Wenn er sich durch seine Umgebung eingeschüchtert fühlte, so ließ er sich das nicht anmerken. Er war nicht auf den Kopf gefallen und wußte sehr wohl, daß der Kadi genau das beabsichtigt hatte, als er ihn mitten in der Nacht hatte rufen lassen, und zwar nicht in das übliche offizielle Empfangszimmer in der Haupthalle des Palastes, sondern hierher. Er befeuchtete sich die Lippen, machte eine knappe Verbeugung, wobei er den Nacken geradehielt und nur ganz leicht den Kopf neigte, und stellte sich vor.

»In der kurzen Lebensspanne, die der Herr des Himmels mir in seiner Gnade gewährt hat, habe ich vieles gesehen. Diese Geschichte ist eine jener Merkwürdigkeiten, die einem Mann vielleicht nur einmal im Leben widerfährt. Unablässig kreuzen sich unsere Lebenswege, und gleichwohl erkennen wir oft nicht, was die göttliche Fügung für uns bereithält, obwohl wir es direkt vor Augen haben.« Er hielt inne, um Atem zu schöpfen. Er hatte diese Rede sorgfältig vorbereitet, und so kam es ihm sonderbar vor, daß sein Zuhörer wachsende Ungeduld zu zeigen schien. »Von Zeit zu Zeit«, fuhr er fort, »wird uns das Glück zuteil, in jene Konfiguration von Zeit und Ort zu geraten, in der uns die gelegenste aller Gelegenheiten in den Schoß fällt.« Er zwinkerte und verneigte sich erneut, diesmal tiefer.

Obgleich sein Auftritt den Kadi auf eine Geduldsprobe stellte, war er nichtsdestoweniger gefesselt von diesem seltsamen, wenn auch nach allem, was man hörte, heimtückischen Schuft und hieß ihn fortzufahren.

Vor nunmehr fast sechs Monaten war Kureischi durch das Marmara-Meer gefahren, *en route*, um im Handelshafen von Takriri eine Karawane von Seidenhändlern abzufangen... Von schweren Unwettern überrascht, war der Kapitän gezwungen gewesen, beizudrehen, mit seinem Schiff das Land anzusteuern und einige Tage in einem kleinen, wenig bemerkenswerten Fischerdorf an der Küste Schutz zu suchen. Verärgert über die Verzögerung, stiefelte er zwei Tage lang ungeduldig auf und ab und wartete, daß es aufklarte. Eines Nachmittags, als er im Schutze des Hauses, das er für sich persönlich beschlagnahmt hatte, aufs Meer hinausstarrte, lenkte das Gelächter seiner Männer seinen Blick auf eine kuriose Gestalt, die mitten auf der Straße stand, umgeben von zwei dampfenden Pferden, einem Maultier und einem Diener, der in einem fort nieste. Aram Kevorkian war ein armenischer Handlungsreisender, der behauptete, aus Mazedonien zu stammen, ein kleiner, energischer Mann mit feuchten Augen, die unter einem Paar außergewöhnlich buschiger und vollkommen weißer Brauen hervortraten. Er hatte sich verirrt, nachdem er durch schieres Pech und – das lag für Kureischi auf der Hand – ein gewisses Maß an Unvermögen, von seiner Karawane getrennt worden war. Er steckte bis zu den Knöcheln in einer Schlammpfütze, während der bibbernde Diener neben ihm ein Stück Segeltuch als eher unzulänglichen Schutz über seinen Herrn hielt. Es war ein kurioser Anblick. Kevorkians Kleider wirkten abgetragen. Genauer gesagt, alles an ihm ließ auf einen bemittelten Mann schließen, der schwere Zeiten hinter sich hatte. Der Regen und der Schlamm machten die Sache natürlich nicht besser. Neugierig geworden und des abscheulichen Wetters ebenso überdrüssig wie des faden Zeitvertreibs, den seine Leute ihm boten, lud Kapitän Kureischi den Mann ein, bei ihm Schutz zu suchen. Kevorkian, obwohl von kleinem Wuchs, bewegte sich erstaunlich flink und zugleich mit dem Habitus eines von Natur aus vorsichtigen Mannes. Ganz langsam ging er die Stufen zum Säulenvorbau hinauf, wobei er versuchte, den Schlamm an seinen Stiefeln abzustreifen und seine Gewänder vom Regen zu befreien.

»Wenn Gott gewollt hätte, daß wir im Wasser leben, warum hat er uns dann genötigt, Schuhe zu tragen?« fragte er, während er das Wasser aus seinen Stiefeln kippte. Kapitän Kureischi fand Gefallen an dem älteren Mann, den er als harmlos und nicht unmittelbar bedrohlich einschätzte. Er befahl, einen kleinen Ofen näher heranzurücken, so daß sein Gast sich aufwärmen könne. Kevorkian nickte und bezeigte ihm mit einem Blick auf die vielen Männer, die auf Kureischis Befehl geschäftig hin und her eilten, vorsichtig seinen Dank.

»Wie ich sehe, seid Ihr ein bemittelter Mann«, bemerkte er.

Kureischi zuckte die Achseln und lachte. »Wir sind Männer des Meeres, unser Leben hängt voneinander ab. In Seiner Weisheit hat es Gott gefallen, mich zur günstigsten Zeit an den rechten Ort zu schicken. Ich verlasse mich nur auf meinen Instinkt.«

Kevorkian wrang sein Hemd aus und lachte leise in sich hinein. Kureischi fiel auf, daß die Fähigkeit des Mannes, ein Gespräch in Gang zu halten, außerordentlich begrenzt war.

»Wenn ich recht sehe, könnt Ihr eine gewisse Neugierde nicht verhehlen,« sagte Kevorkian schließlich, während er sich neben dem Ofen niederließ. »Und da es Euch gefallen hat, mir Eure Hilfsbereitschaft zuteil werden zu lassen, so will ich versuchen, Eure

Wißbegier zu befriedigen.« Die Nacht brach herein, und die Regenwolken wichen der Finsternis. Die beiden Männer hatten den Ofen für sich alleine, und langsam taute der Armenier auf. »Ihr seid nicht ganz sicher, welcher Art meine Geschäfte sind. Nun, ich will es Euch sagen. Unsere Gewerbe liegen gar nicht so weit auseinander, wie Ihr vielleicht denkt. Auch ich bin ein Handelsmann, doch im Gegensatz zu Euch handele ich nicht mit Waren, sondern mit Informationen.« Er schaute auf und sah, wie sich in der Miene seines Gegenübers ein Anflug von Verwirrung breit machte. Das schien ihn unerklärlicherweise zu amüsieren. »Ich bin kein Spion«, fuhr er fort, »falls Ihr das vermutet, obwohl ich ohne weiteres etwas in dieser Art hätte werden können. Ich stehe weder im Sold der Römischen Kirche noch des spanischen Königs, ja nicht einmal des Sultans persönlich, obgleich sie mich alle der Reihe nach belohnt haben. Ich bin ein freier Makler und kann mich bewegen, wie ich will. Niemand wagt, mir ein Haar zu krümmen, aus Furcht, etwas zu verlieren, das eines Tages von Wert für ihn sein könnte, oder auch weil er fürchtet, ich könne seine Geheimnisse dem Feind weitertragen.«

»Klingt, als ob Ihr ein heikles Gewerbe betreibt, wenn Ihr mich fragt.«

»Wissen kennt keine Grenzen, das ist mein Prinzip. Solange niemand ganz sicher sein kann, ob er über alle wesentlichen Einzelheiten verfügt – und das kann man nie –, so lange kann mir nichts geschehen. Ich handele mit Geschichten, manche wahr, andere nicht ganz so wahr. Das Entscheidende ist meine Fähigkeit, die Leute davon zu überzeugen, daß es so ist, wie ich sage. Wir leben in unsicheren Zeiten, mein Freund; niemand ist sich seiner Sache je vollkommen sicher.«

»Ich ziehe es vor, mit Dingen Handel zu treiben, die ich mit Händen greifen kann«, knurrte Kureischi und ballte die Fäuste.

Aram Kevorkians Züge lagen im Schatten. »Ich mache im allgemeinen die Erfahrung, daß der Handel mit Möglichkeiten mehr Macht verleiht als alles Gold der Welt.«

Kureischi ging allmählich auf, daß seine ursprüngliche Annahme, dieser bescheidene Mann sei harmlos, irrig gewesen war. »Sagt mir«, bat er, »wenn Ihr Euch so gut auf dieses Geschäft versteht, wie kommt es dann, daß Eure Kleider abgetragen sind und

Ihr selbst offensichtlich für die Reise, die Ihr unternommen habt, so schlecht ausgerüstet seid?«

Kevorkian schwieg einen Moment. Dann neigte er würdevoll das Haupt. »Die Zeit holt uns alle ein, mein Freund. Die Wahrheit ist, daß ich mich zur Ruhe gesetzt und beschlossen habe, meine letzten Jahre in der Stadt zu verbringen, in der ich geboren wurde, sieben Tagesreisen von hier entfernt. Doch da Ihr großmütig gewesen seid, würde ich Euch Eure Freundlichkeit gerne vergelten.«

Kureischi merkte, daß es ihm widerstrebte, von diesem Menschen irgend etwas anzunehmen. Der Mann war zweifellos mit allen Wassern gewaschen. Er wehrte das Angebot mit einer Handbewegung ab. Kevorkian schulde ihm keinen Dank. Er habe nicht mehr getan, als jeder andere getan hätte. Einem Fremden in solch einem Unwetter Schutz zu gewähren? Keine gottesfürchtige Seele hätte ihn abgewiesen, und, im übrigen, er selbst sei ja auf die Umverteilung materieller Besitztümer spezialisiert – das Teilen sei sein Gewerbe.

»Mag sein, wie es will, ich bin dennoch dankbar. Als Gegenleistung werde ich Euch eine Geschichte erzählen«, sagte Kevorkian, »eine Geschichte, für die ich keine weitere Verwendung habe. Was Ihr damit anfangt, ist Eure Sache. So gesehen, könnte man sagen, daß Ihr für Eure Freundlichkeit keinen direkten Gegenwert erhalten habt, nicht wahr?«

Kureischi runzelte die Brauen, doch auf die Schnelle fiel ihm kein Einwand gegen dieses Argument ein, und so erzählte Kevorkian seine Geschichte.

»Die Stadt Frankfurt am Fluß Main, sie gehört zum Bund der Hanse.«

Kapitän Kureischis Kenntnisse der Binnengeographie waren, gelinde gesagt, etwas begrenzt. Er kannte jeden und trieb mit jedem Handel, der ihm über den Weg lief, und ganz gewiß hatte er keinerlei Skrupel, wenn es darum ging, Schiffe der Christen anzugreifen, doch Sprachen jenseits der *Lingua franca*, der Sprache der Häfen, waren für ihn unverständlich und daher von geringem Interesse. Er kratzte sich den Schenkel und befahl, etwas zu essen zu bringen.

Kevorkian, dem sein Verdruß nicht entging, half ihm sanft auf die Sprünge: »Frankfurt ist der Sitz des Heiligen Römischen Reiches, wo man die Krönung der Habsburger vornimmt. Wie dem auch sei, dort werden alljährlich eine Reihe von Handelsmessen veranstaltet. In diesem Fall ging es um Bücher.«

»Bücher?« echote Kureischi und spuckte ein paar Fischgräten auf den Boden. Ihn beschlich langsam das Gefühl, daß man dieses Kerls ziemlich leicht überdrüssig werden konnte. Er redete noch mehr als diese alte portugiesische Hure, der Kureischi einmal auf der Insel Sizilien begegnet war. Sein Gast machte nicht den Eindruck, als ließe er sich im Fluß seiner Rede im mindesten stören.

»Während meines Aufenthaltes in Frankfurt kam mir etwas Merkwürdiges zu Ohren«, fuhr Kevorkian fort und schneuzte sich die Nase mit einem seidenen Tuch, das er aus dem Mantel hervorgezogen hatte. »Zufällig belauschte ich ein Gespräch, dessen Inhalt mir sofort außerordentlich interessant erschien.« Er hielt inne, als wolle er prüfen, ob sein Gegenüber noch zuhörte. Kureischi brummte und kaute. Kevorkian neigte ganz leicht den Kopf und fuhr fort.

»Ein junger Holländer redete höchst aufgeregt und mit ziemlich lauter Stimme mit einem älteren Mann. Solche Paare fesseln mich ohnehin. Der junge Mann sprach mit Feuereifer, und doch schien gerade das seinen Begleiter zu beunruhigen – offenbar dachte der ältere, er sei nicht ganz bei Troste. Vielleicht hätte ich ihre Unterhaltung als leeres Gerede abgetan, vor allem angesichts der Tatsache, daß der junge Mann offensichtlich beträchtliche Mengen Bier getrunken hatte, das derzeit groß in Mode ist.« Ein leises Lachen drang aus dem Dunkeln. »Ich hätte die ganze Angelegenheit als Geschwätz einer von Gott verlassenen Seele abgetan, wäre nicht ein ganz bestimmter Name erwähnt worden – Simon Mayr.«

Inzwischen war die Nacht hereingebrochen, und nachdem Kapitän Kureischi einem weiteren vertanen Tag an Land Lebewohl gesagt hatte, entdeckte er im klaren, mit Sternen gesprenkelten Nachthimmel einen schwachen Hoffnungsschimmer; vielleicht würde der kommende Tag das Wetter bringen, das sie für die Fortsetzung ihrer Fahrt benötigten. Er erhob sich, um den Himmel genauer in Augenschein zu nehmen. Als er zur Balustrade des Säulenvorbaus schlenderte, um sich auf die Brüstung zu lehnen, konnte er nurmehr den schattenhaften Umriß des anderen Mannes ausmachen. Kevorkian nahm den Faden seiner Geschichte wieder auf.

»Der Name sagt Euch vielleicht wenig, doch er ist bereits seit vielen Jahren mit den Künsten der Sterngucker verknüpft. Simon Mayr ist ein Astronom, ein Deutscher, dessen Name auf seinem Gebiet außerordentlich hohes Ansehen genießt. Einer der beiden Männer, die ich belauschte – der Betrunkene –, bot dem anderen zu einem sehr hohen Preis ein Instrument an. Der ältere Mann war offenbar ein Gönner von Mayr. Der Holländer behauptete, seine Erfindung sei einmalig, niemand sei es bislang gelungen, ein solches Instrument zu fertigen. Er sei eigens zu dem Zweck zur Messe gekommen, seine Erfindung an den Meistbietenden zu verkaufen.«

Kureischi räusperte sich. In der Ferne war eine Eule zu hören. Ansonsten gab es nur das sanfte Wiegenlied der Wellen auf dem steinigen Ufer unter ihnen und Stille. Kein Wölkchen war mehr am Himmel zu sehen.

»Vergebt mir«, sagte er mit unüberhörbarer Ironie in der Stimme, »ich bin ein unwissender Schiffskapitän. Von ›Büchern‹ und derartigen Dingen verstehe ich nichts. Worauf soll das Ganze hinaus? Ich begreife nicht, auf welches Gerät diese Männer anspielten.«

»Ein Fernrohr, ein optisches Gerät«, sagte Kevorkian und hob zur Veranschaulichung die Hände. »Glaslinsen, die auf eine Weise miteinander kombiniert werden, daß man beim Hindurchschauen Dinge erkennen kann, die mehr als einen Tagesritt entfernt sind.«

»Unnützes Zeug«, schnaubte Kureischi verächtlich. »Das ist doch nichts Neues. Davon wird man blind.«

»Ihr denkt an ein Fernglas«, stellte Kevorkian richtig. »Das ist keineswegs dasselbe. Mit diesem Instrument kann man Dinge sehen, die erheblich weiter entfernt sind, und das Bild ist so klar, als hätte man sie direkt vor der Nase.« Jedenfalls, so Kevorkian, habe er seinen Gewährsmännern im Ausland Nachricht gegeben, ihn umgehend zu informieren, sollte ihnen irgend etwas über ein solches Instrument zu Ohren kommen. Binnen weniger Wochen waren zwei Bestätigungen eingegangen. Die erste kam von einem Geschäftspartner in Antwerpen, der ihm mitteilte, ein Gerät wie das besagte sei in einer amtlichen Depesche aus der Provinz Seeland an die Generalstaaten in Den Haag erwähnt worden. Der Gewährsmann legte dem Brief eine Kopie des Schreibens bei. Die zweite Depesche kam von einem Informanten in Den Haag selbst und schilderte die aufgeregte Besorgnis der spanischen Militärdelegation, die sich gerade in den Haag aufhielt, um die Einzelheiten des Friedens zwischen Spaniern und Holländern auszuhandeln. Offenbar war dem Befehlshaber der Delegation Ambrogio Spinola zu Ohren gekommen, die Holländer wären bereits im Besitz eines derartigen Instrumentes.

»Es liegt auf der Hand, daß ein solches Gerät das gesamte Kriegshandwerk verändern würde. Die Seite, die es besäße, würde gewinnen, selbst gegen die größten Widrigkeiten. Eine halbe Tagesreise entfernte Schiffe könnten erspäht werden, und Heere ebenfalls.« Der Armenier streckte die Hände aus. »Bitte sehr, die Geschichte gehört Euch, macht damit, was Ihr wollt, meine Schuld ist hiermit beglichen. In den richtigen Händen könnte sie eine Menge Geld wert sein. Der Mann, der ein solches Instrument zum Diwan des Sultans brächte, würde den Rest seiner Tage im Überfluß leben. Allerdings sind Eile und äußerste Verschwiegenheit geboten. Solch ein Gerät wird nicht lange auf dem freien Markt zu haben sein.«

Kapitän Kureischi verstummte und trat erwartungsvoll von einem Bein aufs andere. Der Kadi blieb völlig ungerührt. Nichts in seinem Gesicht verriet den Widerwillen, den die Gegenwart dieses Mannes ihm verursachte, nicht einmal, als Kureischi erneut begann, sich am Bauch zu kratzen.

»Ich vermag nicht einzuschätzen, welchen Wert Ihr dem Leben von Menschen beimeßt, Kapitän, doch ich habe den Verdacht, daß Ihr das Wissen, das Ihr nun an mich weitergebt, als wertvoller erachtet habt als ein Menschenleben.«

»Es mag genügen zu sagen, daß Aram Kevorkian Konstantinopel nie erreicht hat«, erwiderte Kureischi.

»Sagt mir, Kapitän, warum kommt Ihr damit zu mir?«

»Ich bin nur ein Seemann, Herr. Würde ich mich an den Palast in Konstantinopel wenden, man würde mich auslachen. Ich könnte ein Jahr, vielleicht auch länger, damit zubringen, mich allein um eine Audienz bei dem richtigen Mann zu bemühen. Dies hier ist mein Hafen. Hier ist es ein bißchen einfacher für mich.« Kureischi hielt inne, dann ergänzte er: »Ich wußte, daß Ihr in Eurer Großmut Zeit für mich finden würdet.«

Die beiden Männer sahen einander an, und es war schwer zu sagen, welcher von ihnen den anderen tiefer verachtete.

»Ihr habt mit keinem über diese Angelegenheit gesprochen?«

Kureischi schüttelte den Kopf.

»Der Tod dieses Armeniers war rasch und diskret?«

Wieder bewegte sich der schmutzige Turban vor und zurück.

Der Kadi trat an die Tür. »Ihr verlaßt das Gebäude nicht, bevor die Angelegenheit geklärt ist. Ich werde mich mit dem Dei beraten und Euch seine Entscheidung wissen lassen.« Er befahl den Wächtern draußen, die Tür zu öffnen. »Sorgt dafür, daß diesem Mann, solange er unser Gast ist, jeder Wunsch erfüllt wird.«

Dann war er fort.

»Wenn Ihr meint«, sagte der Dei schließlich, »daß dieser Kureischi für eine solche Mission zu unzuverlässig ist, dann müssen wir eben einen anderen finden, einen Begleiter für unseren guten Kapitän, der dafür Sorge trägt, daß die Angelegenheit mit der gebotenen Umsicht erledigt wird.«

Der Kadi schlenderte quer durch den riesigen Raum auf ihn zu. Weihrauchduft entströmte einer Kohlenpfanne aus Messing, die sanft schwingend an langen Ketten von der Decke des hohen Gewölbes herabhing. Das Fenster gab den Blick auf die Berge frei. Darunter ging es steil bergab bis zu den Gefängnishöfen, auf denen die winzigen Gestalten zusammengekauert im grellen Sonnenlicht hockten.

»Was haltet Ihr von der ganzen Sache?«

Der Kadi hob in einer Geste der Unschlüssigkeit die Hände. »Ich schenke der Geschichte keinen großen Glauben, und schon gar nicht den Wundern, die ein solches Gerät womöglich vollbringen könnte. Andererseits – sollte etwas derartiges tatsächlich existieren, so würde es unseren Schiffen eine Oberhoheit über diesen Küstenstrich sichern, die wir seit den Tagen von Barbarossa nicht mehr hatten.«

»Dann sollten wir die Sache in Angriff nehmen, aber es darf nicht zu kostspielig werden.«

Der Kadi runzelte die Stirn, dann setzte er wieder eine gleichmütige Miene auf und wandte sich zum Dei. »Herr, ein jeder, der über dieses Instrument verfügen würde, hätte einen großen Vorsprung vor allem, was die Ungläubigen besitzen.«

Der Dei befeuchtete sich die Lippen und nickte. »Wir müssen mit Diskretion vorgehen. Wir müssen unsere Spuren sorgfältig verwischen. Es ist unbedingt erforderlich, daß im Falle eines Fehlschlags niemand eine Verbindung zu uns herstellt. Wir können nicht riskieren, daß die Geschichte den falschen Leuten zu Ohren kommt. Brauchen wir diesen Tölpel von Kapitän?«

»Ich glaube, er könnte von Nutzen sein – bis zu einem gewissen Punkt.«

Der Dei gab mit einem Nicken seine Zustimmung zu verstehen. »Sein Begleiter muß ein Mann sein, der unsere Wertschätzung verdient«, sagte er und zog angestrengt die Stirn in Falten, »der zugleich aber auch entbehrlich ist; wir wollen bei diesem Unternehmen nicht allzu viel aufs Spiel setzen. Ein Mann mit Bildung, doch nicht zuviel Eigensinn. Ein Mann mit Idealen.« Er gähnte und streckte sich auf dem Diwan aus. »Gibt es solche Männer mit Prinzipien noch?«

»Bildung bedarf stets einer leitenden Hand«, machte der Kadi geltend.

»Wir suchen einen Mann, der in der Sache loyal, für die Gelegenheit dankbar und uns dennoch zu Willen ist.« Der Dei fixierte den Kadi mit starrem Blick. »Könnt Ihr einen solchen Mann finden?«

Der Kadi brauchte keine Sekunde nachzudenken. »So sicher, wie jeden Tag die Sonne aufgeht«, lächelte er.

7. KAPITEL

Als Raschid al-Kenzy Kapitän Kureischi und sein Schiff zum ersten Mal zu Gesicht bekam, verschlug es ihm die Sprache. Er fühlte, wie alle Kraft aus seinen Gliedern wich, und ließ sich auf dem Rand der Holztruhe, die all seine irdischen Besitztümer enthielt, niedersinken. Eine ganze Weile blieb er dort sitzen, außerstande, die Willenskraft aufzubringen, sich von der Stelle zu rühren, umgeben von einem Teppich aus Fischgräten und den Federn vorbeiziehender Möwen, mit denen der holprige Steinboden des Kais übersät war. Der Lärm des Hafens trat in den Hintergrund, während zweierlei in sein Bewußtsein drang. Das erste war ein Gefühl vollkommener, unsäglicher Hoffnungslosigkeit. Der Kapitän war ein stämmiger, kräftiger Kerl mit Armen, die wie Baumstämme von seinem faßförmigen Brustkorb abstanden, und Beinen, die aussahen, als hockten zwei winzige Zwerge unter ihm, um den Torso abzu stützen. Er stand da, fluchte und brüllte und war ganz offensichtlich entweder betrunken oder wahnsinnig, vielleicht auch beides. Sein bloßer Anblick ließ Raschid glauben, daß alles verloren war. Selbst der schwachsinnigste Tölpel, den man aus den übelsten Kloaken im Hafen hervorgezerrt hätte, wäre für die bevorstehende Aufgabe besser geeignet gewesen als dieser Irre.

Das Schiff selbst war das zweite, was Raschid mit Entsetzen erfüllte, denn im Gegensatz zu den Vorstellungen, die man bei ihm geweckt hatte, war es keineswegs ein robuster, hochseetüchtiger Segler, gebaut mit den gediegensten Hölzern aus den großen Wäldern des hohen Nordens. Nein, es entpuppte sich vielmehr als eine ziemlich ramponierte Galeere, ein uraltes Relikt von der Sorte, die seit unvordenklicher Zeit, genauer gesagt, seit der Erfindung des Ruders, gemächlich über das Mittelmeer geschaukelt und inzwischen längst durch Schiffe abgelöst worden war, die erheblich stabiler, schneller und leichter zu manövrieren waren. Der Rumpf ließ unübersehbare Zeichen des Verfalls erkennen, ganz zu schweigen von den Einschlägen; offensichtlich war er an vielen Stellen von den verschiedensten Waffen, darunter Kanonen, getroffen worden. Überall am Bug hingen die abgemagerten, knochigen Gestalten der Sklaven über der Reling, um sich mit lauten Zurufen von den fliegenden Händlern, die am Kai Zuckerwerk und Früchte, geröstete Nüsse, Reis und Suppen verkauften, eine milde Gabe zu erbetteln. Ein Knabe, der Datteln verkaufte, war von einem kleinen Pulk Menschen umringt, die mit den Fingern auf das Schiff wiesen; schaut, riefen sie, so verfährt Gott mit den Ungläubigen. Hier gab es Griechen, Spanier und Venezianer ebenso wie Söldner aus dem hohen Norden, die gekommen waren, um im Kampf gegen den mächtigen Türken ihr Glück zu versuchen.

Eine der Wachen, die Raschid zum Hafen gebracht hatten, rief den Kapitän herbei und begann zu erklären, wer Raschid war. Kapitän Kureischi nickte herablassend. Ja, er sei im Bilde. Man solle den gelehrten Mann an Bord schicken, er habe nichts zu fürchten. Zwischen den Wachen und dem Kapitän entspann sich ein aufgeräumtes Geplauder. Raschid al-Kenzy wandte sich ab. Es war früher Morgen, doch die Sonne stand bereits hoch über den Bergen. Im Hafen herrschte geschäftiges Treiben, und der Lärm von Stimmen und reger Betriebsamkeit brandete schrill gegen das sanfte Schwappen des Wassers. Entlang der steinigen Küste des Vorgebirges waren eine ganze Reihe von Wassergefährten vertäut, kleine und große, winzige Fischerboote und kleine offene Galioten. Auch ein paar größere Schiffe waren darunter – eine hochmütige spanische Galeone auf dem Weg nach Westen, nach Wahran, die Seide, Salz und Öl geladen hatte, überragte die weniger robusten Schwestern. Draußen auf dem offenen Meer näherte sich ein anderes prächtiges Schiff mit geblähten, straff gespannten Segeln, die sich gegen das Blau des Himmels abhoben.

Er war wieder ein Knabe, ängstlich und völlig allein, mit dem gleichen bohrenden Schmerz in der Magengrube, den er an seinem ersten Tag in der Akademie im Tal der Träumer gespürt hatte.

Er sah die mächtigen Steingewölbe wieder vor sich, das Bait al-Hikma, benannt nach jenem Haus der Weisheit, das der erhabene Kalif al-Ma'mun in Bagdad gegründet hatte. Aus der Ferne, den kühlen Schatten unter der kunstvollen Inschrift *»Die Tinte der Gelehrten ist mehr wert als das Blut der Märtyrer«*, drang der Widerhall von Gesängen an sein Ohr. Damals hatte er davon geträumt, die berühmten Bibliotheken in Kairo zu besuchen, durch die Welt zu reisen, in einem Observatorium zu leben und sich ganz dem Studium der himmlischen Sphären, *Ilm al-falak*, zu widmen. Er war noch ein Knabe, nicht älter als fünfzehn Jahre, und am liebsten wäre er hinter dem alten Gelehrten, der ihn voller Stolz ins Innere führte, auf die Knie gesunken. Damals hatte er sich gewünscht, er könne weinen wie ein Kind, damit seine Mutter käme und ihn mit nach Hause nähme. Der Erwachsene hätte Kapitän Kureischi und seinem jämmerlichen Schiff ebensowenig den Rücken kehren können, wie der junge Raschid vor so vielen Jahren seinem Schicksal hätte entfliehen können. Die Namen und die Orte wechseln, dachte er bei sich, doch die Angst bleibt stets dieselbe. Gefangen in seinen Kindheitsträumen, sah sich Raschid noch einmal als den einfältigen Sohn einer Sklavin, die nichts als ein paar Tiegel und ein Bündel Kleider besaß. Genau wie in Aristoteles' Theorie über die Bewegung der Himmelskörper schien sein Leben eine Serie von ineinandergeschachtelten Kapseln zu sein. Ein häßliches Kind war er nicht, doch er war dünn und sein Rücken gekrümmt wie ein Flitzebogen. Hübsch war er ebenfalls nicht, doch wenn seine Mutter ihn nicht gerade schalt, weil er wie ein törichter Vogel in den Himmel starrte, überschüttete sie ihn mit Liebe.

Ein Galeerensklave steckte seinen Kopf durch eine Luke im Rumpf, ein langer Strahl Speichel landete im hohen Bogen im Wasser, dann war er wieder verschwunden, und al-Kenzy dachte bei sich, daß er von Glück sagen konnte, diesen Hafen der Krüppel und Sonderlinge, der Bastarde und hinkenden Weiber zu verlassen – und zwar unversehrt.

Er stand auf und wandte dem Meer den Rücken zu, um einen letzten Blick auf die Stadt zu werfen, die fast drei Jahre lang sein Zuhause gewesen war.

Das optische Instrument aus Holland ist wie eine Schimäre, die in der fernen Zukunft aufschimmert. Eine Art Magie, die keine Zauberei ist, denn was hätte der große Mathematiker Ibn al-Haitham nicht alles erreichen können, wenn er über ein solches Instrument verfügt hätte? Wie viele Jahre hätte er bei seinen Bemühungen, die Ausdehnung des blauen Himmels zu vermessen, gewonnen? Oder bei der Berechnung der Kreisbahn der Sonne durch die Materie des Äthers? Diese Mission war in der Tat wie ein Geschenk des Himmels.

Raschid al-Kenzy trieb keineswegs der Wunsch, dem Sultan zu dienen. Seit jenem schicksalhaften Tag, an dem er das Haus verließ, in dem er zur Welt gekommen war, hatte er vieles gelernt, doch vor allem hatte er begriffen, daß es zwei Kategorien von Menschen gab: Die einen waren zum Herrschen geboren, und den anderen war es vorbehalten zu dienen. Er war ein Sklave, und schlimmer als das – ein entlaufener Sklave. Er war ein Niemand, hatte nicht einmal die Ehre, jemandem zu dienen, doch nun hatte er eine Vision. Wenn er dieses Ziel erreichen, wenn er dem Dei ein Fernrohr bringen konnte, dann würde er vielleicht den Seelenfrieden finden, der ihm bislang verweigert worden war. Sein Leben war eine Aneinanderreihung von Aufbrüchen, und alle, so schien es, hatten ihn hierher geführt. War dies die Mission, auf die er sein Leben lang gewartet hatte? Wenn es ihm gelang zu überleben, mit dem optischen Instrument aus Holland zurückzukehren, würde er dann den Trost und die Zufriedenheit finden, die er suchte?

Die Reise hatte begonnen, und aus einem bestimmten Blickwinkel konnte man sie so beschreiben: Das Meer ist wie eine aufgeschlagene Seite, ein leeres Blatt, über das die Tinte des Wissens und der Geschichte fließen, getragen vom Auf und Ab der Gezeiten. Wenn wir die Seite, die unsere Hand beschrieben hat, vom Wasser nehmen, sind die Worte noch da, doch nur für wenige Augenblicke, dann zerrinnen sie, fließen zurück ins Meer.

Algier war die erste Schlinge einer langen, gewundenen Kletterpflanze, die ihn nach Westen führen würde, dann durch das Nadelöhr der Straße von Gibraltar und hinaus auf den weiten blauen Ozean im Westen, über den Kolumbus auf der Suche nach seiner Neuen Welt gefahren war. Von dort würden sie Kurs nach Norden nehmen, und während eine steife Brise die Segel blähte, würden die Luft immer kälter und die Sonnenstrahlen allmählich blasser werden. All das wußte er. Er hatte die Geographie des Ibn Chaldun und die sieben Zonen der Erde studiert. Man könnte sogar sagen, daß er sich sein Leben lang auf eben diese Mission vorbereitet hatte.

Man hat Raschid al-Kenzy die Freiheit versprochen; sein Leben wurde geschont. Jetzt sitzt er da, hält die morsche Reling umklammert, lauscht dem Ächzen der Planken und den Schreien der Sklaven, die ihre Ruder bedienen, und betrachtet die weißen Schaumkronen der Wellen tief unter ihm, die ihn vorwärts- und hinaufwirbeln, ihn mitnehmen auf eine Reise um die Erde, deren Verlauf unabschätzbar, deren Ausgang unvorhersehbar ist. In der kleinen Kajüte im Schiffsbauch, nicht mehr als eine mit Vorhängen abgeteilte Ecke auf dem Unterdeck, kniet er nieder und betet.

Stunden verstreichen, die Sonne vollendet ihren Lauf über den Himmel, und der Mond geht auf. Die Galeere folgt mühevoll und langsam dem Kurs, den der Allmächtige ihnen bestimmt hat. Die Welt ist eine Kugel, vollkommen und rund, um die sich Sonne und Sterne und Himmelskörper drehen. Gott hat den Menschen ins Zentrum dieses Universums gestellt, auf daß er das Wunderwerk seines Schöpfers bezeuge. Mit den Mitteln des Verstandes versucht der Mensch, die Parameter dieser Welt zu verstehen, doch es bedarf der heiligen Worte und des Nachsinnens der Philosophen, um sich vorzustellen, was in der jenseitigen Welt auf ihn wartet.

Die Küste kriecht vorbei, tagein, tagaus. In fremden Städten und Häfen machen sie halt. Die Männer sind angespannt, Fremden gegenüber mißtrauisch und stets auf der Hut. Sie nehmen Brennholz, Nahrung und Wasser an Bord. Kapitän Kureischi kennt diese Breiten wie seine Westentasche. Jeder Küstenvorsprung, jede Klippe ist ihm vertraut. Er kann ein Schiff wittern, das eine halbe Tagesreise entfernt ist, und er kann das Land riechen. Er wird sie an ihr Ziel bringen. Das Land scheint ihn ebenfalls zu kennen, denn wo immer es sie am Abend hinverschlagen hat, ist er den Leuten bekannt. Kapitän Kureischi wählt seine Liegeplätze sorgfältig aus. Mit geradezu unheimlicher Ausdauer gelingt es ihm, auf allen Etappen ihrer Fahrt geschützte Häfen ausfindig zu machen, in denen sanfte Wellen sie in den Schlaf wiegen. Selbst an den schwierigsten Küstenabschnitten schafft er es, sie in eine ruhige Bucht zu lotsen, in der nur steile Felsen sie begrüßen. Bei jeder Zwischenstation findet ein reger Handel statt. Waren werden geladen, entladen und erneut geladen. Der verwirrte Raschid hat bald den Überblick verloren. Sie haben bretonische Arkebusen und kretischen Wein an Bord; sie haben Kupferdraht und Nägel, Alaun, italienisches Gebäck und Salz. Kapitän Kureischi verfügt über zwei alte Kanonen aus Eisen und feuert über den Lehmhütten der Dörfer eine Salve ab, um seine Ankunft kundzutun. Manchmal feuern sie zurück, doch das alles, stellt Raschid fest, ist wie ein Ritual. »Es ist ein Spiel«, notiert er staunend, einfach nur ein Spiel.

Erneut verzögerte eine Flaute ihre Fahrt. Raschid hatte in seinem Reisetagebuch bereits achtzehn Tage vermerkt, als sie eines Nachmittags beidrehten. Der Himmel über dem Horizont war mit Schwärmen von Wölkchen gesprenkelt, die aussahen wie träge Silberfische, die unter der gläsernen türkisblauen Schale dahingleiten. Die Flaggen wurden gehißt, und das Deck war plötzlich erfüllt vom Getrippel nackter Füße. Die eisernen Räder der Kanonen rumpelten über die Holzplanken. Mit einem Zischen wurden die Lunten gezündet, und über der Verteidigungsanlage des Hafens in der Ferne, deren Mauern im Laufe der Zeit ihre schroffen Kanten verloren hatten, stiegen winzige Rauchwölkchen auf. Neugierige Gesichter spähten durch klaffende Mauerritzen. Der Rückstoß ließ das vor Anker liegende kleine Schiff hin und her schaukeln. Das Deck war glitschig, und der Gestank des Schießpulvers brannte Raschid in den Augen, als er auf den Kapitän zukroch. Dicke Rauchwolken zogen langsam über die Szenerie hinweg. Dann wurde über den lehmfarbenen Mauern eine weiße Fahne sichtbar. Kapitän Kureischi bellte irgend etwas Unverständliches und fuhr mit seinem zerbeulten Säbel durch die Luft. Seine ohnehin einschüchternde Erscheinung wirkte nun furchterregend, denn offenbar hatte ihn echte Wut gepackt. Die Kanonen jedoch verstummten, und als sie die Kaimauern erreicht hatten, war Musik zu hören, eine vibrierende, erregende Mixtur aus Tablas und Saiteninstrumenten. Ein Mann sang dazu ein Lied auf spanisch, und eine Gruppe von Frauen hatte sich versammelt, um die Mannschaft mit Hoch- und Bravorufen im Hafen zu begrüßen. Das Fest zu ihrem Empfang war bereits im Gange, und sogar die Sklaven wurden ausnahmsweise von ihren Ketten befreit. Kapitän Kureischi ging an Land; in Windeseile wurden Weinfässer geöffnet. Auf Raschid wirkte es wie eine bizarre Geschichte, die der Schlaf gebiert.

In diesem Hafen saßen sie elf Tage lang fest. Elf Tage, in denen nichts geschah. Es war eine ehemalige spanische Militärstation, die inzwischen längst in Vergessenheit geraten war. Jetzt würfelten der spanische König und der Sultan miteinander. Gekämpft wurde nicht mehr. Kureischis dramatische Ankunft war ein Tribut an die alten Zeiten. Heute, angesichts der stetig wachsenden Zahl von englischen und holländischen Freibeutern, hatte man andere Sorgen.

Die Mannschaft lungerte an Deck herum und döste in der Sonne. Der Kapitän war verschwunden. Irgend jemand erzählte, er habe sich mit einem Weib in dem röhrenartigen Höhlensystem aus ausgebleichtem Kalk und Schlamm hinter der steinernen Festung eingenistet. Eines war gewiß: Niemand würde es wagen, den Kapitän zu fragen, was er dort trieb. Es blieb ihnen nichts anderes übrig, als zu warten. Und als Kureischi eines Nachmittags endlich zum Schiff zurückkehrte, war er ohne Zweifel blendender Laune. Er hatte Berge von Geschenken mitgebracht, und bald türmten sich überall auf dem Deck Säcke mit Datteln, Netze mit Früchten und Fässer mit gesalzenem Fisch. Offenbar gesellig aufgelegt und höchst zufrieden, lud er die ganze Mannschaft zu einem improvisierten Festmahl ein. In dieser aufgeräumten Stimmung ähnelte der Kapitän einem gütigen Onkel, der zu Besuch kommt, und Raschid nahm die Gelegenheit wahr, ihn in ein Gespräch zu ziehen, worauf Kureischi sich nur allzu bereitwillig einließ. Al-Kenzy erfuhr, daß Kureischi nicht sein richtiger Name war, daß er in Spanien geboren und arabischer Abstammung war. Als Maure war er gezwungen gewesen, seinen Glauben aufzugeben, bekannte sich jedoch seit dem Tag, an dem er in Algier gelandet war, zum Islam. Seine Familie war bei den Massakern an den Morisken in Granada umgekommen. *»Quien tiene Moro, tiene oro«*, verkündete er mit einer schwungvollen Gebärde.

»Vor vierzig Jahren fuhr ich zum ersten Mal zur See«, sagte er. Er war mit seinem Vater nach Saldas in der Gegend von Almería gereist, um von den Korsaren Waffen zu kaufen. *»Un cristano per* *una escopeta«*, das war ihr Angebot. Die Seeräuber, die faul in der Sonne lagen, hoben bei ihrem Vorschlag kaum die Köpfe, denn zweifellos hatten sie diese Geschichte schon tausendmal gehört: ein Christ für eine Muskete. Und so, wie Kapitän Kureischis Laufbahn als Seemann begonnen hatte, sollte sie sich auch in Zukunft entwickeln. Als sein Vater auf See starb, wurde der junge Kureischi von einer Bande Freibeuter aufgenommen. Das war keine ungewöhnliche Geschichte. Trotz der Härten eines solchen Lebens waren die Verlockungen für viele unwiderstehlich. In ihren kleinen, beweglichen Galeeren machten sie Jagd auf viel größere, aber langsame Schiffe. Mit kleinen Arkebusen, manchmal nur mit Messern bewaffnet, stachen sie in See, wobei die Rationen an Nahrungsmitteln auf ein Minimum beschränkt wurden: Salz, etwas Mehl, etwas Öl. Die Reichtümer, die als Beute winkten, waren Legende. Sie lebten wie Soldaten, doch im Gegensatz zu den Rekruten einer Armee hatte jeder von ihnen die Möglichkeit, so reich zu werden wie ein König, wenn dies auch nur den wenigsten gelang. Oft war die Ausbeute mager; von Galläpfeln und Salz konnte ein Mann nicht reich werden, von einer Ladung Seide oder Holz hingegen schon. Außerdem trieben sie mit den gekaperten Schiffen Handel, die nicht selten wertvoller waren als die mitgeführte Ladung. Selbst die Venezianer vermochten zu dieser Zeit für ihre Flotten nicht mehr zu tun, als ihnen einen sicheren Hafen zu bieten. In hoffnungslosen Versuchen, die Ehre und den Wohlstand von San Marco zu verteidigen, kreuzten die Galeeren der Serenissima fieberhaft auf den Gewässern. Der Kapitän warf den Kopf zurück und lachte bei der Erinnerung an die Unverfrorenheit seiner Jugend.

Doch mittlerweile hatte die Lage sich verändert. Die Handelsschiffe waren schneller und kleiner und konnten jeder Galeere davonsegeln. Eine grausame Brut von christlichen Piraten, deren Jagdrevier bis in die Ägäis reichte, machte die Meere unsicher. Die Engländer und Holländer schlichen sich bei Gibraltar an den Spaniern vorbei und schnappten sich die großen Schiffe im Winter, wenn sie vor Anker lagen. Mit ihren Galioten und Barkschiffen konnten sie angeblich die Strecke von Cartagena bis Smyrna in weniger als vierzig Tagen überwinden. Sie hatten Kanonen aus Messing, die leichter und widerstandsfähiger waren als die alten

Waffen aus Gußeisen, und jede Menge Schießpulver und Lunte, und wenn sie ein Schiff überfielen, wie groß es auch sein mochte, plünderten sie es schneller als ein Schwarm Heuschrecken und steckten es in Brand. Kureischi selbst fand inzwischen an diesem Leben keinen Geschmack mehr; er war längst nicht mehr erpicht auf Scherereien. Was blieb, waren günstige Gelegenheiten, die das Schicksal ihm bescherte, und natürlich der Zeitvertreib, diese alten Geschichten zum Besten zu geben. Heutzutage riskierte man unter Umständen, von den Rittern des Heiligen Stephanus gefangengesetzt zu werden, die ihre Sklaven schlechter behandelten als Tiere. Ja, man hatte sogar schon vom Angriff auf Schiffe gehört, die Pilger nach Mekka bringen sollten; nichts war ihnen heilig. Sizilianer, Malteser, selbst Neapolitaner – alle hatten sich zusammengerottet, die verschorfte Wunde, die Barbarossa hinterlassen hatte, wieder aufzureißen.

Vielleicht war das Ziel ihrer Reise der Grund, warum diese Geschichten über die Grausamkeit der Ungläubigen plötzlich ein solches Gewicht zu haben schienen. Am gleichen Abend sprach Raschid den Kapitän erneut an. »Die Route nach Norden – wie gut kennt Ihr sie?«

Kureischi bemühte sich, ein selbstsicheres Strahlen zu unterdrücken, seine Augen glitzerten boshaft, und er strich sich über die herabhängenden Enden seines Schnurrbartes. »Herr, ich würde es nie wagen, mit dem mageren Wissen, das meine Karten und dies bescheidene Gedächtnis enthalten, euer aller Leben aufs Spiel zu setzen.« Er neigte in Andeutung einer Verbeugung den Kopf. »In jenen Breiten muß man sich auskennen, denn das Meer ist erbarmungslos und der Wind so hartherzig, daß er mit einem einzigen Hauch die Segel eines Schiffes zerfetzen kann.« Was sie brauchten, war ein guter Lotse. Er klopfte Raschid al-Kenzy auf den Rücken und schickte ihn ins Bett. Keine Sorge, Herr, überlaßt die Sache Kureischi.

In Cadiz, sagt er, gibt es einen solchen Mann.

8. KAPITEL

Der Tag, an dem Raschid das Tal der Träumer erreichte und in die Akademie aufgenommen wurde, war sein fünfzehnter Geburtstag. Man rasierte seinen gesamten Körper, von Kopf bis Fuß, und wusch ihn in Essig, um sicherzugehen, daß er keine Läuse mitbrachte.

Licht flutet wie flüssige Säulen aus durchscheinendem Alabaster in den tiefen Raum und ergießt sich über die mineralisch schimmernden Schuppen toter Fische. Die dunkle Höhlung der Kuppel trägt den Himmel. Die Luft ist feucht und warm. Ein Mann mit freiem Oberkörper, der nackte Torso kräftig wie der eines Ringers, schreitet gemächlich durch das Dämmerlicht; Schweißperlen tropfen an seinem Körper herab. Der schwere Holzkübel schwingt in seiner Hand hin und her, als er ihn anhebt. Ein Wellenband aus Wasser entrollt sich in der Luft, wie das sanfte Sich-Öffnen langer, anmutiger Finger aus Licht.

Der Knabe steht mit frisch geschorenem, noch immer brennendem Schädel auf der Schwelle. Das Herz schlägt ihm bis zum Halse, als ein flüchtiger Schatten über den hoch oben in die gegenüberliegende Mauer eingelassenen Streifen Gitterwerk aus Lehmziegeln huscht, durch den das Licht einfällt – Vögel, die draußen im hellen Sonnenschein vorüberfliegen.

Das Wasser und die Dunkelheit halten die Hitze in Schach. Langsam wendet sich der Ringer um und geht mit gesenktem Kopf an ihm vorbei; Kübel schaukeln an seinen starken Armen, und von den Fasern der Henkel aus Seil steigen Schweißperlen auf wie Dampf. Sein Atem streift das Ohr des Knaben wie das Vorbeisausen der Planetensphären.

Weit weg, in den fernen Korridoren der Krankenstation, singt eine Stimme Verse des großen Dichters Ala' al din al-Mansur, die die Geschichte des Wissens erzählen und davon, wie es zu uns gelangte. Die Legende von Taki ad-Din und dem Observatorium in Tabriz, die Geschichte von Ibn Hazm und der Entstehung der Hamama-Bruderschaft, all das und vieles mehr ruft dem jungen Adepten in Erinnerung, welch wertvolles Geschenk er empfangen wird. Eine leichte Brise tänzelt durch das mächtige Gebäude und kühlt die Korridore mit den hohen Wänden. Sie trägt den modrigen, labyrinthischen Geruch nach feuchtem Lehm und Blut heran. Den Geruch des Schoßes der Erde. Er steigt ihm in die Nase, und Raschid spürt, wie ihn etwas vorwärtsdrängt, vorbeizieht an den Marmorplatten, wo die großen Fische mit aufgerissenen Mäulern liegen und ein letztes Mal nach Luft schnappen; einige zappeln noch, glitschig und schillernd vom morgendlichen Fang. Das Wasser hält sie kühl, so daß die Schuppen sich nicht wellen. In kleinen Tröpfchen rinnt es langsam von den abgerundeten Kanten auf den Steinboden. Er geht an den Tischen vorbei (an denen man ihn bald lehren wird, das Messer zu benutzen) auf die Gruppe zu, die am hintersten Ende des langen Raumes versammelt ist; in allen Winkeln sind die Schatten so tief und undurchdringlich, daß man den Eindruck hat, man wäre unter Wasser. Seine Beine sind schwer, und seine Arme hängen in den neuen Gewändern, die er jetzt trägt, schlaff herab. Das Geräusch von Stimmen, nun leise und voller Ehrfurcht, erreicht ihn wie aus großer Ferne.

Der Ringer ist keineswegs ein Ringer; er verrichtet seinen Dienst, er ist ein Sklave. Seine barfüßigen Schritte sind verhallt, nun kauert er in irgendeinem anderen Winkel und wartet. Der Knabe Raschid, gewandet in weiße Baumwolle und Pantoffel, ist ein Novize. Er ist frei. Er ist hier, um zu lernen.

Um den Tisch am Ende des lärmenden Raumes sind die älteren Knaben versammelt. Der Meister führt virtuos das Messer, trägt eine Schicht nach der anderen ab, und unter seinen Händen löst sich das Gewebe vom Gesicht des Toten wie Papier. Untersucht jede Schicht genau und entdeckt die Geheimnisse, die im kunstvollen Gefüge von Gottes Werk verborgen sind, fordert er sie auf.

Vorbeiflatternde Vögel kreuzen das Licht, und Raschids Gedanken stieben davon.

Er wälzt sich im Schlaf herum und hört die Geräusche der Besatzungsmitglieder, die überall auf den Holzplanken des Unterdecks liegen. Das erinnert ihn an den langgestreckten Raum in der Akademie, in dem er so viele Nächte auf einer einfachen Schilfmatte auf dem Lehmfußboden zugebracht hat. Das Schiff knarrt, und das Deck schaukelt sanft unter ihm. Damals hatte er sich gefragt – genauso, wie er es jetzt tut, als er dem rasselnden Schnarchen von Kapitän Kureischi lauscht, das irgendwoher aus der Dunkelheit dringt – wie es dazu kam, daß er hier gelandet ist.

Seine Erinnerungen stürmen auf ihn ein, während er schläft.

Seit über zehn Jahren hat er keinen einzigen Gedanken an seine Zeit in der Akademie verschwendet. Damals war er ein Kind, konnte von Glück sagen, am Leben zu sein, war dankbar für seine Freiheit und entschlossen, sich ganz einer großen Aufgabe zu verschreiben. Und so wurde das Lernen sein Lebensinhalt, seine Familie, sein Zuhause.

Das Geräusch der durch die Luft pendelnden Messingkugeln ist wie der fauchende Atem eines riesigen Habichts an seinem Ohr. Er spürt das Rauschen von Flügeln, als sie an ihm vorbeischwingen. Er spürt das Ziehen im Magen und wünscht sich, nicht der Vogel, sondern die Bewegung selbst zu sein. Tief unten, im Bauch des Observatoriums, ist die Luft warm und stickig, liebkost von den gleichmäßigen Bewegungen dieser Sphären, die im Dämmerlicht vorbeisummen. Sie sind riesengroß; die größte können zwei Männer mit ausgestreckten Armen kaum umfassen. Jede Kugel stellt einen der himmlischen Planeten dar. Aufgehängt an hohlen Messingstangen, ziehen sie in vollkommenem Gleichlauf ihre Kreise durch die Luft. Es hat zehn Jahre gedauert, dieses Modell zu bauen. Im gleichen Zeitraum wurde das alte Observatorium in Tabriz errichtet und wieder zerstört, doch an jenem geheimen Ort, dem Tal der Träumer, ging die Arbeit weiter.

Im Zentrum seiner Erinnerung steht dieses Modell des Universums: Die glänzenden Ränder schimmern in der zarten Säule aus Licht, die durch das kreisrunde Loch hoch oben im Dach einsickert. Eine Kugel befindet sich im Zentrum und verkörpert die Erde, denn alles dreht sich um diese Welt. Wie schnell sich all das bewegt, und wie schön es ist, eine solch vollkommene Präzision in Bewegung zu betrachten.

Das Observatorium und die Akademie mit ihren Fakultäten für Medizin und Philosophie, Mathematik und Geographie, war eigentlich ein Zufluchtsort für eine kleine Gruppe begeisterter Wahrheitssucher, Männer, die um ihr Leben fürchteten. Die Hamama-Brüder – die Bruderschaft der Taube. Der Schleier des Geheimnisses umgab sie, und sie sorgten dafür, daß er nicht gelüftet wurde, denn er schützte sie. Nachdem sie ihre Flucht glücklich bewerkstelligt hatten, verteidigten sie nun ihre Abgeschiedenheit mit aller Macht. Das Tal, das versteckt zwischen steilen Felsen in einem undurchdringlichen Gebirge lag und einst von einer radikalen Sekte von Fanatikern und Geächteten bewohnt worden war, galt als Ort des Bösen und des Schreckens, und genau dieser Ruf hatte die Einsiedler hierhergelockt. Sie suchten die Einsamkeit, um sich ohne Störungen durch die Außenwelt ganz dem Studium der Sterne zu widmen. Niemand würde sich hierher wagen, um sie zu suchen. Sie bemühten sich nicht um Schüler und nahmen einen Knaben nur auf, wenn er von jemandem geschickt wurde, den sie kannten und dem sie vertrauten. Es hieß, sie stünden in der Gunst einer bestimmten Königin, der einer von ihnen vor vielen Jahren ihr Geschick enthüllt und sie so vor einer unglücklichen Ehe bewahrt habe – eine Gefälligkeit, für die sie unendlich dankbar war. Das Geld wurde für Instrumente verwendet. Für alles, was sie ansonsten benötigten, sorgten sie selbst.

Ein Jahr lang brachte er damit zu, in den Küchen Kichererbsen und Linsen zu kochen, bis der Geruch nach Knoblauch ihm förmlich bis ins Mark drang. Von der ständigen Arbeit im Wasser waren seine Finger wund und geschwollen. Doch noch immer gestatteten sie ihm nicht den Zutritt zum heiligen Bereich des Lernens.

Bei Nacht verläßt er seine Zelle und wandert über den spiegelglatten, mondbeschienenen Teich des Hofes, um seine Wache im Observatorium anzutreten. Die Meßstäbe zur Bestimmung der Parallaxe, wie sie von Ulugh Beg in Maragha vorgeschrieben werden, die Armillarsphären, die riesengroßen Quadranten, die Astrolabien – all das wurde vor der Zerstörung bewahrt, gesammelt, erhalten und verbessert. Vom Dienst in der Küche ist er befördert worden, die Instrumente einzufetten und zu polieren. Seine Hände liebkosen ihre glänzende Glätte mit einer Zärtlichkeit, wie sie nur eine Waise kennt. Ganz besonders faszinieren ihn die Chirurgen, die ihre rätselhaften Diagramme von Energieströmen und Organen zu Rate ziehen und unablässig miteinander debattieren. Uralte chinesische Diagramme, auf denen die Energieströme der Seele verzeichnet sind, versus blutige Messer.

Mit der Zeit keimte die Sehnsucht nach Freiheit auf; die winzigen, unsichtbaren Fäden, die ihn mit seinen Rettern verbanden, begannen sich einer nach dem anderen zu lösen. Die Welt wurde allmählich größer, bunter, erfüllt von einem Ausmaß an Lärm und Licht, wie er es in jenem großen Haus, in dem er geboren wurde, um zu dienen, nie gekannt hatte. Er erschloß sich die Festung der Mathematik, fand den Schlüssel zur mystischen Sprache des al-Dschabr, das unter dem Namen Algebra in die Wissenschaft einging. Beharrlich erklomm er die Stufen zur erhabenen Phalanx der Himmelskörper. Hier schien nichts planlos zu sein, nichts trug die unbekümmerte Handschrift des Zufalls. Jede einzelne Entfernung zwischen zwei Fixsternen war genau berechnet. Berechnet in Fingerbreiten, Spannen und Klaftern. Ihre Helligkeit war auf einer Skala angeordnet. Sie formierten sich zu Häusern, Familien, Konstellationen von solcher Herrlichkeit, daß er zu Tränen gerührt war, wenn sie in der tiefschwarzen Meeresnacht unschuldig aufblinkten und ihre ganze Pracht offenbarten. Der Schöpfer selbst hatte ihre Botschaft dort hingeschrieben, auf daß der Mensch sie studiere, seine Sinne schärfe und etwas lerne. Die Bewegung der Gestirne konnte in Winkeln und Entfernungen gemessen werden, während der Verlauf seines eigenen Lebens sich einer solchen Systematik und Ordnung gänzlich entzog.

Azimute, die Ekliptik, die Präzession; all das durchmaß er wie Wärmeschichten, die man beim Erklimmen eines Berges nach und nach unter sich zurückläßt, während das Licht immer intensiver und schärfer wird. Jeder Schritt eröffnete einen neuen Horizont und brachte neue Probleme mit sich, von denen bereits ein einzelnes ausreichte, das Leben eines Menschen vollkommen in Anspruch zu nehmen. Das war das Privileg des überlieferten Wissens: Jede Schicht war ein ganzes Leben, wie bei Schlangen, deren Alter nach der Zahl ihrer Häutungen berechnet wird. Die Mysterien des Himmels konnten nicht von einem einzelnen Menschen enträtselt werden. Doch die Fackel wurde weitergereicht, von den

Babyloniern und den Pharaonen bis zu den Griechen und Persern, dann zu den Indern und Chinesen. Die Mauern der Akademie waren erfüllt vom Ruhm ihrer Namen, und es waren so viele, daß es lebenslanger Hingabe bedurft hätte, um auch nur herauszufinden, wer sie waren und was sie geleistet hatten: Imhotep, Echnaton, Ammizaduga; Thales, Anaximander, Pythagoras, Eudoxos, Aristoteles; Aristarchos, der die Skaphe zur Messung der Zeit erfand; Apollonios und seine Epizykel; Hipparchos, dem wir die Entdeckung der Präzession verdanken; Ptolemäus' Almagest, das später zur Grundlage für Abdarrahman as-Sufis Sternkatalog wurde; Abu Ma'schar und Mascha'allah der Jude, die die Theorie der Sassaniden aufgriffen, nach der alle wichtigen politischen Ereignisse mit einer Konjunktion von Saturn und Jupiter zusammenfallen. Al-Biruni, Abul Wafa, Ibn Yunus, Ibn al-Haitham, Nasir ad-Din at-Tusi und Ibn asch-Schatir. War es die Größe ihrer Schatten, die auf ihm zu lasten schienen? Lauerte, versteckt im hintersten Winkel seiner Seele, der Gedanke, daß der Name von Raschid al-Kenzy eines Tages in dies erlauchte Verzeichnis aufgenommen werden würde? Die Seele des Menschen ist aus einem wahrhaft verwünschten Stoff gemacht. Hätte ihn, mit all seinem Glauben und seiner Loyalität, persönliche Eitelkeit dazu verleiten können zu glauben, daß die Mittel und Wege des Menschen mehr Wert besitzen als der von Gott erleuchtete Pfad?

Der Prozeß des Denkens vollzieht sich in dem Rahmen, den die Metaphysik von al-Farabi und anderen deutlich umrissen hat. Wo endet das, was der Mensch ersinnt, und wo beginnt der Plan des Allmächtigen? Die Mysterien des Himmels sind für einen einzelnen Menschen unergründlich. Und dann gibt es jene, die glauben, daß die Botschaft des heiligen Koran erst zu gegebener Zeit vollständig begriffen werden kann, daß es törichte Eitelkeit ist, wenn die gebildeten Ulama' behaupten, daß sie alles begreifen können, was dort geschrieben steht. Steht nicht geschrieben, daß der niedrigste Mensch dem vornehmsten gleich sei, daß der Glaube jedes Menschen eine Sache zwischen ihm und seinem Schöpfer ist? Doch solche Einwände sind nur ein schwacher Schutz gegen die Schwerter und Speere der Glaubenseiferer, die mit Sicherheit kommen werden, hierher ins Tal der Träumer, wie es dann schließlich auch geschah.

9. KAPITEL

Die vor der Küste kreuzenden spanischen Galeonen winkten sie hastig an Gibraltar vorbei, denn dahinter wartete die Bucht von Cadiz. Die Stadt barst vor neuerworbenem Reichtum, und die Bucht war überfüllt mit Schiffen jeglicher Bauart und Größe: Karracken, die Bug an Heck zu anmutigen Halbmonden vertäut waren; Kaiks, Koggen, Galeonen und Schnellsegler aus den Niederlanden und Antwerpen lagen vor Anker und wiegten sich sanft. Die hochaufragende mächtige Silhouette eines alten venezianischen Segelschiffes drehte langsam ihre Bugspitze gen Osten. Als die Engländer die Stadt acht Jahre zuvor geplündert hatten, nahmen sie ihr den Reichtum, doch es war ihnen nicht gelungen, ihr die Ehre zu nehmen, und ihr Stolz war ungebrochen; mit den spitzen Kirchtürmen und den breiten, palmengesäumten Prachtstraßen reckte sie die lohfarbenen Finger in triumphierendem Gruße himmelwärts.

Als Raschid al-Kenzy durch die Menschenmengen streifte, die sich auf den Plätzen drängten, hatte er das Gefühl, eine andere Welt betreten zu haben. Die Lagerhäuser waren bis unters Dach gefüllt – mit Holz und Getreide, Balken aus den Städten der Hanse, Silber aus Amerika, Wohlgerüchen aus Valenzia, Kopfbedeckungen aus Cordoba und Tuchen aus Toledo. Kaufleute und *marineros* bahnten sich mühsam einen Weg durch das Gewimmel einander beiseite schiebender Menschen. All das raubte Raschid den Atem, ließ ihn schwindeln. Kutschen rollten vorbei, gezogen von prachtvollen Pferden. Offiziere der königlichen Marine mit Federbüschen und glänzenden Knöpfen schlenderten in Grüppchen umher. Die Flut des Reichtums von jenseits des westlichen Meeres, aus den Minen Neuspaniens, hatte nicht nur Räder mit Radkappen aus Silber und metallglänzende Hufbeschläge mit sich gebracht, sondern auch einen Bodensatz von menschlichem Abschaum hinterlassen, ein kunterbunter Haufen von Außenseitern, seltsamen Gestalten, die auf den Plazas und an den Durchgangsstraßen ihr Glück zu machen suchten. Sie verkauften billigen Flitterkram und bestickte Lederwaren. Junge Mädchen hielten Girlanden aus welken Blüten in die Höhe und stellten zugleich ihre aufreizend vorgeschobenen Körper zur Schau. Mütter boten ihre Babies für eine Handvoll Münzen an. Geschmeidige Knaben aus Indien schlugen Purzelbäume und zeigten andere Kunststücke, langhaarige Männer mit kohlschwarzen Augen verschluckten brennende Fackeln. Wie betäubt lief Raschid al-Kenzy durch dieses Schauspiel, konnte den Blick nicht mehr abwenden von dem farbenprächtigen Panorama und der endlosen Galerie fremder Gesichter. Er hörte, wie Männer über Pestilenz und Tod schwadronierten, über den Zorn Gottes und die Verderbtheit der Seele. In dem grauen, trüben Licht erschien ihm all das wie eine Entfesselung heidnischer, barbarischer Geister, angeführt von der Christenmacht, die in den furchteinflößenden Türmen und hochaufragenden Mauern der Kirchen residierte. Es war eine Welt, die völlig mit sich selbst und ihren Interessen in Übersee beschäftigt war, eine Welt, die sehr wohl wußte, daß sie die Nabe eines erheblich größeren Rades war.

Das Zischen einer Ladung abgestandenen Wassers traf die enge Gasse wie ein Peitschenhieb, und Raschid, der zögernd im Schatten stand, wurde naßgespritzt. Die Bodega war von Lärm erfüllt; Gelächter und das berauschende Aroma schwerer Weine drangen aus dem Eingang und strömten hinaus in die Arterien der Straßen, die bereits im Dunkel lagen. Die Frau verschwand wieder im Inneren, der leere Kübel schaukelte an ihrem Arm. Auf seinem Weg vom Hafen durch die Straßen der Stadt hatte die Frage nach der wahren Natur der vor ihm liegenden Aufgabe Raschid mit wachsender Unruhe erfüllt. Der Kadi hatte ihm ein versiegeltes, in Wachstuch eingeschlagenes Päckchen gegeben, auf dem eine Anschrift und ein Name standen. »Wenn du in Cadiz ankommst, ist es von äußerster Wichtigkeit, daß du dich umgehend zu diesem Ort begibst und den Brief aushändigst. Ganz wesentlich ist außerdem, daß keine Menschenseele, allen voran Kapitän Kureischi, davon erfährt. Die ganze Last der Verantwortung für das Unternehmen liegt in deinen Händen.«

Raschid trat aus den Schatten, holte tief Luft und bahnte sich seinen Weg durch die Tür. Drinnen herrschte ein noch größeres Durcheinander, als er erwartet hatte. Unversehens wurde er von einer Woge aus berauschenden Dunstschwaden und den aufgeblasenen Possen der betrunkenen Gäste erfaßt, vorangestoßen und mitgerissen. Auf der gegenüberliegenden Seite des Raumes befand sich ein gemauerter Gewölbebogen, unter dem sich ein Pulk von Leuten drängte. Sein Blick fiel auf einen massigen Mann, der vier große Krüge trug und die Gäste lautstark aufforderte, ihm Platz zu machen. Aus der Vertraulichkeit, mit der man ihn behandelte, schloß Raschid, der sich vorsichtig vorwärtsschob, daß er der Besitzer der Bodega sein müsse. Als der Mann sich plötzlich umwandte, stand Raschid direkt vor ihm. Er musterte ihn von oben bis unten und machte irgendeine scherzhafte Bemerkung, was die anderen Männer, die sich an der Theke lümmelten, aufmerksam werden ließ. Er wollte schon weitergehen, da streckte Raschid die Hand aus und griff nach seinem Arm. Wieder sah der Mann ihn an, diesmal voller Argwohn. Er warf einen Blick auf die Hand auf seinem Arm und sagte etwas in einem ganz anderen Ton als zuvor. Raschid ließ seinen Arm los und hielt ihm den Brief entgegen. Der Mann nahm ihn in seine großen Pranken, drehte ihn ein paar Mal um und warf ihn dann hoch in die Luft. Der Brief verschwand in der Horde von Männern. Da trat aus dem Getümmel plötzlich ein Mann hervor. Er hatte ein Gesicht wie aus poliertem Holz und einen glänzenden, glattrasierten Kopf. Um den Hals trug er einen dicken Lederriemen, an dem ein Sammelsurium von Gegenständen aufgefädelt war: ein Haifischzahn, eine große Silbermünze, ein rostiger Schlüssel und etwas, das aussah wie die Knochen einer menschlichen Hand. Er sprach die *Lingua franca* der Seeleute.

»Was führt dich her?«

Raschid deutete auf den Brief. »Ich habe den Auftrag, das hier der Frau zu übergeben, deren Name auf dem Umschlag steht.«

Der Mann musterte Raschid einige Male von oben bis unten, dann nickte er. »Folge mir. Ich werde dich hinbringen.«

Sie verließen die Bodega und machten sich auf den Weg. Nach

ein paar Minuten bogen sie von der Hauptstraße ab und betraten eine stille, menschenleere Straße mit hohen Häusern. Raschid warf einen Blick über die Schulter, um sich zu vergewissern, daß ihnen niemand folgte, aber auch, um nicht die Orientierung zu verlieren. Er ließ eine Hand in den Ärmel seines Leinenmantels gleiten und fühlte die beruhigende Härte des Dolches, den er an seinem Arm festgebunden hatte.

Der hochgewachsene Mann sprach, ohne sich umzuschauen. »Einmal hat ein Mann ein Messer gegen mich gezückt. Die Hand, in der er die Klinge hielt, trage ich jetzt bei mir.« Er ließ die Gegenstände an seinem Lederriemen klimpern und lachte.

Sie bogen noch mehrmals ab, bis sie schließlich vor einem schmalen Haus Halt machten. Dort stießen sie das Portal auf und erklommen eine steinerne Treppe, die spiralförmig nach oben führte. Eine Magd lugte hinter einer halb geöffneten Tür hervor. Nachdem man sie eingelassen hatte, blieb Raschid wartend an der Tür stehen. Die Magd setzte sich auf einen kleinen Stuhl ganz in der Nähe, legte die Hände in den Schoß und starrte, ohne sich zu rühren, geradeaus. Kurz darauf tauchte der hochgewachsene Mann wieder auf, ging wortlos an Raschid vorbei und verschwand durch die Tür, ohne ihn auch nur eines Blickes zu würdigen. Raschid schaute die Magd an. Sie hob den Blick und wies mit einem Nicken auf die offene Tür, die in das angrenzende Gemach führte.

Im schwachen Lichtgeflacker der Messinglampen, die ringsum an den Wänden in kleinen Alkoven standen, konnte er die Frau zunächst nicht erkennen. Der Raum war warm und duftete nach Parfüm und wohlriechenden Ölen. Raschid blieb stehen, wo er war, nahe am Eingang. Er konnte die Flamme und den Rauch einer Lampe dicht neben seinem Gesicht riechen. Sie stand aufrecht, einen Fuß auf einen niedrigen Schemel gestellt, vor der Feuerstelle, in der Kohlen glommen. Sie nahm ein Bad. Ihre Röcke waren bis zur Taille hochgerafft, und sie goß Wasser von der Farbe leuchtenden Kupfers über ihren Schenkel. Raschid rührte sich nicht.

»Tritt näher«, sagte sie ohne das geringste Anzeichen von Verlegenheit. Sie hob den Blick. Ihr dichtgelocktes schwarzes Haar war im Nacken lose zusammengebunden und fiel über ihre bloßen Schultern. »Steh nicht da wie ein Leichenbestatter. Mach die Tür zu.«

Er streckte die Hand aus und schloß die Tür hinter sich, ohne den Kopf zu wenden. Sie schöpfte eine weitere Schale Wasser aus dem Tiegel, der von der flachen Kohlenpfanne erhitzt wurde. Raschid betrachtete die schimmernden Rinnsale, die an ihrer Haut hinabtanzten. Sie hatte ein rundes Gesicht. Im Halbdunkel sahen ihre Augen aus wie zwei kleine schwarze Punkte.

»Kennst du den Inhalt dieser Nachricht?«

Raschid schüttelte den Kopf. Sie hatte den Brief, der jetzt offen neben ihr lag, aus der Verpackung gewickelt, einem Streifen Tuch, in das dreizehn Goldmünzen eingenäht waren. Sie setzte die Schale ab, trat von der Feuerstelle weg und ließ ihre Röcke herunter.

»Du mußt deinen Kapitän morgen abend um die gleiche Zeit wie jetzt zu mir bringen. Um alles weitere wird man sich kümmern.«

Raschid schwieg und blieb stehen, wo er war. »Geh jetzt. Ich erwarte einen Besucher«, sagte sie und wedelte ungeduldig mit der Hand. Er verließ den Raum, den Kopf noch immer vernebelt von der sonderbaren Mischung der Düfte. Als er auf die Straße trat, hielt eine ausnehmend elegante Kutsche vor dem Haus. Zwei Lakaien sprangen ab. Raschid erhaschte einen flüchtigen Blick auf einen älteren, vornehm aussehenden Mann, der aus der Kutsche stieg und mit wehendem langem Umhang im Eingang verschwand.

Das Echo einer Schiffsglocke drang vom dunklen Meer an Raschids Ohr, während er durch die Straßen ging. Er war auf dem Rückweg zum Schiff, merkte jedoch, daß er hier und da abbog und ziemlich wahllos die Richtung wechselte. Ihm war entsetzlich beklommen zumute. Er hatte getan, was man von ihm verlangt hatte. Wieso erfüllte ihn dann solche Besorgnis? Er lief weiter. Ein Nachtwächter ging vorüber, das Klacken seiner Stiefel verhallte auf den von Salzwasser feuchten Steinen. Raschid versuchte, zur Ruhe zu kommen. Gewiß, man hatte ihm einen sonderbaren Auftrag erteilt, und die Heimlichkeit, mit der er ihn ausführen mußte, machte es nicht gerade leichter, die Sache zu verstehen, doch der Kadi hatte zweifellos seine Gründe.

Die Nacht war schwül, und aus der Ferne drang das leise Pochen, mit dem die hölzernen Schiffsrümpfe beim Steigen der Flut aneinanderstießen. Die Bäume an der Calle de San Miguel wiegten sich träge in den schweren Düften von Mangrovensümpfen und Papayas, die langsam im feuchten Laub von jenseits des Ozeans verfaulten. Das Silber Südamerikas klimperte in den Taschen von Kaufleuten mit dunkel geränderten Augen unter breitkrempigen Hüten, die die Alameda Vieja entlangeilten; sie hatten die Hände tief in den Taschen vergraben, und ihre Reichtümer lagen in den hohlen, mit Teer bestrichenen Rümpfen jener Schiffe, die über die mondbeschienenen Sandbänke und glitzernden Riffe Westindiens hinwegglitten und singend in Richtung Westen davonsegelten. Die Stadt bildete den Mittelpunkt eines komplizierten Netzes aus Handschlägen und Absprachen, die das Schicksal der weit entfernten Winkel dieser Welt zum Handelsartikel machten.

Raschid al-Kenzy verspürte plötzlich nicht mehr den geringsten Wunsch, die kalten nördlichen Breiten zu sehen. Er hatte Geschichten über das Klima, den Schmutz und die Gebräuche der Christen gehört, die – wenn man den Gerüchten Glauben schenkte – sogar noch primitiver waren als das Pack, das sich bei jeder Ebbe in die Stadt Algier ergoß. Doch wenn ihm solche Gedanken kamen, fühlte Raschid sich alt und wertlos. Begleitet vom Rattern leichter Kutschen und Wagen, die mit Fässern von gesalzenem Fisch und Öl schwer beladen waren, ging Raschid zum Hafen zurück.

»Bittet dringend um meinen Besuch, sagt Ihr?« Kapitän Kureischi warf Raschid einen neugierigen Blick zu. Sie hatten sich auf den Weg zu besagtem Haus gemacht. Doch sie waren zu dritt, denn der Kapitän hatte darauf bestanden, daß der Bootsmann sie begleitete. Da es sein ausdrücklicher Wunsch war, hatte Raschid nicht gewußt, wie er ihn davon abbringen sollte. Auf dem Weg durch die Stadt hatte Raschid vermieden, den Bootsmann anzusehen, aus Angst, er könne den Verdacht hegen, daß irgend etwas nicht stimmte.

»Man hat euch angewiesen, allein zu kommen«, sagte die Magd mit einem Blick auf den Bootsmann. Der Kapitän war bereits im angrenzenden Gemach verschwunden. Hinter ihm schloß sich leise die Tür. Der Bootsmann schaute erst Raschid, dann wieder die Magd an.

»Ihr wartet, bis man euch ruft«, sagte sie mit fester Stimme, dann nahm sie wieder Platz und griff nach ihrer Näharbeit. Der Bootsmann schien nichts dagegen zu haben. Er grinste Raschid lüstern zu und ging mit langen, entspannten Schritten im Flur auf und ab, die Hände in die Taschen geschoben. Raschid erwiderte nichts und blieb schweigend stehen. Gelächter drang aus dem angrenzenden Raum, und der Bootsmann zwinkerte Raschid zu. Dann war es lange Zeit still. Nichts rührte sich. Die Magd blieb auf ihrem Stuhl sitzen, hielt den Kopf gesenkt und konzentrierte sich auf die silberne Nadel in ihren Fingern.

Als es ihm plötzlich klar wurde, als er begriff, was hier vor sich ging, war es zu spät. Ein Schrei entfuhr seiner Kehle, mit zwei schnellen Schritten hatte er die Tür erreicht und stieß sie auf. Die Frau stand neben dem Bett. Sie hatte den Kopf gesenkt, und das lange Haar, das bis zu der goldenen Halskette herabhing, bedeckte ihr Gesicht. Sie war damit beschäftigt, ihr weißes Unterkleid zuzuknöpfen. Er erhaschte einen Blick auf ihre wogenden Brüste, die das geöffnete Mieder entblößte. Als er die Frau zur Seite schob, machte sie keinen Versuch, Widerstand zu leisten. Kapitän Kureischi lag mit dem Gesicht nach oben auf dem Bett. Seine Pantalons waren bis zu den Knöcheln heruntergelassen, Augen und Mund weit aufgerissen. Raschid fuhr herum. Die Frau wich um Armeslänge zurück. Die dunklen Punkte ihrer Augen wurden noch schwärzer, als bringe ihre Dunkelheit die Lampen zum Verlöschen. Langsam näherte er sich ihr, streckte eine Hand aus und schob das dunkle Haar beiseite. Er sah ihr fest in die Augen, während seine Hand über die Rundung ihrer linken Brust glitt. Sie fühlte sich kühl an und hob und senkte sich bei jedem ihrer Atemzüge ganz sacht in seiner Hand. Seine Finger folgten der sanften Wölbung ihrer Haut. Die Brustwarze war aufgerichtet und fühlte sich hart an. Er strich mit dem Daumen über die glitzernde Spitze und hob die Hand an seine Nase.

»Honig?«

Sie hielt noch immer seinem Blick stand. »Bring es nicht in Berührung mit deiner Zunge, sonst ist es das letzte, was du je kosten wirst.«

Er schaute sich um und betrachtete den toten Kapitän. Die Frau entzog sich seiner Berührung, drehte sich halb um und fuhr fort, ihre Kleider zuzuknöpfen.

»Geh jetzt. Deine Aufgabe hier ist erledigt. Nimm ihn mit und laß ihn auf der Gasse hinter dem Haus liegen. In diesem Viertel sterben die Leute wie die Fliegen.«

Raschid schaute an der Frau vorbei den Bootsmann an, der hinter ihm in das Gemach gestürzt war. »Was für ein Hexenwerk ist hier geschehen?« schrie er und beugte sich über den toten Kapitän.

»Was befohlen war, ist ausgeführt worden«, sagte die Frau. »Um alles weitere wird man sich kümmern. Geht jetzt, und kein Sterbenswörtchen über das, was ihr gesehen habt.« Sie fixierte den Bootsmann mit einem gelassenen Blick. »Es sei denn, du hast den Wunsch, dich auf dieselbe Weise zu verabschieden.«

Der Bootsmann benötigte keine weitere Aufforderung. Er wich entsetzt zurück und stieß in seiner Hast, aus der Tür zu kommen, eine Lampe um. Als Raschid sich ebenfalls zum Gehen wandte, hielt die Frau ihn am Arm fest. »Geh zum Hafen, frag nach einem Mann namens Darius Reis. Er wird dich nach Antwerpen bringen, der nächsten Station deiner Reise.«

»Warum?« fragte Raschid.

»Wer weiß?« lächelte die Frau. »Der Kadi ist ein sehr vorsichtiger Mann. Du kannst von Glück sagen, daß du für wertvoller erachtet wurdest als er«, fügte sie hinzu und nickte in Richtung des toten Kapitäns.

Raschid fiel fast die Treppe hinunter, so eilig hatte er es, aus dem Haus zu kommen. Draußen holte er den Bootsmann ein, der fluchend und brüllend die Straße entlangstolperte. Raschid packte ihn am Arm. Ungestüm wirbelte der Mann herum und funkelte ihn mit haßerfüllten Augen an. »Bitte hör mich an«, sagte Raschid. »Ich wußte nichts von diesem Plan.«

Der Bootsmann spuckte ihm ins Gesicht. »Verflucht sei der Tag, an dem ich dich traf.« Er entwand Raschid seinen Arm, doch der hielt ihn ein zweites Mal fest.

»Was geschehen ist, ist durch Gottes Willen geschehen. Du mußt mir helfen, diesen Darius Reis zu finden.«

»Macht dir keine Sorgen, Sklave, auch wenn du mit einem Fluch beladen bist, ich bin dafür bezahlt worden, dich ans Ziel der Reise und lebendig wieder zurückzubringen. Das habe ich geschworen, und ich bin und bleibe ein Ehrenmann. Er mag ein harter Mann gewesen sein, und möge Gott sich seiner sterblichen Überreste erbarmen, aber er war dennoch ein gerechter Mann.«

»Also abgemacht? Zu keiner Menschenseele ein Wort davon?«

Das Gesicht des Bootsmanns sah müde aus; Erschöpfung und Furcht lagen in seinen Zügen, und seine Augen waren geschwollen. Im schwachen Licht des Nachthimmels auf der dunklen Straße wirkten die Falten, die die Sonne in seine Haut gegraben hatte, als seien sie in Stein gemeißelt.

»Wo kommst du her, Bootsmann?«

»Von der Insel Zypern.«

»Die kenne ich gut.«

Ein dumpfes Lachen tröpfelte von den Lippen des Bootsmanns. »Eins sollst du wissen, Sklave. Nur aus einem Grunde komme ich mit dir – weder, weil man mich dafür bezahlt hat, noch aus Loyalität dir gegenüber, sondern allein deshalb, weil ich dabeisein will, wenn dich der Tod ereilt.«

Es war eine große Urca, ein Schiff von etwas einhundertzwanzig Tonnen, im Stil des Nordens gebaut, mit einem schweren flachen Heck. Sein Heimathafen war Lübeck, und es war an einen Kaufmann in Sevilla verpachtet worden, der es auf Handelsfahrt nach Brasilien geschickt hatte. Nachdem es auf den Riffen Schaden erlitten und einen Teil der Mannschaft eingebüßt hatte, wurde Darius Reis angeheuert, um das Schiff für dringend notwendige Reparaturarbeiten zurück in die Hanseatischen Werften zu bringen. Der Bootsmann hatte Nachforschungen angestellt und erfahren, daß Darius Reis eine Art unabhängiger Agent war. Seine Fähigkeiten als Lotse waren unübertroffen und seine Dienste allseits begehrt. Es geschah nur selten, daß er seine Zeit in irgendeinem Hafen verschwendete, doch dieses Mal saß er bereits seit zwei Monaten in Cadiz fest, da er sein letztes Schiff bei einer Wette an zwei portugiesische Brüder verloren hatte.

All das erzählte der Bootsmann Raschid, während sie bei Sonnenuntergang auf einer heftig schlingernden kleinen Kaik, deren kurzes Segel über ihren Köpfen flatterte, zum Schiff hinausfuhren.

Wie sich herausstellte, war Darius Reis nicht nur ein ungeduldiger Mann, sondern bereits voller Tatendrang, den Auftrag so schnell wie möglich in Angriff zu nehmen. Er war hager, und seine Augen, die im späten Sonnenlicht glitzerten, waren verstohlen und leuchtendblau wie die eines Vogels. Er nickte und zuckte die Achseln, hielt kaum inne, um seine Passagiere zu begutachten. Er habe sie erwartet, mehr sagte er nicht.

Ihre wenigen Gepäckstücke wurden unter Deck gebracht, und kurz darauf führte man sie in eine enge Kammer, die ihnen für die Reise als Quartier dienen sollte. Darius Reis sei ein sowohl gefährlicher als auch höchst ungewöhnlicher Mann, fuhr der Bootsmann fort.

»Es gibt nur wenige Orte auf dieser Welt, die er noch nicht gesehen hat. Viele Jahre hat er Baumwolle aus Zypern und Öl aus Alexandria geholt, aus dem Norden Nägel und Bauholz, Zinn und Balken. Er ist an der gesamten Westküste Afrikas entlanggesegelt. Sein einziger Freund auf der Welt ist ein Affe, den er in den Urwäldern dort unten gefunden hat.«

»Ein Affe?«

»So groß wie ein Kind, sagt man, und klüger als ein Mensch.«

»Sollen wir einem Mann vertrauen, der dem Leben eines stummen Tieres mehr Wert beimißt ist als dem eines Menschen?«

Der Bootsmann zuckte die Achseln. »Ganz gleich, welch sonderbare Gewohnheiten er haben mag, es heißt, für diese Aufgabe findet man keinen besseren Mann«, brummte er.

Dann streckte er sich auf seinem Lager aus und schloß die Augen. Nun gab es nichts weiter zu tun, als auf die Flut zu warten. Doch Raschid lag im Dunkeln und konnte nicht schlafen. Er fühlte sich einsam und schutzlos. Jetzt, nach Kureischis Tod, war er der einzige Mensch außer dem Dei und dem Kadi, der den wahren Zweck seiner Mission kannte. Er drehte sich auf die Seite und schloß die Augen. Das Bild von Darius Reis ragte drohend vor ihm auf. Was war das für ein Mann, fragte er sich, der Augen hatte wie ein Vogel?

10. KAPITEL

»Du warst auf Zypern, sagst du?«

»Ja«, erwiderte Raschid. »So ist es.«

Raschid saß mit dem Bootsmann beisammen, den die Reise derart langweilte, daß er seine Abneigung gegen seinen Weggefährten schließlich doch noch überwunden hatte. Es war der dritte Tag, und sie hockten eingepfercht in ihrer düsteren Kammer und lauschten dem leisen Knarren der Planken hoch über ihnen.

In den Jahren, nachdem die Akademie im Tal der Träumer dem Erdboden gleichgemacht worden war, nahm Raschids Leben einen Verlauf, den man nur als eine Kette von Zufällen bezeichnen konnte. Und so kam es, daß er eines sonnigen Morgens mit der ersten Flut an den Gestaden Zyperns landete. Er wollte in die Dienste eines sehr reichen Holzhändlers namens Sidi Hamed Hazin treten, der halb erblindet und ein wenig altersschwach war. Sidi Hazin war vor vielen Jahren auf die Insel gekommen, etwa zu der Zeit, als die Türken die Venezianer endlich vertrieben und über das Meer davongejagt hatten. Er kaufte alles auf, dessen er habhaft werden konnte, und verdiente später ein Vermögen mit dem Wiederaufbau der Osmanischen Flotte, nachdem sie bei Lepanto von Don Juan, dem Marinekommandeur des Papstes, vernichtend geschlagen worden war. Da sein Reichtum nun gesichert war, blieb er auf der Insel und erweiterte die Reihe seiner Kunden, die schließlich vom Bosporus bis zum Golf von Biscaya reichte. Seine Schiffe kehrten mit Säcken voller Gold und Silber zurück. Doch im Laufe der Jahre wurde Geld zur unbedeutendsten aller Frachten, die seine Schiffe an Bord hatten. Viel wichtiger waren die Luxusgüter, die sie für seine junge Frau mitbrachten; aus den Steinen einer christlichen Festung hatte er einen bescheidenen Palast für sie errichten lassen, den sie nicht verlassen durfte. Weihrauch, Parfüm aus dem fernen Indien, feine Seidenstoffe aus Shiraz; kurzum, alles, von dem er hoffte, es könne sie ergötzen. Mit jedem Schiff entsandte er einen ausgewählten Troß von Männern seines Vertrauens, die eigens beauftragt waren, alles zu erwerben, das ihr Augenmerk erregte: Neuheiten, Schmuckstücke, Musikinstrumente, stampfende Ponys, Vögel, die wundervoll singen konnten. Am Ende war jeder Winkel des geräumigen Anwesens mit allen möglichen Dingen jeglicher Provenienz vollgestopft. Die Heirat mit dem Mädchen war die letzte unüberlegte Handlung Sidi Hazins, und sein Leben lang sollte er für diesen übereilten Schritt bezahlen. Die Zeit, die ihm auf dieser Welt noch blieb, rann rasch durch das Stundenglas. Doch es half alles nichts: Die junge Frau – und sie war sehr jung – blieb verdrießlich und unzufrieden. Sie langweilte sich, obwohl er sich bemühte, sie zu unterhalten, und sie verschmähte ihn, fand ihn körperlich abstoßend, und sein Palast, der, wie sie sich ausdrückte, mit dem Blut der Ungläubigen errichtet worden war, ekelte sie. Er sei ihr Käfig, und sie komme sich vor, als schliefe sie in einem Metzgerladen, verkündete sie.

Raschid war auf ähnliche Weise dorthin gelangt wie viele der Kostbarkeiten, von denen die Räume und Gänge in Hazins Palast überquollen. Einer seiner Agenten war auf ihn aufmerksam geworden, als Raschid auf dem Basar von Tyros den Passanten seine Dienste als Briefeschreiber anbot. Sidi Hazin suche einen Gehilfen für die Verwaltung seiner Bibliothek, erklärte der Agent. Erst nach seiner Ankunft auf der Insel erfuhr Raschid den wahren Grund, warum Hazin ihn in Dienst genommen hatte. Seine Agenten hatten, so sickerte langsam durch, im Verlauf ihrer Bemühungen, der unzufriedenen Ehefrau Zerstreuung zu verschaffen, eine Unmenge von Büchern zusammengetragen, weil sie dachten, die darin enthaltenen Geschichten würden ihre unruhige Seele besänftigen. Zum großen Kummer Hazins zeigte sie nicht das geringste Interesse für den ständig wachsenden Berg von Manuskripten und Schriftrollen. Lyrik, die danach lechzte, gelesen zu werden, Abenteuergeschichten, die darauf brannten, in die Hand genommen zu werden, erotische Erzählungen von solchem Feuer, daß Hazins Stimme brach, als er sie Raschid auf ihrem Rundgang durch die Gemächer des Palastes zeigte. Er konnte kaum sprechen. Die Führung wurde unterbrochen, denn der Holzhändler schüttete ihm sein Herz aus. Er habe gehofft, seine letzten Jahre in den heißen Umarmungen einer leidenschaftlichen und liebesbedürftigen jungen Frau zu verbringen, sich danach gesehnt, daß sie ihm endlose und unvergleichliche Nächte der Lust schenken würde, sein Herz wieder jung werden lasse und nebenbei ein ganzes Rudel männlicher Nachkommen in die Welt setzen werde, denen er seinen Reichtum hinterlassen könne. Es widerstrebe ihm, sie mit Gewalt zu nehmen, und das, so bekannte er unter Tränen, sei ein Zeichen für die Tiefe seiner Gefühle für sie. Nie habe er sich träumen lassen, daß ihn ein solch trauriges Los noch so spät in seinem ansonsten gesegneten Leben ereilen könne. »Es gibt kein grausameres Schicksal als das der unerwiderten Liebe«, weinte er und legte Raschid al-Kenzy die Hand auf die Schulter. Raschid versprach, alles zu tun, was in seiner Macht stand.

Voller Eifer machte er sich an seine Aufgabe und begann unverzüglich, die Fülle der Bücher durchzusehen und nach Kategorien zu ordnen. Er unterteilte sie in heitere, bewegende, kurzweilige, romantische und wertlose Schriften – die letzteren warf er sofort ins Feuer. Er ging wie ein Alchimist ans Werk, berechnete Maße und Gewichte in Worten und Gefühlen. Zusammen würden die verschiedenen Gattungen das gesamte Spektrum der Klangfarben eines Musikinstruments umfassen. Er würde auf ihrem Herzen wie auf einer Laute spielen.

Vielleicht war es Schicksal, vielleicht Zufall, doch was immer es auch sein mochte, plötzlich waren ihm die Mittel in den Schoß gefallen, den Wissensdurst zu stillen, der sich seit Jahren in ihm aufgestaut hatte. Genauer gesagt, seit zehn Jahren, seit seinem überstürzten Aufbruch aus dem Tal der Träumer. Ohne daß er sich des gähnenden Abgrunds bewußt gewesen war, hatte sich eine Leere in seinem Innern aufgetan. Er hatte sie gespürt wie eine Krankheit – ein Hunger, für den er kein Gegenmittel kannte, ein brennender Schmerz, den er nicht benennen konnte.

Doch jetzt verfügte er über die Mittel und die Zeit – und außerdem hatte er eine unwillige Schülerin in Gestalt der schmollenden jungen Frau von Sidi Hazin. Jeden Nachmittag saß er mit ihr im Pavillon auf der Anhöhe, und wenn das Wetter schlecht war, begaben sie sich in die weitläufige Empfangshalle des Hauptgebäudes, die von qualmenden Ölfackeln erleuchtet wurde. Der Pavillon befand sich an einem luftigen Platz oberhalb des großen Hauses, und eine sanfte Brise wehte durch die weißen Baumwollvorhänge, die das gleißende, vom bronzefarbenen Meer reflektierte Licht fernhalten sollten, um sie nicht zu stören. Er legte das geöffnete Buch auf das niedrige Pult, ließ sich mit gekreuzten Beinen auf dem Fußboden nieder und begann vorzulesen, während sie mit schnellen Schritten auf und ab ging. Der Pavillon war ein Ort der Kontemplation und besaß daher keinerlei überflüssigen Zierat. Der Marmorboden schimmerte in einem dunkelgeäderten Olivton. Es gab einen langen Diwan und eine hohe phönizische Amphore, ansonsten nur die geweißten Holzsäulen, die Baumwollvorhänge, den Wind und das Meer. Es war ein angenehmer Ort zum Verweilen, und Raschid fühlte sich unbeschwert. Und wundersamerweise wurde er auch noch entlohnt für das, was er am allerliebsten tat: das Lesen.

Er hatte Anweisung bekommen, ihr jeden Tag zwei Stunden vorzulesen, und so geschah es. Das Stundenglas neben sich, las er ihr einfach vor, was er für diesen Tag ausgewählt hatte. Er schenkte dem Mädchen keinerlei Beachtung, und daran tat er gut, denn sie versuchte nach Kräften, ihn von seiner Aufgabe abzulenken. Sie lief im Pavillon umher, schlendernd, wirbelnd, zuweilen sogar tanzend. Durchdrungen von einer glühenden Zielstrebigkeit vertiefte er sich vollkommen in das Buch, ließ seine Augen in einem gleichmäßigen Rhythmus an den Zeilen entlanggleiten, bahnte sich tastend einen Weg über Klänge und Gedanken, die in Worte gegossenen Empfindungen der Seele. Niemals gestattete er sich, die junge Frau direkt anzusehen. Mit seinem Stapel von Büchern im Arm betrat er den Raum, den Blick unverwandt auf den Boden geheftet. Er machte eine knappe Verbeugung in ihre Richtung, ehe er seinen Platz in der Mitte des Raumes einnahm. Wenn er dann die gesuchte Seite aufgeschlagen hatte, rannen die ersten Sandkörner durch das Stundenglas, und er begann zu lesen. Er war indes nicht völlig immun gegen ihre Anwesenheit. Obwohl sie höchst selten irgendein Gespräch anknüpften, wußte er doch, daß sie nicht nur das Gefühl hatte, ihre Zeit zu vergeuden, sondern zugleich eine ermüdende Aufgabe absolvieren zu müssen (manchmal schlief sie beim Vorlesen ein, und er fuhr einfach fort, begleitet von ihrem leisen Schnarchen). Da er glaubte, daß jede Störung ihres Schlafes den Rahmen seiner Pflichten überschreiten würde, ließ er sie ungestört ruhen.

Nach einer gewissen Zeit jedoch kam es Raschid so vor, als könne er ganz instinktiv spüren, in welcher Laune sie sich gerade befand, und so folgte er bei der Wahl der Lektüre seiner Intuition. Er änderte seine Strategie und brachte zu jedem Treffen eine größere Auswahl von Werken mit, um für jede ihrer Stimmungen stets etwas Passendes zur Hand zu haben. Wenn er spürte, daß sie verdrossen war, und das geschah zu Beginn des öfteren, las er beispielsweise Kassiden der *Mu'allakat*-Dichter vor – Imrul-Kais, Tarafa, al-Harith –, denn ihre rhythmischen Oden waren Balsam für die Seele. Spürte er jedoch, daß sie träge oder teilnahmslos war, griff er zu den abbasidischen Poeten des neunten Jahrhunderts, wie beispielsweise Abu Nuwas, in der Hoffnung, ihr unkonventioneller Stil werde sie aufrütteln. Bei anderen Gelegenheiten tauchte er ein in die erlauchte Welt aus Rauch und Flammen im *Schahname*, dem Buch der Könige, und erzählte ihr von den Schlachten und Siegen des kühnen Rustam. Bei wieder anderen unterhielt er sie mit den blumigen Beschreibungen der Welt in al-Dschahiz' Meisterwerk, *Das Buch der Tiere*.

Während die Monate ins Land gingen, vergrub er sich immer tiefer in die Sammlung der Werke. Bei seiner Arbeit wurde er in keiner Weise gestört, denn Sidi Hazin hatte, wie so viele Männer seines Schlages – Männer, für die Reichtum gleichbedeutend ist mit Weisheit –, weit weniger Interesse für Dinge wie Lesen und Literatur, als er zugeben wollte. Sidi Hazin war letzten Endes ein schlichter Kaufmann, nicht besser und nicht schlechter als jeder Mann, der auf dem Marktplatz Rettiche feilbietet. Die riesige Büchersammlung war in einem ungenutzten Lagerraum im hinteren Teil des Hauses zu hohen Stapeln aufgeschichtet. Im Gang vor dem Raum wimmelte es von Ungeziefer und Mäusen, und es war nur eine Frage der Zeit, bis sie einen Weg durch das Mauerwerk finden und über die Bücher und wertvollen Manuskripte herfallen würden.

Ein ganzes Jahr saß Raschid in jeder nur verfügbaren Stunde des Tages und einen großen Teil der Nächte bei den Büchern an einem kleinen Tisch, den er in den Lagerraum gestellt hatte, las und las, arbeitete sich langsam durch die Stapel, ganze Berge von Werken, die dort zu entdecken waren. Schon bald ließ er die Lyrik hinter sich und steuerte zielstrebig auf das zu, was ihn am stärksten fesselte: die Sterne. Sein Interesse galt zunächst den Werken der *Awa'il*. Am Anfang seines Weges stand ein leicht verschmutztes Fragment eines Manuskripts von Ibn Chalduns Werk, der *Mukaddima*. Der noch erhaltene Teil beschäftigte sich mit den Fortschritten der Mathematik und anderer Wissenschaften. Hier fand Raschid Verweise auf weitere Gebiete, die seine Aufmerksamkeit erregten. Das Werk steckte in einem Stapel von Büchern, die Sidi Hazim einem Mann von der Insel Rhodos abgekauft hatte. Der Mann hatte die Sammlung von seinem Großvater geerbt, einem der letzten überlebenden Ritter des Johanniterordens, der klug genug gewesen war, sich zum Islam zu bekehren, als die Insel, die eine Schlüsselfunktion im Herrschaftsgefüge des östlichen Mittelmeeres innehatte, vor etwa siebzig Jahren von den Galeeren Süleyman des Prächtigen erobert wurde.

Die Sterne, die Astronomie. Es dauerte nicht lange, und er vertiefte sich mit glühender Begeisterung in die Geheimnisse ihrer Bewegungen und all das Wunderbare, das es zu entdecken gab. Er stieß auf Werke über Ptolemäus' Theorie der Planeten, über al-Biruni und Ibn al-Haitham, und er fand al-Farabis *Katalog der Wissenschaften* und al-Dschazaris *Buch des Wissens über erfindungsreiche mechanische Vorrichtungen*, das ihn wochenlang in Bann hielt.

So vertieft war er in die Aufgabe, seine Ausbildung fortzusetzen, die durch die Flucht aus dem Tal der Träumer abgebrochen worden war, daß man es ihm fast nachsehen konnte, wenn er zunächst kein Auge für die Veränderungen hatte, die im Kopf – und im Herzen – seiner einsamen nachmittäglichen Zuhörerin vonstatten gingen. Natürlich hatten sie einander zu dieser Zeit bereits eine beträchtliche Anzahl von Stunden Gesellschaft geleistet, und es hatte kurze Momente des Gleichklangs gegeben, in denen die Funken sprühten und glitzerten – verblüffende Ausbrüche von Staunen und Gelächter. Verblüffend deshalb, weil diese Augenblicke den Schleier der Feindseligkeit zerrissen, die zu Anfang ihre erzwungene Kameradschaft geprägt hatte. Und dennoch bemerkte

Raschid erst viel zu spät, daß etwas nicht stimmte. Irgendwann war ihm aufgefallen, daß der Rhythmus seines Vortrags eine unerklärliche Transformation durchlief. Wörter, die sonst wohlgeordnet und mit präzise jener Geschwindigkeit, in der sie gelesen werden mußten, von seiner geübten Zunge strömten, drängten sich jetzt in wirren Knäueln, um ihm ein Bein zu stellen. Sie weigerten sich, ihm in der vorgesehenen Reihenfolge über die Lippen zu kommen, zögerten und stolperten dann, in ihrer Eile hinauszugelangen, wild durcheinander. Inzwischen nahm Raschid auch die körperliche Anwesenheit seiner Zuhörerin wahr. Er hatte hart daran gearbeitet, sich dagegen abzuschotten, sich so tief in seine Aufgabe zu versenken, daß es eines mittleren Erdbebens bedurft hätte, um seine Stimme stocken zu lassen – doch plötzlich merkte er, daß ihn alles nur Erdenkliche aus der Ruhe brachte: sonderbare Düfte, das Zwitschern eines Vogels, der auf einem nahegelegenen Baum Rast machte, das ferne Zirpen der Grillen auf den Feldern.

Außerdem: Die Zeit verstrich, und er verlor langsam die Geduld. Es bekümmerte ihn, daß seine Bemühungen nicht den gewünschten Erfolg erzielten. Gleichwohl versicherte er Hazin immer wieder, der alte Mann werde schon bald die Früchte seiner Arbeit ernten. Tiefe Traurigkeit schien sich in Hazins Augen eingenistet zu haben, und Raschid hatte im Laufe der zwölf Monate, die er ihn kannte, eine aufrichtige Zuneigung zu dem alten Narren entwickelt. Je mehr er über das Mädchen nachdachte, über den völligen Mangel an Resonanz auf seine ausgewählte Lektüre, desto mehr gelangte er zu der Überzeugung, ihr Herz müsse in der Tat aus Stein sein. Es war ein Tag wie jeder andere, an dem ihm klar wurde, daß er nicht die geringste Vorstellung davon hatte, wie er weitermachen sollte. Er wußte einfach nicht, was er ihr vorlesen sollte. Als er einen Blick auf die Auswahl von Werken neben dem Pult warf, begriff er das ganze Ausmaß seiner Verwirrung. Da lag ein Band von einem der anspruchsvollsten der großen Dichter: al-Mutanabbi – viel zu schwierig, das merkte er erst jetzt. Abul-Atahiya – zu morbide. Omar Khayyam – Fieberphantasien. In seinem Kopf drehte sich alles, und er war sich des altklugen Blicks bewußt, mit dem sie ihn fixierte. Die Zeit raste dahin; ihre großen Augen, die wie zwei feuchte Oliven schimmerten, hielten ihn gefangen.

»Nun, Gelehrter, wollt Ihr nicht anfangen?«

Er seufzte.

»Vielleicht«, sagte sie versonnen, »läßt sich das Herz am Ende doch nicht durch Worte gewinnen?«

»Vielleicht«, sagte er, mehr fiel ihm nicht ein. Er studierte die geometrischen Ornamente des kleinen Teppichs, auf dem er mit gekreuzten Beinen saß. All diese Muster waren konzentrisch, strebten auf einen Mittelpunkt zu, bis es keinen Ausweg mehr aus dem Irrgarten gab.

»Es gibt keine Worte, die mich dazu bringen könnten, diesen alten Mann zu lieben. Warum sollte ich auch? Er hat sein Herz verloren, als er mich zum ersten Mal erblickte. Er würde mir nie ein Härchen krümmen. Wo sollte da der Zauber liegen?«

»Dann bin ich an meiner Aufgabe gescheitert.«

»Er hat Euch gebeten, mit all diesen Worten den Schlüssel zu meinem Herzen zu finden. Welche Frau könnte einen Mann lieben, der einen anderen bittet, ihm diese Pflicht abzunehmen?«

»Einen Mann, der verloren ist.« Er hob den Blick nicht. Wagte es nicht.

»Ihr glaubt, ich hätte kein Herz.«

Raschid erwiderte nichts. Sie ergriff seine Hand. »Mein Herz läßt sich nicht von Abwesenden erobern, das kann nur ein Mann aus Fleisch und Blut.« Sie legte seine Hand auf ihre Brust, und durch die weiche Seide fühlte er die Weichheit, das leichte, warme Flattern ihrer Seele. Er hob den Blick und sah ihr in die Augen. Sie streckte sich auf dem Teppich vor ihm aus. »Komm«, sagte sie, zog ihn zu sich herunter, hob den Saum ihres Gewandes und schob es über den Kopf, bis sie nackt dalag. Der Wind flatterte durch die Vorhänge und trug seinen Verstand mit sich fort. »Erfülle ihm seinen Wunsch, schenk ihm den Erben, den er sich erträumt.«

Er legte sich auf sie und spürte die sanften Rundungen unter seinen Händen dahingleiten wie Wasser in einem warmen Fluß. Er drang in sie ein, fühlte ihren Körper nachgeben, hörte ihren unterdrückten Schrei. Wie ein Leib wiegten sie sich auf und nieder, Gebete kamen ihm über die Lippen wie Wasser aus dem Mund eines Ertrinkenden. Sie bewegte sich, als sei ein Dämon in sie gefahren, ihre Hände waren überall zugleich, lagen auf seinen Schultern, glitten an seinem Rücken hinab zwischen die Beine, ertasteten sein Gewicht, vermaßen ihn. Er begann, sich heftiger zu bewegen, doch jeder Stoß wurde von ihrem weichen Leib aufgefangen. Der Wind riß an einer Bahn des langen Baumwollvorhangs und befreite sie. Einen Moment lang verfing sie sich zwischen den beiden Liebenden auf dem Boden, dann entschlüpfte sie und flog davon, hoch hinaus über die felsige grüne Landschaft. Als er die Augen öffnete, sah er den Streifen Tuch in den Himmel hinaufsegeln, dem glitzernden Meer entgegen.

Eine kleine Ewigkeit hielten sie einander eng umschlungen. Er schloß die Augen wieder, sperrte die Welt aus.

»Das ist Wahnsinn«, keuchte er.

Sie lachte. »Ich habe es dir doch gesagt. Ein Augenblick zwischen meinen Schenkeln ist so viel wert wie tausend Jahre Dichtung.«

Er rollte sich auf den Rücken und hob den Blick zu den gebauschten Vorhängen des Pavillons. Für einen kurzen Moment waren sie zwei Verschwörer. Die Gegenwart war jetzt so mächtig, daß nichts und niemand sie stören konnte.

»Gäbe es nicht die Poesie, die den Wahnsinn in Schach hält, so wären wir alle verloren.«

»Manchmal muß man sich dem Wahnsinn hingeben, um seine eigene Poesie zu finden.«

Noch viele Jahre später schüttelte er verwundert den Kopf über das Wohlbehagen, das eine so leichtfertige Unterhaltung spenden konnte. Doch ihr Blick war entrückt, und er dachte an das Stück Stoff, das über dem Berghang dahintrieb, dachte daran, daß diese Liebschaft, in die er hineingestolpert war, in irgendeiner verschlungenen Verbindung mit dem stand, was ihm in den Worten und Rhythmen unzähliger Kassiden, den Oden an die Liebe, begegnet war. Es hatte die Form der merkwürdigen Riefen auf einem Kieselstein, den der formlose Ozean an Land gespült hat, das gleiche Gewicht wie ihre Brust in seiner Hand. Diese Liebe, um die er nicht gebeten hatte, besaß eine sonderbare Vollkommenheit und Leichtigkeit. Er kniete auf dem Boden, spürte das Beben ihrer weichen Schenkel an seiner Wange wie die Federn eines kleinen Vogels, und dabei wußte er, wie groß die Wahrscheinlichkeit war, daß ihm auf dieser Welt nie wieder ein so wunderbares Gefühl zuteil werden würde.

Eines jedoch war gewiß: Von diesem Tag an veränderte sich die Stimmung im Hause. Hazin war beglückt. Die Laune seiner jungen Frau war über Nacht von Grund auf umgeschlagen. Am folgenden Morgen, noch ehe die Vögel erwacht waren, eilte er zu Raschids Unterkunft und stürmte in sein Gemach. Raschid sandte ein Stoßgebet zum Himmel. Doch Sidi Hazin umarmte ihn voller Herzlichkeit.

»Du mußt mir unbedingt sagen, was du ihr gestern vorgelesen hast.«

»Omar Khayyam«, log er, ohne mit der Wimper zu zucken.

»Aha«, seufzte Hazin und zwinkerte Raschid zu, »das habe ich mir doch gedacht. Sie konnte sich nicht mehr erinnern, aber natürlich, dieser schlaue Fuchs ist einfach unschlagbar.« Er befahl seinem Sklaven einzutreten und eine Truhe mit edlen Gewändern abzustellen. »Deine Belohnung. Ein kleines Zeichen meiner Dankbarkeit.«

»Dankbarkeit?«

Der alte Mann ließ sich neben ihm nieder und nahm Raschids Hand in seine Hände. »Ich muß gestehen, ich hegte bereits starke Zweifel, ob du wohl in der Lage wärest, den Sieg zu erringen.« Er nickte langsam. »Wie dumm und kleingläubig kann ein Mann nur sein?«

»Wollt Ihr damit sagen, daß ... daß?«

»Daß meine Frau mich in der letzten Nacht mit einer der heißesten Umarmungen beglückt hat, die ich je erlebt habe. Ihr Körper war wie im Fieber. Sie hat mir keine Ruhe gelassen.« Er schüttelte verwundert den Kopf. Seine Augen glänzten. »Nicht in meinen kühnsten Träumen hätte ich geglaubt, noch einmal eine solche Verzückung zu erleben. Es hat all meine Erwartungen übertroffen.« Er breitete weit die Arme aus. »Schau mich an, ich bin wie neugeboren.«

Raschid fiel auf die Knie und neigte den Kopf. »Ich freue mich für Euch, Sidi. Nun, da meine Aufgabe erfüllt ist, bitte ich Euch, mich aus Euren Diensten zu entlassen.«

Sidi Hazin runzelte die Stirn. »Was für ein sonderbarer Vogel du doch bist.« Er wirkte plötzlich nachdenklich. »Ich hatte schon immer den Verdacht, daß du klüger bist, als du dir nach außen hin anmerken läßt.«

»Ihr erweist mir mehr Ehre, als einem Mann meines Standes zukommt.«

»Das glaube ich nicht. Ich bin fest überzeugt, daß du mit vielen Gaben gesegnet bist, doch du hast eine Schwäche.«

»Was meint Ihr?«

»Du gehörst nirgendwo hin. Viele Monate hast du mir gedient, es ist sogar schon über ein Jahr vergangen. Ich glaube, daß du während deines Aufenthaltes hier vieles gelernt hast. Und jetzt hast du mir das Wunder geschenkt, um das ich dich gebeten habe.« Sidi Hazin zögerte. »Ich habe dich gern, Raschid al-Kenzy, doch dein Herz bleibt mir verschlossen. Voller Hingabe hast du dich der Arbeit gewidmet, die dir übertragen wurde. Nie ist etwas Feindseliges von dir ausgegangen, und dennoch... Ich hielt es stets für möglich, daß du die Flucht ergreifen und dich ohne Vorwarnung in die blauen Lüfte erheben und davonfliegen könntest.«

Einen Moment lang schwiegen alle beide.

»Geh mit meinem Segen, Raschid al-Kenzy, und möge Gott dich leiten und dir die verdiente Belohnung zuteil werden lassen.«

Raschid, der noch immer nicht ganz sicher war, ob die Worte, die er vernahm, auch wirklich ernst gemeint waren, stieß unwillkürlich einen Schrei aus, als der alte Mann ihn ungestüm in die Arme schloß und auf beide Wangen küßte.

»Du hast mir mein Leben wiedergegeben«, rief er.

Ja, dachte Raschid, das hätte er selbst sagen können – denn noch immer fürchtete er sich davor, daß Sidi Hazin nur auf den passenden Moment wartete, um ihm die Kehle aufzuschlitzen. War er mit einem ganz besonderen *Baraka* gesegnet? Er hatte einen alten Mann in den letzten Jahren seines Erdendaseins glücklich gemacht. Er war für seine Arbeit auf vielerlei Weise belohnt worden. Später saß er am Hafen auf einer prächtigen Holztruhe, die mit Gold und Geschenken gefüllt war, und grübelte darüber nach, daß die vielen Geheimnisse, welche die Sterne bergen, nichts sind im Vergleich zu den Geheimnissen, die in den dunklen, unergründlichen Windungen der menschlichen Seele verborgen liegen.

Raschid al-Kenzy verließ die Insel und nahm zunächst Kurs auf Alexandria, gelangte von dort nach Kairo und Tripolis und schließlich nach Algier. Doch dieser sonnige Morgen blieb ihm im Gedächtnis: Mit einer frischen Brise war er davongesegelt, auf einem

Meer zimtfarbener, wie Marmor schimmernder Wellen, die Olivenbäume in der Ferne, die immer kleiner wurden, das Geräusch der straff gespannten Segel in seinen Ohren – wie das Rascheln zarter Vorhangstoffe oder der seidenen Gewänder einer ganz bestimmten Frau.

11. KAPITEL

Der Mond torkelte selbstgefällig über den Himmel, und sie folgten seinem glitzernden Kielwasser wie versprengte Teilchen von verblassendem Silberstaub. Der *Firandschi*-Lotse, Darius Reis, schien ein wahrer Meister seiner Kunst zu sein, und die Mannschaft rühmte ihn, wenn auch verhalten, auf ihre wortkarge, abergläubische Art. Die Gefahr lauerte jenseits der Iberischen Halbinsel, wo die vorherrschenden Winde in südlicher Richtung wehen und ein Schiff unaufhaltsam vierzig Seemeilen an der Westküste Afrikas entlangtreiben können. Sie steuerten daher einen westlichen Kurs, hinaus auf den riesigen, ungezähmten Ozean, wo die Wellen sich türmten wie schwindelerregende, bebende Berge und das Schiff wie ein kurzer Knochen im Maul eines wütenden Hundes war, der in einem fort auf und ab zappelte. Das Schiff war solide gebaut, und das war gut so, denn ein Gefährt wie Kapitän Kureischis klapprige Galeere wäre hier draußen wie ein Wurm zerquetscht worden. Krank vor Übelkeit lag Raschid in dem feuchten, kalten Rumpf und fürchtete, mit seinem Leben könne es jeden Moment zu Ende gehen. Er sann darüber nach, wie töricht seine Unternehmung doch war. Selbst wenn er noch so viel lernen würde – wäre das all diese Strapazen wert?

Es heißt, daß al-Ma'mun, der siebte Kalif der Abbasiden-Dynastie, eines Nachts im Schlaf von dem Griechen Aristoteles heimgesucht wurde. Es muß ein grauenvoller Traum gewesen sein, denn am Morgen erwachte er mit gehetztem Blick, und die Klauen schieren Entsetzens wühlten in seinen Eingeweiden. In seiner Qual stieß er einen markerschütternden Schrei aus, der jede Tür seines Palastes erbeben ließ. Unverzüglich rief er all die verknöcherten Berater und weisen alten Männer von Bagdad zu sich und befahl ihnen, auf der Stelle damit anzufangen, jedes Bröckchen Wissen, dessen sie habhaft werden konnten, zu übersetzen, ganz gleich, in welcher Sprache es aufgeschrieben sei: Griechisch, Persisch, Sogdisch, Sanskrit, Chinesisch, kurzum alles, doch insbesondere – er drohte mit dem Finger – inbesondere die Texte der Griechen. Und auf diese Weise fand die Gelehrtheit Eingang in die Sprache des Propheten. Davor besaßen die Araber kaum mehr als Legenden und Religion. Das im Laufe der Geschichte zusammengetragene Wissen, die Werke der Awa'il, waren so gut wie unbekannt. »Suchet nach Wissen, wo immer ihr es finden könnt, und sei es in China!« steht im Buch der Bücher geschrieben. Nach und nach erschienen die Werke von Aristoteles, Plato, Sokrates und Ptolemäus, und ihre Erkenntnisse wurden weitergegeben und vertieft durch den Eifer und Fleiß hingebungsvoller Männer. Und daher sind uns die großen Denker des Goldenen Zeitalters bekannt. Raschid al-Kenzy hat davon geträumt, diese Höhen der Gelehrsamkeit zu erklimmen. Er hat den Namen seines Volkes, der Kunuz, angenommen in der Hoffnung, daß auch sie ihren Platz in der Geschichte finden, daß sie nicht unbemerkt und unerwähnt bleiben und von der Nachwelt vergessen werden. Welch eine Eitelkeit! denkt er, während er wieder einen Mundvoll bitterer Galle herunterwürgt. Grün wie eine unreife Feige liegt er in den Eingeweiden des Schiffes, lauscht dem Knarren der Spanten und riecht nur Teer und Erbrochenes.

Die Griechen hatten sich das Wissen der alten Ägypter zunutze gemacht, die Erde und Sterne in ein kompliziertes System eingebunden hatten, von dem sie fasziniert waren und zugleich heimgesucht wurden. Sie beteten Götzenbilder an: die Katze, den Schakal, den Fisch und Sobek, das Krokodil. Sie brachten dem Fluß Kinder zum Opfer. Ja, das Wissen, das er erworben hatte, würde ihm in mancher der großen Akademien dieser Welt zur Ehre gereichen. Doch jetzt ist er allein. Vor ihm liegt die größte Herausforderung seines Lebens. Stand in seinem Buch des Schicksals wirklich geschrieben, daß er diese Reise unternehmen soll? Vielleicht sind ihm die ersten Zweifel an dem Kurs gekommen, den er eingeschlagen hat. Oder sind ihm die ersten Zweifel an Gott gekommen?

Die Straßen von Cadiz mit ihren klaren kartographischen Senkrechten, dem strengen Regelwerk, den großen Plazas, haben sie hinter sich gelassen. Die Gelehrsamkeit nutzt ihnen hier wenig, denn sie haben sich bereitwillig, wenn auch ahnungslos, auf das Meer des eigenen Unwissens hinausgewagt. Die Vergangenheit verblaßt blitzschnell. Sie balancieren auf dem Rand des dunklen Horizonts der Entdeckungen. Nichts ist deutlicher zu erkennen als die obsidianfarbenen Abgründe zwischen den Sternen, die am Himmel ihre Bahn ziehen, hoch über den Köpfen der Seeleute, die sich verzweifelt bemühen, die zerstörerischen Dschinne zu zähmen, die unbekümmert im Segeltuch herumtollen.

Raschid hat Todesangst, doch auch diese Nacht geht schließlich vorüber und führt die Lebenden dem erlösenden Morgen entgegen.

Der Bootsmann hat Angst vor den Ungläubigen. Es ist eine irrationale Furcht, ausgelöst durch das Fieber, das von ihm in dem Moment Besitz ergriffen hat, als sie auf den Atlantik hinaussegelten. Er phantasiert und stößt laute Schreie aus, ist besessen von der Vorstellung, die Geister ehemaliger Besatzungsmitglieder, Verwandter, toter Kinder und ermordeter Kapitäne seien mit ihm an Bord des Schiffes, um jede Unreinheit seines Herzens aufzuspüren. Er sei ein Seemann der Meere, stöhnt er, über Ozeane wisse er nicht das Geringste. Seit sie nach Westen aufgebrochen sind, hat er jede Hoffnung fahren lassen.

Als Raschid begriff, daß der Bootsmann nicht nur an Seekrankheit litt, stieg eine neue Furcht in ihm auf. Seeleute sind abergläubisch wie alte Jungfern; sie hegen Mißtrauen gegenüber allen Passagieren, denn jede Art von lebendiger Fracht birgt das Risiko von Krankheit und Wahnsinn. Wenn die Besatzung erfuhr, daß einer von ihnen ernsthaft erkrankt war, würde sie, das wußte Raschid, keinen Moment zögern, ihn den Fischen vorzuwerfen. Doch er konnte nicht viel tun. Statt dessen schnürte Raschid seinen Gürtel enger, und während sie sich durch die kalten, tückischen Gewässer vor der portugiesischen Küste kämpften, pflegte er ihn, so gut er konnte.

Das Licht ist grau und die Luft sonderbar kalt und feucht. Ruhig treiben sie nach Norden, der Küste Frankreichs und dem Englischen Kanal entgegen. Nichts rührt sich, und absolut nichts läßt darauf schließen, daß diese Landstriche bewohnt sind. Ein weiterer Tag vergeht, und der Wind flaut noch mehr ab. Ein dichter Nebel streckt seine klammen Finger nach ihnen aus. Seine Umarmung macht die Seeleute nervös, und sie sprechen nur flüsternd miteinander, als hätten sie Angst, belauscht zu werden. Falls die Dämonen des Meeres eingeschlummert sind, wollen sie sie auf keinen Fall wecken.

In klaren Momenten, wenn das Fieber vorübergehend sank, nahm der Bootsmann seinen offenbar endlosen Faden von Geschichten über ihren Lotsen Darius Reis wieder auf, der offenbar nicht gerade für seine Menschenfreundlichkeit bekannt war. In seiner Zeit als Freibeuter war er von keiner Geringeren als der Königin von England ausgezeichnet worden. Treu ergeben ist er nur dem Silber. Als Philip II. seine Armada gegen die Engländer aussandte, war Darius Reis ein allseits begehrter Spion; er wechselte wiederholt die Seiten, entkam dem Tod mehr als einmal nur mit knapper Not und erwarb sich so ganz nebenbei ein kleines Vermögen. Es hieß, ein türkischer Seemann habe ihn gezeugt, der 1571 das Blutbad von Lepanto überlebt hatte, als die Venezianer die Flotte des Sultans zerstörten. Ein englisches Schiff fischte den Türken, der sich an ein paar Planken des Wracks klammerte, aus dem Wasser, und zum Dank verführte er die junge Frau des Kapitäns. Das Meer war die einzige Konstante im rauhen und turbulenten Leben des Darius Reis. Als er einmal von einem Franzosen hereingelegt wurde, so erzählte man, zog er dem unglückseligen Mann bei lebendigem Leibe die Haut ab und nagelte sie zur Abschreckung an den Großmast. Raschid beschloß, sein Möglichstes zu tun, um jeden unnötigen Umgang mit diesem Lotsen zu vermeiden.

Der Nebel lichtete sich, und die Breitengrade glitten über sie hinweg wie die polierten Messingringe von Ibn Yunus' riesiger Armillarsphäre, die Gerüchten zufolge so groß sind, daß ein Bataillon von Soldaten zu Pferde hindurchreiten kann. Wenn sie in die Sonnenuntergänge hineinsegelten, war es, als wölbte sich ein glänzender Metallreif über ihren Köpfen. Die Passagiere segelten ins Ungewisse, ohne auch nur zu ahnen, was sie am Ausgang dieses unbekannten Labyrinths erwartete. Raschid suchte den Horizont nach Sirius, dem Hundsstern, ab, jedoch ohne Erfolg. Sterne, die ihm einst so vertraut gewesen waren, verblaßten und entfernten sich mit jedem Tag, der verging, mit jeder Meile, die sie nach Norden segelten.

Mit der Gesundheit des Bootsmannes ging es zusehends bergab.

Seine Brust war mit Blut und Eiter gefüllt, und binnen weniger Tage war er so dünn und grau geworden wie Schleimsuppe aus gekochten Fischgräten. Er konnte nicht einmal mehr einen Becher an die Lippen führen, um zu trinken.

Die Kajüte ist kalt wie eine Gruft, und die Wände sind feucht und glitschig. Raschid kniet neben dem Bootsmann und stützt seinen Kopf, damit er aus dem Becher schlürfen kann. Das Wasser rinnt ihm aus den Mundwinkeln und auf das verschmutzte Hemd. Er röchelt und spuckt wie ein Mann, der aus den Tiefen des Meeres nach oben taucht, und seine milchigen Augen rollen beängstigend hin und her.

»Wir müssen umkehren«, flüstert Raschid. Er bringt es nicht übers Herz, den Satz zu beenden, und er spricht von seiner eigenen Furcht.

Für eine Weile erlangte der Bootsmann das Bewußtsein wieder. Er richtete sich auf und spuckte quer durch den Raum, so daß sein Auswurf gegen die Kajütenwand klatschte und langsam daran heruntertropfte. Ein dünnes Lächeln lag auf seinen Lippen, ein klaffender Spalt in der aschfahlen Maske, zu der sein Gesicht während dieser letzten Tage erstarrt war.

»Wenn ich gehe, werd ich dich mitnehmen, Sklave.« Die Zähne hatten sich gelockert, und Blut sickerte aus seinem Gaumen; der Schleim in seiner Brust hatte sich in Haß verwandelt.

»Wenn Gott in seiner Weisheit beschlossen hat, daß meine Zeit gekommen ist, dann werde ich gehen.«

Der Bootsmann stieß ein heiseres Lachen aus. »Gott haben wir mit dem Kapitän hinter uns zurückgelassen, Sklave. Jetzt sind wir in den Händen der Ungläubigen.«

»Der Lotse versteht sein Handwerk. Ich glaube, daß er im Grunde seines Herzens ein guter Mensch ist.« Den Bootsmann überlief ein Zittern, er nieste wie eine Katze, und ein Ausdruck der Verwirrung trat in sein Gesicht. »Er ist ein *Muhtadin*, nicht wahr?«

Ja, nickte Raschid, auch ihm sei zu Ohren gekommen, daß Darius Reis sich vom Unverstand der Christen abgewandt und zum wahren Glauben gefunden habe. Doch Seeleute seien ja schließlich bekannt dafür, die Seiten oder auch den Glauben zu wechseln, wenn es zu ihrem Vorteil sei.

»Unsere Reise ist noch nicht zu Ende; auch wenn du Zweifel

hegst, darfst du den Mut nicht sinken lassen.« Wenn sie erst wieder an Land wären, versicherte er dem Bootsmann, würde er rasch genesen.

Der Bootsmann schüttelt den Kopf. »Das Meer kommt mich holen.«

Und tatsächlich, die Dünung wird stärker, ein sanft einlullendes, schweres Schwappen aus der Tiefe. Raschid mußte daran denken, wie die Frage der göttlichen Vorsehung in den Debatten der alten Astrologen behandelt worden ist. Wenn alles schon in den Sternen geschrieben stehe, hatte Ibn Sina geltend gemacht, dann sei es ausgeschlossen, daß man sein Schicksal durch Handeln beeinflussen könne. Welchen Sinn sollte es dann haben, die Zukunft vorherzusagen? Und Nasir ad-Din at-Tusi hatte mit einer Geschichte geantwortet. »Wenn ein schwerer Stein aus großer Höhe herabfällt, dann wird nur der nicht erschrecken, der vorgewarnt ist.«

Er brauchte ein Zeichen, irgendeine Art von Fingerzeig, der ihm verriet, wie die Reise ausgehen würde, ob er den eingeschlagenen Weg fortsetzen konnte. Er lauschte den Atemzügen des Kranken und dem Knarren des Holzes im Schiffsrumpf über seinem Kopf. Und angenommen, er hätte vorher gewußt, daß er mit dieser eiskalten Angst, die an seiner Leber fraß, in einem feuchten, stinkenden Schiffsbauch liegen und einen Sterbenden versorgen würde, wäre er dann in der Lage gewesen, diesem Schicksal zu entkommen? Schweigen. Nichts, nichts als das Auf und Ab der Wellen und der Gestank des modernden Schiffes. Die Kälte in seinen Knochen war wie ein Fieber, das seine Seele befallen hatte.

Eine klare Nacht, und Raschid al-Kenzy steht an Deck und schaut in den Himmel, versucht zu ergründen, was dort geschieht. Wie immer wird ihm bei diesem Anblick warm ums Herz. Diese schwachen Lichtpunkte sind seine Familie, seine engsten Vertrauten. Er entdeckt den Schützen und die Kassiopeia. Als Kind hat er in seinem Bett neben der Küche oft stundenlang wachgelegen und versucht, die verwirrende Vielfalt dort oben zu enträtseln. Später lernte er dann die Gesetzmäßigkeiten, die im *Zidsch* des persischen Meisters Abdarrahman as-Sufi beschrieben sind. Tag für Tag skizziert er die Linien, lernt die Maßeinheiten: die Fingerbreite. Die Handbreite. Die Lanzenlänge. Enthalten in der Lanze: die Hand, enthalten in der Hand: der Finger, und enthalten in der

Schwärze ... Tinte floß ihm über die Finger und sickerte durch die Haut in sein Blut.

Der Skorpion besteht aus einundzwanzig inneren und drei äußeren Sternen. Der achte ist der Rote Stern mit seiner leuchtenden Helligkeit zweiten Grades, der zusammen mit dem siebten das ergibt, was auf dem Astrolabium als *Galb al-Agrab*, das Herz des Skorpions, markiert ist, und das ist das achtzehnte Haus des Mondes. Dahinter liegt die Konstellation des Schützen-Bogens, *al-Kous*. Die Weiten des Himmels waren in seinem Herzen klarer eingeschrieben als sein eigenes Leben.

Das optische Instrument in Holland ist etwas Unwirkliches. Es ist zu wenig greifbar, um dieses Opfer, diesen Preis zu rechtfertigen. Er würde gern glauben, daß er all das zum Wohle der Gelehrsamkeit tut, doch er weiß, daß es nicht wahr ist. Tut er es also um des Abenteuers willen? Doch eine solche Herausforderung hat für ihn keinen Reiz. Das Argument, er hätte keine Wahl gehabt, steht auf schwachen Füßen. Wenn er wirklich einen Ausweg gesucht hätte, wäre er einfallsreich genug gewesen, einen zu finden. Er hätte in den Straßen von Cadiz untertauchen können, oder etwa nicht? Nein, der Pfeil des Schicksals leitet ihn. Die Worte, die unumstößlichen Regeln, die Maßeinheiten – sie alle sind in seinem Schicksal so fest verankert wie die diamantenen Kapillare des Himmels. Die Sterne erleuchten nur einen Bruchteil des Himmels, ihre Helligkeit blendet, während der Schlüssel im Dunkel verborgen liegt, in den lichtlosen Zwischenräumen. Was mag es dort wohl geben, fragt sich Raschid, das die Sterne unserem Blick entziehen wollen? Was hat der Kadi in ihm gesehen, warum war er so überzeugt davon, daß er die Aufgabe übernehmen und zu Ende führen würde? Vielleicht ist es diese Frage, auf die er eine Antwort sucht.

Tag und Nacht sind jetzt nicht mehr zu unterscheiden. Die Segel hängen schlaff herab; der englische Nebel nimmt ihnen die Luft zum Atmen. Das schwache, unheimliche Signalfeuer eines Schiffes, das im Englischen Kanal patrouilliert, gleitet an ihnen vorbei, ohne daß sie entdeckt werden. Das Hufeisen des Mondes folgt ihnen im Kielwasser des Schiffes.

Der Bootsmann liegt im Sterben. Sein Leben versickert in den Ritzen der knarrenden Planken des Decks, während Raschid in der Ecke kniet und flüsternd die heiligen Verse spricht. Er fürchtet sich vor dem Alleinsein, und so betet er für einen Mann, der ihm mit Vergnügen die Kehle aufgeschlitzt hätte, wäre er noch dazu imstande gewesen. Als Raschid sich vorbeugt, schnellt eine Hand aus der Dunkelheit hervor und schließt sich mit festem Griff um seine Kehle.

»Ich werde dich mitnehmen, Sklave«, knurrte der sterbende Bootsmann.

Die beiden Männer kämpften in der engen Kammer. Raschid war erstaunt über die Kraft des anderen. Er packte die Hand an seiner Kehle, versuchte sich zu befreien und spürte Panik in sich aufsteigen, als er röchelte und keine Luft mehr bekam. Er trat um sich und schlug wild mit den Armen. Mit einer letzten Anstrengung warf er sich nach hinten und kroch durch die Schatten im Halbdunkel auf die Tür zu. Dort blieb er liegen und rang nach Atem.

Das Schiff wird langsam grün durch wuchernde Algen und Schimmelpilze, und die Mannschaft wird mit jedem Tag feindseliger, mit jedem Bruchteil eines Breitengrades, den das ramponierte Schiff hinter sich zurückläßt. Sie hocken im vorderen Laderaum, zwischen Kisten und Mehlsäcken, und lauschen den Geräuschen der Ratten, die ihre Zähne wetzen. Raschid kann die Feindseligkeit der anderen riechen. Sie hängt in ihrer Kleidung, verfängt sich in ihren Augenwinkeln und abgebrochenen Fingernägeln, wie eine Krankheit. Es ist ein Siechtum, das voranschreitet, während das Wasser kälter wird und der schweigende Norden auf sie zugleitet. Es ist, als ahnten sie bereits, daß sich bald herausstellen wird, wer auf wessen Seite steht und daß jeder von ihnen eine Wahl treffen muß.

Während sich die Stimmung an Bord zusehends verdüsterte, wurde es offensichtlich, daß der Lotse durchaus fähig war, einen Mord zu begehen. Von weit oben war das Echo seiner Stimme zu hören, als er schrie und tobte, seiner Wut freien Lauf ließ und die Mannschaft mit wüsten Beschimpfungen überhäufte. Raschid merkte, daß sie vom Kurs abgekommen waren. Der Lotse hatte keine Ahnung, wo sie sich befanden. Allem Anschein nach war Darius Reis im Begriff, dem Unmut der Besatzung damit zu begegnen, daß er Mann für Mann über Bord warf, als jemand weit draußen in der Dunkelheit ein Licht erspähte.

12. KAPITEL

Das Telefon hatte aufgehört zu läuten. Hassan, der am Schreibtisch im Wohnraum eingeschlafen war, blieb einen Moment lang liegen und überlegte, was ihn geweckt hatte. Alle Lichter im Haus brannten, und die Nacht draußen war dunkel und zähflüssig wie Dieselöl. Durch das Fenster vor ihm konnte er nichts erkennen. Kein Laut drang aus der Außenwelt herein. Selbst das Summen der Hauptstraße, das er manchmal von fern hörte, war jetzt verstummt. Ein Stück Papier klebte an seiner Wange. Es fiel herunter, als er sich aufsetzte. Er starrte das Telefon einen Augenblick an und überlegte, wer ihn wohl um diese Zeit angerufen haben könnte.

Das kalte Wasser ließ ihn nach Luft schnappen. Er drehte den Hahn zu und tastete blind nach einem Handtuch. Wassertropfen fielen auf seine Schuhe, als er sich das Gesicht abtrocknete. Er ging zum Tisch zurück und räumte einen Teil der aufgetürmten Papiere und Hefter beiseite. Dann griff er nach einem neuen Blatt und einem Bleistift und notierte, was er bis jetzt herausgefunden hatte.

Zunächst einmal der Kasten: eine Messingschatulle mit den Maßen 42 mal 23 mal 11,8 Zentimeter. Der Name des Handwerkers, der sie angefertigt hatte, war eingraviert (Fateh Abdullah Ibn al-Kaschi), außerdem Datum und Ort, an dem sie hergestellt worden war: im Jahr der Hidschra 970 in Damaskus.

Der Name der Handwerkers: al-Kaschi. Hassan hatte sich gefragt, ob das vielleicht bedeutete, daß er auf irgendeine Weise mit Jamschid Ibn Mad'ud al-Kaschi verwandt war, dem Autor eines Meisterwerks über arabische Arithmetik aus dem fünfzehnten Jahrhundert – oder war es ein Verweis auf die Stadt Kaschan in Persien? Er hatte ausgerechnet, daß das Jahr der Hidschra 970 dem Jahr 1652 nach Christus entsprach. Das Instrument war also noch relativ neu gewesen, als die andere Gravierung angebracht worden war: eine auf dem Innendeckel der Messingschatulle angebrachte Widmung, die mit einem erheblich älteren Datum versehen war – etwa das Jahr 1525 nach Christus. Das Instrument war das Geschenk eines Mannes namens Sidi Hamed Hazin aus Zypern an »seinen treu ergebenen Diener Raschid al-Kenzy«.

Fragt sich bloß, dachte Hassan und legte den Bleistift beiseite, ob das Instrument im Besitz dieses al-Kenzy geblieben war und ob er selbst es nach Norden gebracht hatte.

Hassans Lider wurden langsam wieder bleischwer vor Müdigkeit, und diesmal weckte selbst kaltes Wasser seine Lebensgeister nicht mehr. Er schaltete alle Lichter aus und ging nach oben ins Bett.

Am nächsten Morgen erwachte er in aller Frühe, duschte und rasierte sich, dann legte er den kurzen Fußmarsch zu dem kleinen Laden zurück, um sich etwas zum Frühstück zu holen. Ein Bauer stand an der Theke und kaufte Tabak für seine Pfeife, als Hassan eintrat. Der hochgewachsene Junge schaute auf und hob grüßend die Hand.

»Guten Morgen.«

Während der zwei Wochen, die Hassan jetzt im Dorf wohnte, hatte sich eine Art Freundschaft zwischen ihm und dem schlaksigen Jungen hinter der Ladentheke entwickelt. Er interessierte sich für alles mögliche, war neugierig auf die Welt jenseits der Grenzen des kleinen Dorfes. Er wollte bald von hier weggehen, und das konnte Hassan gut nachvollziehen.

Der Bauer hatte es plötzlich offenbar nicht mehr eilig. Er blieb an der Theke stehen und machte in aller Ruhe sein Päckchen Tabak auf. Der Junge gab dem Mann sein Wechselgeld heraus. Hassan nahm sich ein frisches Brot, eine Tüte Milch und ein paar Äpfel. Der Bauer stopfte mit plumpen, verdreckten Fingern seine Pfeife. Dabei redete er ununterbrochen, erzählte eine lange dramatische Geschichte, in der ein Traktor und eine halsstarrige Milchkuh vorkamen. Hassan hatte Mühe, den starken Dialekt des Mannes zu verstehen; irgendwie kam es ihm so vor, als warte der Mann darauf, daß er endlich zur Theke ginge. Erst als er davorstand, fiel sein Blick auf die Schlagzeile auf dem Stapel von Boulevardzeitungen, der dort lag: »Geh, wohin der Pfeffer wächst!« stand da. Der Bauer hantierte jetzt mit Streichhölzern und paffte an seiner Pfeife.

Der Junge hielt den Blick auf die Registrierkasse geheftet und gab die Preise ein. Das Bild auf der Titelseite zeigte einen Mann aus Gambia, den man in Kopenhagen wegen Drogenhandels verhaftet und jetzt ausgewiesen hatte. Hassan kannte die Geschichte. Man hätte schon taub und blind sein müssen, um nichts davon mitzubekommen. Eine richterliche Entscheidung, auf die man früher mit Entrüstung und Widerspruch reagiert hätte, wurde jetzt öffentlich begrüßt; kein Zweifel, die Journalisten würden sagen, daß sie lediglich die allgemeine Stimmung im Lande wiedergäben, und vielleicht stimmte das sogar. Der Junge hatte die Beträge eingetippt und holte nach kurzem Zögern eine Plastiktüte, in der er die Einkäufe verstaute. Hassan griff nach einer Zeitung.

»Die nehm ich auch noch mit«, nickte er. Der Junge zuckte die Achseln und tippte den Betrag in die Kasse, während Hassan nach seiner Brieftasche griff. Der Bauer stapfte mit seinen schlammigen Gummistiefeln langsam zur Tür, wobei er stillvergnügt in sich hineinlachte und ungeachtet der »Bitte nicht rauchen«-Schilder eine dicke Wolke blauen Qualms ausstieß. Als er weg war, schien der Junge sich zu entspannen. Er ließ die Schultern sinken und warf das Haar zurück. »Der alte Viggo ist schon ein komischer Kauz. Den ganzen Tag läuft er durch die Gegend und beschwert sich, daß er so viel zu tun und überhaupt keine Zeit hat.«

Hassan zuckte die Achseln. »Tja, seine Kühe sind wahrscheinlich nicht sehr gesprächig.«

Der Junge machte eine rasche Kopfbewegung – ein Zucken, das vielleicht ein Nicken war, aber ebensogut ein Ausdruck der Unsicherheit sein konnte.

Das Landleben mochte ja seine Reize haben, dachte Hassan, doch es ließ sich nicht leugnen, daß ländliche Gegenden ihn nervös machten. Er war ein Stadtmensch. In welchem Teil der Welt die Stadt auch lag – mitten im geschäftigen Gewirr von Rassen, Sprachen und Konfessionen würde er sich stets heimischer fühlen als an Orten wie diesem. Es war einfach zu ruhig hier; seine Anwesenheit schien ein übertriebenes Gewicht zu haben. Er fiel auf wie der sprichwörtliche bunte Hund. In Wahrheit, gestand er sich ein, hatte er jedoch ebenso viele Vorurteile wie alle anderen. Für ihn standen Dörfer für Inzucht, geistige und gesellschaftliche Isolation, Rückständigkeit.

»Haben Sie was über die Kirche herausgefunden?«

Hassan stopfte das Wechselgeld in seine Brieftasche und schaute auf.

»Mittelalter, dreizehntes Jahrhundert, da haben sie diese großen viereckigen Steinblöcke benutzt. Vor der Reformation.«

»Ach, tatsächlich?« Der Junge hörte einen Augenblick lang auf zu zucken. »Was Sie machen, klingt total interessant.«

Hassan klemmte sich die Plastiktüte unter den Arm. »Die meiste Zeit hocke ich in Bibliotheken, zwischen Büchern vergraben. So aufregend ist das nun auch wieder nicht.« Er hielt es für aufdringlich, den Jungen zu fragen, von wem oder wie er erfahren hatte, was er hier machte.

»Sie schauen sich die Steine oben über dem See an, stimmt's?«

»Das Museum hat mich gebeten, mir ein paar von den Sachen anzusehen, die sie da oben gefunden haben, deshalb bin ich hier.«

»Sie wohnen in Kopenhagen, ja? Ist doch bestimmt aufregend?«

»Ja«, erwiderte Hassan, wobei er nicht ganz sicher war, ob »aufregend« die passende Beschreibung für die Stadt war, in der er lebte. Er wartete, doch der Junge sagte nichts mehr. Einen Moment lang standen sie schweigend da. Plötzlich hatte Hassan nicht mehr die geringste Lust, das Gespräch fortzusetzen, sich wieder einmal über seine Lebensgeschichte auszulassen. Er hatte es satt, dauernd etwas zu beschreiben und erklären zu müssen. Hastig verabschiedete er sich und verließ den Laden.

Mit der Absicht, einen weiteren Tag im Archiv der Gemeindeverwaltung zu verbringen, fuhr er in die Stadt. Der Ort hatte wenig Bemerkenswertes, war eigentlich kaum mehr als ein großes Dorf mit eingemeindeten Industrie- und Gewerbegebieten. Früher einmal war es ein Zentrum von Neuerungen und ein recht wohlhabendes Marktstädtchen gewesen. Zu Beginn des siebzehnten Jahrhunderts hatte es zwei- bis dreitausend Einwohner gehabt. Über die neuere Geschichte wußte Hassan wenig. Vermutlich hatten hier, wie in so vielen anderen Orten, Modernisierungsmaßnahmen zu einer Standardisierung geführt, deren Ergebnis die übliche Ansammlung von Autobahnkreuzen, Fast-Food-Restaurants und Tankstellen war.

Der Verwalter des Archivs war ein massiger, energischer Mann, der sich trotz seiner Körperfülle erstaunlich schnell bewegte.

»Ich glaub, ich hab eine Idee«, rief er, als Hassan durch die Tür kam. Er bedeutete ihm mit einer Handbewegung zu warten und verschwand geräuschlos in einem langen Korridor aus hohen Bücherregalen, der sich hinter ihm auftat. Hassan stützte sich auf den Holztresen und dachte an seinen ersten Besuch in diesem Büro. Verlegene Entschuldigungen, Verzögerungen – kurzum, man war ihm mit dem begegnet, was man gemeinhin als Mangel an Kooperation bezeichnete. Das war inzwischen jedoch anders geworden, und er wußte nicht genau, warum. Vielleicht hatte es etwas damit zu tun, daß er jeden Tag mit immer neuen Fragen wiederkam, bis der massige Mann schließlich voller Verzweiflung seinen Stift hinwarf. »Sie haben keine Ahnung, wonach Sie eigentlich suchen, stimmt's?«

»Wie bitte?«

»Hören Sie«, sagte der große Mann und verschränkte die Arme. »Hätten Sie etwas dagegen, wenn ich Ihnen sage, was ich persönlich dazu meine?«

»Ganz im Gegenteil.«

»Meiner Erfahrung nach macht Geheimniskrämerei die Sache nicht besser.«

»Tut mir leid, ich kann nicht ganz folgen.«

»Sie kommen hier rein, fragen nach diesem Dokument, nach jener Akte. Ich hole sie. Den ganzen Tag beschäftigen Sie sich damit. Offenbar Fehlanzeige. Dann grübeln Sie, haben eine neue Idee. Also kommen Sie wieder her mit einer neuen Anfrage.«

Hassan war verwirrt.

»Damit will ich bloß sagen, wenn Sie mir die ganze Geschichte erzählen würden, wüßte ich besser, wie ich Ihnen behilflich sein kann.«

Der Mann wies auf die Bücherregale hinter sich. »Ich arbeite hier seit fast zweiundzwanzig Jahren«, sagte er. »Egal, was Sie suchen, ich finde es, aber ich muß wissen, worum es geht.«

Hassan fragte sich, ob die Arbeit in allen Archiven auf dem Lande auf diese Weise organisiert wurde oder ob er nur an einen sehr unorthodoxen Mann geraten war. Wie auch immer, im Verlauf der folgenden Woche lag bei jedem Besuch eine kleine Auswahl von Unterlagen für ihn bereit.

Eine Tür zu seiner Linken öffnete sich, und der Mann tauchte wieder auf. Mit feierlicher Miene stellte er eine Kiste auf den Tresen; er nahm seine Arbeit sehr ernst. »Das hier sollte sich eigentlich gar nicht mehr in unserem Archiv befinden. Die Königliche Bibliothek in Kopenhagen hat es uns vor drei Jahren für einen anderen Forscher zugeschickt. Es wurde nie zurückgegeben. Irgendwer hat es falsch abgelegt.«

Hassans Verwunderung über dieses Geständnis stand ihm offenbar ins Gesicht geschrieben. Der Mann sah zu Boden und kratzte sich am linken Ohr. »Ich war damals in Urlaub. Meine Vertretung hat das zu verantworten.« Er biß sich auf die Lippe. »Jetzt muß ich mich bei ihnen entschuldigen und es zurückschicken.«

»Kann ich mal einen kurzen Blick drauf werfen, bevor Sie das tun?«

»Na klar«, sagte der Archivar, schon wieder etwas fröhlicher. »Deshalb hab ich es ja hergeholt. Es ist genau das, wonach Sie suchen. Es hat etwas mit seiner Familie zu tun.«

»Wessen Familie?«

»Die von Heinesen natürlich.«

Der Mann verschwand wieder in seinen Archiven, und Hassan setzte sich an den großen Tisch in der Mitte des Raumes.

Verner Heinesen.

Hassan reibt sich die Augen und setzt sich auf. Es ist spät, er hat einen steifen Nacken, und es ist kalt im Zimmer. Er streckte die Arme und blätterte geistesabwesend in den Seiten, die auf dem Eßtisch verstreut lagen. Er brauchte unbedingt mehr Platz, konnte seine Sachen kaum noch unterbringen. Ganze Stapel von Nachschlagewerken, die er aus der Stadtbibliothek und dem Museum entliehen hatte, türmten sich auf dem Fußboden. Die geöffnete Kladde vor ihm enthielt alle Informationen, die er über Verner Heinesen zusammengetragen hatte – nach allem, was er gelesen hatte, ein merkwürdiger Mensch. Das Material, das er per Fax aus Kopenhagen erhalten hatte, beantwortete zumindest einige der offenen Fragen. Im Jahre 1577 wurde er als Sohn eines Adligen in der Hauptstadt geboren. Zu jener Zeit bekamen die Leute Adelstitel für alles mögliche, in den meisten Fällen jedoch dafür, daß sie die Taschen des Königs mit Geld füllten. Wie dem auch sei,

1594, im Alter von siebzehn, wurde der junge Heinesen zum Studium auf die Insel Ven geschickt, auf der Tycho Brahe lebte, der bedeutendste Astronom seiner Zeit.

Hassan drückte die Enter-Taste an seinem Computer und wartete ein paar Sekunden, bis er summend zum Leben erwachte.

Tycho Brahes wichtigste Beiträge zur Astronomie waren die Stella Nova, die Entdeckung eines neuen Sterns in der Konstellation der Kassiopeia, und sein Planetenmodell, das sogenannte Tychonische System, ein Kompromiß zwischen dem alten Ptolemäischen Weltbild, in dem sich das Universum um die Erde dreht, und dem heliozentrischen System des Kopernikus. In Tycho Brahes Modell war die Erde unbeweglich, der in sich ruhende Mittelpunkt der Welt. Die Planeten kreisten um die Sonne, und die Sonne kreiste um die Erde.

Als Heinesen 1594 als Lehrling auf der Insel eintraf, war Brahe damit beschäftigt, seine achthundert Seiten lange Abhandlung, die *Progymnasmata*, zu vollenden. Es waren nur noch ein paar Lücken zu füllen. 1597 hatte Brahe insgesamt sechs Jahre damit zugebracht, eine Einführung und eine Conclusio zu schreiben, und er war noch immer nicht fertig. Er wollte eine Verteidigung des Gregorianischen Kalenders formulieren, der erst hundert Jahre später endgültig eingeführt wurde. Es waren also nicht gerade produktive Jahre. Brahe nahm Heinesen bei sich auf, um dessen Mutter, mit der er entfernt verwandt war, eine Gefälligkeit zu erweisen. Mehr ließ sich nicht in Erfahrung bringen. Heinesen hatte eine Schwester, der er offenbar sehr nahestand und die mit ihm hier auf dem Gut gelebt hatte. Wie es zu jener Zeit üblich war, hatte Heinesen einige Jahre mit Studien im Ausland verbracht. Wo genau, war schwer zu sagen; ein paar Jahre hatte er in Wien, Paris und Madrid gelebt, doch höchstwahrscheinlich war er auch mehrere Jahre durch ganz Europa gereist und vielleicht sogar noch weiter.

Hassan erhob sich und ging eine Weile im Zimmer auf und ab. Ihm war klar, daß seine Astronomiekenntnisse für diese Aufgabe nicht ausreichten. Eine ganze Woche hatte es gedauert, bis er diese Bruchstücke zusammengetragen hatte. Er warf ein weiteres Holzscheit in den Ofen. Er war müde, und vieles ergab keinen rechten Sinn. Warum sollte ein solcher Mann die Hauptstadt verlassen und hier in diese abgelegene Gegend ziehen?

Die eigentliche Frage jedoch betraf das Instrument in dem Kasten – und wieso es hier vergraben worden war. Er setzte sich im Schneidersitz auf den Boden und betrachtete es noch einmal. Es war kein Astrolabium, sondern ein geographisches Instrument, das man als Orientierungshilfe bei den Gebetszeiten benutzte. Es war für Reisende gedacht, die mit seiner Hilfe bestimmen konnten, in welcher Richtung Mekka lag. Er klappte den Deckel hoch. Auf seiner Innenseite befand sich eine Weltkarte, zusammengedrängt, abgeflacht und verzerrt. Der Indische Ozean war ein von Land umschlossener See. Aber dennoch war es ein erstaunlicher Beleg für die Dimensionen, welche die Erde für die Geographen der islamischen Welt bereits besessen hatte. Ein solches Instrument war Zeugnis für Jahrhunderte voller Freiheit und Mobilität. Auf dem Boden des Kastens war eine Liste der Namen aller Städte der Welt in eine dünne Messingplatte eingraviert: Paris, Wien, Kairo, Konstantinopel, Avignon, Shiraz, Kabul.

Wenn es ein Astrolabium gewesen wäre, hätte er vielleicht vermutet, daß Heinesen es auf einer seiner Reisen nach Südeuropa erworben hatte. Solche Instrumente – viele davon bereits damals sehr alt – waren zu jener Zeit durchaus verbreitet. Doch diese besondere Variante war unter rein wissenschaftlichen Gesichtspunkten so gut wie nutzlos für jeden, der kein praktizierender Moslem war. Also einfach eine Rarität, ein Gegenstand von so starker persönlicher Bedeutung, daß man sie mit dem Toten bestattet hatte? Oder war es ein Geschenk, mit dem sich jemand bedanken, erkenntlich zeigen wollte – aber wofür?

Zu dem Material, das er an diesem Morgen aus dem Archiv mitgebracht hatte, gehörte ein Beschwerdebrief an den König. Die Beschwerde, verfaßt von einem gewissen Pastor Hans Rusk im April 1611, bezog sich auf einen Fall von angeblicher Hexerei und das Niederbrennen der Kirche des Ortes im Herbst des Vorjahres. Die Heinesens schienen in die Sache verwickelt, es war die Rede davon, daß die satanischen Kräfte eines Fremden, der als »der verschlagene Türke« bezeichnet wurde, an diesem Ereignis mitschuldig wären. War das vielleicht eine Anspielung auf Raschid al-Kenzy, den Besitzer des Instruments? War es ein Beweis dafür, daß er hiergewesen war? In der Privatkorrespondenz eines ortsansässigen reichen Kaufmanns namens Koppel fand sich ein weiterer Hinweis, wiederum nur ein Bruchstück, doch immerhin wurde die Tragödie erwähnt, die dem Neffen und der Nichte »unseres lieben dahingeschiedenen Freundes Heinesen« widerfahren war, und damit war wahrscheinlich Verner Heinesens Onkel gemeint.

Jedenfalls stand fest, daß nur wenige von der Anwesenheit des Fremden in dieser Gegend gewußt hatten. Wie war er hergekommen, und warum? Raschid al-Kenzy war kein türkischer Name. Andererseits war es im siebzehnten Jahrhundert durchaus üblich, jeden Moslem als »Türken« zu bezeichnen. Die Bedrohung, die das Osmanische Reich für das christliche Europa darstellte, hatte ihren Höhepunkt erreicht, und der Islam blieb bis zur entscheidenden Konfrontation zwischen Ost und West im Jahre 1683 vor den Toren Wiens eine mehr oder weniger ernste Bedrohung.

In Wahrheit hatten Hassans Nachforschungen mit logischen Verfahrensweisen schon längst nicht mehr viel zu tun. Die Messingschatulle würde genauestens untersucht werden, man würde Ort und Zeit ihrer Herstellung bestimmen und vieles andere mehr. Doch was ihn wirklich faszinierte, ließ sich mit keiner wissenschaftlichen Methode klären. Die dunklen Leerstellen zwischen den Fakten. Wer war dieser al-Kenzy, und was hatte ihn hergeführt? Was war mit Verners Schwester, der Nichte, die in Koppels Brief erwähnt wurde? Im Hinterkopf wußte Hassan, daß er sich mit diesen Fragen viel zu sehr aufhielt, daß es fast zur Obsession geworden war. Es gab ja nicht einmal einen stichhaltigen Beweis dafür, daß sich dieser Mann zu der fraglichen Zeit überhaupt in der Gegend aufgehalten hatte, und dennoch... Erschöpft schaltete er alle Geräte aus, stieg die Treppe zum Schlafzimmer hinauf und sank in einen tiefen, traumlosen Schlaf. Sein letzter Gedanke galt dem Institut; er hatte versprochen, vor drei Tagen telefonisch Bescheid zu geben, wann er wieder zurück sein würde, es jedoch noch immer nicht getan. Er konnte die Geschichte einfach nicht auf sich beruhen lassen. Sie nahm ihn immer noch gefangen.

13. KAPITEL

Im Bauch des Schiffes, tief unter dem knarrenden Deck, neben sich den sterbenden Bootsmann, hebt Raschid den Kopf und müht sich, im Kampf gegen die Droge des Schlafes die Augen offenzuhalten. Von dem Tuch in seiner Hand tröpfelt es unablässig in die Schale neben seinem Ellbogen. Über ihm rumort es. Er starrt die flackernde Lampe an.

Oben an Deck regt sich kein Lüftchen, als sei die Welt in ein Laken aus feuchtem Musselin gehüllt. Jedes Geräusch ist so leise wie das letzte Flüstern eines Sterbenden. Die Stille ist unheilschwanger. Die Mannschaft kann riechen, daß von Süden her schlechtes Wetter aufzieht. Sie alle wissen, daß es schon spät ist und sie schon vor Stunden eine schützende Bucht hätten finden müssen. Dunkelheit umfängt sie, und niemand scheint mit Sicherheit zu wissen, wo sie sich befinden.

Jemand stößt einen Schrei aus, und alle Augen richten sich nach Osten, wo für den Bruchteil von Sekunden, wie das Flattern eines Nachtfalters, wie das Aufblitzen eines Leuchtfeuers, das Licht ein weiteres Mal zu sehen ist. Der Zyklop, der einäugige Dämon, starrt sie an aus der pechschwarzen Nacht. Im Nu hat die Dunkelheit das Licht aufgeleckt, woraufhin das Unbehagen, das in den Zipfeln der Segel hoch über ihren Köpfen flattert, neue Nahrung erhält. Die aufgeregte Mannschaft umringt ihren Lotsen. Der Steuermann hat sich ein Halstuch aus grobem Leinen vor das Gesicht gebunden, in der Hoffnung, daß es ihn nicht nur vor den Elementen schützt, sondern auch vor der ansteckenden Krankheit, die, so fürchtet er, die Passagiere mit an Bord gebracht haben. Die anderen haben sich mit Umhängen oder wirren Knäueln von Decken und Mänteln gegen das Unwetter gewappnet. Als Raschid näherkommt, steigt ihm ihr Geruch in die Nase. Der Lotse nimmt eine aufrechte Haltung an und verschränkt die Arme; der Kreis der Versammelten öffnet sich, um Raschid durchzulassen – nicht aus Respekt, sondern eher aus Furcht oder gespannter Erwartung.

»Nun, mein Herr, hat Euer Diener schon das Zeitliche gesegnet?« sagt der Lotse auf Spanisch und grinst höhnisch.

Raschid al-Kenzy ignoriert die Frage und läßt den Blick über die Gesichter in der Runde schweifen. Da er fürchtet, ihm könne vor Angst die Stimme zittern, schüttelt er nur kurz den Kopf. Der Steuermann flucht und stampft mit dem Fuß auf. Ein anderer Mann spuckt aufs Deck. Raschid strafft die Schultern und wendet sich an den Lotsen: »Darius Reis, was ist das für ein Licht?«

»Träumer, mein Herr! Das Licht der Träumer, die versuchen, uns auf ihre Felsen zu locken – Rachegeister, versteht Ihr?« Mit undurchdringlichem Blick, die festen, geraden Zähne gebleckt, das lange Haar im Wind flatternd, grinst er ihn an.

Die anderen sind wie gelähmt vor abergläubischer Furcht; vor diesem Fremden möchten sie nicht reden. Der Steuermann trommelte mit der Faust gegen die Spaken des Ruders.

»Lotse! Gesteht Eure Torheit ein! Hätten wir nicht diese Ladung verseuchter Satansanbeter an Bord, so wären wir heute Nacht in Sicherheit!« Die anderen waren offensichtlich derselben Meinung, nickten mit den Köpfen wie eine Troß müder Lastpferde und tuschelten ängstlich miteinander. Genau in diesem Augenblick begann der Regen auf sie herniederzustürzen. Der Steuermann, ein großer Kerl mit Schultern so breit wie ein Bulle, mußte brüllen, um sich Gehör zu verschaffen.

»Werft sie über Bord, damit wir endlich ihren Fluch loswerden!«

Schiere Mordlust lag in der Luft. Darius Reis sah Raschid an. »Was sagt Ihr dazu, Maure?« Es fehlte nicht viel, und der Rest von Einklang, der noch zwischen ihnen bestand, würde sich von seiner schwachen Vertäuung losreißen.

»Wir hatten eine Vereinbarung getroffen«, erinnerte ihn Raschid mir ruhiger Stimme. »Doch wie dem auch sei, zum gegenwärtigen Zeitpunkt wäre es unverzeihlich, uns mit irgend etwas anderem zu befassen als unserer unmittelbaren Notlage.«

Das Deck schwankte unter ihren Füßen, als das Meer tief Atem holte und eine Woge das Schiff erfaßte. Der Lotse sah ihn noch einen Moment lang an, dann nickte er. »Geht unter Deck. Jeder Versuch, das Festland zu erreichen, wäre zu gefährlich.« Er schaute zum Himmel. »Wir müssen das Unwetter hier draußen überstehen.«

Der Sturm packte das Schiff beim Schopfe und schüttelte es fast eine Woche lang, schleuderte es hin und her, weit hinaus auf das große Nordmeer, das Grüne Meer, wie Raschid es von der Lektüre Ibn Chalduns her kannte. Die Wellen waren hart und scharf wie Kristallscherben und durchschnitten die Segel wie stürmische Lanzen. Durch das Wolkengewoge wirbelte ein sonderbarer Geruch nach Eisen und Stein. Das Wasser unter ihnen war eine Neugeburt der Welt, fester grauer Bimsstein und Schaum quollen aus dem tiefsten Grund der Erde hervor, die mit wütendem Fauchen auseinanderriß, während die Wellen wie biegsame Äste aus Eisen gegen das Schiff brandeten. Wie Nägel gruben sich ihre Zähne in das weiche faulende Holz. Nie hätte Raschid sich träumen lassen, daß es irgendwo auf der Welt einen solchen Ingrimm gab oder daß irgendein Schiff das überstehen konnte. Sie waren gefangen zwischen dem gehässigen Meer und der teuflischen Entschlossenheit eines Lotsen, der so starrsinnig war, daß er jeden umgebracht hätte, der an seinen Fähigkeiten zweifelte. Die Besatzung zog sich zurück und begann, Pläne zu schmieden, wie man ihm die Kehle aufschlitzen und ihn den Fischen vorwerfen könne.

Ein seltsam rebellischer Geist ging in der Mannschaft um. Der Schleier aus dichten Wolken und unbarmherzigem Regen trübte den Blick der Seeleute. Sie fingen Streit untereinander an, und Dolche wurden gezückt. Das Festland, auf das sie zuvor alle Hoffnung gesetzt hatten, war nun ihr schlimmster Feind, denn wenn die Strömung sie zur Küste zöge, würden die Felsen zweifellos den Rumpf aufschlitzen, und sie wären gesunken.

Am fünften Tag trat eine Flaute ein, und Raschid konnte durch die kleine Geschützpforte im Hauptgang auf der Steuerbordseite einen Blick auf die Sonne erhaschen. Doch als die Dunkelheit wie ein Stein auf sie herabfiel, fing der Wind wieder an, ungeduldig an ihren Ärmeln zu zerren. Die Segel bekamen Risse und schlugen hin und her, und die Luft war erfüllt von den Rufen der Männer, die sich mit vor Erschöpfung schmerzenden Schultern und Herzen abmühten, die Großschote einzuholen. Wieviel mehr konnte das Schiff noch aushalten? Die Strömung trieb sie nach Norden, in die Nacht hinein. Wogen, die eine ganze Stadt hätten hinwegspülen können, erfaßten das Schiff und schleuderten es auf und ab, hin und her.

Raschid machte sich auf die Suche nach dem Lotsen und fand ihn, vor Erschöpfung zusammengebrochen, in seinem Quartier. Als al-Kenzy den abgedunkelten Raum betrat, fuhr der Lotse auf, offenbar noch mitten in einem Traum. »Was ist?« brüllte er. »Welche Segel sind gesetzt? Wieviel Tiefgang? Laßt das Senkblei herab!« Er sprang mit einem derart irren Blick auf die Füße, daß Raschid zurückwich. Aus dem Bett ertönte ein Kreischen, und unter den Decken schaute ein behaartes Gesicht hervor. Der Lotse schüttelte den Kopf und ließ sich mit ausdrucksloser Miene zurücksinken. Der Affe kroch zu ihm hinüber. Es war ein riesiges Tier, etwa so groß wie ein sechs- oder siebenjähriges Kind, mit rotbraunem Fell und einem so verständigen Gesichtsausdruck, daß es Raschid die Sprache verschlug.

»Wie die Krähe«, krächzte der Lotse und griff nach einem Krug Wein, »bringt auch Ihr nie gute Nachrichten. Was ist es diesmal, Maure?«

»Mein Gefährte wird die Nacht nicht überleben. Unsere Mission ist undurchführbar. Wir müssen umkehren und zurücksegeln.«

Der Kapitän legte den Kopf in den Nacken und lachte lange und lauthals. Er sah zu Boden und hob dann den Kopf, als wolle er etwas sagen, öffnete den Mund und schloß ihn wieder, wie ein Fisch. Er versuchte es noch einmal und brachte schließlich heraus: »Eine Leiche? Ihr wollt, daß ich euch mit einer Leiche im Schlepptau zurück nach Cadiz bringe? Habt Ihr den letzten Funken Verstand verloren, Mann?« Er streckte die Hand aus, fischte ein Hemd aus einem Haufen zerknüllter Kleidungsstücke und wischte sich damit das Gesicht ab.

»Nein, nicht nach Cadiz.« Raschid schüttelte den Kopf. »Seine Heimat ist Zypern.«

Mit einer wegwerfenden Handbewegung griff Darius Reis nach seiner Pfeife. Der süße, würzige Duft nach Haschisch erfüllte die kleine Kajüte. »Zypern, Cadiz, wo ist da der Unterschied? Ihr könntet mich ebensogut bitten, Euch zum Mond zu bringen.« Seine hageren Züge wurden einen Augenblick lang durch eine aufflackernde Flamme erhellt, das lange Haar hing ihm ins Gesicht. Er warf Raschid einen scharfen Blick zu. »Was für ein Mensch seid Ihr eigentlich, Maure? Auf welchen Lohn seid Ihr so hoch im Norden aus?« Er beantwortete seine eigene Frage mit einem verächtlichem Schnauben. »Was soll's, ich weiß, Ihr würdet es mir sowieso nicht verraten.« Er legte sich wieder auf die zerwühlte Bettstelle und trat mit dem Stiefel gegen die Wand. Raschid war entschlossen, nicht lockerzulassen.

»Unsere Mission ist ohne jede Aussicht auf Erfolg. Ich habe mich nur auf den Handel eingelassen, um meine Freiheit wiederzuerlangen. Jetzt habe ich begriffen, daß es reine Torheit war und daß sie uns alle das Leben kosten wird.«

Das schien Darius Reis zu akzeptieren. Er nickte und legte die Pfeife auf den Tisch. »Ihr seid nicht der erste, der auf dem Meer die Orientierung verliert. Und ich darf wohl behaupten, auch nicht der letzte.«

»Ihr werdet also umkehren?«

Darius streckte sich wieder auf der Bettstatt aus und schloß die Augen. »Selbst wenn ich wollte, ich könnte es gar nicht. Ich habe nicht die geringste Ahnung, wo wir sind, Maure. Ich versuche nichts weiter, als diesen gottverfluchten Kahn über Wasser zu halten.«

Als Raschid die Tür öffnete, um die Kajüte zu verlassen, hörte er, wie der andere Mann ihn zurückrief. »Und daß kein Sterbenswörtchen nach außen dringt!« sagte der Lotse warnend. »Wenn die Mannschaft das erfährt, knüpft sie mich an den Eiern auf!« Dann drehte er sich auf die Seite und schlief wieder ein.

Nacht. Der Wind war wieder heftiger geworden. Sprosse für Sprosse hatte Raschid sich an der Leiter hochgezogen, um den Kopf durch die enge Luke zu stecken und einen Blick auf das Deck zu werfen. Er rang nach Luft und kniff zum Schutz gegen die Sturmböen die Augen zusammen. Die Planken waren nicht zu erkennen. Statt dessen sah er einen schwindelerregenden, leuchtenden Spiegel, der zu atmen schien, eine wirbelnde, auf und ab wogende, zischende Oberfläche. Wie das Haar eines wahnsinnigen Weibes, dachte er. Ein Faß hatte sich aus der Vertäuung gelöst und rollte hin und her. Das Meer war eine Furie, fest entschlossen, sie alle auszuspeien, von sich zu schleudern wie den Kern einer bitteren Frucht. Durch die Luke, in der er stand, ergoß sich Wasser ins Schiff und drohte, ihn nach unten zu reißen. Er hielt sich fest, während das eiskalte Wasser über ihn hinwegspülte. Als es nachzulassen schien, kletterte er die Sprossen wieder hinauf und über die Schwelle an Deck. Er hatte Angst, einen Schritt vorwärts zu machen, fürchtete, in diesem Hexenkessel den Halt zu verlieren, und klammerte sich an die Reling, damit er nicht von Deck gefegt wurde. Mit einem donnernden Krachen brach das umherrollende Faß gegen das Holz der Aufbauten direkt neben ihm und ließ es zersplittern. Das geschah sehr langsam – oder auch sehr schnell, er wußte es nicht mehr. Er sah es, konnte jedoch nichts tun. Ein berstendes, gräßliches Geräusch. Wäre das Faß nur eine Armeslänge weiter links eingeschlagen, hätte es ihn wahrscheinlich getötet. Sein Magen hob und senkte sich mit den Wellen. Er flog, er fiel. Er schmeckte das Salz auf seinen Lippen. Er wartete und paßte den richtigen Zeitpunkt ab, bevor er mit einem Satz an Deck sprang.

Ein Streit war entbrannt, und Darius Reis stand am Steuer, umringt von seiner Mannschaft. Sie haben endgültig genug und wollen an Land, ganz egal, wo. Darius Reis brüllt gegen Wind und Wasser an. Der Grund des Meeres sei voller Fallen, es gebe sanft abfallende Sandbänke, die man erst sehen könne, wenn man aufgelaufen sei. »Das einzig Vernünftige ist, hier im tiefen Wasser zu verharren, bis der Sturm sich ausgetobt hat.« Darius Reis stand, von einer Seite auf die andere schwankend, auf dem schlingernden Deck, über ihm der drohend emporragende gewaltige Mast, und seine langen Haare flatterten ihm wie Federn um den Hals. Als er Raschid entdeckte, der verzweifelt versuchte, sich auf den Beinen zu halten, bellte er ungehalten: »Bringt den Narren unter Deck, ehe der Wind ihn wie einen Sperling davonträgt.« Das Unwetter schien die Seelenverfassung der Mannschaft widerzuspiegeln. Es war beinahe, als habe ihre Verstörung den Sturm herbeigerufen. Eine sonderbare Furcht war dies, die ihre zutiefst verängstigten Körper absonderten wie Exkremente oder Schweiß. Ein Mann weinte wie ein kleines Kind. »Die Sonne ist von den Rändern der Erde gefallen«, flüsterten die Sizilianer, die in einem Winkel neben der Kombüse kauerten.

Mit klappernden Zähnen und am ganzen Körper bebend, so daß er sich kaum bewegen konnte, räumte Raschid das Feld. Als er die

Leiter halb hinuntergeklettert war, verloren seine klammen Finger den Halt, so daß er abrutschte, das letzte Stück hinunterstürzte und unsanft auf dem Boden landete. Er lag auf den stinkenden Planken des Unterdecks, zitternd wie Espenlaub, und würgte an dem Salzwasser, das er geschluckt hatte. Eine weitere Ladung ergießt sich durch die Luke über ihm und stürzt auf ihn hernieder. Umspült von Wasser, kriecht er auf Händen und Knien den engen Gang entlang. Er ist zu durchfroren, um sich zu fürchten.

Der Bootsmann hatte die Farbe des Meeres, dunkel und unergründlich. Seine aufgesprungenen Lippen bewegten sich, doch er konnte nicht sprechen. Entweder rezitierte er heilige Texte, um sich auf sein letztes Stündlein vorzubereiten, oder das Fieber ließ seine Lippen unkontrolliert zittern. Raschid kroch zu ihm und schlang die Arme um den Sterbenden. Er konnte nichts weiter tun als warten – niemand hätte in diesem Augenblick etwas anderes tun können.

Plötzlich schien eine riesige Hand das Schiff zu packen, und mit einem trägen, gähnenden Geräusch erwachte es aus seinem Schlaf und machte sich zum Sterben bereit. Der Kiel hatte sich fest in das sandige Rückgrat einer schlummernden Kreatur, die unter den eisigen Wogen verborgen lag, verkeilt, und das Schiff begann ächzend und knirschend, seinen Geist aufzugeben. Nun, da es auf der Sandbank festsaß, war es der vollen Wucht des Sturms ausgesetzt. Holzteile splitterten ab und flogen durch die Luft, das ganze Schiff zerbarst allmählich unter ihren Füßen. Unter ohrenbetäubendem Lärm zitterte es wie ein Tier in der Falle und versuchte, sich zu befreien. Der Rumpf bog und dehnte sich wie ein Wasserbeutel aus Ziegenleder. Die Schmerzensschreie und Gebete der Männer stiegen zum Himmel empor, während das Schiff sich in seine Bestandteile auflöste – Nagel um Nagel, Planke um Planke.

Langsam und würdevoll drehten sich ihre Köpfe, wie bei jenen nach Erleuchtung Suchenden – den Sufi-Tänzern, die nach dem Göttlichen streben, die in Konya und den herrlichen Moscheen von Kairo, Kufa, Shiraz und Aleppo Gesänge anstimmen, ausdrucksvolle, endlose Spiralen drehen und ihre hohen Hüte in den Himmel recken. Die Schöße ihrer langen Gewänder wirbelten durch die Luft, während die Segel in zerfetzten Streifen herabflatterten und die Seeleute ihre Posten verließen und mit dem Ungestüm wilder Hunde übereinander herfielen. Das schwache Geräusch von Pistolenschüssen begleitete das Heulen des Sturms.

Wieder und immer wieder geht Raschid al-Kenzy ein Gesang durch den Kopf: *La ilaha illa-llah.* Das Salzwasser flutet jetzt durch alle Ritzen herein. Er bildet sich ein, der Bootsmann rufe nach ihm, obwohl er weiß, daß der Bootsmann tot ist. Als er den Mund öffnet, um zu antworten, drückt das Wasser die Worte in seinen Bauch zurück. Bis zur Taille in den Fluten, tastet er sich blindlings voran, watet den schwarzen Gang hinunter, dessen Wände wie mit schwerer Wolle ausgeschlagen sind, sich ausdehnen und wieder zusammenziehen, als befände er sich im Brustkorb eines unheimlichen Tieres. Er richtet sich auf, greift nach der untersten Sprosse der Leiter und zieht sich langsam nach oben.

Das Deck war übersät mit Trümmern, zerfetzten Segeln und Holzspieren, die in dem wilden Durcheinander umherwirbelten. Das Schiff bäumte sich auf, als setze es zu seinem letzten gequälten Atemzug an. Bei jedem Krängen des Decks rutschte eine massige Gestalt auf Raschid zu und glitt wieder fort. Jedes Mal, wenn das Schiff sich gegen den Wind neigte, krachte der Körper gegen das Vordeck und rollte dann wieder weg. Das Bündel aus Kleidern und Knochen war alles, was von einem Menschen übriggeblieben war. Wo sich zuvor der Kopf befunden hatte, war jetzt nur noch ein blutiger Brei, ein wirrer, verklebter Klumpen aus Haar und bleichen Knochen. Das fahle Weiß des zerschmetterten Schädels schimmerte wie ein seltsamer Zahn, der aus einem Lederwams hervorragt. Von Entsetzen gepackt, erkannte Raschid, daß es der Lotse war, Darius Reis. Es gelang ihm, sich über das Holzgeländer zu ziehen. Als das Schiff krängte, rutschte er aus und stürzte durch die Luke, zurück in die Tiefe.

Er spürt, wie er fällt, eine kleine Ewigkeit, in der er sich leicht wie ein Vogel fühlt.

»Bete, mein Kind«, hatte seine Mutter oft gesagt, wenn er nicht schlafen konnte. »Bete für die Kinder, die kein Zuhause haben, für die Schafe, die sich in den Bergen verirrt haben, und für die Seeleute, die ihr Herz ans Meer verloren haben.« Und damals, vor langer Zeit, umgeben von Wärme und Sicherheit, hatte er angefangen, Gebete aufzusagen; nun würde es nicht mehr lange dauern, bis die Flut dieser Welt ihn davontragen würde, hinauf ins Meer der Sterne.

14. KAPITEL

Der Lärm auf der Straße entriß Verner Heinesen dem Rachen des Alptraums, der ihn zu verschlingen drohte. Mit einem Schrei schreckte er aus dem Schlaf und saß senkrecht im Bett, fahl wie ein Feld im Winter, das Nachthemd feucht vor Schweiß. Ein Ausdruck der Verwirrung lag auf seinem Gesicht, und wenn seine Schwester dagewesen wäre, hätte sie sicher gesagt, in diesem Augenblick sei er das reinste Ebenbild ihres geliebten verstorbenen Papas. Verner Heinesen versuchte sich zu erinnern, was ihn so beunruhigt hatte, doch der Traum hatte sich bereits verflüchtigt wie Frühnebel an einem Sommermorgen. Es hörte sich so an, als würde unten auf der Straße eine Frau laut jammern. Er rief nach Klinke, und seine Stimme hallte durch das muffig riechende Haus, was ganz unnötig war, denn Klinke, durch den entsetzten Schrei seines Herrn alarmiert, hatte bereits die Küche verlassen, wo er die Witwe des Gastwirts in ein neckisches, höchst kokettes Geplänkel verstrickt hatte, und war auf dem Weg die Treppe hinauf. Klinke war ein Schürzenjäger, der es ganz besonders auf junge Witwen abgesehen hatte. Er hielt sich für einen wahren Meister auf diesem Gebiet, und so brummte er das eine oder andere Schmähwort vor sich hin, während er die steile Treppe hinaufstapfte. Er stieß die Tür auf und betrat, ohne anzuklopfen, die Kammer, in der sein Herr lag und mit dem Finger auf das kleine Fenster in der Ecke wies.

»Dieser Lärm, Klinke, was um Gottes willen hat dieser schreckliche Radau zu bedeuten?«

Klinke beugte den Kopf zu dem winzigen Alkovenfenster hinunter, lugte hinaus und rümpfte die Nase. In der Mitte eines kleinen Menschenauflaufs stand eine Frau, außer sich vor Furcht und

Zorn, die an ihren Haaren und Kleidern riß. Klinke lachte leise und leckte sich das Grinsen von den Lippen, ehe er sich wieder umdrehte.

»In der Nacht ist ein Schiff gekentert, Herr. Steckt am Nordstrand fest.« Klinke trat einen Schritt zurück, damit Heinesen einen Blick hinauswerfen konnte. Über den gebeugten Rücken seines Herrn konnte er sehen, daß die Frau fast bis zur Taille nackt war. Ihre Kleider hingen in Fetzen, und Blut sickerte in dünnen dunklen Rinnsalen an ihrem bleichen Gesicht herab und tropfte auf ihren entblößten Rumpf. Das lüsterne Grinsen lag wieder auf Klinkes Gesicht. Jetzt war sie auf die Knie gesunken, schaute nach oben und streckte die Arme zum Himmel empor.

»Gütiger Gott! Ist denn die gute Frau völlig von Sinnen?« Heinesen richtete sich mit einer raschen Bewegung auf und stieß dabei mit dem Kopf gegen einen niedrigen Balken. Er winkte Klinke, ihm seine Sachen zu reichen, damit er sich ankleiden konnte.

»Vielleicht hat sie auf See ihren Mann verloren?«

Klinke schüttelte den Kopf. »Ein fremdes Schiff, Herr. Die Leute sprachen von nichts anderem, als ich heute morgen nach den Pferden sah. Keine Überlebenden. Jedenfalls keine Männer.«

Heinesen, der damit beschäftigt war, sein Wams zuzuknöpfen, hielt einen Augenblick inne, wandte sich um und funkelte den kleinen, stämmigen Mann wütend an. »Drück dich verständlich aus, Klinke. Was meinst du damit? Willst du etwa sagen, es gab Frauen an Bord – oder Vieh?«

Klinke schob die Zunge in eine Lücke zwischen seinen schiefstehenden schwärzlichen Vorderzähnen, eine Angewohnheit, die Heinesen zur Weißglut brachte. Mit einem Schulterzucken tat Klinke die Frage ab. »Eigentlich weiß niemand genau, was es ist. Ihr wißt doch, wie die Leute sind, Herr. Manche sagen, es wäre ein Meeresaffe, ein Ungeheuer aus der Tiefe, andere meinen, es sei ein Bote des Leibhaftigen.«

Heinesen erwiderte nichts und machte sich erneut daran, sein Wams zuzuknöpfen.

»An so was glauben die Leute nun mal, Herr.«

»An den Teufel?«

»Schwarz wie verkohltes Holz, sagen sie, und Augen hat er wie die Feuer der Verdammnis.«

»Du hast ihn mit eigenen Augen gesehen?«

»Ich habe es nur gehört.«

Heinesens Geduld war erschöpft. Er stieß das Fenster auf und wandte sich an die kleine Menschenansammlung unten auf der Straße. »Es ist eine Schande«, rief er. »Los, macht, daß ihr hier wegkommt, und hört auf, solchen Krach zu schlagen. Habt ihr denn überhaupt keinen Anstand mehr? Seid ihr von allen guten Geistern verlassen?«

»Habt ein Herz, Herremand Heinesen, schließlich passiert es nicht alle Tage, daß der Teufel höchstpersönlich seine Abgesandten zu unserem schönen Hafen schickt«, rief ein redlicher Mann mit kläglicher Stimme. Die Versammelten schienen seiner Meinung zu sein. Sie waren selbstgerecht, und sie hatten Angst. »Das arme Weib hier hat beim Anblick der Kreatur fast den Verstand verloren.«

Zustimmendes Gemurmel folgte seiner Rede. Das entblößte Fleisch der Frau färbte sich bereits blau vor Kälte. Sie war zu einem zitternden Häufchen Elend zusammengesunken und weinte nun hemmungslos.

Heinesen zögerte einen Augenblick, dann gewann seine Neugier die Oberhand. »Wie viele von euch haben denn tatsächlich diese garstige Erscheinung gesehen?«

Der Mann, der als erster gesprochen hatte, wies mit einer ausladenden Geste in die Runde. »Alle hier, jeder einzelne von uns.«

»Nun, dann solltet ihr euch alle miteinander für das dumme Geschwätz schämen. Ist denn unter euch kein einziger gottesfürchtiger Christ? Und gebt der Frau um Gottes willen etwas, um sich zu bedecken.«

Mit diesen Worten schloß er das Fenster. Klinke sagte nichts. »Ein Haufen abergläubischer alter Weiber, Klinke, die Ghule und Meerteufel sehen.«

»Manchmal tut man sich schwer, etwas zu glauben, das man nicht mit eigenen Augen gesehen hat, aber das heißt nicht, daß es nicht existiert.«

Es lag irgendwie an seiner Art zu sprechen. Nicht so sehr an der Klangfarbe, dieses eigentümlich erdige Knurren der Leute vom Land. Nein, es war die Art, wie Klinke seine Worte wählte, und noch etwas anderes: der Geruch des Meeres, der durch das offene

Fenster hereindrang, das Salz in der Luft. Diese Kombination, das Salz und die Worte, versetzte Heinesen zurück zu einem anderen Morgen – vor über zehn Jahren auf der anderen Seite des Landes, als er nach Osten statt nach Westen geschaut hatte, von der Insel Ven über den Öresund, hinüber zu dem deutlichen, dunklen Umriß von Skåne und Schweden.

»Da bin ich geboren«, sagte die ferne Stimme. Heinesen konnte ihn jetzt reden hören, als stünde er direkt neben ihm, ja, er kam ihm beinahe realer vor als Klinke. Die dröhnende Stimme klingt erregt, über irgend etwas verärgert. Ungeduldig, so daß der junge Schüler Heinesen nicht recht verstehen kann, was er wieder falsch gemacht hat.

»Herr, Ihr spracht gerade ... über den Glauben.«

Einen Moment lang lag ein verständnisloser Ausdruck auf Tycho Brahes Gesicht. Er kratzte sich mit dem Finger an der Stelle, wo seine verkürzte Nase in der silbernen Prothese verschwand. »Glaube? Aber ja! Natürlich, der Glaube!« Er wandte sich um und ging voran, am Strand der Insel entlang. »Aber ich meine nicht den stupiden Glauben dieser raffgierigen Bischöfe und Pfaffen, die es nur darauf abgesehen haben, die Säckel ihrer Kirche zu füllen. Gott wäre eine traurige Gestalt, wenn Er auf die Parameter solcher Narren begrenzt wäre. Gott ist weit mehr als das, Verner.« Er lächelte, ausnahmsweise einmal der freundliche Onkel; das war in der Anfangszeit. »Wir sind einfältige Geschöpfe, Verner. Wir glauben stets nur das, was der Herr im Himmel uns vor die Nase setzt. Was darüber hinausgeht, erfordert die Vorstellungskraft eines Dichters oder den Scharfblick eines Genies. Je mehr wir beobachten, desto mehr meinen wir erklären zu können.«

»Glaubt Ihr, daß unser Schicksal in den Sternen geschrieben steht?«

Aus dem Tonfall seines alten Meisters konnte er heraushören, daß ihn die Mischung aus jugendlicher Unwissenheit und Begeisterung allmählich in Harnisch brachte.

»Alles steht in den Sternen, mein Junge. Aber wie bei jeder anderen Sprache auch, braucht es Zeit, diese Sprache zu erlernen.« Und damit stapfte er davon, den Pfad entlang. Doch dann blieb er noch einmal stehen, die Hände auf dem Rücken verschränkt;

seine Nase glitzerte in der hellen Sonne, die hohen Gräser wogten im Wind, der über die kleinen grauen Wellen hinwegstrich, von denen Ven umgeben war. »Vielleicht«, sagte er, »vielleicht wäre Gottvertrauen ein besseres Wort als Glauben?« Er machte auf dem Absatz kehrt und marschierte davon, ohne eine Antwort abzuwarten.

Heinesen ließ sich schwerfällig auf das Bett sinken, um seine Stiefel anzuziehen. Es war so lange her. Wieviel Zeit und Möglichkeiten hatte er damals vergeudet? Was hätte er nun dafür gegeben, wenn er noch einmal die Chance hätte, das zu erlernen, was ihm damals angeboten wurde. Nun, wo er bereit dazu war, ein erwachsener Mann, nicht mehr das von Scheu und Ehrfurcht ergriffene Kind, das alle Zeit der Welt zu haben glaubte.

»Aberglaube und Unwissenheit. Angesichts all dieser Verwirrung bezweifle ich sehr, ob wir heute auch nur eines unserer Vorhaben erledigen können, Klinke.« Heinesen erhob sich und streckte die Arme. Er war hungrig, und vor allem war er daran interessiert, seine Geschäfte zum Abschluß zu bringen und so schnell wie möglich nach Hause zurückzukehren.

»Die Lastkarren stehen bereit, Herr. Wir warten nur noch auf eine Ladung Nägel und Kalk.«

Heinesen nickte. »Ich bezweifle, daß wir heute irgend etwas Vernünftiges mit diesen Marschbewohnern zu Wege bringen. Aber sei beharrlich, Klinke, tu dein Bestes, unsere Rückreise hat sich bereits über Gebühr verzögert. Sind die Pferde unterwegs?«

»Der Sturm hat das Auslaufen des Schiffes verzögert, doch der Kapitän denkt, daß sie morgen mit der ersten Flut in See stechen werden.«

»Gut. Dann sind wir diese Sorge los. Wir wollen hoffen, daß die braven Bürger von London die besonderen Qualitäten unserer Ponies zu schätzen wissen. Davon hängen all unsere Bemühungen ab.«

»Die besten Pferde der Welt, Herr.«

»Ja, Klinke, das stimmt. Die Karren sind doch gut gesichert, hoffe ich?«

»Alles ist sicher befestigt. Ich habe einen Mann und seinen Sohn gefunden, die Arbeit suchen. Soll ich sie in Dienst nehmen?«

»Ein ruhiges Auge, Klinke. Wenn sie ein ruhiges Auge und einen kräftigen Rücken haben, können wir sie gebrauchen.«

»Dann ist es abgemacht.«

»Gut.« Heinesen war ungeduldig. Vier Tage Sturm, und nun das – fremdartige Kreaturen und von Dämonen besessene Frauen. »Ich habe noch eine Verabredung mit dem Zeichner Andersson, die vermutlich den gesamten Vormittag in Anspruch nehmen wird, und dann muß ich mich mit diesem Schwachkopf von Schultheiß unterhalten.«

»Ganz wie Ihr wollt, Herr.« Klinke stiefelte aus dem Zimmer und ließ Heinesen nachdenklich zurück. Dieser »Meerteufel« hatte seine Neugier geweckt, das mußte er gestehen. Er zog den Mantel über und griff nach den zusammengerollten Bauplänen mit den letzten Änderungen, die er Andersson zeigen wollte. Seine Gedanken kreisten bereits um technische Fragen. »Meeraffen, so ein Unfug!« murmelte er und verließ mit schnellen Schritten das Zimmer, ohne zu überprüfen, ob sein Binder gerade saß. Hinter ihm schlug die Tür mit einem Knall, der das ganze Haus erzittern ließ, ins Schloß.

15. KAPITEL

Der Schultheiß stapfte die Treppen zu seiner Amtsstube hinauf, wo ihn sein steinalter Notar bereits in heller Aufregung erwartete.

»Was, um Gottes willen, ist da heute über uns hereingebrochen?«

»Nichts weniger als der Teufel selbst, Jakobsen, und nichts mehr als ein Mensch.« Der Schultheiß beugte sich über den Ofen und ließ sich von der Hitze aufwärmen. Wenigstens dies eine Mal hatte der törichte alte Mann sich nicht über den Schlamm an seinen Stiefeln beschwert. Schultern und Rücken schmerzten von dem Ritt und der Strapaze, zum Wrack hinauszulaufen. Dies war ein guter Tag für die Stadt. Das Schiff, das ihnen Gott in seinem unergründlichen Ratschluß vor die Füße geworfen hatte, war mit wertvollen Gütern beladen. Vielleicht nicht gerade ein gewaltiges Vermögen, doch gutes Holz, das trocknen und ein hübsches Sümmchen einbringen würde, zusammen mit anderen Waren, die sie gefunden hatten: Seide, ein paar Münzen, nicht allzu viel, doch in mageren Zeiten war alles willkommen.

»Was ist es denn?«

Der Schultheiß gähnte. »Ich hab's Euch doch gesagt, ein Mensch.«

»Sie behaupten aber, es wäre eine Kreatur des Meeres. Eine Art Affe.«

»Es sind einfältige Bauern, und Ihr tätet gut daran, das nicht zu vergessen.«

Der gebrechliche alte Mann ging im Zimmer auf und ab und blieb gelegentlich stehen, um durch das Gitterfenster, dessen trübes Glas die Sicht verzerrte, einen Blick auf die Menge zu werfen, die sich noch immer nicht auflösen wollte. Er seufzte sorgenvoll. »Das hat nichts Gutes zu bedeuten, überhaupt nichts Gutes.« Er schüttelte den Kopf. »Nie zuvor hat man eine solche Kreatur in dieser Gegend gesehen. Er ist schwarz wie verkohltes Holz, sagen sie. Und seine Augen leuchten wie der Vollmond. Denkt an meine Worte, er wird noch Unglück über diese Stadt bringen.«

Doch der Schultheiß hörte gar mehr nicht zu. Er war neben dem Ofen eingeschlafen. Wieder sich selbst überlassen, lief der Notar ein ums andere Mal zum Fenster, um zu sehen, ob sich die Aufregung der Menge draußen gelegt hatte. Nein, es machte nicht den Eindruck, als ob sie sich bald zerstreuen würden.

Als die Dunkelheit hereinbrach, wurden Fackeln angezündet. Die Gesichter der Menschen, die sich draußen versammelt hatten, flackerten in den qualmenden Flammen auf. Frauen gaben ihren Säuglingen die Brust. Männer standen im Kreis beisammen und nickten ernst mit den Köpfen. Hin und wieder entschloß sich jemand, die Treppe hinaufzugehen und an der Tür zu klopfen, und dann sprang der Notar, völlig außer sich vor Besorgnis, von seinem Stuhl auf, eilte zur Tür und lugte vorsichtig nach draußen. Jedes Mal stand er da und versuchte, Worte der Beruhigung zu finden. Man werde zu gegebener Zeit alles Notwendige veranlassen. Selbstverständlich drohe niemandem Gefahr. Er hob besänftigend die Hand. »Geht nach Hause«, sagte er mit bittender Stimme. »Kümmert euch um eure eigenen Angelegenheiten.« Natürlich gingen sie nicht. Sie blieben, wo sie waren, und ließen das Gebäude nicht aus den Augen.

Von Zeit zu Zeit kletterte jemand auf einen in der Nähe abgestellten Karren und versuchte, die Menge aufzurütteln. Die einen verlangten Gerechtigkeit, die anderen sprachen von Aufstand. Einer versuchte schließlich zu erklären, daß sie nach dem furchtbaren Schrecken, der ihnen an diesem Tag widerfahren war, wieder Mut fassen sollten, denn Gott in seiner Weisheit habe sie nur daran erinnern wollen, wie tief ein Wesen fallen könne, das seiner Gnade nicht teilhaftig sei. Sie atmeten all diese Worte ein wie berauschende Düfte, denn in Wahrheit wußten sie sich keinen Rat. Dann wieder gewann Furcht die Oberhand über ihre Geduld, und sie drängten zur Tür, schleuderten Steine und hämmerten mit Stöcken dagegen. Wenn ihre Stimmen zu dem ergrauten Notar heraufdrangen, kroch er hinter seinen Schreibtisch und hielt sich die Ohren zu.

Am folgenden Morgen wurde die Tür aufgerissen. Der Mann, der auf der Schwelle stand, war hochgewachsen und hager. Er trug einen langen schwarzen Mantel, der mit weichem Pelz gefüttert war. Wer seine verschmutzten hohen Reitstiefel und die fleckige Kleidung näher in Augenschein genommen hätte, dem wäre nicht entgangen, daß sie von hoher Qualität waren. Er war ein immer noch junger Mann und trug das Haar lang. Mit forschem Schritt betrat er den Raum und warf seine Handschuhe auf den Tisch.

»Beste Grüße aus dem Norden des Landes, meine Herren!«

Der Schultheiß setzte sich auf und schwang die Beine über den Rand der Lagerstatt. Leise grummelte er etwas vor sich hin und spuckte ins Feuer. »Seht mal an, Jacobsen, was die Vögel uns an diesem schönen Morgen beschert haben, um uns ein bißchen aufzuheitern.«

Der Notar saß auf seinem hohen Stuhl am Fenster und vertiefte sich in seine Rechnungsbücher, peinlich berührt vom Verhalten seines Dienstherrn. Der Gast schritt zum Feuer und nahm auf einem Schemel Platz, um sich aufzuwärmen.

»Was führt Euch in diese Gegend, Heinesen?«

»Zwei Dutzend Ponies, die heute morgen mit Einsetzen der Flut nach London ausgelaufen sind.«

Der Schultheiß stand auf und rieb sich die Augen. »Habt Ihr das gehört, Jakobsen? Die Straßen der Stadt London werden bald vom würzigen Duft jütländischer Pferdeäpfel erfüllt sein.« Er reckte ausgiebig die Arme. »Freut mich zu hören, daß es um Eure Geschäfte so gut bestellt ist, Heinesen.«

Verner Heinesen lächelte. »Das glaub ich Euch gern, denn das beschert Eurem Hafen Gänsefedern und Schinken.«

»Unser Gutsherr sprüht geradezu vor Geist, was, Jakobsen?«

Der Notar hüllte sich in Schweigen. Er tunkte seine Feder sorgsam in die Tinte und kritzelte langsam etwas aufs Papier.

»Mit Herre Jakobsen müßt Ihr heute Nachsicht haben. Er ist allzu sehr von anderen Dingen in Anspruch genommen. Habt Ihr von dem Wrack am Nordstrand gehört?«

»Ja«, nickte Heinesen. »Und ich habe ebenfalls gehört, daß Ihr einige Unannehmlichkeiten hattet.«

»Nichts, womit wir nicht fertig werden, zu gegebener Zeit«, erwiderte der Schultheiß.

»Die Seeleute sagen, man habe im Laderaum des Schiffes eine Kreatur gefunden. Halb Tier, halb Mensch, sagen sie. Die Rede ist von einem Meeresaffen, was ich bislang immer für ein Märchen hielt, das die Witwen von Fischern erzählen.«

»Würde ich Euch nicht besser kennen, Heinesen, so könnte ich fast den Eindruck gewinnen, daß Ihr unsere mißliche Lage weniger ernst nehmt, als es der Angelegenheit angemessen ist.«

Heinesen erhob sich. Obwohl er ebenso groß war wie der hochgewachsene Schultheiß, wirkte er größer. Er schien in dem niedrigen Raum nur mit eingezogenem Kopf stehen zu können. Mißbilligend nickte er in Richtung Fenster. »Die Leute da draußen haben aus Angst vor dem Wesen, das Ihr gefunden habt – was immer es sein mag –, schier den Verstand verloren. Ein paar Männer verlangen sogar, daß man den Affenmann am Galgen aufknüpft.«

Der Schultheiß fluchte und fuhr sich sogleich mit der Hand über den Mund. »Möge der Herr mir vergeben, doch ich habe keine Wahl. Mein Amt ist es, für Frieden zu sorgen. Ich kann es nicht riskieren, daß die Leute aus der Stadt die Sache selbst in die Hand nehmen und nach eigenem Gutdünken verfahren. Das versteht Ihr doch?«

»Selbstverständlich.« Heinesen war nachdenklich geworden. Er hatte die Geschichten, die ihm an diesem Morgen bei seinem Gang durch den Ort zu Ohren gekommen waren, für das überhitzte Geschwätz der Stadtbewohner gehalten, hart arbeitende Menschen, die, anders als der Schultheiß, das Geschehene kaum begreifen konnten.

»Vielleicht kommt es gar nicht so ungelegen, daß Ihr gerade zu diesem Zeitpunkt hier auftaucht, Heinesen.« Der Schultheiß knöpfte sein schweres Lederwams zu und zog die Stiefel an. »Ihr seid doch ein gelehrter Mann, nicht wahr?«

Heinesens Gesicht nahm einen harten Zug an, doch nur für einen Augenblick. Er nickte. »Nun ja, ich habe an verschiedenen Akademien der Gelehrsamkeit studiert.«

»Aber, aber, verehrter Herr, Eure Bescheidenheit ist ganz und gar fehl am Platze. Herre Jakobsen, unser gelehrter Freund hier scheut sich, seine Leistungen öffentlich kundzutun.«

Der Notar reagierte nicht, hob lediglich den Blick vom Rechnungsbuch, doch immerhin so lange, daß ein großer Tropfen Tinte von der Spitze der Feder fiel. Während er sich verärgert daran machte, den Fleck abzutupfen, stieß der Schultheiß einen erschöpften Seufzer aus und wandte sich wieder Heinesen zu. »Ihr habt im Ausland studiert, an den trefflichen Universitäten von Paris, wenn ich mich recht entsinne.«

Heinesen deutete mit geneigtem Kopf eine Verbeugung an. »Ihr seid, wie immer, ausgezeichnet informiert.«

Der Schultheiß war mit dem Ankleiden fertig und blieb einen Augenblick stehen. »Vielleicht würde Herremand Heinesen uns dann die Ehre erweisen, sein gelehrtes Urteil über die Kreatur, die wir hier haben, abzugeben?«

Eine verlegene Pause entstand. Dann richtete sich Heinesen zu seiner vollen Größe auf. »Natürlich wäre es mir eine Ehre, Euch in irgendeiner Weise behilflich zu sein, doch leider ist meine Zeit wegen der Geschäfte, die ich in Eurer schönen Stadt zu erledigen habe, höchst begrenzt.«

Der Schultheiß erwiderte Heinesens Lächeln mit einem ebenso breiten. »Natürlich, natürlich. Nie und nimmer würde ich mir anmaßen, mich Euch aufzudrängen oder Eure Zeit über Gebühr in Anspruch zu nehmen. Doch wenn Ihr jetzt ein Momentchen erübrigen könntet, dürfte ich Euch vielleicht bitten, etwas in Augenschein zu nehmen.« Er strahlte. »Ich bin überzeugt, daß Euer großes Wissen uns allen zugute käme.«

Ohne eine Antwort abzuwarten, drehte sich der Schultheiß flink auf dem Absatz um und führte Heinesen in einen kleinen Vorraum. In dem Zimmer gab es zwar keinerlei Mobiliar, doch es war vollgestopft mit einer sonderbaren Sammlung von allen möglichen, längst vergessenen Gegenständen, die auf die eine oder andere Art in den Besitz des Staates gelangt waren: konfisziert als Kaution oder Pfand für nicht beglichene Schulden, oder Besitztümer, die man anstelle von ausstehenden Zahlungen an den König akzeptiert hatte, oder Eigentum, auf das niemand Anspruch erhob, beispielsweise aus den Häusern von Verstorbenen – kurzum, Dinge, die sich nur schwer verkaufen ließen.

Der Schultheiß wies auf einen der Gegenstände. »Nun, was haltet Ihr davon?«

Das fragliche Objekt war eine kleine Holzkiste. Heinesen trat näher heran, um sie genauer in Augenschein zu nehmen. Sie war aus kostbarem Hartholz, wahrscheinlich Mahagoni, gefertigt, und die reich verzierten Ecken und Verstärkungen aus Messing machten sie zu einer sehr stabilen und ausnehmend schönen Truhe. Der Deckel war mit kunstvollen Intarsien aus Sandelholz und Perlmutt in einem komplizierten, höchst faszinierenden Muster geometrischer Figuren ausgelegt. Vor allem diese Formen erregten Heinesens Neugier. Das Schloß war mit einem stumpfen Instrument unsanft aufgebrochen worden. An einigen Stellen war die Oberfläche durch grobe Behandlung, Sand und Salz beschädigt.

»Aus dem Schiffswrack geborgen?«

»Meine Männer haben es den Bauern und Einfaltspinseln da draußen abgenommen, die es zweifelsohne zu Brennholz zerhackt hätten.«

Heinesen warf dem Schultheiß einen Blick zu, in dem zum ersten Mal Respekt lag. »Da habt Ihr wirklich eine Entdeckung gemacht.«

»Sind Euch vielleicht einige der Inschriften bekannt?«

Heinesen lächelte und ließ sich auf ein Knie nieder. »Habt Ihr schon einen Blick hineingeworfen?«

Der Schultheiß sah zur Seite und schüttelte kurz den Kopf.

»Verstehe.«

»Ich habe schlicht und einfach nicht die Zeit gefunden, mich eingehender mit dieser Angelegenheit zu befassen«, erwiderte der Schultheiß und wandte erneut den Blick ab.

Heinesen hob den Deckel und schaute ins Innere. Die Truhe war eingeteilt in Fächer, Laden und Kästchen, in denen weitere Kästchen steckten. Sie bargen Schriftstücke, von denen viele so stark durchnäßt waren, daß man die Schrift nicht mehr lesen konnte.

»Welche gottverfluchte Sprache ist das?«

»Die Sprache jener, die Mohammed anbeten, da würde ich jede Wette eingehen.«

Der Schultheiß wich ein Stück zurück. »Sagt so etwas nicht, Heinesen, ich flehe Euch an, nicht einmal im Scherz.«

Heinesen wandte den Kopf und sah ihn über die Schulter hinweg an. »Ich teile Euch nur meine Meinung mit. Das war doch Euer Wunsch, oder?«

»Ja, ja«, nickte der Schultheiß hastig. »Aber kein Wort davon außerhalb dieses Raumes, können wir uns darauf einigen?«

»Wenn Ihr darauf besteht«, gab Heinesen zurück und erhob sich wieder. »Nichts als Kleidungsstücke und Papiere, die eine Art Logbuch zu sein scheinen. Und das hier.« Er hielt eine flache Messingschatulle in die Höhe, die etwa zwei Spannen in der Länge und eine in der Breite maß und ungefähr vier Fingerbreit tief war. Sie hatte einen Riegel, den Heinesen öffnete. Er schloß den Deckel der Truhe und stellte die Schatulle darauf. Der Schultheiß und der Notar schauten ihm über die Schulter, hielten sich jedoch in sicherer Entfernung.

»Das hier sieht interessant aus.«

»Ihr werdet sie doch gewiß nicht öffnen«, jammerte der Notar mit aschfahlem Gesicht. Heinesen klappte den Deckel hoch. Auf der Innenseite befand sich eine Darstellung der Welt. Punkte markierten die Lage verschiedener größerer und kleinerer Städte. Obwohl die Beschriftung in Arabisch war, reichten Heinesens geographische Kenntnisse aus, um einige Städte an ihrer Lage zu erkennen. »Kabul, Kairo, Wien«, sagte er und zeigte mit dem Finger darauf. Der Schultheiß zuckte die Achseln.

»Welchem Zweck könnte solch ein Instrument wohl dienen?«

Heinesen war fasziniert. Eine ganze Reihe von Namen und Ziffern war auf dem Boden der Schatulle eingraviert. Jeder Punkt auf der Karte konnte mit Hilfe eines drehbaren Messingpfeiles mit diesen Namen verbunden werden. Sein Finger fuhr an den Linien entlang, während er antwortete: »Ich bin mir nicht sicher, wofür es benutzt wurde, doch ich würde vermuten, daß es zum Navigieren diente.«

»Legt es wieder weg, Heinesen, Gott allein weiß, für welch ruchlosen Zweck es geschaffen wurde.«

Ein Lächeln huschte über Heinesens Gesicht, als er den Riegel wieder vorlegte. »Wie auch immer, Euren Zwecken war es jedenfalls dienlich.«

»Meinen Zwecken?« fragte der Schultheiß und zog die Nase kraus.

»Mir den Mund wäßrig zu machen und meine Neugier auf die gefangene Kreatur zu wecken, die das Meer ausgespuckt hat.« Heinesen senkte den Blick und klopfte sich den Staub von den Kleidern. »War das etwa nicht Eure Absicht?«

Der Schultheiß schüttelte verwundert den Kopf. »Ihr seid ein erstaunlicher Bursche, Heinesen.« Er wies mit einer Geste zur Tür. »Gehen wir?« Sie warteten, während der Notar die Tür zu dem Nebenraum schloß und verriegelte, dann machten sich Heinesen und der Schultheiß bereit, das Haus zu verlassen, gingen die Vordertreppe hinunter und traten auf die Straße. Kaum aufgetaucht, waren sie schon von der Menge umringt.

»Geht aus dem Weg. Los, macht schon, geht nach Hause, alle miteinander!« Der Schultheiß fluchte und gestikulierte, ließ sich sogar dazu hinreißen, einem jungen Bauerntölpel, der auf der untersten Treppenstufe hockte, einen Tritt zu versetzen. Er blieb einen Augenblick stehen. »Hier gibt es nichts zu sehen«, verkündete er mit lauter Stimme. »Ich werde mich persönlich um diese Bagatelle kümmern.«

»Was werdet Ihr mit dem Teufel tun?« kreischte jemand unten aus der Menge. Der Schultheiß legte Heinesen die Hand auf die Schulter. »Hier habe ich einen Mann mit Erfahrung in eben diesen Dingen. Er hat an der Königlichen Akademie der Wissenschaften studiert und wird zweifelsohne eine Lösung finden.«

»Besser wär's, den Pfarrer zu holen und einen Scheiterhaufen zu bauen«, rief ein anderer Mann. Die Umstehenden schienen der gleichen Ansicht zu sein. »Verbrennt den Teufel auf der Stelle, sonst kommt es uns später teuer zu stehen.«

»Wenn hier jemand verbrannt werden soll«, rief der Schultheiß mit donnernder Stimme, »dann werde ich entscheiden, wann und wo.« Damit schob er seine unübersehbar massige Gestalt vorwärts und bahnte für sich und Heinesen einen Weg durch die Menge. Sie gingen um das Haus herum zur Rückseite des Gebäudes, die an einer schmalen Gasse lag. Der Schultheiß lief mit schnellen Schritten, und Heinesen konnte nur mit Mühe folgen. Die Menge hatte sich an ihre Fersen geheftet. Wie wildgewordene Mäuse trippelten sie hinter den Männern her. Der Schultheiß bellte zwei Wachleute an, die Meute zurückzuhalten, dann schloß er fluchend eine Stalltür hinter ihnen und schob einen Holzbalken davor, um sie fest zu verrammeln. Er wandte sich zu Heinesen um.

»Da seht Ihr, in welch ungemein mißlicher Lage ich mich befinde, Herremand.«

Er ging voran, führte Heinesen an den schemenhaften Umrissen von Kühen und Pferden vorbei. Der Raum befand sich am hintersten Ende des Stalls. Die Decke war so niedrig, daß beide Männer sich bücken mußten, um im Halbdunkel nicht mit den Köpfen anzustoßen. Die Tür, obgleich an mehreren Stellen geborsten und ziemlich morsch, war fest verriegelt worden. Der Schultheiß wies auf einen kleinen Schlitz in Hüfthöhe und bedeutete Heinesen hindurchzuschauen.

Zunächst nahm er nichts weiter wahr als den Geruch. In der Wand zur Rechten befand sich eine schmale Öffnung, die früher offenbar auf die Gasse hinausgeführt hatte. Dort, wo Wand und Decke aufeinandertrafen, sickerte ein Streifen blauen Lichts in den kleinen Raum, der bestenfalls zehn aufrechtstehenden Männern Platz geboten hätte, wenn man sie dicht zusammengepfercht hätte. Der Boden war mit schmutzigem Stroh bedeckt. Zuerst dachte er, der Raum sei leer, denn außer Stroh und Wänden konnte er nichts erkennen. Doch dann registrierte er eine kurze, kaum wahrnehmbare Bewegung in der hintersten Ecke, ein winziges Aufflackern. Das Licht hatte die Augen von irgend jemandem – oder irgend etwas – aufblitzen lassen. Instinktiv wich Heinesen zurück.

»Nun«, flüsterte der Schultheiß, »was meint Ihr?«

»Ich . . . äh.« Heinesen schluckte und versuchte, seine Gedanken zu ordnen. »Das ist schwer zu sagen. Aus dieser Entfernung kann ich kaum etwas erkennen.«

Die beiden Männer schauten einander einen Moment lang an.

»Wünscht Ihr, den Raum zu betreten, um die Sache genauer in Augenschein zu nehmen?«

Heinesen antwortete hastig, sein Atem ging flach. »Ihr habt mich um meine Meinung gebeten. Es ist mir nicht möglich, Euch irgend etwas halbwegs Vernünftiges zu sagen, ohne wenigstens ungefähr zu wissen, womit wir es zu tun haben.«

»Ich brauche Euch wohl nicht vor den möglichen Gefahren zu warnen, die ein solches Unterfangen birgt. Habt Ihr bedacht, daß dort, wo die Kreatur herkommt, Pestilenz und Seuchen herrschen könnten?«

Heinesen verlor zusehends sowohl den Mut als auch die Geduld. »Macht endlich auf. Laßt mich selbst sehen.«

Der Riegel wurde beiseite geschoben, und die Tür schwang auf. Heinesen trat ein. Der Gestank war jetzt wesentlich stärker.

Nicht Menschen, sondern Tiere hatten diesen Raum verschmutzt. Sie hatten offenbar den erstbesten verschließbaren Stall gewählt, um ihr Problem vor neugierigen Blicken zu verbergen. Heinesen schaute sich noch einmal um und entdeckte das an einen Spalt in der Tür gepreßte Gesicht des Schultheiß. Er ging bis zur Mitte des Raumes und hörte leises Kettenrasseln.

»Hab keine Angst«, sagte er. Er wiederholte die Worte, lauter und in allen Sprachen, die er kannte. Dann trat eine lange Pause ein, und Heinesen überlegte gerade, was er als nächstes tun sollte, als ein Stöhnen aus dem Dunkel drang.

Wo?

Das Wort war in der rauhen *Lingua franca* der südlichen Häfen ausgesprochen worden, war jedoch dem spanischen Wort so ähnlich, daß Heinesen erraten konnte, was gemeint war. »Wo?... Wo du jetzt bist?«

Wo?

»Im Land der Dänen. Du bist im südlichen Teil der Halbinsel Jütland.«

Wie bin ich hergekommen?

»Euer Schiff ist auf Grund gelaufen. Du bist von den Dorfbewohnern gerettet worden.« Das schien den Mann in Aufregung zu versetzen, denn er sprudelte Sätze in einer anderen Sprache hervor, die Heinesen zunächst nicht erfassen konnte. Aus den wenigen Brocken, die er verstand, versuchte er den Teil zu erraten, der ihm unklar blieb.

»Sie haben Angst vor dir.«

Angst? Vor einem einzelnen Mann?

»Sie glauben, du wärst irgendein Dämon, ein Teufel.«

Wieder die andere Sprache, bei der es sich, wie Heinesen inzwischen vermutete, um Türkisch oder Arabisch handelte.

Die anderen auf dem Schiff?

»Du bist der einzige Überlebende.«

Hinter der Tür zischelte der Schultheiß, um seine Aufmerksamkeit zu erregen. Heinesen ignorierte ihn und ging einen Schritt weiter auf die Ecke zu, wobei er auf einen Haufen Kartoffelschalen und Haferpampe trat, den man dort ausgekippt hatte, um die fremde Kreatur aus dem Meer zu füttern.

»Komm aus der Ecke, damit ich dich sehen kann.«

Schweigen.

Heinesen entschied, daß es nicht klug war, zu viel auf einmal zu verlangen. Zudem konnte er sich nur schwer konzentrieren, weil der Schultheiß unentwegt mit der Hand durch die leicht geöffnete Tür wedelte und ihn zurückrief.

»Ich komme morgen wieder, um nach dir zu sehen.«

Da er keine Antwort erhielt, machte Heinesen kehrt und ging zurück zum Ausgang. Die Stimme folgte ihm bis zur Tür.

Bis dahin haben sie mich umgebracht.

Heinesen blieb noch einmal stehen, dann wandte er sich um und klopfte fest gegen die Tür. Der Schultheiß war völlig aus dem Häuschen. Erregt rang er die großen Hände.

»Ich habe doch gewußt, daß mein Vertrauen in Euch gerechtfertigt war. Obwohl ich zugeben muß, daß wir nicht immer einer Meinung waren, so habe ich doch im Grunde meines Herzens stets geahnt, daß Ihr ein Mann seid, der höchste Wertschätzung verdient.«

»Ihr haltet ihn wie ein wildes Tier.« Heinesen schritt in den düsteren Stallungen auf und ab.

Der Schultheiß war in Verlegenheit. »Aber natürlich. Woher sollen wir wissen, ob er nicht das Fleisch kleiner Kinder zum Nachtmahl will? Ich habe eine Verantwortung gegenüber den Leuten dieser Stadt. Ich kann ihn doch nicht einfach frei herumlaufen lassen.«

»Ihr braucht ihn aber auch nicht an einem Ort einzusperren«, fuhr Heinesen den Schultheiß an, »der so verdreckt ist, daß man dort nicht einmal Schweine unterbringen würde.«

Sie waren an der Außentür angelangt, und Heinesen hob den Balken und warf ihn zur Seite. Der Schultheiß hastete ihm nach und schob die Hände und Fragen der Menschen beiseite, die vor dem Stall auf sie gewartet hatten. Allmählich war er mit seiner Geduld am Ende. Trotzig blieb er stehen und stampfte mitten auf der Gasse mit dem Fuß auf.

»Herremand Heinesen, nun geht Ihr wirklich zu weit. Ich verlange, daß Ihr Euer Tempo zügelt.«

Heinesen hielt an und wandte sich zu dem Schultheiß um. Hinter ihm sah er die neugierigen, verschmierten Gesichter der Schaulustigen. Junge Männer, die Blut sehen wollten, ältere Männer, die es besser hätten wissen sollen. Seeleute mit einem harten Grinsen auf den ledrigen Gesichtern. Mädchen, die Säuglinge umklammert hielten. Frauen, die offensichtlich betrunken waren.

»Was sollte ich Eurer Meinung nach tun? Seid ehrlich, wenn Ihr an meiner Stelle wärt?«

Heinesen winkte den Schultheiß näher heran und klopfte ihm auf die Schulter.

»Ich habe hier ganz in der Nähe Quartier bezogen, und es gibt noch ein Fäßchen Sherry von einem hochzufriedenen Kunden in England. Ich bestehe darauf, daß Ihr mir Gesellschaft leistet.«

Kurze Zeit später sah man sie im Gasthaus am Feuer sitzen. Der Schultheiß hob sein Glas mit englischem Sherry und ließ die Flammen in der dunklen Flüssigkeit spielen.

»Es ist erstaunlich, meint Ihr nicht auch, daß sie von unserer Existenz Kenntnis haben, ja sogar unsere Städte auf ihren Instrumenten verzeichnet sind, und doch wissen wir nichts über sie?«

Der Schultheiß fuhr sich über das fleischige Gesicht und leerte sein Glas. »Ihr habt doch gewiß in Erwägung gezogen, daß bei ihrer Mission womöglich militärische Interessen im Spiel waren?«

Heinesen lachte. »Nun paßt aber auf, mein Bester, daß Eure Phantasie nicht mit Euch davongaloppiert.«

»Aber Ihr müßt zugeben, es ergibt einfach keinen Sinn. Ich vermute, sie haben sich verirrt. Ganz gleich, was ihr Auftrag gewesen sein mag, Gott hat auf seine Weise dafür gesorgt, daß ihre Mission ein unerwartetes Ende findet. Jedenfalls muß ich in dieser Sache umgehend etwas unternehmen.« Der Schultheiß schenkte sich Sherry nach, ehe er fortfuhr. »Gewiß begreift Ihr, mein lieber Heinesen, daß ich mich in einer schwierigen Position befinde. Ständig laufe ich Gefahr, daß der Pfarrer mir das Wasser abgräbt. Der Bischof beehrt uns nur dann mit seinem Besuch, wenn es absolut unumgänglich ist, und der Pfarrer ist von schamlosem Ehrgeiz besessen. Er würde jedem nach dem Maul reden, nur um in dieser Gegend mehr Einfluß zu gewinnen. Gott weiß, hier leben einfache Leute, die sich nicht auf die Feinheiten der Sprache verstehen wie Ihr oder ich. Sie verstehen die Sprache der Peitsche, die auf ihre Schultern niedersaust. Ihre Furcht vor Gott ist nur unwesentlich größer als die vor dem Teufel.« Heinesen, der ins Feuer geschaut hatte, hob den Blick. Der Schultheiß nickte. »Ich weiß.

Von einem Mann wie mir würde man solche Worte nicht erwarten. Es ist verteufelt nah an Ketzerei.« Er reckte das Kinn. »Bitte sehr, Heinesen, jetzt bin ich in Eurer Hand.«

»Ihr habt nicht den geringsten Grund, Euch deswegen Sorgen zu machen«, erwiderte Heinesen, wobei er das Fäßchen unter den Arm klemmte und ihre Gläser nochmals füllte. »Aber ich weiß nur zu gut, welche Gefahr Euch droht.«

Der Schultheiß beugte sich aufgeregt vor. »Dann habt Ihr doch sicher Mitgefühl für meine Lage.«

»Daß Ihr mein Mitgefühl habt, steht außer Frage.«

Doch das war nicht alles.

»Ihr würdet mir also helfen?«

Heinesen lehnte sich zurück und lockerte seinen Binder. Er hob abwehrend die Hände. »Ich habe ja kaum ein Wort mit dem bedauernswerten Burschen gewechselt und weiß nicht, ob ich mehr aus ihm herausbekommen kann, als Ihr es vermögt.« Er seufzte. »Doch wenn es Euer Wunsch ist, kann ich meine Abreise um einen Tag verschieben und versuchen, morgen noch einmal mit ihm zu sprechen.«

»Das ist nicht genug.«

»Das bedauernswerte Geschöpf hatte recht. Es ist nur eine Frage von Tagen, bis Ihr den Mann dem Pöbel ausliefert.«

Der Schultheiß stellte sein Glas ab. »Es gibt nur eine andere Möglichkeit. Ihr müßt ihn mitnehmen.«

»Ihr seid nicht bei Sinnen, mein Herr!«

»Es kann alles ganz diskret vonstatten gehen. Ich werde ein Gerücht in Umlauf setzen lassen, daß wir seine Leiche wieder dort ins Meer geworfen haben, wo wir ihn herausgefischt haben. Einen anderen Weg gibt es nicht. Ich werde diesem Pfarrer nicht den Triumph verschaffen, in meiner Stadt seine Scheiterhaufen anzuzünden. Ich habe weiß Gott kein allzu großes Mitleid mit diesem Geschöpf, ganz gleich, welches Leid es erdulden mußte, doch ich werde nicht zulassen, daß der Pfarrer es dazu benutzt, meine Amtsgewalt an sich zu reißen. Und um dies zu verhindern, bleibt mir keine andere Möglichkeit, als ihn von hier wegzuschaffen. Nehmt ihn mit nach Norden, Heinesen. Dort kennt ihn niemand. Man wird annehmen, er sei irgendeine Kuriosität, die Ihr auf einer Eurer Reisen entdeckt habt. Wenn Ihr die Leute beruhigt, wird es keinen Aufruhr geben. Auf Eurem Landsitz, in sicherer Entfernung zu unserer Stadt, werden Eure Arbeiter Euch glauben, daß ihnen keine Gefahr droht.«

»Was sollte ich mit ihm anfangen?«

»Ihr baut doch gerade.« Heinesen zog die Brauen hoch. Der Schultheiß wedelte mit der Hand. »Die Einzelheiten sind nicht von Belang, es ist mir nur zu Ohren gekommen. Ihr sucht Männer, nicht wahr, die Euch helfen sollen, irgendeinen Anbau auf Eurem Landsitz zu errichten?«

Heinesen schwieg einen Augenblick. Er hatte nicht erwartet, daß seine Pläne allzu lange geheim bleiben würden. Doch es schien, als sei der Zweck des Bauwerks noch unbekannt.

»Ich bin kein leichtfertiger Mensch. Eine solche Unternehmung ist nicht ohne Gefahren. Ihr bittet um eine unkonventionelle Lösung, die durchaus das Risiko birgt, den Zorn des Königs auf sich zu ziehen. Seid Ihr gewillt, mir die Übergabe schriftlich zu bestätigen?«

»Ich werde Euch alles geben, was Ihr wünscht, wenn es Eure Bedenken zerstreut.«

»Ihr seid wahnsinnig, in der Tat, oder habe ich Euch vielleicht mit zu großem Eifer nachgeschenkt?«

Der Schultheiß schüttelte den Kopf. »Weder das eine noch das andere. Ich fürchte eher, ich bin viel zu vernünftig. Nicht ich bin wahnsinnig, die Welt ist es.« Mit diesen Worten erhob er sich, lüftete den Hut und steuerte auf die Tür zu, wandte sich jedoch noch einmal um und flüsterte schelmisch: »Oder vielleicht war es Gott, der ein wenig zuviel englischen Sherry getrunken hat?«

16. KAPITEL

Nicht einmal der Regen konnte die Schaulustigen auseinandertreiben. Sie hockten zusammengekauert unter einem Zelt aus alten Decken und einigen schmuddeligen Bahnen Segeltuch mitten auf der Straße. Wie Enten. Mit aschfahlem Gesicht beobachtete der Notar von dem kleinen Fenster neben seinem Tisch aus, wie sie gebannt die Läuterungsrituale der Flagellanten verfolgten, die nun mehrere Male täglich stattfanden. Eine Gruppe von etwa sechzehn Frauen aller Altersgruppen hatte diese Aufgabe übernommen. Sie formierten sich in der Mitte der Menge, dicht am Fuße der Treppe, zu einem Ring und liefen dann im Kreis herum, wobei jede den Rücken der vor ihr Gehenden mit einer Pferdepeitsche, einem Dreschflegel oder einer Handvoll Zweige geißelte.

»Wann werden sie endlich mit diesem närrischen Treiben aufhören?« rief der Notar aus, sprang auf und setzte sich verzweifelt wieder hin. Der Schultheiß stöhnte, erhob sich mühsam und wankte quer durch den Raum, wobei er sich den Schlaf aus den Augen rieb. Er spähte durch das Fenster nach unten und zuckte beim Anblick des Blutes, das sich mit dem Regen vermischte, zusammen.

»Die Weiber sind schlimmer als die Männer.«

»Gestern habe ich gehört, daß eine Abordnung von Bauern aus der Gegend um Lolland die lange Reise hierher angetreten habe, um die Dinge voranzutreiben.« Der Notar schien stündlich dünner und grauer zu werden. »Denkt nur, wenn die Gerüchte erst einmal die Runde machen, werden wir in alle Ewigkeit mit einem Makel behaftet sein. Leute mit irgendeinem seelischen oder körperlichen Defekt werden in Scharen hierherströmen, ganz zu schweigen von den religiösen Eiferern. Die Leute werden herkommen, um uns zu kurieren, uns zu heilen, sich im Bösen zu suhlen oder einfach nur, um vor meinem Fenster zu stehen und heraufzustarren.«

Der Schultheiß stampfte mit dem Fuß auf, daß die Dielen krachten. »Die Quintessenz Eurer Predigt habe ich erfaßt, besten Dank, Herre Jakobsen.« Er fuhr sich mit der Hand übers Gesicht. »Natürlich habt Ihr recht, wir müssen dafür sorgen, daß der kleine Teufel so bald als möglich von hier verschwindet.«

Am späten Vormittag erschien der Pfarrer, begleitet von einem hochgewachsenen Mann mit düsterer Miene und einem Knaben, der eine große Truhe auf dem Rücken schleppte. Der Schultheiß biß die Zähne zusammen, als sie den Raum betraten. Der Pfarrer hatte ein hochgerecktes, übereifriges Gesicht, eine fliehende Stirn und wachsame spitze Ohren. Abgesehen von der weißen Halskrause war er vollständig in Schwarz gewandet. Er ließ einen prüfenden Blick durch das Amtszimmer schweifen, als rechne er damit, in jeder mit Spinnweben überzogenen Ecke Beweise dafür zu finden, daß hier spirituelle Verderbtheit lauerte.

»Wir sind gekommen, um Euch in der Angelegenheit dieses unseligen Boten der Hölle unseren Beistand zu gewähren.«

»Und welche Art des Beistandes gedachtet Ihr uns anzubieten?« fragte der Schultheiß mit einem Seitenblick auf den hochgewachsenen Mann, der kerzengerade wie ein Baum neben der Tür stand. Der Pfarrer lächelte sein gewohnt beflissenes Lächeln und machte eine kleine Verbeugung.

»Es ist meine Pflicht, Euch und alle Anwesenden davon in Kenntnis zu setzen, daß unter den frommen Leuten dieser Stadt große Furcht herrscht. Man spricht von bösen Omen und dunklen Vorzeichen.«

»Da ist es doch gewiß Eure Pflicht, die frommen Leute davon in Kenntnis zu setzen, daß sie von einem einzelnen, verängstigten Seemann, der sich auf dem Meer verirrt hat, nichts zu fürchten haben?«

»Gestattet mir einen Einwand. Das Werk Gottes ist niemals vollendet. Ich weiß wohl um die Gefahren solch ungezügelter Ängste. Natürlich habe ich, wie es meinem Amt geziemt, mein Bestes getan, diese Befürchtungen zu beschwichtigen. Aber dennoch ist es ganz entscheidend, daß wir die Tiefe ihrer Gefühle nicht unterschätzen und in unseren Bemühungen, wirksame Abhilfe zu schaffen, klare und unmißverständliche Maßnahmen ergreifen.«

»Und was würdet Ihr vorschlagen, Hochwürden, sollen wir ihn herausgeben und zulassen, daß sie ihn verbrennen?«

»Ich bitte Euch«, sagte der Pfarrer mit einem dünnen Lächeln. »Wir dürfen uns nicht von dem Fieber anstecken lassen, das offenbar unter unseren Brüdern und Schwestern aus dem einfachen Volke grassiert.«

Der Schultheiß holte tief Luft. Nun trat der hochgewachsene Mann, der bislang geschwiegen hatte, vor. Das Auffallendste an ihm war die Form seines Kopfes, der aussah wie ein nach oben spitz zulaufendes Ei. Die stechenden, starren Augen hatten eine milchige Färbung und traten merklich aus dem glattrasierten, kantigen Gesicht hervor. Die Haut war grau und erinnerte an bröckliges Gestein. Seine Stirn wölbte sich in einem glatten, kahlen Schwung nach oben und dann nach hinten. Das Ganze wurde gekrönt von einem dünnen Kranz braunen Haares. Er war größer als alle anderen Männer im Raum, ja sogar größer als alle anderen Männer, die der Schultheiß jemals gesehen hatte.

»Wenn ich so kühn sein darf.« Er sprach deutlich und mit großer Gelassenheit. »Vielleicht wäre ich in der Lage, das Wissen, das wir bereits über die Kreatur zusammengetragen haben, zu ergänzen. Würde das nicht vielleicht helfen, die bange Sorge, um was für ein Wesen es sich handelt, zu lindern?«

»Wer ist dieser Mann?«

Der Pfarrer machte eine weitere Verbeugung. »Das ist Herre Manson, unser Chirurg. Er hat in Bologna und Basel studiert. Seine Kenntnisse der menschlichen Anatomie suchen ihresgleichen.« Der Schultheiß machte keine Anstalten, den großen Mann in aller Form zu begrüßen. Obwohl kaum vorstellbar, fand der Schultheiß Chirurgen noch despektierlicher als Pfaffen.

»Man hat vorgeschlagen, daß Herre Manson seine Untersuchung durchführen und uns anschließend sein Urteil zur Kenntnis bringen soll, damit wir entscheiden können, welche Maßnahmen zu ergreifen sind.«

»Der Bischof war so gütig, seine Ansichten kundzutun?«

Der Pfarrer wandte sich mit einem ungeduldigen Schnalzen ab. »Ich muß Euch wohl kaum daran erinnern, daß Ihr ein Gutteil der Verantwortung für die Aufregung und Unruhe tragt, die der Vorfall verursacht hat.«

»Nein, das braucht Ihr wohl kaum.«

Der Pfarrer warf dem Schultheiß einen wütenden Blick zu. »Ihr hättet die erbärmliche Kreatur im Meer ertrinken lassen sollen.«

»Und das von Euch, einem Mann Gottes.« Der Schultheiß zog in gespieltem Erstaunen die Brauen hoch. Dann bedeutete er dem Chirurgen mit einem Wink, sich auf den Weg zu machen. Manson wandte sich um und rauschte mit drei großen Schritten hinaus, gefolgt von dem Knaben, der sich mit dem großen Kasten abmühte.

Der Schultheiß seufzte.

Der Pfarrer rümpfte die Nase. »Nun, zumindest werden wir in Erfahrung bringen, ob er irgendeine üble Seuche eingeschleppt hat.«

»Da wäre ich nicht so sicher«, knurrte der Schultheiß. »Dem unsinnigen Geschwafel von Chirurgen habe ich noch nie Glauben geschenkt. Ich habe noch nie gehört, daß sie jemanden von irgend etwas Ernstem kuriert hätten.«

Die drei Männer standen schweigend da und warteten. Der Pfarrer wandte sich dem Fenster zu. Der Notar warf ein kleines Holzscheit aufs Feuer. Das Raunen der um die Eingangstreppe versammelten Menge war dem Geräusch einer steifen Brise, die durch ein Waldstück rauscht, nicht unähnlich.

Der graue, fahlhäutige Mann legte den Mantel ab und krempelte die Jackenärmel hoch, band sich eine Lederschürze um und befahl dem Knaben, dessen Hände zitterten, der Kreatur die Kleider auszuziehen. Der hochgewachsene Mann krempelte ebenfalls die Hemdsärmel hoch und nahm einen Kübel mit kochendheißem Wasser, den ihm die vor der Tür wartende Wache hereinreichte. Er kippte den Inhalt über die zusammengekauerte, nackte Gestalt und rief laut nach einem zweiten. Dann begann er, Pulver im Raum zu verstreuen. In dünnen Schwaden stieg beißender Rauch von den feuchten Steinen auf. Der Knabe, der sich in eine Ecke verkrochen hatte, begann zu husten, und seine Augen füllten sich mit Tränen, bis es ihm schließlich gelang, aus dem Raum zu wanken. Der Chirurg band sich ein Tuch vor Mund und Nase und steuerte auf die dunkle Kreatur am anderen Ende des Raumes zu.

»Komm her, mein kleines Prachtstück«, knurrte er und streckte eine knochige Hand aus. Die nächsten beiden Stunden nahm er sich die Anatomie der Kreatur Zoll für Zoll vor, betastete jeden Winkel, bohrte den Finger in jede Höhlung. Er rieb ihre Haut mit Alaun und ihre Fingerspitzen mit Schießpulver ein, stieß ihr Holzstäbe ins Rektum und Kupferrohre in den Schlund. Er knetete sie durch, dehnte sämtliche Muskeln und Bänder, bog die Gelenke mal hierhin, mal dorthin, suchte nach Kiemen, Klappen, Ventrikeln, kurzum, nach irgendwelchen Besonderheiten, die hier nichts zu suchen hatten. Er untersuchte die Zwischenräume von Fingern und Zehen nach Spuren von Schwimmhäuten. Er stieß lange dünne Nadeln in ihren Bauch, um sich zu vergewissern, daß die lebenswichtigen Organe normal positioniert waren. Durch einen in den Achselhöhlen vorgenommenen Aderlaß füllte er einen eisernen Topf mit einer ordentlichen Menge Blut, das anschließend von dem Knaben zum Kochen gebracht wurde. Er legte Eisenringe um ihre Schläfen und goß durch einen Trichter eine lilafarbene Flüssigkeit in ihre Ohren. Er wog und vermaß jeden zugänglichen Zoll ihres Körpers, einschließlich des Penis, den er vielleicht ein wenig länger als nötig in der Hand hielt – allerdings geschah dies zu einem Zeitpunkt, in dem das Untersuchungsobjekt ohnehin nicht mehr allzuviel mitbekam. Als der Chirurg seine Instrumente in einen großen Lederkoffer packte und fortging, sackte der entblößte Teufel würgend auf dem kalten Fußboden zusammen. Selbst der Wachmann, der Zeuge der Untersuchung gewesen war, schien Mitleid zu haben, denn er kehrte kurz darauf zurück und warf eine grobe Leinendecke über die zitternde Kreatur.

Die Tage vergingen. Raschid kauerte auf dem Boden, stopfte sich Abfälle von Kohlstrünken in den Mund und verschlang sie hastig. Hoch oben in der Wand des Stalles war ein schmaler Eisenrost eingelassen, der sich wegen des abschüssigen Bodens auf einer Ebene mit der Gasse befand, die hinter dem Gebäude entlangführte. Von hier aus konnten die Leute, wenn sie in die Knie gingen, den Gefangenen betrachten, und sie sammelten sich wie Blätter. Sie stimmten Sprechgesänge an und verfluchten das Unglück, das das Meer über sie gebracht hatte. Kleine Kiesel von der Gasse fielen klackend zwischen den Eisenstäben hindurch. Sie verhöhnten ihn und warfen kleine Äste und Steine hinunter. Einige lagen auf den Knien und beteten um Vergebung, während andere eine endlose Litanei von Verwünschungen ausstießen. Sie wußten, daß er eine Kreatur aus unbekannten Wäldern weit jenseits des Meeres war, noch weiter südlich als der Ort, wo alle Menschen schwarz wurden und der Teufel in seinem Palast der Sünde ein Leben in Saus und Braus führte. Sie wußten, daß ein einziger Blick von ihm genügte, um ihnen Ausschläge und Geschwüre beizubringen und nie gekannte Schmerzen in ihren Eingeweiden hervorzurufen, doch sie konnten ihm nicht fernbleiben.

Der Regen spritzte auf den kalten Steinboden. Das Wasser rann ihm den Nacken hinab, wenn er in der Ecke kauerte, um zu schlafen. Er hüpfte von einem Fuß auf den anderen, um zu verhindern, daß er sich in einen Frosch verwandelte.

17. KAPITEL

Verner Heinesen spähte durch das Fenster seines Zimmers im oberen Stockwerk des Gasthauses. Dunkle Verfärbungen im Glas tauchten die Stadt in eine Palette von Braun-, Gelb- und Grüntönen. In der Ferne, hinter dem Kirchturm, konnte er das Glitzern der Wellen sehen, die sich an den Rücken der unter Wasser liegenden Sandbänke brachen. Nach Norden zu erstreckten sich hinter den Wohnhäusern und Gebäuden des Stadtkerns offene Felder, die allmählich in das hohe wogende Gras des Marschlands übergingen. Über zwei Wochen war er jetzt schon hier und wartete ungeduldig darauf, endlich heimfahren zu können. Er beobachtete, wie ein randvoll mit Bauholz beladener Karren über die holprigen Steine unter ihm schlingerte. Eine Frau, die ein Huhn unter dem Arm trug, rief dem Mann auf dem Kutschbock etwas zu.

Es gab noch so vieles zu erledigen. Für den Großteil des Materials, das er benötigte, hatte er Bestellungen beim Hafenamt hinterlegt, und er hatte dafür Sorge getragen, daß im nächsten Frühjahr, wenn die großen Bauhölzer eintrafen, Fuhrwerke und Kutscher für den Transport bereitstanden. Alles ist machbar, dachte er. Es mußte nur alles bis ins kleinste Detail geplant werden. An diesem Morgen hatte er sich ein letztes Mal mit dem Zeichner Andersson beraten. Von dem Haus, in dem Andersson wohnte und arbeitete, hatte man einen Blick auf die Westseite der Kirche. Das Zimmer war sehr geräumig und enthielt zwei lange Werkbänke und einen außergewöhnlich großen Kamin, dessen Feuer der junge Bedienstete gewissenhaft schürte.

Andersson hatte fein geschnittene Züge und kleine, eng beieinanderliegende Augen, die aussahen wie harte blaue Muschelschalen.

»Ihr habt Euch ehrgeizige Ziele gesteckt, Heinesen.«

»Ihr haltet mich für einen Narren.«

Andersson schob das Kinn vor und schaute einen Augenblick zur Seite. »Wer sich an eine solche Großtat wagt, ist entweder ein Narr oder ein Mann von großem Wagemut.« Er sah Heinesen wieder an. »Ich bin noch unschlüssig, was von beidem auf Euch zutrifft.«

Heinesen setzte sich mit dem Rücken zum Feuer auf einen Schemel. Er mochte diesen Raum. Er besaß eine anheimelnde Atmosphäre und war von einer Energie erfüllt, die Heinesen Respekt einflößte. Und er mochte auch den Mann, der ihm gegenüber auf dem Stuhl saß. Die Anderssons dieser Welt waren dünn gesät. Er hätte hundert Edelleute gegen einen solchen Menschen eingetauscht.

»Die Pläne sind zuverlässig, sagt Ihr. Das Bauwerk wäre stabil?«

»Die Konstruktion selbst ist ohne Zweifel solide. Ihr habt gründliche Arbeit geleistet, das muß ich sagen.«

»Das klingt, als ob Ihr dennoch gewisse Einwände hegt?«

Andersson beugte sich auf seinem Stuhl vor. »Heinesen, über eines müßt Ihr Euch im klaren sein. Ein Vorhaben dieser Art ist mehr als ein bloßes Bauwerk. Ein Observatorium wie dieses wird erhebliche Aufmerksamkeit erregen. Wenn Ihr einen Fehlschlag erleidet… nun, dann möchte ich gar nicht daran denken, welche Konsequenzen das für Eure Reputation haben wird.«

»Andersson, ich habe Euch konsultiert, weil ich großen Respekt vor Eurem Urteil habe, und das nicht nur, weil Ihr ein erfahrener Mann seid. Bitte, nehmt kein Blatt vor den Mund.«

»Nun gut.« Andersson verschränkte die Hände und lehnte sich auf dem Stuhl zurück. »Ich werde ganz offen sprechen. Herremand Heinesen, Euer Vorhaben ist höchst gefährlich. Allein der finanzielle Aufwand ist schwindelerregend. Ihr seid ein wohlhabender Mann, kommt aus einer vornehmen Familie. Die Einkünfte, die Euer Familienbesitz und die Pferde vom Gut Eures verstorbenen Onkels abwerfen, sind beträchtlich. Viele Männer Eures Alters wären froh, wenn sie sich niederlassen und die Annehmlichkeiten solch sorgenfreien Lebens genießen könnten.«

Andersson schwieg einen Augenblick. »Was ich eigentlich von Euch wissen will, ist folgendes: Aus welchem Grund habt Ihr Euch dieses Vorhaben in den Kopf gesetzt?«

»Die Antwort auf diese Frage liegt auf der Hand. Wäre ich ein Dichter, könnte ich mich vielleicht mit dem Leben, das Ihr beschreibt, zufriedengeben. Ich bin kein herzloser Mensch. Wenn ich mich ein wenig anstrengen würde, könnte ich ein geeignetes Eheweib finden und mich, wie Ihr sagt, der materiellen Annehmlichkeiten des Lebens erfreuen. Doch das genügt mir nicht.«

»Es genügt Euch nicht?« Andersson stieß ein schroffes Lachen aus. »Ihr träumt von den Sternen, Heinesen. Paßt auf, daß ihr Licht Euch nicht blendet.«

»Es ist kein Traum.« Heinesen schüttelte den Kopf. »Die Spanier haben in der Neuen Welt Kolonien gegründet und Silber gefunden. Die Portugiesen haben sich einen Weg durch die Dunkelheit gebahnt, die Afrika umschloß, und sind von dort bis in die östlichen Gebiete Persiens und den Ozean dahinter vorgedrungen. Nein, auf diesem Gebiet läßt sich nichts mehr erreichen.«

»Tatsächlich?« Heinesens leidenschaftlicher Vortrag schien Andersson nachdenklich zu stimmen.

»Natürlich«, ergänzte Heinesen hitzig, »werden die Anstrengungen fortgesetzt. Von all den Königen, die ihre Flotte aussenden, um ihre Flagge auf jedem noch unbezeichneten Winkel dieser Welt zu hissen. Doch sie werden auf nichts wirklich Neues stoßen.«

»Ist denn der Himmel etwas Neues?«

Heinesen hielt es nicht länger auf seinem Platz. Er sprang auf und stieß dabei versehentlich seinen Schemel um. Dann begann er, mit großen Schritten vor dem Kamin auf und ab zu gehen. »Er war so nah daran, die Dinge zu sehen, wie sie wirklich sind, so, wie sie der Pole Kopernikus beschrieben hat. Er hat den Mut verloren, begreift Ihr das nicht? Er hatte Angst. Von einem Mann der Wissenschaft, der in den Diensten eines Monarchen steht, ist in dieser Hinsicht nie etwas Gutes zu erwarten. Sie befassen sich nur mit Prophezeihungen, die den eigenen Interessen dienen.«

»Ihr sprecht von Tycho Brahe, vermute ich.«

»Der alte ›Eisenzinken‹.« Heinesens Augen funkelten. »Als junger Mann hat er bei einem Fechtduell die Nasenspitze verloren.«

»Ihr wart auf Seeland sein Schüler.«

»Auf der Insel Ven.«

Andersson stocherte im Feuer. »Von einem Mann, der sich duelliert, würde man nicht unbedingt denken, daß er ein Feigling ist.«

»In gewisser Weise habt Ihr vielleicht recht. Doch das ändert nichts an der Tatsache, daß er sich auf einen Kompromiß eingelassen hat.«

»Darum also geht es Euch?« fragte Andersson langsam.

»Ich will beweisen, was schon die Alten wußten, was die Schriften der Hermetiker bezeugen: daß Kopernikus recht hatte mit seiner These, die Sonne stehe im Mittelpunkt aller Dinge.«

»Heinesen, ich bewundere Euren Mut, Eure Hingabe, doch wenn Ihr Euch dieses Thema auf die Fahnen schreibt, bedeutet das, gegen die Kirche zu Felde zu ziehen.«

Heinesen war bestürzt. Er hatte fest damit gerechnet, daß Andersson ihm wenigstens ein Minimum an moralischer Unterstützung gewähren würde.

»Tycho ist inzwischen gestorben, nicht wahr?« fragte Andersson.

»Im Exil in Prag, vor sieben Jahren.«

»Wieso werde ich das Gefühl nicht los, daß es zwischen Euch und Eurem früheren Lehrer noch eine offene Rechnung gibt?«

»Ich war sein Gehilfe, mehr nicht. Ich genoß das Privileg, wie es mich Seine Durchlaucht des öfteren wissen ließ, mich in seiner Nähe aufhalten zu dürfen.« Heinesens Blick verlor sich in der Ferne, als er sich an den Klang der Schritte erinnerte, die in den langen Steinkorridoren langsam verhallten, an das Licht, das durch die Fenster in die riesigen Räume von Uranienborg flutete. »Man hätte so viel tun können. Und in der Tat, es wurde auch viel erreicht, und dennoch hat er der Versuchung, einen Kompromiß, einen Ausweg zu finden, nicht widerstehen können. Er wollte, daß alle mit seiner Arbeit zufrieden sind.«

Andersson schien das Gespräch allmählich zu langweilen. Er stand auf, murmelte, er müsse sich wieder an die Arbeit machen, und brachte Heinesen zur Tür.

»Ihr wollt Euer eigenes kleines Reich der Sterne bauen, und Ihr seid jung genug, es zu versuchen. Doch Ihr solltet darauf achten, daß Ihr Euch aus den richtigen Gründen an dieses Unternehmen wagt.« Er lächelte. »Wer weiß, womöglich habt Ihr sogar Erfolg.«

Heinesen ignorierte die Ironie, die in Anderssons Worten lag. »Die Zeit, in der wir leben, Andersson, ist aufregender als jede andere Epoche der Geschichte. In den nächsten hundert Jahren werden wir mehr über uns selbst und das Universum, in dem wir leben, erfahren als in all den Jahrhunderten, die seit Anbeginn der Zeit vergangen sind.«

Ein Klopfen an der Tür unterbrach Heinesens Gedanken und holte ihn wieder in die Gegenwart zurück.

»Wer ist da?« rief er mit schneidender Stimme. Klinke schob vorsichtig die Tür auf, trat ins Zimmer und zog seinen Hut. Einen Moment lang sah Heinesen ihn ausdruckslos an. Klinke hatte bereits in den Diensten seines Onkels gestanden, als Heinesen noch ein kleiner Junge war. Klinke merkte gleich, daß sein junger Herr an diesem Tag nicht gerade bester Laune war, und schaute sich mit bekümmerter Miene im Zimmer um. Mit seinem schmuddeligen Bart, den schweren Stiefeln und dem Lederwams schien er den kleinen Raum auszufüllen. Heinesen setzte ein Begrüßungslächeln auf. »Was gibt's Neues von der Front, Klinke?«

»Die Wagen sind beladen und reisefertig, wir warten nur noch auf Euren Befehl, Herr.«

»Dann laß uns unverzüglich aufbrechen. Ich brenne darauf, mich so bald als möglich wieder an die Arbeit zu machen.«

»Wie Ihr wünscht, Herr.«

Als Heinesen auf die leichtere, zweirädrige Kutsche kletterte, ließ er einen prüfenden Blick über die Kolonne schwerer Karren wandern, die später folgen und das Frachtgut nach Norden bringen sollten. Da fiel ihm plötzlich etwas ein, er ließ die Zügel sinken und rief Klinke zu sich.

»Geh zum Schultheiß und richte ihm vertraulich etwas von mir aus. Sag ihm, ich habe beschlossen, auf den Handel, den er mir vorgeschlagen hat, einzugehen. Du mußt verschwiegen sein, Klinke, achte darauf, daß du kein Aufsehen erregst. Der Schultheiß weiß Bescheid und wird dir bei allen Vorbereitungen behilflich sein. Der Mann, um den es geht, soll von uns in Dienst genommen werden.«

Zwischen Klinkes kastanienbraunen Augen entstanden steile Falten, die Verwirrung stand ihm ins Gesicht geschrieben. Heinesen klopfte ihm auf die Schulter. »Schau nicht so beklommen drein, Klinke, du hast doch bisher nie den Eindruck gemacht, als seist du ein abergläubisches altes Weib.« Damit fuhr er los, warf ihm jedoch über die Schulter hinweg eine Bemerkung zu, die den Ausdruck der Bestürzung in Klinkes Miene noch verstärkte. »Sag ihm, er soll die Truhe nicht vergessen.« Die Kutsche klapperte über das Kopfsteinpflaster, die Pferde wurden schneller, und Heinesen verließ die Stadt.

Am folgenden Morgen, kurz vor Sonnenaufgang, wurde die morsche kleine Tür in den feuchten Stallungen aufgestoßen. Ein Wachmann stürmte mit einer Decke in der Hand herein und warf sie dem Fremden über den Kopf, wie man es mit einem Pferd getan hätte. Ein zweiter Wachmann half, das Bündel durch den langen, höhlenartigen Keller zu bugsieren, bis sie einen Ausgang mit einer niedrigen Rampe erreichten. Die ersten fahlen Schimmer der Morgendämmerung lagen auf den bröckligen Kanten des steinernen Torbogens, durch den sie ins Freie traten. Oben auf dem Hof hinter den Stallungen stand ein grob gezimmerter, gedrungener Wagen mit schweren Rädern und Stangen an den Seiten. Zwei robuste Pferde warteten geduldig. Einer der Wachleute schob einen kleinen Laib Brot unter Raschids Arm, als er mit bloßen Füßen eilig die Stufen zum Hof hinaufstieg, die Decke wie ein Leichentuch über dem Kopf. Neben dem Wagen stand eine einsame Silhouette – Klinke, der eine düstere Miene aufgesetzt hatte. Er musterte die Gestalt, die langsam näherkam. Dann trat er beiseite und deutete auf den hinteren Teil des Wagens. Die beiden Wachen verfrachteten die seltsame Kreatur auf den Karren, wo bereits ein Mann und ein kleiner Junge unter der Plane kauerten. Klinke zog das Segeltuch über das Wagendach und zurrte es sorgsam fest. Dann kletterte er auf den Kutschbock und gab den Pferden die Peitsche. Die schweren Räder drehten sich, und der Wagen rollte langsam und unauffällig aus der Stadt, noch ehe die Sonne Zeit fand, ihre Augen richtig zu öffnen.

18. KAPITEL

Er hieß Martin, nach seinem Großvater, der auf dem Friedhof hinter der Dorfkirche begraben lag. Sie gingen den schmalen Pfad entlang, der sich durch die Wiese zu dem kleinen grauen Bauwerk hinaufschlängelte. Hassan hatte seine Arbeit beiseite gelegt, weil er ein bißchen frische Luft brauchte. Nachdem er die Kirche nun schon so oft durch sein Küchenfenster angeschaut hatte, fand er, daß es langsam Zeit sei, ihr einen Besuch abzustatten. Er hatte gerade das niedrige Gartentor hinter sich zugeschoben, als ihm der Junge aus dem Laden von der Straße aus zuwinkte und etwas zurief. Hassan wartete, bis der Junge ihn eingeholt hatte. Es nieselte, und die Steinplatten auf dem Weg waren glitschig vor Nässe.

»Hier haben sie getanzt«, fuhr Martin fort, noch immer ein bißchen außer Atem. »In den alten Zeiten.«

»Deine Großeltern?«

»Nein.« Der Junge lachte. »Die Heiden. Die haben hier getanzt, völlig nackt. Und Menschen geopfert haben sie auch.«

»Tja, man hat tatsächlich viele Kirchen an Orten gebaut, an denen früher ganz andere Götter verehrt wurden.«

Martin schob die Hände in die Jackentaschen und ging rückwärts vor Hassan her. »Sehen Sie? Das eine oder andere wissen wir hier draußen schon.«

»Das hab ich keine Sekunde bezweifelt.«

Sie hatten die Stirnseite der Kirche erreicht. Ursprünglich war der Bau ein rechteckiger Kasten gewesen, den man aus ziemlich großen Blöcken grob behauenen Kalksteins errichtet hatte.

»Kleine Fische«, sagte Martin und zeigte auf Splitter von Schalen, die noch im Stein zu sehen waren.

»Mollusken, keine Fische.«

»Mollusken?«

Hassan zuckte die Achseln. »Muscheln. Schalentiere, die man am Strand findet.« Er setzte seinen Gang um die Kirche fort. Das ursprüngliche Gebäude war mit Anbauten versehen worden, wahrscheinlich mehr als einmal.

»Wo haben Sie denn das ganze Zeug gelernt?«

»Wo man so was eben lernt. Schule, Oberschule, Universität.« Er warf Martin einen Blick zu. »Wie alt bist du? Sechzehn, siebzehn?«

»Achtzehn.«

»Schon fertig mit der Schule? Was hast du vor?«

»Keine Ahnung.« Mit einem schiefen Lächeln streckte Martin die Hand aus und klopfte gegen die Kirchenmauer. »Also, was meinen Sie«, fragte er mit einer ausladenden Geste. »Ist das nun interessant für Sie?«

»Klar«, nickte Hassan. »Das ist mal 'ne willkommene Abwechslung nach all den Büchern, die ich lesen muß. Ich denke, ich schau sie mir mal von innen an.«

Von der Straße war Gehupe zu hören, und Martin winkte jemandem zu. »Ich muß los.«

»Hör mal«, Hassan wandte sich um. »Ich weiß nicht, ob du Lust dazu hast, aber wenn du magst, kann ich mich mal erkundigen, ob sie bei den Ausgrabungen noch ein bißchen Hilfe gebrauchen können.«

»Im Ernst?«

»Na klar.«

Er nickte so aufgeregt mit dem Kopf, daß ihm das fette Haar in die Stirn und übers Gesicht fiel. »Das wäre toll.«

»Okay, ich red mit ihnen.«

»Okay.« Martin wandte sich zum Gehen, wiederholte das Wort dabei noch mehrere Male und brüllte vom Tor aus »Danke« . Hassan winkte. Er hörte das Zuschlagen einer Autotür und das Motorengeräusch, als der Wagen davonfuhr.

Innen war die Kirche dunkel und roch nach Holzpolitur. Zu beiden Seiten standen leere Sitzreihen mit hohen Lehnen, von denen jede ein eigenes kleines Törchen hatte, das man vom Hauptgang her öffnen konnte. Hassan hob den Riegel zu einer der hinteren Bankreihen und setzte sich. Es war kühl und still und eigentlich sehr spartanisch. Auf einer Tafel waren die Nummern der Kirchenlieder angezeigt, die zuletzt gesungen worden waren. Er nahm sich vor, sich genauer mit der Geschichte der Kirche zu beschäftigen. Vielleicht hatte Martin ja recht, und hier hatten früher tatsächlich heidnische Zeremonien stattgefunden.

Er atmete tief durch und zerbrach sich erneut den Kopf über Verner Heinesen. Was hatte der Mann sich davon versprochen, mitten in der Einöde eine Art Sternwarte zu errichten? Und was hatte das mit den Namen auf dem Messinginstrument zu tun? Was war hier vor fast vierhundert Jahren geschehen?

Was für ein Mensch war dieser Heinesen gewesen? Hassan war es gelungen, ein paar Informationen über seine Lehrzeit bei Tycho Brahe auf Ven zusammenzutragen. In einem privaten Museum in der Nähe von Helsingör hatte man Briefe, offenbar an die Schwester gerichtet, entdeckt. Es klang nicht gerade, als sei es ein Vergnügen gewesen, für Brahe zu arbeiten.

Tycho Brahe wurde als Sprößling einer Adelsfamilie in der Provinz Skåne geboren, die östlich von Kopenhagen auf der anderen Seite des Öresunds liegt und heute zu Schweden gehört. Im Jahre 1576 übereignete ihm König Friedrich II. die Insel Ven auf Lebenszeit. Für seine Forschungsarbeit erhielt er einen ausgedehnten Landsitz in Norwegen, einen weiteren in Roskilde und obendrein eine Pension von zweitausend Kronen, finanziert aus den Zollgebühren, die der Schiffsverkehr durch den Sund in die Ostsee abwarf. Brahe verbrachte Jahre damit, die kühne Sternwarte Uranienborg zu bauen, später kam Stjerneborg dazu. Die kleine Gemeinschaft auf Ven setzte sich zusammen aus Meistern aller Handwerkszünfte, Schülern und Adligen aus ganz Europa, die zu Besuch auf der Insel weilten, unter ihnen König James I. von England. Zu jener Zeit gab es in Europa kein Zentrum der Gelehrsamkeit, das sich mit Ven hätte messen können. Hier unterstand alles, was dazugehörte, der Aufsicht des ungekrönten Königs Tycho Brahe: Gebäude, Mühlen, Teiche, Gärten, Brunnen und eine Druckerpresse. Es gab Eisengießereien für die Herstellung von Meßinstrumenten – riesige Armillarsphären und Quadranten. Es gab chemische Laboratorien, Viehbestand und gute Fischgründe. Die Insel war autark, selbst das Papier für die Druckerpresse wurde auf Ven produziert.

Im Jahr 1569 bestieg der neunzehnjährige Christian IV. schließlich den dänischen Thron. Christian war im gleichen Alter wie Heinesen. Er wurde 1577 geboren und war elf Jahre alt, als sein Vater, Friedrich II., starb. König Friedrich hatte Tycho Brahes Arbeit immer unterstützt. Nach seinem Tod übernahm eine Ratsversammlung die Regierungsgeschäfte für den jungen König, und Brahe war nicht sehr beliebt. Es gab viele, die keinen Hehl daraus machten, was sie von der Begeisterung des verstorbenen Königs für Brahe hielten. Den Quellen zufolge war Brahe kein einfacher Mann, und zweifellos hatte er sich eine Reihe von Feinden gemacht. Viele dieser Männer gehörten jetzt zum engsten Kreis um den jungen Monarchen. Für den Astronomen wendete sich das Blatt. Man beschuldigte ihn, die Kirche in Roskilde verfallen zu lassen. Überdies warf man ihm vor, er habe die kleine Dorfgemeinde auf Ven ausgenutzt, die offenbar in ständiger Furcht vor all dem Unheil lebte, das er mit seinen alchemistischen und astrologischen Machenschaften heraufbeschwor. Brahes Privilegien und Einkommen wurden nach und nach beschnitten. Er packte seine gesamte Habe und die Instrumente zusammen, ließ nur die zurück, die nicht zu transportieren waren, und reiste nach Prag. Dort stellte ihm Kaiser Rudolf II. eines seiner Schlösser zur Verfügung, wo Brahe bis zu seinem Tode lebte. Er starb 1601 an einem Blasenriß.

Ein weiteres Detail war Hassan im Gedächtnis geblieben: Brahe hatte einen Zwillingsbruder, der bei der Geburt gestorben war.

Als Hassan schließlich nach Hause kam, war es früher Abend. Er hatte sich gerade wieder an die Arbeit gesetzt, als das Telefon klingelte. Es war Lisa, seine Frau.

»Wo bist du?«

»Bei meiner Schwester.«

»Verstehe.«

»Ich muß wissen… Ich muß wissen, was du vorhast.«

»Ich weiß es nicht. Ich meine, ich hab im Augenblick sehr viel zu tun.«

»Wie lange wirst du dableiben?«

»Schwer zu sagen.«

»Sag mir nur eins. Ich denke, ich habe ein Recht, danach zu fragen. Bist du verliebt in sie?«

Hassan starrte den leeren Bildschirm an. Der Cursor blinkte.

»Bist du noch da?«

»Ja«, sagte er schließlich. »Ich bin noch da.«

»Laß dir so viel Zeit, wie du willst«, sagte sie. »Aber rechne nicht damit, daß ich ewig warte.«

Es klickte am anderen Ende der Leitung, sie hatte aufgelegt. Die Sonne war untergegangen. Im Zimmer war es still. Er blieb einfach sitzen. Nichts rührte sich.

19. KAPITEL

Es war später Nachmittag. Klinke trieb die Pferde fluchend zur Eile an. Der Lastkarren zuckelte am See vorbei und folgte dem gewundenen Weg den Berg hinauf. Raschid spähte unter der Persenning hervor und schaute hinab auf die langgestreckte Ellipse des Wassers, die zwischen den Bäumen aufschimmerte. Die erschöpften Pferde schleppten sich mühsam durch die verwachsenen Bäume bergan, bis sie schließlich die Schulter eines spärlich bewaldeten, windgepeitschten Bergkammes erreichten.

Von hier aus konnte man das große Anwesen sehen.

»Helioborg«, brummte Klinke. Neben ihm auf dem Kutschbock saßen der Mann und der Junge, die er in Dienst genommen hatte. Der Vater schüttelte sich, um wachzuwerden, und der Junge streckte die Glieder. Raschid ließ sich auf seinem unbequemen Lager aus Säcken mit Kalk und Kisten mit Nägeln zurücksinken, drehte sich auf die Seite und hob den Kopf, um den Berg hinauf zu schauen.

Das »Schloß der Sonne«, wie es inzwischen genannt wurde, lag auf einem Plateau etwa auf halber Höhe des weitläufigen, zum stillen See hin sanft abfallenden Berges. Pferde galoppierten durch die tiefer gelegenen Wiesen, jagten hin und her, und ihre Mähnen flatterten im Wind. Es wurde immer kälter, und eine durch Mark und Bein gehende, schneidende Feuchtigkeit lag in der Luft. Der Lastkarren ratterte über Steine und erstarrte Radspuren im Boden, so daß Raschids sämtliche Knochen durchgerüttelt wurden. Als das Anwesen näher rückte, konnte er sehen, daß es sich nicht um ein einzelnes Haus, sondern um eine ganze Reihe von Gebäuden mit angrenzenden Ställen und Schuppen handelte, die um einen rechteckigen, gepflasterten Hof gruppiert waren.

Regenwasser hatte sich in großen Pfützen gesammelt, zwischen denen die schweren Räder holpernd und schaukelnd hindurchbugsiert wurden. Der Karren schwenkte aus und beschrieb einen großen Bogen, um schließlich vor dem Gutshaus zum Stehen zu kommen. Zwei Frauen setzten die Milchkübel ab, um ihre Ankunft zu verfolgen. Es hatte aufgehört zu regnen, und die Sonne bahnte sich in einzelnen, hell aufleuchtenden Lichtspritzern einen Weg durch den Wolkenschleier. Die Persenning wurde zur Seite geschoben, und Raschid nahm blinzelnd Größe und Konturen des fremden Ortes in Augenschein. Die beiden Frauen standen noch immer vor einem langgestreckten niedrigen Gebäude, das, wie er später erfuhr, die Unterkunft der Arbeiter war. Das ganze Anwesen wirkte ziemlich öde, als sei es zu lange Wind und Regen ausgesetzt worden oder als fehle ihm vielleicht der eine wesentliche Bestandteil, der es zu einem Zuhause gemacht hätte. Das Hauptgebäude ging nach Süden und war verglichen mit allem, was Raschid bislang auf Jütland gesehen hatte, sehr groß, wirkte jedoch durch die landestypische Bauweise aus Holz und mit Lehm beworfenem Flechtwerk, die es beinahe als Teil der Landschaft erscheinen ließ, keineswegs massig. Als er mit rasselnden Ketten aus dem Karren kletterte, war er sich der Blicke der Frauen bewußt. Sprachlos vor Staunen starrten sie ihn an. Ihre Züge waren grob und ihre Haut bleich und wäßrig. Raschid wagte nicht, sie direkt anzusehen Statt dessen beobachtete er sie aus dem Augenwinkel, ein verstohlener Impuls, der ihm als Selbsterhaltungsstrategie schon bald zur Gewohnheit werden sollte.

Die Frauen wandten sich mit lauter Stimme an Klinke, offenbar wollten sie wissen, was zum Teufel er da mitgebracht habe. Klinke fertigte sie mit einer barschen Erwiderung ab, woraufhin sie die Kübel aufnahmen und ihrer Wege gingen. Er hatte jetzt alle Hände voll zu tun, lief um den Karren herum und band Seile los, rief nach Leuten, die ihm beim Entladen helfen sollten. Zwei Männer tauchten auf und standen eine Weile, die Hände in die Hüften gestemmt, vor dem Haus und wechselten ein paar Worte mit Klinke und den anderen Kutschern, die inzwischen ebenfalls eingetroffen waren. Der ganze Hof füllte sich mit geschäftigem Treiben. Dem Knaben und seinem Vater, die neben Klinke auf dem Kutschbock gesessen hatten, wurde Gepäck zum Hineintragen gereicht, und sie schienen froh zu sein, daß man ihnen eine Aufgabe zugewiesen hatte. Schwankend stapften sie auf die offene Tür des großen Stalles an der Ostseite des Areals zu.

Raschid spürte, wie man ihm die Ketten abnahm. Er sah die Eisenringe im hohen Bogen durch die Luft sausen und hörte den dumpfen Aufschlag, als sie im hinteren Teil des Karrens landeten. Er hörte den tiefen Seufzer, den Klinke ausstieß, sah den Schatten jener breiten kräftigen Schulter, als er sich abwandte. Vor ihm ragt das Haus auf. Sein Blick wandert langsam von den grauen Steinen der Eingangstreppe nach oben, gleitet über die beiden Eisengeländer, die sich bis zur olivgrünen Tür hinaufwinden, über den Türrahmen und den in Stein gemeißelten Namen. Die Holzverstrebungen waren mit stumpfer, ockerroter Farbe gestrichen und verliefen kreuzweise, so daß sie Dreiecke und Rechtecke aus gekalktem Flechtwerk bildeten. Ein einzelner, silberner Regentropfen zitterte in der Ecke einer der vorstehenden Balken. Der erste Stock besaß insgesamt acht Fenster. Er zählte sie.

Die Unterkunft für die Arbeiter war ein großes, düsteres Gebäude. Zum Schutz gegen die Kälte waren die Fußböden mit Stroh ausgelegt, und man hatte den großen Raum mit hölzernen Trennwänden in viele kleine Kammern unterteilt, so daß er einem Stall ähnelte. Gesichter spähten Raschid aus dem Dunkel entgegen, als man ihn hindurchführte. Manche der Männer hatten ihre Familien dabei und bewohnten mit ihnen eine eigene Kammer, während viele andere leerstanden. Kleine Kinder rannten vorbei, spielten Fangen und lachten. Mit drei Schritten hatte man diese Bretterverschläge in der Breite durchmessen. Nur wenig ließ darauf schließen, daß sie bewohnt waren, ein Bündel Kleider hier, ein Sack dort, doch meist enthielten sie nicht mehr als ein Strohlager zum Schlafen. Unversehens stand Raschid vor dem Eingang zu einem leeren Verschlag am hinteren Ende in der Nähe der Mauer. Klinke wies auf den Boden und legte als Zeichen für Schlaf seine Hand ans Gesicht. Es war feucht und dunkel, aber das machte Raschid nichts aus. Noch immer genoß er das Gefühl der Leichtigkeit, das ihn erfüllte, seit man seine Knöchel von den Ketten befreit hatte. Als er aufsah, bemerkte er, daß der andere Mann ihn noch immer beobachtete. Klinke murmelte etwas, dann machte er auf dem Absatz kehrt und verschwand in den Schatten. Raschids Kleider waren in einem ausgesprochen jämmerlichen Zustand. In der langen wollenen Tunika gab es mehr Löcher als Gewebe, und als er sich die alte Pferdedecke fester um die Schultern zog, hatte er den Eindruck, die Lumpen würden, wenn er sie losließe, einfach auseinanderfallen wie ein Knoten, den man löst.

Seine Hände und Füße waren mit blutigen Wunden und Blasen übersät. Die Vorderzähne schienen sich gelockert zu haben, und sein Körper verströmte einen scheußlichen Geruch. Seit über einem Monat hatte er sich nicht gewaschen. Er roch wie der Tod, befand er. Und er sah noch um einiges furchtbarer aus. Sein Haar war lang und verfilzt, und in seinem Bart entdeckt er eine größere Anzahl kleiner Tiere, die es sich dort gemütlich gemacht hatten.

Er kroch in die ihm zugewiesene Ecke, rollte sich zu einer Kugel zusammen und schlief ein.

Am folgenden Morgen kehrte Klinke mit einem Bündel Kleider zurück, einer Hose aus dickem Wollstoff und einem Arbeitshemd aus Roßhaar. Sicherheitshalber zog Raschid die Sachen über die dünnen Fetzen, die von seinen Kleidern übriggeblieben waren. Die Hose war zu groß, doch er zog sie so weit er konnte nach oben, schnürte sie mit einem Stück Seil zusammen und krempelte die Beine hoch. In den neuen Schuhen aus steifem Leder mußte er die Zehen krümmen.

Das mächtige, den gesamten Hof beherrschende Gebäude war offensichtlich das Haus des Gutsherrn. Es ging nach Süden auf den rechteckigen Platz hinaus, der auf der einen Seite von der Unterkunft der Arbeiter und auf der anderen von einem langgestreckten Stall flankiert wurde. Nach Süden hin wurde das Areal durch einen offenen Schuppen begrenzt, in dem eine ganze Reihe von Fuhrwerken untergebracht war. Während Raschid dem kräftigen Umriß von Klinkes Schultern quer über den Hof folgte, ließ er den Blick mal hierhin, mal dorthin wandern und versuchte, alle Eindrücke in sich aufzunehmen. Enten watschelten umher, von einer Pfütze zur nächsten. Es ging kein Wind, und mit der Sonne auf seinem Gesicht empfand er die Luft als warm. Sie traten durch die Lücke zur Rechten des großen Hauses, hinter der sich ein Pfad den Berg hinaufschlängelte, durchquerten einen schmalen Streifen mit Birken und erreichten schließlich offenes Gelände.

Hoch oben auf dem Berghang herrscht emsiges Treiben, winzige Punkte in unablässiger Bewegung. Die Männer arbeiten mit freiem Oberkörper, und ein schwacher Geruch nach Schweiß und gedämpftes Stimmengewirr liegen in der Luft. Raschid wird ohne weitere Umstände eingereiht. Man drückt ihm eine Schaufel in die Hand und sagt ihm, wo er graben soll.

Im Laufe der nächsten Wochen wird er das Aroma dieses Bodens kennenlernen. Den süßen, vibrierenden Klang von Metall, das auf Grasnarben und Erde trifft. Das Gefühl der in seinen Handflächen anschwellenden Blasen, die wunden Finger und den Schmerz in den Schultern. Während die Sonne allmählich ihre schwungvolle Bahn zum Horizont hin vollendet, wird Raschid al-Kenzy Teil der vielarmigen Kreatur, die über den Berghang ausschwärmt. Nach und nach beginnt der Berg, unter dem Gewicht der Hände auf seinen Flanken nachzugeben. Wie tiefe Schwielen durchziehen Gräben sein Fleisch, während er diesen Überfall mit der Geduld der Ewigkeit über sich ergehen läßt.

Mit der Zeit lernte er die Eigenarten der anderen Männer kennen. Wenn sie Seite an Seite arbeiteten, schenkten sie ihm wenig Aufmerksamkeit, denn die einzige Aufgabe, die jeder von ihnen zu bewältigen hatte, war vom Berg vorgegeben. Sie erhoben sich vor Anbruch der Dämmerung, taumelten mit schwerfälligen, schläfrigen Bewegungen durch den kalten dunklen Stall, vorbei an der großen Feuerstelle mit dem Tisch, die als gemeinschaftlicher Wohnbereich diente. Man reichte ihm eine Kelle dünner Suppe und einen Kanten Schwarzbrot. Er saß für sich allein, mit gesenktem Kopf, labte sich an jedem Schluck, jedem Bissen des salzigen Brotes. Er hörte ihre Bemerkungen, lernte jedoch, sie nicht zu beachten. Er lernte, sie an sich vorüberziehen zu lassen wie einen Windstoß. Es waren einfache Menschen, und da ihm die Sinnesart solcher Menschen vertraut war, wußte er, daß er nichts zu fürchten hatte. Sie wußten nicht, wer oder was er war. Was sie nicht kannten, würden sie mit Vorsicht behandeln, und so lernte er, sich der Macht des Schweigens zu bedienen. Er beobachtete sie, ohne sie anzuschauen, denn ihre Gewohnheiten weckten seine Neugierde. Es belustigte ihn, wie sie mit ihren Frauen umgingen, denn die Männer schienen unablässig um ihre Gunst zu rivalisieren. Er erinnerte sich an Ibn Fadlans Beschreibung einer Reise ins Land der Rus vor vielen hundert Jahren und hatte den Verdacht, daß die Frauen in diesen Breiten sich mit jedem paarten, den sie wollten, obwohl dies verstohlen geschah und sie nie zu erkennen gaben, daß sie miteinander Kontakt hatten. Es schien keine von Gesetz oder Religion auferlegten Schranken zu geben, die sie an diesem Punkt zur Zurückhaltung nötigten. Er konnte nicht herausbekommen, wer mit wem verheiratet war; und was die Abstammung der Kinder betraf, die den ganzen Tag lang im Hof herumsprangen, so hätte er nicht einmal eine Hypothese gewagt. Ihm fiel auf, daß diese Menschen anders waren als all die Leute, die er unmittelbar nach seiner Landung in der Hafenstadt gesehen hatte. Anscheinend waren sie hier ebenfalls Fremde, und ihr Wesen hatte, wie bei allen Gelegenheitsarbeitern, etwas von der Unbeständigkeit der Zugvögel, ganz ähnlich, wie er es von seinen eigenen Reisen her kannte.

Er hatte nicht die geringste Ahnung, welchem Zweck ihre Anstrengungen dienen sollten. Sie planierten den Boden, befreiten ihn von Sträuchern und Gestrüpp, von kräftigen Bäumen und verfaultem, abgestorbenem Holz. Sie gruben Felsbrocken aus, schufen ein ausgedehntes, flaches Areal. Er vermutete, daß es für den Bau irgendeines Hauses gedacht war, und fragte sich, wer wohl darin wohnen würde. Vom höchsten Punkt des Berges aus hatte man in alle Himmelsrichtungen ungehinderte Sicht. Es war eine flache Gegend ohne nennenswerte Erhebungen. Man hatte das Gefühl, als könne man geradewegs bis zum Meer sehen, wenn nur die Augen scharf genug gewesen wären.

Nach und nach, im Zuge der täglichen Neuverteilung von Geben und Nehmen, erwarb er sich den Respekt der Männer, an deren Seite er arbeitete. Nie beklagte er sich, nie drückte er sich vor einer Aufgabe, die ihm übertragen wurde, und er arbeitete hart. Er verschwendete weder einen Gedanken an die Zukunft noch an die Frage der Flucht. Er brauchte Zeit, um wieder zu Kräften zu kommen und sich zurechtzufinden.

Bald wurden die Tage kürzer und die Nächte länger. Wenn sie den Berg erklommen und wenn sie wieder hinabstiegen, war es dunkel. Oft herrschte mehrere Tage hintereinander klares Wetter, und wenn dann Regen fiel, war er dünn und hart wie Nägel und so kalt, daß seine Finger schmerzten, ein brennender Schmerz wie von einem Feuer. Raschids Fähigkeit zu denken war jetzt beinahe lahmgelegt. Er stopfte sich Stroh in Hosen und Jacke, um die Kälte ein wenig abzuhalten. All seine Energien verbrauchte er für die elementare Notwendigkeit, seinen Körper bei Kräften zu halten, in diesem unwirtlichen Klima am Leben zu bleiben.

Vor allem aber ist er dankbar für diese neue Galgenfrist, für die Errettung vor dem grausamen und qualvollen Tod, dem er ins Auge sah, nachdem das Meer ihn an Land geworfen hatte.

20. KAPITEL

Die Gebeine des Mondes sind aus weißem Silber. Sie schimmern mit dreister Gefräßigkeit. Ihre scharfen Kanten ragen spitz hervor und durchstechen die straff gespannte Trommel dieser Welt. Das Echsenauge erspäht die Gitterstangen des Kerkers, in dem unser Held langsam vermodert. Und wenn die Gebeine des Mondes aus Silber sind, dann ist das Herz der Sonne aus Stein. Raschid al-Kenzy erinnert sich im Schlaf an diesen Augenblick. Sein Körper hängt schlaff zwischen seinem letzten Atemzug und dem Tod. Er träumt, daß er das Siebente Weltmeer überquert hat und daß die Zaubermacht dieses grünen Ozeans sich tief in seine Seele eingegraben hat. Er fiebert und sieht wie durch einen Schleier. Seine Haut brennt. Er ist wieder in dem Hafen, in dem er gestrandet ist. Man hat ihn in einen kleinen Raum eingeschlossen, der nach Tieren riecht. Sie öffnen die Tür nur so weit, wie es nötig ist, um den Eimer mit Kohlstrünken, Kartoffelschalen, Fischhäuten und trockenem Brot auszukippen. Sie haben Angst, er könne der Überträger irgendeiner widerwärtigen ansteckenden Krankheit sein. Wenn sie sich hineinwagen, um nachzusehen, ob er noch am Leben ist, stoßen sie mit einem Stock nach ihm, damit er sich in eine Ecke verkriecht. Sie begreifen nicht, daß er schon gestorben und als Tier auf die Welt zurückgekommen ist.

Seine Finger sind verkrampft, seine gekrümmten Schultern schmerzen vor Verlangen nach der Berührung der Sonne. Mit jedem Pulsschlag in seinem Hals wird eine Seite im Buch seines Lebens umgeblättert. Langsam erinnert er sich wieder an den Lärm aufgeregter Stimmen, die ihn aus dem tiefsten Schlaf gerissen haben. Eilige Schritte oben an Deck, unter Deck, überall, unzählige Glieder in Bewegung. Das Schiff löst sich in seine

Bestandteile auf, doch jetzt sind nicht mehr das Meer und die Elemente am Werk: Es sind winzige Insekten, Menschen, die umherhuschen wie Ratten und sich in ihrer Hast, das Beste von dem, was noch übrig ist, zu retten, gegenseitig über die Füße fallen. Das Holz splittert, Nägel ragen ins Leere, Segeltuch zerreißt, Wände stürzen ein. Ihre trippelnden Füße sind von allen Seiten zu hören, von oben, von unten. Er kriecht in eine dunkle Ecke, zieht die Knie an und rollt sich zu einer Kugel zusammen.

Welch widriges Schicksal hat uns nur befallen, fragt er sich. Die schon fast erstarrte, aufgedunsene Leiche des Bootsmanns liegt neben ihm, der Kleider beraubt. Sein nackter Körper hat die dunkelgrüne Fahlheit toter Ozeane. Eine Frau verläßt den Raum und hält sich gegen den Gestank ein Tuch vors Gesicht. An der Tür dreht sie sich um, und sekundenlang treffen sich ihre Blicke. Sie stößt einen Schrei aus, halb Gelächter, halb Entsetzen. Er klammert sich an die Leiche, zieht sie an sich. Der Körper ist steif und kalt wie Lehm, alles Leben ist aus ihr gewichen. Eine lange schwarze Schnecke kriecht über den leblosen Schenkel auf den Bauch zu.

Mit einem Aufschrei stößt Raschid sie weg. Er zieht sich in das Dunkel nahe der Wand zurück und lauscht dem Lärm der Menschen, die überall um ihn herum über das Schiff laufen. Er gehört zu den Toten und Ertrunkenen.

Allmählich merkt er, daß das Schiff nicht mehr in Bewegung ist. Das Wasser ist verschwunden. Sie waren auf Grund gelaufen. Auf dem Deck über seinem Kopf hört er das Getrappel von Füßen, Menschenfüßen, lebendigen Füßen. Er erhebt sich auf die Knie und sieht, wie eine graue Möwe mit einer wellenartigen Bewegung an dem schmalen Fenster vorbeisegelt. Dieser Flügelschlag, die Kürze dieses Augenblicks, erscheint ihm wie ein Sinnbild für das nahe Ende seiner Freiheit. Ein nebelhaftes, dunstiges Licht sickert durch die Luke, während er zögernd in dem dunklen Gang steht. Er hört Stimmen über sich. Wo er hinschaut, ist alles geplündert worden. Laternen, Beschläge, Nägel, Holz. Im Rumpf gähnen riesige Löcher. Alles, was sich mit Fingern und Zähnen losbrechen ließ, haben sie mitgenommen und nur die Blutspuren, Haare und Hautfetzen ihrer rasenden Gier zurückgelassen. Ihn, den sie für tot hielten, ließen sie liegen. Es wäre das beste, bis zum Einbruch der Dunkelheit hierzubleiben und dann zu verschwinden. Doch er streckt die Hand bereits nach der Leiter aus. Der Wind summt in seinen Ohren. Er schleicht durch den Rumpf des Schiffes auf die vordere Luke zu, fort vom Lärm dieser Kreaturen. Sein Herz schlägt schneller, als er es je für möglich gehalten hätte. Er zieht sich an der Wand hoch und streckt vorsichtig den Kopf heraus.

Das Licht hier oben blendet. Die Sonne scheint, und er legt schützend die Hand über die schmerzenden Augen. Vor ihm erstreckt sich ein langer, breiter Strand, der mit weißem Sand bedeckt ist. Auf dem Deck wimmelt es von Menschen, sonderbare Geschöpfe in schweren, dunklen Gewändern, deren Gestank ihn wie ein Faustschlag trifft. Zuerst ihr Geruch, fremdartig und ein wenig abstoßend. Dann ihr Anblick. Sie sind von kräftiger Statur. Ihr Haar hat die Farbe von schmutzigem Stroh. Ihre Haut ist weiß. Ihre Hände sind im Verhältnis zum Rest ihres Körpers zu groß. Zitternd taucht er wieder hinab in die Sicherheit des Schiffsrumpfes. Dicht an die Wand gepreßt, sitzt er da und lauscht. Er hört einen hohen, kreischenden Ton, der von einem Menschen, vielleicht auch von einem Tier stammen könnte. Die Geister toter Seeleute. Es dauert eine Weile, bis er merkt, daß es der Affe ist, der Affe von Darius Reis.

Das Licht verwirrt ihn. Vielleicht ist es noch Nacht, und sie haben mit dem Licht, das von ihrem Haar ausgeht, die Welt geblendet. Er kriecht ein Stück vorwärts, klettert wieder nach oben und reckt seinen Kopf zögernd ins Freie. Sie scheinen ihn nicht zu sehen. Sie haben den Affen am Bug in die Ecke getrieben und traktieren ihn mit langen Stöcken. Ermutigt durch die große Aufmerksamkeit, die das Schauspiel erregt, schwingt er ein Bein aus der Luke und steht an Deck. Menschen, es sind einfach nur Menschen, wie die *Firandschi*, die er bereits in den Hafenstädten gesehen hat. Jetzt entdeckt er auch Frauen und Kinder. Völlig verwirrt schaut er sich um und versucht, das Geschehen, dessen Zeuge er ist, zu begreifen. In ihrer Ungeduld, rasch weiterzukommen, stoßen sie ihn mit ihren Säcken und sperrigen Lasten zur Seite. Jemand schleppt eine Ladung Decken. Zwei Frauen mühen sich mit einer unhandlichen Truhe ab. Jetzt wird er zum Geist und bewegt sich unsichtbar durch das Getümmel. Als er die Reling erreicht, späht er nach unten. Auf dem Strand sieht er Pferde und

Fuhrwerke, Maultiere und alte Männer, die unter schweren Lasten schwanken und deren Beine wie Strohhalme zittern. Der Sand ist übersät mit Säcken voller Reis und Kisten voller getrockneter Feigen, an denen sie mißtrauisch schnuppern. Etwas derartiges hat er noch nie gesehen. Eine dünne Kette von Gestalten ist zwischen den spärlichen Grasbüscheln, die die fernen Dünen säumen, und dem Strand unterwegs. Er wendet sich um und schaut seewärts. Das Wasser liegt wie eine dünne, aschblaue Muschel in der Ferne. Wie war es nur möglich, daß das Schiff in solcher Entfernung zum Meer auf Grund gegangen war? An den kleinen weißen Wellen konnten sie erkennen, daß die Flut kam, was die hektische Betriebsamkeit, die ihn umgab, erklärte.

Als er den Blick vom Meer abwandte, entdeckte er ein kleines Mädchen neben sich. Sie stand wie angewurzelt da und starrte zu ihm hoch. Er starrte zurück. Sie öffnete den Mund, und aus ihrer Kehle drangen fremde Laute. Er war wie gelähmt. Das Mädchen zeigte mit dem Finger auf ihn und rief etwas mit lauter Stimme. Eine Frau mit breiten Hüften stürzte in Raschids Blickfeld und drückte das kleine Mädchen heftig an ihre Brust. Binnen Sekunden war er von einer Menschenmenge umgeben. Jetzt sahen sie ihn. Mit offenem Mund standen sie da und gafften ihn sprachlos an. Eine dünne Frau mit weit aufgerissenen Augen und einem knochigen Gesicht mit sandfarbener Haut streckte vorsichtig den Arm nach ihm aus. Er lächelte und hob die Hand. Sie stieß einen Schrei aus und wich zurück. Ein Mann tauchte plötzlich vor ihm auf, ließ ein Faß auf das Deck fallen und trat zwischen Raschid und die Frau. Er betrachtete die Gesichter in der Runde, und dann betrachtete er Raschid. Er sah ihm forschend ins Gesicht, hob die Hand und rieb ihm übers Kinn. Hinter ihm stieß jemand eine Warnung aus, doch der Mann drehte sich um und zeigte den Umstehenden die erhobenen Finger. Und dann, wie auf Befehl, stürzten sich alle auf ihn. Raschid spürte, daß er hochgehoben, geschubst und gestoßen wurde, und dann trugen sie ihn zur Reling, ließen ihn auf den Strand hinab.

Nach unten gereicht über viele Arme, kam er schließlich bei einer Gruppe von zornigen Männern an, deren Zungen offenbar von unbekannten Dornen verunstaltet sind. Sie sprechen die Sprache der Geschöpfe des Waldes. Sie stoßen ihn herum, und er hört ihre

Schreie. Er merkt, daß auch er aus vollem Halse schreit. Noch nie hat er solche Furcht empfunden. Er dreht sich in wirren Kreisen, versucht, einen Ausweg aus diesem Labyrinth zu finden. Er landet auf dem Gesicht, schnappt nach Luft wie ein gestrandeter Fisch.

Die Maste sehen aus wie anmutige Schlüssel, die vom Himmel herabhängen. Raschid al-Kenzy hielt Ausschau nach der Sonne, und da er an ihrer Stelle nur eine fahle, aufgeblähte Aureole fand, erhob er sich mühsam auf die Knie, wandte sich, so gut er konnte, gen Mekka, berührte mit der Stirn den Boden, um dem Herrn des Himmels für sein Erbarmen zu danken. Seine letzte Stunde hatte geschlagen. Er schloß die Augen, um sich auf den Tod vorzubereiten.

Allmählich drangen zwei Dinge in sein Bewußtsein: Die Schläge hatten aufgehört, und die Männer um ihn herum lachten. Ungläubig schaute er sich um. Ihr Gelächter erstarb, als er sich auf die Füße erhob. Sie schleudern ihm den Kadaver des Affen ins Gesicht. Um seinen Hals ist ein Seil geschlungen, offenbar haben sie ihn erdrosselt. Sein Gesichtsausdruck prägt sich ihm unauslöschlich ein. Er sieht aus wie ein Mensch, der im Augenblick des Todes plötzlich uralt geworden ist. Er fragt sich, ob sein Gesicht wohl auch so aussehen wird, denn gewiß wird ihn binnen kurzem das gleiche Schicksal ereilen. Unsanft werden ihm die Hände hinter dem Rücken zusammengebunden. Sie starrten ihn mit staunender Neugier an, bohrten die Finger in seine Arme, seine Brust. Eine Schlinge wird um seinen Hals gelegt. In ungläubigem Staunen schüttelten sie die Köpfe. Eine kühne Hand preschte vor und versetzte ihm einen Schlag in den Nacken. Sie zerren an dem Seil, und er wird vorwärtsgetrieben, auf die Dünen zu. Er erhaschte einen letzten Blick auf das Schiff, dessen geborstener Rumpf auf dem flachen Sand einen sonderbaren Anblick bot. Die steigende Flut umspülte bereits den zerschmetterten Bug. Raschid konnte sehen, wie die letzten der Männer durch das Wasser zurückwateten. Die Kolonne setzte sich in Bewegung, kehrte dem Meer den Rücken und marschierte auf das hohe Gras und die Marschen zu. Auf der Anhöhe blieben sie noch einmal stehen und schauten sich an, wie die Gischt durch die Risse des zerschmetterten Rumpfes flutete. Raschid sah zu, wie seine Vergangenheit sich in Explosionen weißer Gischt auflöste, als das Schiff im Wasser versank. Er spürte einen Stoß zwischen den Schulterblättern, und dann wurde er auf einem Trampelpfad durch Schilfrohr und hohes Gras weitergezerrt, umringt von einem höchst sonderbaren Volk, dessen Existenz er nicht einmal geahnt hatte.

Eine Ansammlung von Gebäuden tauchte aus dem flachen Marschland auf. Häuser aus Lehmflechtwerk und Holz. Größere Häuser aus Stein, ein hohes Gebäude mit einem Turm. Auf den Straßen herrschte großes Gedränge. Frauen hielten sich die Hand vor den Mund, um nicht aufzuschreien, und rissen ihre Kinder an sich, außerstande zu entscheiden, ob sie einen Menschen oder ein Tier vor sich hatten. Seine schwarze Haut sei eine Krankheit, sagte jemand mit wissendem Nicken, ein Fluch. Er sei das Kind Satans, stehe im Dienste des Teufels. Kein Zweifel, stimmten die anderen zu. Neugierige Finger wurden zurückgezogen. Das Geflüster und Gezischel heftete sich an seinen Rücken wie ein aus Angelhaken gefertigter Umhang. In dem kleinen Pulk der Zuschauer tat sich plötzlich eine Schneise auf. Verstört schaute Raschid sich um. Eine Frau, auf die sein Blick fiel, brach auf den rutschigen Pflastersteinen zusammen. Laute des Erstaunens und des Abscheus drangen aus der Menge. Er stolperte und fiel fast zu Boden. Das einzige, was ihn auf den Füßen hielt, war der Gedanke, daß die Menschen ihn gewiß in Stücke reißen würden, wenn er hinfiele. Die Männer – mittlerweile sechs an der Zahl – waren groß und stämmig, und sonderbarerweise fühlte er sich in ihrer Nähe sicher. Obwohl er damit rechnen mußte, daß sie ihn seinem Tod entgegenführten, glaubte er doch, daß ihre Kraft für einen schnellen Tod sorgen werde.

Gebannt, wie unter einem unwiderstehlichen Zwang, trottete die Menge neben ihm her. Und es wurden immer mehr. Sie zogen durch die engen Gassen der Hafenstadt, rissen andere mit sich. Leute standen an den Haustüren und riefen ihnen zu, was denn da los sei, bevor auch sie sich der Parade anschlossen. Sie kletterten einander auf die Schultern. Sie drängten sich in Torwegen. Die ganze Welt war in heller Aufregung. Und als sie endlich die massige, quadratische Kirche erreichten, schien es, als hätten sie die gesamte Stadt im Gefolge.

Vor einem Haus aus Stein an der Ostseite der Kirche hielten sie an. Der blutige, zerschmetterte, mit Sand verklebte Kadaver des Affen wurde am Ast eines Baumes aufgeknüpft. Dort schaukelte er, baumelte sacht hin und her. Die Menge machte einen solchen Lärm, daß die Bewohner des Hauses ihre Ankunft unmöglich überhört haben konnten. Die Tür wurde aufgestoßen, und ein Mann trat heraus. Es war ein gebrechlicher, grauhaariger Mann, dünn und verschlissen wie ein Stück altes Seil. Zwischen dem Alten, der auf der obersten Stufe der kleinen Steintreppe stand, und dem Anführer der Männer an der Spitze des Zuges entspann sich ein Wortgefecht. Raschid schien es, als kämen sie zu keiner Einigung. Er wurde gestoßen und hin und her geschoben. Wütende Rufe drangen noch immer aus der Menge der Schaulustigen. Es hatte den Anschein, als versuche der alte Mann, für Ruhe zu sorgen, die Leute zu beschwören, sich in Geduld zu fassen. Das war keine leichte Aufgabe, denn die Stimmung der Menge steigerte sich allmählich zur Hysterie, und kurz darauf zog er sich zurück und schlug ihnen die Tür vor der Nase zu.

Irgendwo weiter hinter entstand ein Tumult, und es schien, als ginge eine Welle der Erregung durch den Pulk der versammelten Gemeinde. Ein lauter Ruf erscholl, die Menge teilte sich, um einem Neuankömmling Platz zu machen – eine zweifellos imposante Erscheinung. Ein hochgewachsener Mann mit einem dunklen Hut und einer Art Lederwams. Ein dichter Backenbart bedeckte sein Gesicht, aus dem eine große, kräftige Nase hervorragte. Das Pferd, auf dem er ritt, war von einer Anzahl Männern umringt, die wie Soldaten aussahen.

Der massige Mann beugte sich auf dem großen Pferd nach vorn, schwang sein Bein über den Sattel und blieb einen Augenblick auf dem breiten Rücken des Pferdes hängen, ehe er sich auf den Boden gleiten ließ. In der Hand hielt er einen dünnen Stab. Über der einen Schulter lag ein breiter glänzender Ledergurt, von dem ein kurzes gerades Schwert herabhing. Er ging auf Raschid zu, beugte sich vor und sah ihm stirnrunzelnd in die Augen. Dann drehte er sich um und ließ seinen Blick prüfend über die Menge gleiten. Aus dem Stirnrunzeln war eine finstere Miene geworden, als er sich Raschid wieder zuwandte. Er streifte einen riesigen Stulpenhandschuh ab, der nach Pferden roch, und packte mit der rechten Hand Raschids Kiefer. Die Menge rang vernehmlich nach Luft. Raschid versuchte zurückzuweichen, doch mit festem Griff zwang ihn der

Mann, den Mund zu öffnen, und inspizierte seine Zähne. Raschid vermied es, dem massigen Mann in die Augen zu sehen. Er versuchte auch nicht mehr zurückzuweichen, aus Angst, der Mann könne ihm Schlimmeres antun. Seine Hände waren gefesselt. Er konnte den Mann riechen, seinen Atem auf dem Gesicht spüren. Das hier war ein Mensch, kein Dämon, kein Geist, nichts weiter als ein Mensch. Er brummte etwas, ließ Raschids Kiefer los, trat einen Schritt zurück und wandte sich wieder der Menge zu. Dann gab er ein Zeichen, und die Wachen führten Raschid fort. Ehe er sich's versah, zerrten sie ihn durch einen Stall voller Kühe und Pferde. Am hintersten Ende lag ein kleiner, dunkler Raum. Eine große Tür wurde aufgestoßen, und sie warfen ihn hinein.

Die Gebeine des Mondes sind aus weißem Silber. Sie schimmern mit dreister Gefräßigkeit. Ihre scharfen Kanten ragen spitz hervor und durchstechen die straff gespannte Trommel dieser Welt. Das Echsenauge erspäht die Gitterstangen des Kerkers, in dem Raschid al-Kenzy langsam vermodert. Er ist gestorben und als Tier auf die Welt zurückgekommen.

21. KAPITEL

Hoch oben, an der dunklen Wunde des Berges, ging die Arbeit weiter. Jeden Morgen marschierten die Männer in einer langen Phalanx von Gliedern, Stöcken, Äxten und Brechstangen hinauf. Klickend und klackend erklommen sie eilends die geschundene Schulter des Berges. Sie erhoben sich früh, kampfesmutig. Immer tiefer gruben sie in das kalte, starre Erdreich, stießen Schaufel um Schaufel in das widerstrebende Fleisch. Eine Schiffsladung mit großen Steinblöcken traf ein, und die Männer bildeten eine lange Kette, die sich durch den trüben Nieselregen bergan schlängelte, die Karren hinauf und hinab zog, und von Zeit zu Zeit durchschnitten ihre Stimmen die undurchdringliche Stille wie uralte, vergessene Echos. Unendlich langsam bewegte sich die Ladung Gestein den Hang hinauf, als liefe die Zeit rückwärts und der bröckelnde Berg werde zusehends jünger.

Während die Wochen verstreichen, ist es kalt geworden. Die Feuchtigkeit beginnt zu beißen, und der Wind hat Zähne bekommen. Die schlammige Erde auf dem Berg ist nun zäh und schwarz wie Teer und heftet sich gierig an die Stiefel der todmüden Arbeiter, wenn sie in der Dämmerung bergab taumeln, von Kopf bis Fuß bedeckt mit den silberglänzenden Metallsplittern, die im trüben Zwielicht an ihren Händen und Gesichtern kleben wie die Schuppen von Fischen – ein Trupp von äthiopischen Kriegern auf dem Rückzug. Die Erde ist gegen sie, verschlingt ihre Kellen und spuckt ihnen die Schaufeln wieder ins Gesicht. Jeden Morgen wandern sie vor Anbruch der Dämmerung in die Dunkelheit hinaus, murmeln ihre Gebete und hoffen aller Wahrscheinlichkeit zum Trotz, daß der Graben, den sie am Vortag ausgehoben haben, sich nicht schon wieder mit Wasser gefüllt hat, während sie schliefen.

Das ist die falsche Jahreszeit zum Bauen, brummen sie. Klinke läßt die Peitsche über ihren Köpfen kreisen. Sein Herr wird für jede Woche, die sie einsparen, ihren Lohn verdoppeln. Mit dem Vermögen, das sie auf diese Weise mit Sicherheit verdienen, werden sie nie wieder arbeiten müssen. Doch sie wissen, daß das nicht wahr ist. Sie marschieren jeden Morgen den Berg hinauf, weil Gott in Seinem Himmel ist und Er die Welt erschaffen und ihnen in Seinem unergründlichen Ratschluß dieses Dasein zugedacht hat. Sie arbeiten, weil ihnen keine Wahl bleibt. Sie haben Familien und Frauen und Säuglinge mit hungrigen Mäulern, die irgendwo auf sie warten und die verhungern werden, wenn sie nicht das Geld nach Hause bringen, das sie über den Winter bringt. Zu dieser Jahreszeit gibt es keine andere Arbeit, und verflucht sei der Mann, der behauptet, es wäre nicht so.

Der Herbst ist in diesem Jahr früh gekommen. In einer Woche ist der Himmel noch klar und blau wie ein See, in der nächsten trübe wie der Geist eines Abtrünnigen.

Allmählich gewöhnen sie sich an seine Anwesenheit. Mit jeder Handvoll Erde, die er wegscharrt, jedem Stein, den er aufklaubt, schwindet ihre Angst. Doch dieser Wandel vollzieht sich nur widerwillig und ist keineswegs total, denn in ihren Augen hat er viele Fehler begangen. Es gibt manches an ihnen, das er nicht versteht, nicht begreifen kann, und genauso, das ist ihm klar, gibt es vieles an ihm, das ihnen stets unbegreiflich bleiben wird. Noch immer wissen sie nichts über ihn. Er ist eine stumme, gottverlassene Kreatur vom Ende der Welt. Er ist der gefürchtete Türke, der raubend und plündernd durchs Heilige Land gezogen ist und auf seinem Weg unschuldige Christen auf glühende Schürhaken gespießt hat. Er allein ist verantwortlich für jede gottlose Tat, die zwischen Jütland und der Kirche des Heiligen Grabes begangen wurde. Andererseits ist er allein, und das macht ihn verwundbar. Daran wird er unentwegt erinnert, an seine dunkle Hautfarbe, an seine Fremdheit. Er streckt die Hand aus, und sie weichen zurück.

An den Abenden saßen die Männer um das qualmende Torffeuer in ihrem Quartier, unterhielten sich mit lauten Stimmen und reichten die Tonkrüge herum, die, wie Raschid vermutete, eine Art Wein enthielten. Er mied ihre Gesellschaft und zog sich in die Sicherheit seines Verschlages zurück, wo er dem Rascheln der

Mäuse im Stroh lauschte. Das Abendessen war der Höhepunkt des Tages. Danach wurde die Unterhaltung freundlich und gelassen. Die Stimmen der Kinder in den umliegenden Verschlägen waren fröhlich und unbeschwert. Raschid verbrachte die Abende still für sich und hing seinen Gedanken nach. Immer häufiger kreisten sie um seine Kindheit. Dort fand er Trost. Der einzige, der keine Angst vor ihm zu haben schien, war der Knabe, der ihn zusammen mit seinem Vater in dem Fuhrwerk auf der Reise hierher begleitet hatte. Manchmal zeigte er diesem Knaben Kunststücke mit dem Seil, die er auf den Schiffen gelernt hatte. Der Junge besaß einen scharfen Verstand, war wißbegierig und schaute aufmerksam zu. Dann streckte er die Hand aus, um es selbst zu versuchen.

Eines Abends sind die Leute in Hochstimmung. Er versteht nicht warum. Sie feiern irgend etwas, das mit ihrer Tradition zu tun hat. Die Sprache, die sie sprechen, ist dunkel und unergründlich für ihn geblieben. Der Knabe kommt zu ihm und zieht den widerstrebenden Raschid aus dem Schatten ins Licht um den großen Tisch. Bei seinem Anblick tritt augenblicklich Stille ein. Ein paar murrende Laute und unterdrückte Flüche sind zu hören. Sie haben ihr berauschendes Gebräu getrunken, das ist ihm sofort klar, als er dasteht und sie mustert. Der Knabe ist der einzige, der ihn nicht fürchtet, der das Zeichen des Teufels, das in seine dunkle Haut eingeschrieben ist, nicht sieht. Der Knabe öffnet den Mund und beginnt zu singen. Die Männer entspannen sich, und das lärmende Gelächter und Geplauder setzt wieder ein. Dann wendet sich der Knabe zu ihm um und legt zum Zeichen, daß er nun mit dem Singen an der Reihe ist, die Hand an den Mund. Raschid schaut den Knaben ratlos an. Die anderen sind ungehalten, doch auch ihnen hat es die Sprache verschlagen, und offenbar sind sie bereit abzuwarten, was nun folgt.

Und so beginnt Raschid al-Kenzy zu rezitieren. Er spricht in einem lyrischen Singsang, wie man es ihn als Kind gelehrt hat, als er genauso alt war wie der Knabe, der ihn nun anspornt. Die Worte, die ihm so viele Male im Kopf umhergegangen sind, kommen wie von selbst über seine Lippen und erfüllen ihn mit unendlichem Trost. Und er hat diese Anfangszeilen schon oft gesungen und großen Beifall geerntet, denn seine Stimme entwickelt beim Gesang eine ganz eigene Schönheit.

Mit offenen Mäulern sitzen sie da und lauschen diesen sonderbaren Klängen. »Führe uns auf den rechten Weg, den Weg jener, die Dir wohlgefällig waren, nicht den Weg derer, die Dich erzürnt, noch derer, die in die Irre gegangen sind.«

Zunächst reagiert niemand. Sie starren ihre großen Hände an, die Schwielen und Blasen, die Wunden, die der Fels ihnen ins Fleisch geschnitten, die schwarze Erde, die sich darin festgefressen hat. Ihr Schweigen ist Beifall genug, und Raschid tritt zurück in den Schatten. Der Knabe lächelt, während die Männer langsam und entspannt ihre Unterhaltung wieder aufnehmen, in gedämpftem Ton etwas sagen und wieder verstummen, und es ist unübersehbar, daß er, obgleich sie kein einziges Wort verstanden und nicht die leiseste Ahnung haben, woher solche Klänge kommen, irgendeine Saite zum Schwingen gebracht hat, die ihnen allen gemeinsam ist.

Sie haben sich an seine Anwesenheit gewöhnt, doch er wird niemals einer der ihren werden. Er fühlt, wie die Isolation, die tagein, tagaus sein Dasein bestimmt, ihn langsam mürbe macht. Die Welt, aus der er kommt, existiert für diese Menschen nicht. Was die Verständigung mit ihnen betraf, so beschränkte sie sich auf Gesten und Zeichen. Obgleich er sich einst viel auf seine sprachliche Gewandtheit zugute gehalten hatte, war ihm die Sprache, in der sie sich miteinander unterhielten, vollkommen unverständlich geblieben. Für ihn klang sie immer noch wie ein einziger langgezogener Grunzlaut ohne jede Struktur oder Zäsur. Natürlich beschimpften sie ihn, und gelegentlich stand er einfach nur da, während irgend jemand, häufig Klinke oder der andere Aufseher, ihn minutenlang anbrüllte. Dagegen konnte er nicht mehr als einen verständnislosen Blick aufbieten. Er verachtete sie nicht für ihre Ungeduld, und er bemitleidete sie auch nicht wegen ihrer Beschränktheit. Er akzeptierte sie genauso wie sie ihn, das spürte er, im großen und ganzen akzeptierten. Jeden Morgen stiegen sie schweigend miteinander den Berg hinauf, ganz gleich, ob die Sonne schien oder es in Strömen regnete, es schien für sie keinen Unterschied zu machen. Das, befand er, war in der Tat bemerkenswert. Und jeden Tag gingen sie denselben, vom Vortag und dem Tag davor bekannten Weg wieder hinunter. Auf diese Weise gingen die Tage und Wochen dahin.

Wenn sie nicht arbeiteten, war er allein. Wenn die Frauen am Mittag das Essen vom Haus heraufbrachten und sie die Arbeit unterbrachen, ließ er sich ein Stück abseits der anderen nieder. Die Frauen kamen in der Regel zusammen. Es waren insgesamt drei, und offenbar genossen sie die Aufmerksamkeit, die ihnen von den Männern entgegengebracht wurde, wenn sie zwischen ihnen umhergingen und das Essen verteilten. Keine der Frauen wagte, sich Raschid zu nähern. Statt dessen reichten sie seine Portion an Klinke weiter, der damit zu ihm kam. Anfangs hatte er gedacht, dies geschehe ausschließlich aus Furcht. Eines Nachts jedoch, als er nicht schlafen konnte, hörte er in der Dunkelheit ein wimmerndes Geräusch. Er kroch zur Trennwand seines Verschlages und spähte hinaus.

Zwei Gestalten lagen auf dem Boden und rangen ungestüm miteinander. Der Klang ihrer Stimmen verriet, daß es ein Mann und eine Frau waren. Solch verstohlene Paarungen spielten sich nicht zum ersten Mal ab. Raschid schlief in der abgelegensten Ecke der Unterkunft. Diese Reihe von Verschlägen war ansonsten unbewohnt, was erklärte, warum sie für Begegnungen dieser Art bevorzugt wurde. Er wollte gerade wieder in seine Ecke zurückkriechen, sich zusammenrollen und zu schlafen versuchen, als der Mann eine Folge hastiger, stöhnender Laute von sich gab, gefolgt von Stille. Kurz darauf sah Raschid eine Gestalt zwischen den Verschlägen davonhuschen und am Ende des Ganges nach links abbiegen, zur Mitte des Gebäudes, wo die anderen schliefen. Raschid blieb reglos liegen. Die Frau – welche von ihnen es war, konnte er nicht erkennen – war noch immer so gut wie unsichtbar. Er konnte kaum ihre Umrisse im Stroh ausmachen. Minutenlang herrschte Stille, dann hörte er erneut das Rascheln von Stroh. Sie erhob sich und trat in den Gang hinaus. Das Licht des Mondes zwängte sich durch eine kreuzförmige Öffnung hoch oben in der nach Westen gehenden Mauer. Einen Moment lang stand sie da und schaute hinauf in das Licht. Sie war angekleidet, jedenfalls teilweise, hatte die Röcke bis zur Taille hochgerafft, während sie ihr Unterkleid richtete. Dann wandte sie sich um, wollte offenbar ebenfalls zurückgehen, wobei sie an seinem Verschlag vorbei mußte. Ihr nach oben gewandtes Gesicht wurde vom Mond in blaues Licht getaucht, doch jetzt erkannte er sie, es war die dunkelhaarige Frau, die ältere. Sie war die Mutter einer ganzen Reihe von Kindern.

Sie wandte sich in seine Richtung, als wären seine Gedanken zu laut gewesen. Er schloß die Augen, stellte sich schlafend und blieb totenstill liegen. Auch sie rührte sich nicht, doch dann trat sie einen Schritt näher, und noch näher, bis sie direkt vor ihm stand. Jetzt erreichte ihn ihr Geruch, eine Mischung aus ungewaschener Haut, Schweiß und dem unverwechselbaren Duft der Frauen. Und dann tat sie etwas Merkwürdiges. Sie ließ sich auf ein Knie nieder und streckte eine Hand nach ihm aus. Zuerst streichelte sie sein Bein, dann ließ sie ihre Hand bis zur Taille hinaufgleiten. Er rührte sich noch immer nicht, aus Angst, was geschehen würde, wenn er reagierte. Sie tastete sich vor bis zu seiner Männlichkeit, die ihr verriet, daß er wach war. Rasch sprang sie auf und verschwand in der Dunkelheit, und das Echo ihres leisen Lachens wehte hinter ihr her wie ein Umhang.

Vielleicht hatten sie gar keine Angst vor ihm, wenn sie alleine waren, vielleicht fürchteten sie ihn nur, wenn sie beisammen waren?

Regenwetter setzte ein, ein schwarzer Regen, der in unablässigen Sturzbächen vom Himmel herniederströmte, bei Tag und bei Nacht. Die Arbeit ging immer schleppender voran, bis sie beinahe ganz zum Erliegen kam. Es war, als ob sie für jeden Schritt, den sie bergan gingen, zwei Schritte bergab schlidderten. Die Steine, die sie hinaufschleppten, blieben nicht am vorgesehenen Platz liegen, sondern kippten im glitschigen Schlamm allmählich um und rutschten weg. Der Berg erwachte aus seinem Schlummer und schien nun fest entschlossen, sie abzuschütteln.

Heinesen war jeden Tag auf dem Berg, vom frühen Morgen bis zum Sonnenuntergang und oft bis in die Nacht hinein, nach Kräften bemüht, mit seiner Vision dem Himmel zu trotzen. Aus Blättern, Stöcken und Segeltuch hatte er sich einen Unterstand gebaut, den der Wind Nacht für Nacht niederriß. Er hielt die Stellung und versuchte, seine Baupläne vor der Nässe zu schützen. Zur Unterstützung hatte er einen lustlosen, ziemlich aufgeblasenen Ingenieur einbestellt, der jeden Morgen aus der nahegelegenen Stadt in seiner klapprigen Kutsche die Auffahrt hinaufgerumpelt kam und es offensichtlich nie besonders eilig hatte. Gemeinsam standen sie auf dem Berg und brüteten über ihren Zeichnungen, während das Wasser von den Krempen ihrer großen Hüte rann.

Eines Tages, nach über zwei Wochen dieser Witterung, geschah es. Der Wind brauste über die gekräuselte Oberfläche des Sees und klatschte wie eine flache Hand gegen den Berghang. Das Haus röchelte und stöhnte. Wassermassen schossen und spritzten die schlammigen Flanken hinab. Wasser tropfte von den Bäumen und ergoß sich aus den Dachgesimsen der Gebäude, aus dem Gebälk, aus den Fuhrwerken. Das Leder an Raschids Sandalen faulte bereits, und langsam fielen sie auseinander. Wasser strömte aus jeder Spalte, jedem Winkel.

Er schloß die Augen, atmete flach, lehnte sich erschöpft gegen die Wand des Grabens. Dann kletterte er hinaus und setzte sich in Bewegung. Der Wind wurde wieder stärker. Seine tauben Finger tasteten nach dem klammen Tuch, und er wickelte sich den Schal fest ums Gesicht. Die Männer vor ihm stolperten und stürzten hin. Er stapfte hinüber, um ihnen zu helfen, als sie mit ihrem ganzen Gewicht die Hebel stemmten und einen großen flachen Stein hochwuchteten. Es waren sechs oder sieben, die gemeinsam versuchten, den Brocken in eine aufrechte Position zu manövrieren. Der Regen kam in Wellen, fegte waagerecht über den schutzlos preisgegebenen Berg. Ein schwaches, bläuliches Licht flimmerte vor dem aufgedunsenen Grau. Als das Gewicht des Steins sich verlagerte, glitt Raschid erneut aus und stützte sich auf einem Knie ab. Hinter sich vernahm er angsterfüllte Stimmen. Der Knabe hatte offenbar den Halt verloren und war in den Graben gerutscht. Dann wurde gelacht, ein Moment der Erleichterung. Aus dem Augenwinkel sah er ein Lächeln und eine beruhigende Geste zum Zeichen, daß ihm nichts geschehen war. Doch dann brachte der Wind den Stein ins Wanken. Instinktiv streckte Raschid die Hand aus und griff nach der eines anderen Arbeiters. Der Mann stieß einen Schrei aus und zog seine Hand weg. Es war nur ein winziger Moment, eine instinktive Bewegung, etwas Unüberlegtes. Es geschah ganz langsam. Der Stein begann zu kippen, neigte sich Stück für Stück Richtung Boden, entwand sich seinen Händen, seinen Fingern und stürzte hinab in die Eingeweide des Berges.

Verbissen arbeiteten sie inmitten der Sintflut, die nun vorwurfsvoll auf sie niederstürzte, ungerührt ihre Namen auszählte und ihre keuchenden Atemzüge mit donnerndem Tosen verfolgte. Sie brauchten eine Stunde, vielleicht länger, um die Erde nach allen Seiten hin abzutragen und eine so große Fläche freizuschaufeln, daß sie den rechteckigen, flachen Stein forträumen konnten. Der Vater des Knaben schaute einfach nur zu. Er brach nicht in Tränen aus, schrie nicht, krallte seine Hände nicht in die Erde, bis die Fingerspitzen bluteten. Er sank einfach nur am Rande des Grabens auf die Knie, hielt sich mit beiden Händen die Ohren zu, um das Geräusch des Regens abzuwehren, und verharrte reglos in dieser Stellung.

Es war der Regen, der dem Leben des Knaben ein Ende gemacht hatte. Er ertrank in seinem Licht, schluckte so viel von dieser klaren Flüssigkeit, daß in seinem Innern kein Platz mehr für seine Seele war. Das Gewicht des Steines hielt ihn, das Gesicht ins eiskalte Wasser gedrückt, so lange fest, bis das Leben aufgab und aus ihm entwich. Die Männer sprachen kein Wort. Sie hoben bloß das schlaffe Bündel aus Knochen und Fasern hoch, nahmen den toten Knaben auf ihre Arme und trugen ihn den Berg hinunter.

Die Schaufeln und Schlegel, schweren Eisenhämmer und Meißel zum Zerspalten der Steine lagen überall verstreut. Weggeworfene, abgetrennte Glieder, leblose Zeichen, die in die teerige klaffende Wunde geschwemmt wurden. Die Männer waren fort. Der weiche Schlamm ergoß sich in ihre Fußspuren. Ein einzelner Tropfen fiel in eine Pfütze von der Größe eines Stiefels, und als die kleinen Wellen verebbten, herrschte auf dem Berg Totenstille.

21. KAPITEL

Hassan erwachte fiebernd, ihm schwirrte der Kopf, und sein Atem ging flach und schwerfällig. Die Laken waren kalt und klamm und klebten an seinem Rücken, als er die Füße aus dem Bett schwang und sich aufsetzte. Das Zimmer drehte sich.

Er schaffte es nur mit Mühe, die schmale Treppe hinunterzukommen, wusch sich im Becken das Gesicht und stellte fest, daß sein Urin eine dunkelgrüne Farbe hatte. Er zitterte, kroch die Treppe wieder hinauf und fiel in einen tiefen, bodenlosen Schlaf, der zu seiner Überraschung bis zum späten Nachmittag dauerte.

Als er erwachte, sah er eine langbeinige Spinne, die an den Kiefernholzbrettern über seinem Kopf entlanglief.

»Das Landleben«, dachte er. Er kroch wieder aus dem Bett und schleppte sich nach unten. Beim Anblick der chaotisch im gesamten Wohnzimmer verstreuten Papiere und Bücher überfiel ihn ein erdrückendes Gefühl von Hoffnungslosigkeit.

Er schlief durch bis zum folgenden Morgen. Beim Erwachen verspürte er den Drang, irgend etwas zu tun. Er stand auf, ging hinunter, blieb in der Küche stehen und wußte dann auf einmal nicht mehr weiter. Seine Beine waren so schwach, daß er sich kaum aufrecht halten konnte, und er wollte gerade wieder nach oben und sich im Bett verkriechen, als es an der Tür klopfte. Der Junge vom Laden, Martin, stand da und schaute in den Himmel.

»Hallo«, sagte er und schob die Hände in seine Jeans. Dann runzelte er die Stirn. »Sie seh'n aber gar nicht gut aus.«

»Nein.« Hassan rieb sich mit der Hand übers Gesicht. Er hatte sich in eine Decke gewickelt und zitterte. »Anscheinend hab ich mich irgendwie erkältet. Ich glaube, ich habe Fieber.«

»Brauchen Sie irgendwas, vielleicht Aspirin oder so?«

Hassan verschlug es einen Augenblick die Sprache. »Ähm, ehrlich gesagt, ja, ich meine …«

Martin nickte. »Machen Sie einfach 'ne Liste. Ich kann schnell rüberlaufen und es Ihnen besorgen.«

Nachdem er gegangen war, saß Hassan in der Küche und versuchte, sich den plötzlichen Stimmungswandel des Jungen zu erklären, und erst jetzt fiel ihm wieder ein, daß er versprochen hatte, ihn an diesem Tag zur Grabung mitzunehmen. Als Martin zurückkehrte, in der Hand eine Tüte mit Fruchtsaft, Medikamenten und einem Glas Honig, den, wie er sagte, sein Onkel selbst gemacht habe, war Hassan frisch gewaschen und angezogen.

»Ich werf nur grad ein paar von diesen Dingern ein, und dann können wir gehen.«

»Sind Sie sicher? Ich mein, wir können es natürlich auch auf einen anderen Tag verschieben.«

Hassan nahm einen großen Schluck von einem Glas bitter schmeckender heißer Zitrone. »Nein.« Er schüttelte den Kopf. »Wenn ich den ganzen Tag im Haus bleibe, fühle ich mich bloß noch elender.«

Er bedauerte seine Entscheidung bereits wenige Minuten, nachdem sie sich im Auto auf den Weg gemacht hatten. Nicht, daß er nicht froh gewesen wäre, aus dem Haus zu kommen. Es war ein herrlicher Tag, und die Sonne schien hell und warm, als sie durch das mit Heidekraut und Lavendel überwucherte Tal fuhren. Doch Martin war zum ersten Mal, seit er ihm begegnet war, in ausgesprochen redseliger Stimmung.

»Wissen Sie, irgendwann würd ich gern mal 'ne große Reise machen. Ich mein, ich würd gern um die ganze Welt reisen. Ein bestimmtes Ziel hab ich eigentlich nicht. Ich glaub nicht, daß es irgendeinen einzelnen Ort gibt, der die Antwort auf all meine Träume ist oder so. Ich will meinen eigenen, ganz besonderen Ort finden. Vielleicht liegt der in Indien. Sind Sie schon mal in Indien gewesen? Da will ich auf jeden Fall irgendwann hin.«

Und so ging es weiter. Vielleicht ist er nervös, dachte Hassan. Jedenfalls hörte er erst auf zu reden, als Hassan den Wagen langsam und vorsichtig den schmalen Weg hinauf zu dem Grasstreifen steuerte, den der Bauer ihnen zugewiesen hatte, und schließlich in einer Lücke zwischen den dort abgestellten Fahrzeugen parkte.

Okking stand mit einer kleinen Gruppe von Leuten auf der Schulter unterhalb des Berghangs. Als Hassan und Martin auftauchten, hob er den Blick. »Ahh, gut, Sie kommen wie gerufen. Schau'n Sie mal, was wir hier haben.«

Sie studierten eine riesige Karte, die sie zwischen sich ausgebreitet hatten. In die topographische Skizze des Berges waren sorgfältig eine Reihe von Linien eingezeichnet worden.

»Hier sieht man, wie sie angelegt waren.« Die Gräben bildeten unverkennbar eine Art Dreieck, dessen Scheitelpunkt nach Norden wies und dessen Schenkel sich nach Süden hin öffneten.

»Eine recht merkwürdige Konstruktion.« Der Mann, der das sagte, war ein Landvermesser. Er nahm die Pfeife aus dem Mund und deutete mit dem Stiel zur Bergkuppe hinauf. »Da oben gibt es nicht den geringsten Hinweis auf eine menschliche Siedlung, und soweit ich sehe auch keinen Grund, eine zu bauen.« Er hatte eine ziemlich behäbige Art zu sprechen und kaute dabei an seiner Pfeife wie ein wichtiger Staatsmann.

Okking wandte sich an Hassan. »Was halten Sie davon?«

»Wie wär's mit UFOs?«

Alle wandten den Kopf und starrten Martin an. Hassan räusperte sich. »Das ist Martin, von dem ich Ihnen erzählt habe. Er hätte Lust, bei den Grabungen zu helfen.«

»O ja, natürlich.« Okking nahm Martin am Arm und zeigte ihm, wo es den Berg hinaufging. »Geh geradeaus hoch bis zu dem Zelt da oben und sag Jens, daß ich dich geschickt habe.«

Martin marschierte vergnügt von dannen, und Okking wandte sich wieder an Hassan. »Was wollten Sie sagen?«

Hassan schaute sich noch einmal die Karte an. »Nun ja, vielleicht liegt Martin gewissermaßen gar nicht so falsch. Ich glaube, es hat tatsächlich etwas mit den Sternen zu tun.«

»Wie das?« Der Landvermesser nahm die Pfeife aus dem Mund.

»Ich denke, sie wollten irgendeine Konstruktion zur Beobachtung der Sterne bauen.«

»Hier draußen?« Okking machte ein skeptisches Gesicht. Der Landvermesser kaute an seiner Pfeife und warf erneut einen Blick auf seine Karte. »Es wär vielleicht besser, wenn wir den jungen Mann zurückrufen«, sagte er und lachte leise, »er könnte mehr darüber wissen, als wir dachten.«

23. KAPITEL

Die großen Monolithe aus Stein setzten ihre Reise ohne die Männer fort, ihre vertikalen Seiten und sich verjüngenden Spitzen in seltsamen Tangenten auf den Mond gerichtet, wie auf den Kopf gestellte Sonnenuhren, und versanken dabei immer tiefer im aufgeweichten Erdreich. In ungeordneten Haufen lagen die störrischen Blöcke verlassen da, plötzlich nutzlos und plump, pure Gesteinsmasse, die sich einen Weg zurück in die schwarz schimmernde Erde suchte. Der Berg war dunkel und bleiern. Das Entwässerungssystem blieb unvollendet. Die Fundamente lagen feucht, nackt und ungeschützt da, als würden sie von unsichtbaren Geistern bewacht. Flaschenzüge, Brechstangen, Werkzeuge – all das lag einsatzbereit herum. Unbarmherzig fiel der Regen. Was hier gebaut wurde, dachte Heinesen eines Abends, als er am Rand der trostlosen Mondlandschaft stand, war kein Observatorium, sondern ein Grab. Die Arbeiter waren verschwunden, ohne Rücksprache, ohne Verhandlungen. Sie hatten einfach ihre Habseligkeiten gepackt, Frauen und Kinder auf Karren verfrachtet, die mangels Pferden von den Männern selbst gezogen wurden, und dann hatten sie sich auf den Weg gemacht, den Berg hinab, ohne ein einziges Mal zurückzuschauen. Ihre Unterkunft war nun düster und trostlos, die Tür klapperte im Wind.

Seit dem Tag, an dem der Junge gestorben war, hatte sich eine trübe Blässe über die Felder gesenkt, und der Nebel klebte zäh an dem seltsamen Berg. Heinesen kam es beinahe so vor, als würde mit jedem Schritt zur materiellen Vollendung des Vorhabens die Idee, die dahinterstand, weniger greifbar. Er wurde zunehmend mürrisch und verdrossen und fuhr beim geringsten Anlaß aus der Haut. Es war alles da, er konnte es mit Händen greifen, und doch blieb es enttäuschend ätherisch, unfaßbar, unerreichbar. Eine Fiktion, eine Kopfgeburt, die er nicht mehr aufrechterhalten, aber auch nicht preisgeben konnte, und die ihn langsam von innen auffraß. Das Licht der Inspiration war allmählich schwächer geworden, und Heinesen konnte nichts dagegen tun. So lange hatte er mit jedem Atemzug diesen Traum gelebt, daß er nun ein Teil von ihm war, verpuppt wie eine Larve in seinem Innern, aus der ein Schmetterling nur mit Wärme und Sonnenlicht schlüpfen kann, ein Licht, auf das er vergeblich wartete.

Der Federkiel, der mit seinem spitzen Schnabel über das dicke Papier kratzt. Nacht für Nacht wanderte Heinesen schlaflos durch das düstere Haus, zog sich in den riesigen Kamin der Bibliothek zurück und trank, bis ihn das atemlose Dröhnen des Vergessens umfing. Er wurde vom Sog der Vergangenheit erfaßt, war wieder auf der Insel Ven, Tycho Brahes sturmgepeitschtem kleinen Königreich.

Es ist Winter an jenem fernen, kalten Ort der Einsamkeit und eisigen Seitenwinde. Der mächtige Schatten des Mannes fällt auf die Gruppe von Schülern, die einander eine mit Luft gefüllte Schweinsblase zuspielen, um sich warmzuhalten. Der Schatten erhebt sich über ihnen in einem sanft geschwungenen Rundbogen, der charakteristisch für die Architektur des riesigen Hauses ist: quadratisch mit vier gleich großen Räumen, erbaut nach Plänen von Renaissance-Gebäuden in Augsburg und inspiriert von Palladios Villen in Venedig. Die kristallklare Luft ist durchtränkt von der geheimnisvollen Präsenz des großen Geistes, von seinem Schatten, der auf alle fällt, die hier leben.

Der zwergwüchsige Gelehrte erzählt ihm, er träume nachts von Frauen mit Fischschwänzen, die aus dem Meer zu ihm kommen. Der junge Heinesen wittert Böses in dem buckligen Geschöpf, halb Mann, halb Kind.

Die Arbeit macht Fortschritte, und der Herr und Meister schleicht Tag und Nacht um seine Instrumente. Der Wind macht ihm Sorgen, und er läßt tiefe Mulden graben, um die Meßgeräte vor ihm zu schützen.

Die Finger des jungen Heinesen sind mit Tinte verschmiert. Das Rattern der Zahnräder der Druckerpresse, die unablässig die Gedanken des alten Eisenzinken in Linien und Schnörkeln ausspuckt, dröhnt ihm noch in den Ohren. Er schreibt an seine Schwester, die in einem trübseligen Viertel von Kopenhagen bei einer geistesgestörten Tante wohnt, deren Haus nach Salzhering riecht. Sigrid ergötzt sich an den Geschichten, die er ihr erzählt, Geschichten über die kunterbunte Mischung von Außenseitern, Gesetzesbrechern, Handwerkern, die mit ihm auf der Insel leben – selbst ein Zwerg gehört dazu.

»Es kommt mir vor, als sei ich in der Penumbra«, kritzelt er im schwachen Kerzenlicht auf das Papier. »Als sei ich auf ewig gefangen in der Peripherie irgendeiner Lichterscheinung, die die Welt, wie wir sie kennen, aus den Angeln heben wird.«

Er schreibt über Regiomontanus, berichtet Neuigkeiten über Kepler und dann wieder über Brahe: »Heute hat er mich mit seiner Gegenwart beehrt und sogar ein paar Worte an mich gerichtet: ›Und daß du mir die Druckseiten nicht verschmierst, mein Junge.‹ Ich hätte ihn auf der Stelle mit bloßen Händen erwürgen können. Tagein, tagaus bediene ich das Rad seiner unermüdlich klappernden Druckerpresse. Ich bin sein Lehrling, aber er hat weniger Zeit für mich als für seinen verdammten Hund.«

Ein anderes Mal waren seine Briefe schwer verständlich, er selbst offenbar völlig versunken im Reich der Wissenschaft, mit der er sich Tag für Tag beschäftigte. »Er hat in der Tat einige bedeutende Fortschritte gemacht, die zum Teil der Erkenntnis zu verdanken sind, daß die von den Arabern angewandte Strategie, immer größere Instrumente zu bauen, auf einer falschen Prämisse beruhte. Was wir jetzt brauchen, ist Präzision und nochmals Präzision. Er hat die geschicktesten Handwerker mit dieser Aufgabe betraut, und seine Willenskraft in dieser Angelegenheit ist bewundernswert, denn die Leute sind wie eine Herde verwirrter Schafe, die unentwegt beaufsichtigt werden muß. Seine Zurückhaltung ist nichts weiter als ein Symbol seiner Zweifel. Denk nur daran, wie viele Jahre er gebraucht hat, seine Entdeckungen über die Stella Nova zu veröffentlichen, und dann nur anonym!«

Die Unverfrorenheit der Jugend, denkt Heinesen jetzt und lacht bei der Erinnerung.

Der Zwerg greift sich in den Schritt und stößt die Hüfte vor und zurück, ein manisches Grinsen auf dem Gesicht.

Heinesen trat auf den langen, düsteren Korridor hinaus. Er hatte

Schmerzen in der Brust und schlecht geschlafen. Die ganze Nacht hatten ihn Gedanken gequält, die ihn nicht zur Ruhe kommen ließen. Er verspürte nicht das geringste Bedürfnis, ein Heiliger oder ein Märtyrer zu sein und schon gar nicht, als Ketzer auf dem Scheiterhaufen verbrannt zu werden. Er hustete und knöpfte die Manschetten seines Hemdes zu. Am Fenster blieb er stehen und sah hinaus. Beim Anblick des menschenleeren Hofes entfuhr ihm ein Fluch. Jeder Tag, der ungenutzt verstrich, stürzte sie tiefer in Schwierigkeiten und ließ die Schuldenberge wachsen. Ein Gutshof brauchte fleißige Hände, die ihn bewirtschafteten und am Leben hielten, sonst würde die Natur ihn sich wieder einverleiben. Noch heute mußte er in die Stadt reiten und sich Hilfskräfte suchen. Er fürchtete, daß in der Gegend bereits Gerüchte umgingen. Vielleicht sollte er zum Fjord im Norden fahren. Er benötigte nicht mehr als eine Handvoll Männer, die die Arbeit auf dem Hof verrichteten und die Pferde versorgten. Er strich mit der Hand über den Fensterrahmen. Das dunkle, feuchte Holz sonderte Harz ab. Der Fußboden war zerschrammt und aufgesprungen, als sei hier ein Reiter auf und ab geritten. Sie hatten ihn mit Stroh bedeckt, damit die Wärme nicht entwich und die Feuchtigkeit sich nicht breitmachte. In der Mitte des Bodens zog sich ein schmaler rostroter Streifen den Korridor hinunter, eine Spur aus getrockneten Blumen, die jemand hier einst gestreut hatte – seine Schwester. Beim Gedanken an sie huschte ein Lächeln über sein Gesicht. Sonderbarerweise erinnerten ihn der enge Gang und die Deckenbalken einen kurzen Moment an das Innere eines Schiffes. Vielleicht ein Schiff, mit dem er einmal gesegelt war, oder eines, das auf ihn wartete?

An einem regenverhangenen Nachmittag wurde die Stille, die sich über Helioborg gesenkt hatte, plötzlich durch die Ankunft einer Abordnung schwarzer Hüte zerrissen. Männer mit finsteren Mienen, deren Autorität von den schlammbespritzten Flanken einer offenen Kutsche, die zwei verdrießlich aussehende Pferde den Berg hinaufzogen, ein wenig geschmälert wurde.

Sie näherten sich von Osten, wo spärliche Sonnenstrahlen die kahlen Bäume streiften.

Mit einem Schwall Wasser, der zischend auf den Steinen landete, machte die Kutsche vor dem Gutshaus halt. Drei Männer stiegen aus und sahen sich im Hof nach Lebenszeichen um. Sie rückten ihre Halskrausen zurecht und strafften den Rücken, als Klinke ihnen entgegeneilte, um sie zu empfangen. Die Männer standen ein Weilchen beisammen und unterhielten sich in gedämpftem Ton, ehe sie die Treppe zum Haus hinaufstiegen.

Wie ein paar Krähen flatterten die drei schwarzen Hüte um den großen Kamin, betrachteten mit gerümpfter Nase das Chaos von Büchern, die zusammengerollten Pläne und Diagramme, die aus jedem Winkel des riesigen Raumes quollen, von den Wänden herabsickerten, sich über die Treppenstufen und die Tische hinter ihnen ergossen. Die Männer hüstelten, räusperten sich verlegen und nickten vielsagend.

Es waren drei sehr unterschiedliche Gestalten. Rusk, der Abgesandte des Bischofs, war ein untersetzter Mann, der in regelmäßigen Abständen an den Aufschlägen seines Mantels zupfte, als sei er verärgert über seinen Schneider, weil er ihm in diesem Bereich nicht ein wenig mehr Tuch zugemessen hatte. Er hatte klare blaue Augen und einen unsteten Blick. Neben ihm stand Koppel, ein großer, schwerfälliger Mann mit den groben Zügen eines Bauern. Er war schlau und wohlhabend und nannte ein bescheidenes Handelsimperium sein eigen, das aus mehreren Herden von Schafen und Kühen, ein paar Häusern und Grundstücken in der nahegelegenen Stadt und einem kleinen Anteil am Besitz einer großen Karavelle bestand, die auf der Ostsee unterwegs war und mit Pelzen, Holz und Talg handelte, und, so ging das Gerücht, mit Kindern, die als billige und willige Arbeitskräfte verkauft wurden. Der dritte Mann war unverkennbar der ranghöchste unter ihnen. Holst, der Präfekt des Königs. Er war älter und beleibter als die anderen, hatte ein gerötetes Gesicht mit kleinen Augen und schien fortwährend nach Luft zu schnappen. Er trug einen langen Mantel aus Englischleder und einen braunen, rotgesprenkelten Bart.

Alle drei drehten sich gleichzeitig um, als die Tür aufflog. Begrüßungsworte, Händeschütteln. Es war der kleine Mann, Rusk, der schließlich seine Ärmelaufschläge geradezog und den Grund ihres Besuches erläuterte. »Heinesen, wir sind hergekommen, um Euch Gelegenheit zu geben, uns gewisse Vorfälle zu erklären.«

Heinesen machte eine kleine Verbeugung. »Das ist äußerst zuvorkommend von Euch, verehrte Herren, aber sagt mir doch, welche Dinge einer Erklärung bedürfen.« Mit einer höflichen Geste bat er sie, Platz zu nehmen. Sie leisteten seiner Aufforderung Folge, bis auf Rusk, der sich setzte und sogleich wieder aufsprang, als sei der Stuhl ebenso beengend wie sein Mantel.

»Genug, Herremand Heinesen, haltet uns nicht zum Narren. Wir hätten nicht den weiten Weg hierher gemacht, wenn die unselige Lage der Dinge nicht solche Dringlichkeit gebieten würde.«

Einige Augenblicke herrschte Stille. Heinesen blickte in die Gesichter der drei Männer. Rusk trommelte ungeduldig mit dem Fuß. Mit strahlendem Lächeln erwiderte Heinesen: »Meine Herren, ich stehe Euch zu Diensten, wie Ihr ohne Zweifel wißt...«

Rusk fuhr ihm barsch ins Wort. »Der Knabe, Heinesen«, knurrte er. »Sagt uns, wie er gestorben ist.«

Noch immer lächelnd, wandte Heinesen sich zum Kamin um. Als er die Frage beantwortete, klang seine Stimme ruhig und ungerührt: »Eine lange, ununterbrochene Regenperiode hatte den Boden aufgeweicht. Dadurch bot er, obwohl man es nicht sehen konnte, keinen festen Halt. Ein Arbeiter glitt aus, so daß einer der Grundsteine umkippte und den Knaben, der weiter unten arbeitete, unter sich begrub und tötete.« Er holte tief Luft und wandte sich wieder zu seinen Zuhörern um. »Ein Unfall. Bedauerlich, jedoch nicht ungewöhnlich, wie Ihr, meine Herren, sehr wohl wißt. Jede Art von Bauarbeit ist mit Risiken verbunden.«

Holst brach das Schweigen und räusperte sich. »Wollt Ihr damit sagen«, fragte er mit dröhnender Stimme, »daß Ihr die volle Verantwortung für den Vorfall übernehmt?«

Heinesen sah dem wohlbeleibten Abgesandten in die Augen. »Ich sage nur, daß es überall und jedem hätte passieren können... unter ähnlichen Bedingungen.«

»Doch immerhin habt Ihr verfügt, daß die Leute an diesem Tag arbeiten sollten, oder etwa nicht? Trotz der Gefahren, die die Unbilden der Witterung heraufbeschworen?«

»Es ist für alle Beteiligten von Vorteil, wenn diese Arbeiten so schnell wie möglich abgeschlossen werden. Kein Mensch konnte das Ausmaß der Gefahr vorhersehen, die das Wetter barg.« Heinesen schlug wieder einen freundschaftlichen Ton an. Er breitete die Arme aus. »Ich gebe zu, Eure Anteilnahme ist ergreifend, doch vielleicht ein wenig übertrieben?«

Eine Pause entstand, alle schwiegen.

»So sagt uns, Heinesen«, erkundigte sich Koppel schließlich, ohne auf seine Worte einzugehen, »mit was genau beschäftigt Ihr Euch eigentlich?«

Heinesen war sich darüber im klaren, daß sein Vorhaben bereits seit geraumer Zeit Anlaß zu Gerüchten und Mutmaßungen gegeben hatte. Eine Vielzahl von Geschichten über merkwürdige, unnatürliche Vorgänge auf dem großen Berg waren im Umlauf. Er stand auf und trat in die Mitte des Raumes.

»Schaut Euch um, meine Herren.« Er wies mit einer lebhaften Geste nach oben. Die drei Männer schauten hinauf zur Galerie der Bibliothek.

»Was Ihr hier seht, ist der Anfang eines Traumes. Doch es handelt sich hier nicht etwa um irgendeine verschrobene Phantasievorstellung. Nein, es geht um die Welt der Zukunft, so wie sie sich in den kommenden Jahrhunderten entwickeln wird.« Den drei Männern hatte es die Sprache verschlagen, im Handumdrehen war aus einer Untersuchungskommission eine staunende Zuhörerschaft geworden. »Die zivilisierte Welt steht an der Schwelle eines neuen Zeitalters. Das Zeitalter der Naturwissenschaft. Wir haben gerade erst begonnen, die Welt, in der wir leben, zu begreifen. Es ist unsere Pflicht, die Mächte und Kräfte verstehen zu lernen, die diese Welt mit Leben erfüllen.«

Er ging jetzt zwischen den Tischen auf und ab, blieb gelegentlich stehen, um auf ein Buch oder ein Meßinstrument hinzuweisen. »Dieses Wissen ist seit dem Altertum zusammengetragen und im Laufe der Jahrhunderte aufgezeichnet und weitergegeben worden – von den alten Griechen, den Arabern, den Ägyptern und jetzt von uns. Nie zuvor jedoch sind wir in der Lage gewesen, all diese Kenntnisse miteinander zu verbinden, sie zu einer einzigen Säule aus Licht zusammenzuschmieden, die die Sterne selbst zum Leuchten bringen wird. Versucht Euch vorzustellen, meine Herren, wie es wäre, weiter, schärfer, deutlicher zu sehen, als es je zuvor möglich war. Wir werden den Staub der Jahrhunderte aufsammeln und ihm Leben einhauchen.«

Es ließ sich nicht leugnen, die drei Besucher waren vorübergehend stumm und starr vor Staunen. Sie sahen einander an und wußten nicht, wie weiter zu verfahren war. Koppel fand als erster die Sprache wieder. »Aber wie, Heinesen? Wie wollt Ihr das anstellen?« fragte er, beinahe im Flüsterton.

»Das Observatorium, das ich erbaue, wird sich zu einem Zentrum der Wissenschaft entwickeln, das auf der ganzen Welt berühmt sein wird. Gelehrte Männer werden in Scharen hierherströmen. Könige und Edelleute werden ihre Abgesandten schicken, und schließlich werden sie selbst herkommen, um das Werk, das hier vollbracht wird, in Augenschein zu nehmen. Wir werden die äußere Hülle der Welt abstreifen, um die wundersamen Geheimnisse sichtbar zu machen, die in ihrem Inneren verborgen liegen.« Mit schnellen Schritten trat er ans Nordfenster. »Dort oben auf dem Berg wird es eine Reihe von Gräben und Beobachtungstürmen geben, ausgestattet mit den modernsten Instrumenten zur Messung der Entfernung und jeder kleinsten Veränderung der Sternenkonstellationen. Und hier in der Bibliothek soll ein Archiv entstehen, zu dem die klügsten Köpfe Europas und der gesamten zivilisierten Welt pilgern werden, um zu arbeiten und ihre Forschungen beizusteuern. Es wird Debatten geben, Streitgespräche, alle nur erdenklichen Erörterungen, und ...«

»Genug!« donnerte Holst und schlug mit der Hand auf die Lehne seines Stuhls.

Der Ausdruck des Staunens verschwand aus Koppels Miene. Rusk ließ seinen Kopf ruckartig vorschnellen wie ein Hund an der Leine. »Seid Ihr Euch eigentlich über die Unverfrorenheit Eures Vorhabens im klaren?« fauchte Holst.

»Unverfrorenheit?« Ein leichtes Lächeln glitt über Heinesens Gesicht. »Ihr wollt es Unverfrorenheit nennen, die Welt, in der wir leben, zu erforschen?«

»Kommt zur Besinnung, Heinesen, so blind könnt Ihr doch gegenüber den Folgen, den Auswirkungen eines solch ... absurden Unternehmens nicht sein. Für derlei Dinge sind Universitäten und Könige zuständig, nicht irgendein zweitklassiger Pferdehändler aus der Provinz.«

Heinesen holte tief Luft. Koppel versuchte, die Wogen zu glätten. Er trat einen Schritt vor, hob beschwichtigend die Hand, um Holst zu beruhigen, und hielt eine lange Rede in maßvollem Ton. Die Leute aus der Stadt seien offenbar beunruhigt, wohl auch über Gebühr mit den Vorkommnissen beschäftigt. In den Schänken und auf den Marktplätzen gehe das Gerücht um, daß etwas höchst Ungewöhnliches auf dem Gipfel von Heinesens Berg gebaut werde. Und naturgemäß seien die Leute allem Unbekannten gegenüber mißtrauisch. Selbstverständlich sei es Heinesens Berg, und er könne damit machen, was er wolle, doch solle er bedenken, daß Störungen dieser Art in einer solch kleinen Gemeinde rasch die Runde machten und Unruhe auslösten. Die Stadtväter seien in Sorge, welchen Schaden ein derartiges Rätselraten der Reputation der ganzen Gegend und vor allem der Stadt selbst zufügen könnte. Und dann sei da noch die Frage, welche Menschen von solch abenteuerlichen Unternehmen angezogen würden. Menschen, die anreisen würden, um die Sterne anzustarren, aber auch jene, die am Bau dieses ... Dings beteiligt seien, denn hierbei handele es sich um heimatloses Gesindel, das auf der Suche nach Lohn und Brot durch die Lande zöge. Die übelste Sorte von Leuten, die man sich vorstellen könne. Gesetzlose Gesellen, die ein Leben in Sünde führten, allen nur erdenklichen Exzessen frönten und die nicht das Geringste über den Willen Gottes wußten.

»Alle Leute, die in meinen Diensten standen, waren von untadeliger Gesinnung, dessen kann ich Euch versichern.«

»Das entzieht sich unserem Urteil, denn offenbar wurden ja die Arbeiten hier mittlerweile eingestellt«, bemerkte Koppel. »Ist das eine Folge jenes Unfalls?«

»Eine unglückselige Verzögerung. Ich werde mich in allernächster Zeit darum bemühen, neue Arbeitskräfte zu finden.«

»Ihr bezeichnet das Opfer dieses Knaben als unglückselige Verzögerung?« Holst stampfte zornig mit dem Fuß auf. »Habt Ihr denn keinerlei Mitgefühl?«

Koppel hob beschwichtigend die Hand, um Holst zum Schweigen zu bringen. »Hört mir gut zu, Heinesen. Wir sind nicht hergekommen, um Euch einen Höflichkeitsbesuch abzustatten.« Er trat nahe an Verner heran und legte ihm die Hand auf die Schulter. »Wir alle hier sind gottesfürchtige Männer, und wir verfügen durchaus über eine gewisse Bildung, doch wir haben erlebt, welchen Aufruhr solche Reden auslösen können. Ihr seid zweifellos in großer Gefahr, Heinesen, und so lange sie nicht abgewendet ist, ist es unsere Pflicht, Euch dies vor Augen zu führen.«

»Wenn Euer Onkel Gustav noch am Leben wäre«, fuhr Holst

dazwischen, »hätte er nie gestattet, daß auf seinem Grund und Boden derart gottlose Machenschaften vonstatten gehen.«

»Gottlose Machenschaften?« lachte Heinesen. »Muß ich Euch daran erinnern, daß der Hofastronom des Königs mein Dienstherr war?«

»Nein, Heinesen, das müßt Ihr nicht, denn Eure Vergangenheit ist uns in der Tat sattsam bekannt. Drei Jahre lang habt Ihr für den erlauchten Tycho Brahe gearbeitet. Der Mann war eine Schande und hat König und Vaterland gleichermaßen in Verlegenheit gebracht.« Holst strich sich den Mantel glatt und wischte eine unsichtbare Krume vom Aufschlag. »Gewiß, Ihr wart sein Schüler, und ich hege nicht den geringsten Zweifel, daß die Saat zu Eurer Eskapade in jener Zeit gesät wurde. Doch ich möchte Euch ins Gedächtnis rufen, Heinesen, daß die Vorstellungen dieses Mannes höchst fragwürdig waren. Er hat das Königreich in Schimpf und Schande verlassen, gerade noch zur rechten Zeit, wenn ich das hinzufügen darf. Ohne jede Frage war sein Verstand verwirrt. Meines Erachtens eine unmittelbare Folge der übertrieben generösen Gönnerschaft, die ihm unser edler, aber fehlgeleiteter Monarch angedeihen ließ.«

»Wir könnten jetzt einen Disput über die Effektivität von Brahes Methoden führen, doch geistesgestört war er keineswegs.«

»Heinesen«, fauchte Holst aufgebracht, »ich bin nicht hergekommen, um eine spitzfindige Debatte über dieses abergläubische dumme Zeug zu führen, das die Herzen dieser Astrologen und Sterndeuter höher schlagen läßt. Die Sterne entziehen sich unserem Zugriff, und es ist Gottes Wille, daß es auch so bleibt. All Eure Bücher und Instrumente werden an dieser Tatsache nichts ändern können.« Mit einiger Mühe erhob er sich. »Ich bin kein ungebildeter Mann, Heinesen. Und auch kein Narr. Ich weiß sehr wohl, daß der Säkularismus in gewissen gelehrten Kreisen grassiert, die sich mit den Bewegungsabläufen der Himmelskörper beschäftigen. Gedankenspiele müßiger Geister, die sich die Zeit mit törichten Spekulationen vertreiben. Doch Ihr solltet endlich von Eurem hohen Roß heruntersteigen. Eure Ideen sind für die gewöhnlichen Menschen dieser Welt ohne jede Bedeutung. Sie kennen nur das Reich Gottes, sonst nichts. Für sie sind Eure verstiegenen Phantasien nicht nur unbegreiflich, sondern auch eine Bedrohung.«

Heinesen wollte zu einer Antwort ansetzen, als Rusk ein Schrei entfuhr. Alle Blicke richteten sich auf ihn. Er hatte am Fenster gestanden und wandte sich jetzt zu ihnen um, das Gesicht weiß wie ein Leinentuch.

»Der Himmel ist mein Zeuge, die Gerüchte sind wahr.«

»Was faselt Ihr da, Holst?« wollte Koppel wissen und schob den zitternden Mann beiseite.

»Da draußen. Es geht aufrecht... auf zwei Beinen.«

»Herr im Himmel, steh uns bei!« rief der Kaufmann, der ebenfalls zum Fenster geeilt war. Er drehte sich auf dem Absatz um, und sein Gesicht glühte vor Erregung. »Seid Ihr von allen guten Geistern verlassen, Heinesen?«

Heinesen mußte an sich halten, um nicht in lautes Gelächter auszubrechen. »Aber, aber, meine Herren. Das ist ein Mensch, nicht mehr und nicht weniger. Ein Mann, wie man ihn in den Häfen von Spanien oder Karthago antrifft. Ich vermute, seine Heimat ist Afrika. Ein Sklave, der ohne Zweifel in den Diensten der Osmanen stand.«

»In wessen Diensten?« fragte Rusk.

»Der Türken«, murmelte Koppel mit zusammengebissenen Zähnen. Seine Worte ließen dem Geistlichen erneut das Blut in den Adern gefrieren.

»Heiliger Herr im Himmel, sie sind hier... mitten unter uns?«

»Was für ein Hexenwerk geht hier vonstatten?« keuchte Holst.

»Ihr sprecht von Hexenwerk, mein Herr?« parierte Heinesen. »Hat nicht der König selbst verfügt, daß Reden dieser Art zu verdammen sind?«

»Heinesen«, fuhr Holst ihn an. »Euer leichtfertiges Gerede ist hier fehl am Platze. Das ist der Gipfel der Torheit. Was ist in Euch gefahren, daß Ihr eine solch gottverlassene Kreatur in unser Land bringt?«

»Neugier, aber auch eine gewisse Zwangslage. Ich bin auf jeden Helfer angewiesen, den ich bekommen kann.« Heinesen wandte sich um und hielt dem Blick seiner Besucher gelassen stand. »Meine Herren, ich muß Euch inständig bitten, Ruhe zu bewahren. Dieser Mann ist ein einfacher Bursche. Er versteht nur die in den Häfen des Mittelmeeres übliche Sprache. Doch er arbeitet hart und ebenso fleißig wie ein gut abgerichteter Gaul.« Heinesen strahlte, denn er wußte, daß er das Interesse der Männer geweckt hatte. »Der Reichtum der spanischen Kolonien gründet sich auf die Arbeit solcher Leute. Sie holen sie in großer Zahl von den Küsten Afrikas.«

»Diese Sorte gehört nicht hierher, ganz egal, wie es die Spanier halten.« Holst war unerbittlich. Rusk schüttelte den Kopf. »Es kann doch nur ein schlechtes Omen sein, solch eine Kreatur in diese Gegend zu bringen.«

»Ein Pfarrer, der von schlechten Omen, schlimmen Vorzeichen spricht?« Heinesen lächelte. »Aus solchem Stoff sind Aberglaube und Spekulation gemacht, soviel steht fest. Was kommt als nächstes, vielleicht daß der Teufel die Milch gerinnen läßt?« Ohne sein Lächeln zu erwidern, schaute Rusk zur Seite, schüttelte den Kopf und strich sich über die Stirn.

»Ich werde Euch beweisen, wie harmlos er ist.« Heinesen ging zur Tür, rief nach Klinke und wies ihn an, Raschid hereinzubringen.

Die drei Männer murmelten und tuschelten miteinander. Heinesen stand an der offenen Tür und winkte Raschid näherzukommen. Als er den Raum betrat, wichen die drei Männer zurück.

»*Tranquilo.*« Heinesen rührte sich nicht von der Stelle. Langsam hob er die Hand, wobei er sich bemühte, keine hastige Bewegung zu machen, als hätte er es mit einem scheuen Pony zu tun. »*Tranquilo*», wiederholte er und nickte in Richtung der Gäste. »Die drei Herren hier würden gern deine Bekanntschaft machen.«

Raschid warf einen Blick in die Runde und machte dann eine knappe Verbeugung, weil er nicht recht wußte, was er tun sollte. Niemand sprach ein Wort.

Heinesen sah jedem der Männer ins Gesicht. Er sah Unwissenheit, und er sah Furcht, und das erfüllte ihn mit einer gewissen Genugtuung. Mehr denn je war er überzeugt, daß seine Bemühungen, das Licht des Wissens in diese Region der Dunkelheit zu bringen, unbedingt notwendig waren.

»Komm her, hab keine Angst«, wiederholte er.

Raschid trat ein paar Schritte vor und ließ den Blick langsam umherwandern. Hier war er noch nie zuvor gewesen. Es kam ihm vor, als befände er sich in einem riesigen Saal aus Holz. Die Decke war herausgetrennt worden, so daß man bis hinauf in den Dachstuhl sehen konnte. Durch die Fenster flutete Licht herein. Eines davon, zu seiner Rechten, gab die Sicht auf den Berg frei. Jetzt sah er, daß jedes Fenster ein anderes Glas hatte. Dieses hier war in einem gelblichen Ton gefärbt, so daß der Raum in ein warmes, mineralisches Leuchten in der Farbe von Messing getaucht wurde. Er war in der Tat ungewöhnlich groß. In den Winkeln und Ecken verdichteten sich die Schatten, und hier und da ragten sperrige, sonderbar aussehende Gegenstände aus der Dunkelheit hervor. Es war, als schaute man bis auf den Grund eines tiefdunklen Ozeans, wo sich das Leben so verlangsamt hatte, daß die Zeit stillzustehen schien.

Heinesen streckte die Hand aus: »Komm her«, sagte er und winkte Raschid, in die Mitte des Raumes vorzutreten. Raschid machte einen halben Schritt auf den Tisch zu. »Keine Angst, meine Herren. Man beachte die Krümmung seines Rückens, offenbar eine angeborene Mißbildung. Und schaut Euch seine Augen an: Sie offenbaren eben jene Schlichtheit des Geistes, die man bei solch einem harmlosen Wesen erwarten würde.«

Koppel packte Heinesen am Arm und flüsterte ihm ins Ohr: »Wie könnt Ihr sicher sein, daß er nicht ein Abgesandter der Türken ist?«

»Ein Spion? Aber meine Herren, ich werde Euch die Einfalt dieses schlichten Gemüts demonstrieren.« Er schaute sich um und legte dann einen Bogen Papier vor sich auf den Tisch. Die anderen sahen gespannt zu. Heinesen drückte Raschid den Federkiel in die Hand. »Schreib etwas auf«, befahl er.

Raschid schaute die drei Männer an, dann sah er sich im Raum um, und schließlich starrte er wieder die Feder in seiner Hand an. Die Männer reckten die Hälse, als Raschid sich über das Papier beugte. Er zeichnete ein paar Linien und Punkte, sonderbare Schriftzeichen. Mit schwungvoller Gebärde hielt Heinesen den Bogen in die Höhe. »Bedeutungsloses Gekritzel, meine Herren. Da habt Ihr den Beweis.«

Doch die drei Männer waren keineswegs überzeugt. Rusk holte hörbar Luft. »Das ist bestimmt eine Verwünschung. In der Sprache des Leibhaftigen.«

»Beruhigt Euch, Hochwürden. Das ist harmloses Kindergekritzel«, entgegnete Koppel.

Heinesen war still geworden. Der Präfekt ließ ihn nicht aus den Augen. »Was meint Ihr, Heinesen?«

Doch ehe Heinesen Zeit fand, seine Frage zu beantworten, geiferte der Pfarrer bereits weiter. »Heiden, die den Antichrist anbeten, im Dienst des Teufels stehen, und deren Hautfarbe zu ihren besudelten Seelen paßt. Habt Ihr denn völlig den Verstand verloren, Mann?«

»Die Vorsehung hat ihn hierher gebracht.«

Der Präfekt traute seinen Ohren nicht. Krächzend brachte er heraus: »Die Vorsehung? Nehmt Euch in acht, Heinesen, Ihr seid auf dem besten Wege, wie ein Ketzer zu klingen.«

Heinesen schaute von einem zum anderen.

»Ich glaube«, verkündete Holst mit ruhiger Stimme, »wir haben genug gesehen.« Das Feuer knisterte. Er setzte seinen Hut entschlossen auf den Kopf. Die anderen Männer scharrten mit den Füßen und machten sich zum Aufbruch bereit. An der Tür blieb Holst noch einmal stehen. »Herremand Heinesen, vergeßt nicht, daß Ihr großen Aufruhr in diese Gegend gebracht habt. Eure hochfahrenden Pläne könnte man als Versuch betrachten, Ansehen und Amtsgewalt unseres Königreichs zu untergraben. Man wird Euch zu gegebener Zeit auffordern, zu diesen Beschuldigungen Stellung zu nehmen.« Damit wandte er sich ab. »Wir finden selbst den Weg hinaus, bemüht Euch nicht«, fügte er hinzu und warf Raschid einen letzten Blick über die Schulter zu. Koppel stand unschlüssig an der Tür. »Seid vorsichtig, Heinesen, und denkt daran, daß Ihr nicht über dem Gesetz steht. Es gibt keinen schrecklicheren Zorn als den der Gerechten. Euer guter Name wird Euch nicht schützen, noch wird irgendein Mensch sich zwischen Euch und die Eiferer stellen.«

Ohne ein weiteres Wort setzte er seinen Hut auf und verließ mit raschen Schritten den Raum. Die Tür schloß sich hinter den drei Männern, und Heinesen hörte, wie der Präfekt draußen nach seinem Kutscher rief. Klinke führte Raschid über den Hof zurück in seine Kammer. Mit einem Seufzer ließ Heinesen sich auf seinen Stuhl sinken. Einen Moment lang schloß er die Augen, lauschte den lauten Weisungen des Kutschers und dem Rattern der Räder, die das Gefährt über die Pflastersteine des Hofes durch das Tor hinauszogen.

Stille. Heinesen nahm den Bogen Papier in die Hand und starrte einen Augenblick auf die Zeichen. Irgend etwas daran kam ihm sonderbar vertraut vor, doch erst, als er das Blatt wieder auf den Tisch legte und es aus einer anderen Perspektive betrachten konnte, wußte er plötzlich, was es war: die Konstellation der Plejaden.

24. KAPITEL

Wenn man die scheinbar beziehungslosen Fragmente von Licht miteinander verbindet, schält sich nach und nach ein Muster aus der Dunkelheit. Das dachte Verner Heinesen, als er Klinke beobachtete, der auf das Haus zumarschiert kam. Klinke mit seinen plumpen Bauernbeinen und seinen großen Pranken. Klinke war ganz und gar nicht glücklich. Er war immer skeptisch gewesen, gleich zu Beginn, als Verner und Sigrid aufgetaucht waren, um ihr Erbe anzutreten. Von Anfang an hatte er sich dem Plan widersetzt. Dies war kein Ort für einen Edelmann und seine Schwester. Die Arbeit war beschwerlich und erforderte ein hohes Maß an Wissen über Bodenverhältnisse und Viehzucht. Besser hätten sie sich ein Haus in der Stadt nehmen und die Sache in seine erfahrenen Hände legen sollen. Klinke hatte sein Leben lang für Heinesens Onkel Gustav gearbeitet, und die Loyalität gegenüber dem Gut kam für ihn an erster Stelle. Tatsächlich war es zu Anfang schwierig gewesen, doch im Laufe der Jahre hatte Heinesen seine Fähigkeiten unter Beweis gestellt und, wie er glaubte, dafür gesorgt, daß der reizbare Verwalter ihm, wenn auch nur widerwillig, ein gewisses Vertrauen entgegenbrachte.

Heinesens Erinnerung an die seltenen Besuche in seiner Kindheit war verschwommen und beherrscht von Bildern eines verschlossenen älteren Mannes, der mit Kindern wenig anfangen konnte. Sein eigener Vater hatte für den Rest seiner Familie nie besonders viel übrig gehabt, denn er hielt sie nicht nur für Schwächlinge, sondern auch für Schwachköpfe. Sein Bruder Gustav schlage nach der Mutter, sagte er oft. Heinesen erinnerte sich, daß bei den seltenen Gelegenheiten, wenn zu Hause sein Name fiel, es meist verzweifelt, verärgert oder mit jenem spöttischen

Unterton seines Vaters geschah, der ein ebenso allgegenwärtiges Element seiner Kindheit war wie das Geräusch der Schiffe, die im Hafen von Kopenhagen an ihren Liegeplätzen auf und ab schaukelten. Der Eindruck, den seine Eltern ihm vom Onkel vermittelten, war der eines ziemlich exzentrischen Mannes, der zu leichtsinnigen und impulsiven Handlungen neigte. Vielleicht hatte genau dies die Saat der Neugierde gesät, die ihn viele Jahre später dazu bewogen hatte, die eigenen Wurzeln und die seiner Schwester auszureißen, alle verbliebenen Besitztümer zu verkaufen und die Reise hierher anzutreten. Eigensinn und ein Drang, sich über alle von seinem Vater aufgestellten Normen hinwegzusetzen. War das der Grund dafür, daß er mehr über die Art von Bilderstürmerei, die sein Onkel betrieben hatte, herausfinden wollte? Auch die Neugierde spielte zweifelsohne eine Rolle, denn solange er zurückdenken konnte, hatte ihn die Frage gefesselt, warum ein Mann alles aufgab und sich in diesen verborgenen Winkel des Landes zurückzog, um Pferde zu züchten. Was den Abstand betraf, den er zur Familie hielt, so hätte Gustav Heinesen ebensogut nach Neu-Spanien wie nach Jütland segeln können.

Und nun, dachte Heinesen, schienen sich Klinkes schlimmste Befürchtungen zu bewahrheiten. Der Verwalter betrat mit dem Sklaven, den er am Ellbogen gepackt hatte, den Raum.

»Hier habt Ihr ihn.«

»Besten Dank, Klinke.«

Der Verwalter blieb stehen, offenbar noch nicht bereit, das Feld zu räumen. Er machte einen Schritt vor, räusperte sich, zog den Fuß wieder zurück. Die Bewegung erinnerte so sehr an einen wunderlichen Tanzschritt, daß Heinesen ein amüsiertes Lächeln kaum unterdrücken konnte. »Nun sag schon, Klinke, was hast du auf dem Herzen?«

»Nun, wenn Ihr erlaubt, würde ich gerne meine bescheidene Meinung vortragen.« Klinke sprach in der unbeholfenen, gestelzten Manier eines Mannes, der sich hütet, zu viele Worte zu machen. Ihm war bewußt, daß seine Sprache für Salons und die hehren Gedanken, die Männer von Bildung beschäftigten, nicht geschaffen war.

Heinesen stützte sich auf das Geländer der Galerie und schaute auf den Mann hinunter. »Na los, nun rede schon!«

»Die Sache ist die, eine Pechsträhne verfolgt uns, seit er hier ist. Das Gut hat noch nie so erbärmlich ausgesehen wie zur Zeit. Was fehlt, sind die Stimmen ehrlicher Männer bei der Arbeit.« Er schien zu zögern, doch dann hatte er wieder festen Boden unter den Füßen. Mit einem Nicken in Richtung des Mannes, der neben ihm stand, fuhr er fort: »Ich meine bloß, es ist keine gute Sache... ihn hier zu behalten. Er gehört nicht hierher, und ganz gleich, aus welchem Erdloch er gekrochen ist, man sollte ihn dorthin zurückschicken.« Damit setzte er seinen Hut wieder auf und verließ mit einem kurz angebundenen »So, nun habt Ihr meine Meinung gehört« hastig den Raum.

Leder knarrte auf Holz, als Heinesen die Treppe hinabstieg und auf Raschid zuging. Er ließ einen Armvoll Schriftstücke auf den großen Tisch fallen und kam immer näher, bis die beiden direkt voreinander standen. Raschid sah ihm in die Augen, dann ließ er den Blick umherschweifen.

Die Luft im Raum kam ihm stickig und trübe vor, als wäre sie erfüllt von einem harzigen, organischen Duft. Er stieg ihm in die Nase, und Raschid konnte nicht sagen, ob es eine besondere Tinte war oder ein Schmiermittel auf den Lagern der großen Planetenmodelle, die überall herumstanden, oder irgendeine aus dem Holz hervorsickernde Substanz oder der Teer, mit dem die Deckenbalken bestrichen waren. Vielleicht war es eine Kombination aus all dem, doch als er mit kindlichem Staunen den Blick umherschweifen ließ, wußte er plötzlich, wonach es hier roch: nach Energie. Eine dräuende, zähflüssige, angsteinflößende Macht, die Energie eines verwegenen Geistes, an einer ungezügelten Leine des Scharfsinns – oder des Wahnsinns. Raschid sah zu Boden, während Heinesen mit rastloser Energie den Raum durchmaß und immer wieder stehen blieb, um auf einen besonders interessanten Folianten oder ein Instrument, auf das er stolz war, zu deuten.

»Was machen wir nun mit dir?« fragte Heinesen sich laut. Er streckte die Hand aus und zog, ohne hinzusehen, etwas aus dem Regal hinter sich.

»Das hier« – er hielt ihm das Blatt Papier mit Raschids Gekritzel hin – »ist die Konstellation der Plejaden. Du kennst sie also.«

Er begann, auf Griechisch vorzulesen, in einer altmodischen Diktion, der Raschid zunächst nur mit Mühe folgen konnte. Heinesen wies auf die Beschriftungen auf dem Blatt. »Du kanntest nicht nur die Konstellation, und zwar exakt, wenn ich das hinzufügen darf, du kanntest auch die korrekte Schreibweise der griechischen Bezeichnungen.«

Raschid schwieg.

»Doch damit nicht genug, du hast diese Konstellation ausgewählt, weil du offenbar wußtest, daß sie derzeit am Himmel sichtbar ist. Du mußt sie gesehen und beobachtet haben.«

Raschid blieb stumm. Er rührte sich nicht, hob nicht den Blick. Es war töricht gewesen zu offenbaren, was er wußte. Ein Augenblick der Eitelkeit oder Verspieltheit, oder vielleicht war es einfach nur Stolz gewesen? Heinesen warf das Blatt auf den Tisch und schritt im Raum auf und ab. Er war nun wieder zu seiner eigenen Sprache übergegangen, und Raschid blickte ihn an, ohne ein Wort zu verstehen. »Du scheinst mehr zu wissen, als man auf den ersten Blick vermuten würde, Maure. Doch warum du dieses Wissen unbedingt vor dem Bevollmächtigten des Königs zur Schau stellen mußtest, das weiß ich nicht.« Er bohrte Raschid den Finger in die Brust. »Du hast den Handlanger des Bischofs zu Tode erschreckt.« Dann brach er in Gelächter aus. Raschid räusperte sich.

»*Ouien tiene Moro, tiene oro*«, merkte er an.

Heinesen blieb stehen, sah auf und übersetzte die Redensart noch einmal: »Wer einen Mauren in Dienst nimmt, wird mit Gold belohnt.«

Raschid lächelte und nickte.

»Nun, so wisse, daß mir der Sinn nicht nach Gold steht.«

Raschids Miene blieb unbewegt.

Heinesen lachte auf und wandte sich ab. »Faszinierend«, murmelte er leise vor sich hin. Raschid beobachtete ihn, wie er zwischen den Regalen mit Büchern und Schriftrollen, langen, unhandlichen Bögen Papier und schweren hölzernen Einbänden herumlief. »Bücher, Wissen«, verkündete Heinesen mit vor Erregung schriller Stimme, »darum geht es, das ist das wahrhaft erhabene Streben, da stimmst du mir doch sicher zu? Das Wissen der alten Ägypter steht uns zur Verfügung. Ich bin fester überzeugt denn je, wenn ich nur einen von ihnen befragen könnte, wäre ich imstande, die Geheimnisse des Universums zu lüften.«

Er winkte Raschid, ihm die Treppe hinauf zu folgen.

Die obere Ebene war eine Art Zwischengeschoß mit einer Galerie, die um den gesamten Raum verlief und über die steile Treppe aus lackiertem Holz in der Nähe der linken Wand erreichbar war. Auf der Plattform selbst waren so viele Regale untergebracht, daß man kaum Platz zum Stehen hatte. Viele Gänge mit Regalen, die bis zu den Wänden reichten. Regale, beladen mit Stapeln von Pergamenten, Schriftrollen, Manuskripten, Büchern, Himmelskarten, Landkarten, Papieren jeder Größe, Form und Sorte. Von einem Haken in der Decke hing eine Öllampe herab, ein Rhomboid aus leuchtendem Kristall. Unter ihnen, in der Mitte des Raumes, befand sich ein riesiger, glockenförmiger Kamin, der oben in einen Schornstein überging. Innen war so viel Platz, daß zwei oder drei Leute um das offene Feuer sitzen und sich wärmen konnten. Geometrische Schatten durchzuckten und zergliederten das Labyrinth und ließen ein Flechtwerk sich wölbender, wabernder Gebilde aus Licht und Dunkel entstehen. Von dem in der Mitte gelegenen Herzstück des hohen Raumes aus verloren sich die Gänge der Galerie im geheimnisvollen Dunkel. Hier und da ließ ein metallisches Blitzen den Umriß eines langen Lineals, eines Meßstabes, einer Kugel erahnen. Raschid blieb vor einer großen Messingscheibe stehen. Er nahm das Astrolabium in die Hand und las die Inschrift.

»Persisch«, verkündete Heinesen begeistert mit einem Blick über die Schulter. »Ich habe es in Venedig von einem übellaunigen Fürsten gekauft, der bis über die Ohren verschuldet war.« Das Spanische ging ihm jetzt leichter über die Lippen.

Er verschwand in einem anderen Gang, so daß Raschid ihn nicht mehr sehen konnte. Offenbar suchte er etwas, streckte und bückte sich in fliegendem Wechsel, beugte sich bald zur einen, bald zur anderen Seite und murmelte dabei vor sich hin.

»Aha!« Ein Krachen war zu hören, ein dumpfer Schlag, und dann das Geräusch eines schweren Gegenstandes, der über den Boden geschleift wurde. Als Heinesen wieder auftauchte, zog er Raschids Holztruhe hinter sich her.

»Erkennst du sie wieder?«

Raschid biß sich auf die Lippen. Die Truhe war schrecklich ramponiert. An einer Seite klaffte ein großer Spalt. Heinesen stieß den Deckel auf und langte hinein.

»Das gehört dir, nicht wahr?« Er stellte die Messingschatulle auf die geschlossene Truhe. »Was bist du eigentlich, Maure? Ein Magier? Ein Zauberer?«

Raschid schwieg.

Heinesen lachte und schlug sich an die Stirn. »Was bin ich doch für ein Narr.« Raschid streckte vorsichtig die Hand aus und strich mit einem Finger über die Dellen.

»Bist du nun ein glücksbringender Talisman oder ein weiterer Fluch, mit dem ich gestraft bin, Maure?« Heinesen wischte seine eigene Frage mit einer Handbewegung beiseite. Dann sprach er plötzlich sehr schnell. »Du scheinst Angst und böse Ahnungen zu wecken, wo immer du hingehst, und gewiß fragst du dich, warum das so ist. Ich will es dir sagen. Für sie bist du ein völlig fremdes Wesen. So einfach ist das. Als ich auf dich stieß, hielten die vernünftigsten unter diesen einfachen Leuten dich für einen vom spanischen König gedungenen Spion. Für alle anderen warst du nichts geringeres als der Teufel in Menschengestalt.«

Heinesen nahm die Messingschatulle unter den Arm, führte Raschid zur Treppe und machte sich auf den Weg nach unten. Nach einigen Schritten blieb er stehen und warf ihm über die Schulter hinweg einen Blick zu. »Wie vieler Sprachen bist du mächtig?«

Raschid starrte ins Leere und holte tief Luft. Dann hob er den Kopf. »Lesen und schreiben kann ich, wenn auch mit unterschiedlicher Fertigkeit, Arabisch, Griechisch, Lateinisch, Persisch und Sogdisch. Außerdem verfüge ich über einige Kenntnisse des Sanskrit. Unterhalten kann ich mich in der Sprache der Franken und natürlich in der *Lingua franca* der Seeleute.«

Heinesen fiel Raschid, schon bevor dieser geendet hatte, mit einer Lachsalve ins Wort. »Schon gut, schon gut, das dürfte genügen, keine Frage«, stieß er hervor. »Geradezu ideal. Laß dich bloß nicht zu dem Glauben verleiten, mich hätten ausschließlich philanthropische Motive zu dieser Entscheidung bewogen«, verkündete er, wandte sich um und stieg die Treppe hinunter. »Ich habe die Absicht, mir deine Fähigkeiten zunutze zu machen, mein Herr. Du wirst mir mit deinen Kenntnissen als Übersetzer zur Seite stehen.«

»Als Übersetzer?«

Heinesen deutete auf die mit Dokumenten und Büchern vollgestopften Regale auf dem Zwischengeschoß über ihnen. »Natürlich. Ich habe viele Jahre den gesamten europäischen Kontinent bereist und dabei eine Bibliothek von Werken zusammengetragen, mit der sich keine Sammlung eines anderen Privatmannes messen kann und um die mich, darauf würde ich wetten, auch die eine oder andere Universität beneiden dürfte.« Nun offenbar höchst zufrieden mit sich selbst, nickte er und wiederholte: »Ein Übersetzer, natürlich. Das ist es, was wir brauchen.« Dann winkte er Raschid, zu ihm zu treten. Auf dem großen, erhöhten Tisch waren die Pläne für die Anlage ausgebreitet. Mit flinker Hand skizzierte er seine Vision. Kleine Türme, große Türme, Gräben, bestückt mit Instrumenten aller Art. »Was ich hier erbauen werde, ist ein wildes Tier, das den Kampf mit dem Himmel aufnehmen soll«, sagte er. »Und du wirst mir dabei helfen.«

25. KAPITEL

Der Mond säugt die hungrigen Sterne, wird immer dünner, während sie ihm, einer nach dem andern, seine Milch rauben. Die Monate verstreichen, und Raschid al-Kenzy lebt an einem Ort, den er sich nicht einmal in seinen kühnsten Träumen hätte vorstellen können. Die Tage sind kurz und dunkel, und die Sterne sind ihm nicht mehr vertraut. Sie ziehen in einer jähen Spirale hoch über seinem Kopf ihre Kreise. Der Skorpion ist nirgendwo zu entdecken. Der Sirius taucht nur kurz und auch dann schwach und ganz dicht am Horizont auf. Er hat das Ende der Welt erreicht oder ist ihm doch so nahe gekommen, wie er es kaum je für möglich gehalten hat. Die Erinnerung an den Regen, der ihn vom Schiffswrack auf die gewundenen Straßen gespült hat, und an den Stall, in dem er einst angekettet war, ist nach und nach verblaßt und hat nur eine schwielige Narbe hinterlassen. Er hat sich verirrt. Er ist überzeugt davon, daß ihm dies nicht vorherbestimmt war, daß sein Weg ihn nicht hätte hierher führen sollen. Doch wie ist ein solcher Irrtum zu erklären? Und wenn er selbst die Verantwortung dafür trüge, wo wäre dann in all dem die Hand Gottes geblieben? Wenn es geschrieben stand, daß ihn das Schicksal an diesen Ort verschlagen sollte, dann zu welchem Zweck?

Die Luft hier ist brüchig wie Glas, und das Atmen fällt schwer. Der kalte Wind schneidet ihm durch Mark und Bein. Raschid al-Kenzy lebt an einem Ort, der »Schloß der Sonne« genannt wird – in einem Land, das keine Wärme kennt. Er sitzt in einer kleinen Kammer am oberen Ende der Stiege im Torhaus. Ein schmaler Raum über dem Torbogen, der in den Hof führt, mit niedrigen Deckenbalken und dunklen Flecken, den Spuren der Zeit. Die Wände sind kahl. Auf dem Fußboden befindet sich eine mit Stroh ausgelegte hölzerne Bettstelle, in der er schläft. Am Fenster steht ein grobgezimmerter dreibeiniger Melkschemel, auf dem er an den Abenden sitzt und in den Himmel hinaufschaut. Vom Fenster an der Ostseite fällt sein Blick über den aufgeblähten Bauch des Berghangs hinunter auf den flachen, vom Land eisern umschlossenen Schoß des Sees und die Wiesen mit dem hohen, blaugrünen Gras – dort unten ist es, wo die Pferde dahinstürmen. Tagsüber verfängt sich die Sonne in den starren Ästen der Birken, die aussehen wie angespitzte Stöcke, überzogen mit dem kupferfarbenen Schlamm jenseits der Wiesen, wo der schmale Streifen Wald die Grenze des Anwesens markiert. Auf der Westseite gibt es eine winzige Öffnung in der Wand, die ihm als Fenster dient und durch die er am großen Haus vorbei nach oben schauen und den Weg sehen kann, der wie ein Strom aus flüssigem Pech den dunklen Hügel hinaufführt. Bei Nacht besitzt er einen metallischen Glanz, wie eine Schlange.

Die Feuchtigkeit dringt ihm bis ins Mark, und der Mondschein kommt ihm irreführend vor, merkwürdig fehl am Platze, wie Gelächter auf einem Friedhof.

Und so saß Raschid al-Kenzy da und dachte über sein Schicksal nach. Das eigentliche Ziel seiner Fahrt noch zu erreichen, lag nun wohl nicht mehr im Bereich des Möglichen. Er war von seinem Kurs abgekommen. Selbst wenn es ihm gelänge, von diesem Ort zu fliehen, würde es vielleicht Jahre dauern, bis er den Holländer ausfindig machen und mit dem Fernrohr den Rückweg antreten könnte. Ein so mächtiges Instrument würde gewiß nicht lange ein Geheimnis bleiben. Wenn er in die Heimat zurückkehrte, würde die Erfindung des Holländers wahrscheinlich schon an jeder Straßenecke, von jedem Trödler zwischen Paris und Peshawar verkauft werden. Sämtliche Kinder des Wesirs würden ein in Messing ausgeführtes Miniaturmodell als Spielzeug besitzen.

Seine Gedanken kreisten erneut um die mißliche Lage, in der er sich zur Zeit befand. Wahrhaftig, die Geheimnisse des Lebens offenbaren sich nicht an einem einzigen Tag. Er würde sich Zeit lassen, gewiß würde er ein Zeichen erhalten, und dann würde er fortgehen. Er mußte seine Pläne mit Bedacht schmieden, denn obwohl er diese Menschen nicht fürchtete, so kannte er doch ihre Gepflogenheiten nicht und hatte Angst vor den Vorstellungen, die sie von ihm haben mochten. Und noch etwas anderes hielt ihn hier fest – die Wißbegierde. Er war fasziniert vom Reichtum der Literatur, auf die er durch Zufall gestoßen war. Jeder König wäre stolz gewesen, eine solche Bibliothek zu besitzen. Der Dei von Algier wäre vor Neid in Tränen ausgebrochen. Raschid spürte einen Anflug von Stolz auf das, was er erreicht hatte – daß er an diesen Ort gelangt war, daß er dieses Wunder zur Geschichte der Wechselfälle seines Lebens hinzufügen konnte, wenn die Zeit gekommen war, sie zu erzählen. Der Trost, den ihm dieser Gedanke bereitete, währte nur kurz, und schon bald verwarf er ihn als müßige Eitelkeit. Dennoch hatte er immer daran geglaubt, daß jeder Mensch, genau wie jeder Stern, seine eigene Geometrie besitzt. Es war seine Aufgabe, der merkwürdigen Folge von Ereignissen auf den Grund zu gehen, die ihn hierher verschlagen hatte.

Er konnte ebensogut hier leben, sagte er sich, wie anderswo. Er besaß kein Zuhause, hatte keine Stadt und kein Dorf zurückgelassen, die seine Abwesenheit beklagten, keine Kinder, die auf die Rückkehr ihres Vaters warteten. Er würde versuchen, soviel wie möglich zu lernen, bis es Zeit war fortzugehen. Wenn es in seinem Leben überhaupt eine Konstante gab, dann diese: zu lernen, wo immer und wann immer sich ihm die Gelegenheit bot, und wieder aufzubrechen, wenn die Zeit dafür gekommen war.

Und so ringt er Tag für Tag darum, das Wissen dieser neuen Welt zu ergründen. Er hat sich in einem Netz verfangen, in dem alles, was er zuvor gelernt hat, nur dazu führt, daß seine Füße sich immer fester in den Maschen verstricken. Er muß kämpfen, um sich aus diesem Netz zu befreien, doch wohin wird ihn das führen? Er hat Angst, daß er dann alles verlieren wird, einschließlich seines Verstandes, daß er seine Tage beschließen wird wie ein stummes Tier, angekettet an einen Pfosten, den leeren Blick zum Himmel gerichtet, die Seele verschluckt von den Sternen.

Sein Leben war durch die neue Aufgabe bequemer geworden, das ließ sich nicht leugnen. Er mußte nun nicht mehr graben und Lasten tragen, sich Tag für Tag erschöpft den Berg hinauf und hinunter schleppen. Tatsächlich war die Arbeit auf dem Berg seit dem Tod des Jungen völlig zum Erliegen gekommen. Das Gebäude, in dem früher die Arbeiter wohnten, in dem auch er geschlafen hatte, war nun dunkel und verlassen.

Überall im Haus war es jetzt stiller geworden. Nur wenige Menschen waren hiergeblieben: Klinke, der gegenüber von Raschids Kammer auf der anderen Seite des Treppenhauses schlief, der Koch, ein massiger Mann mit einer lauten Stimme, und eine Haushälterin, die jedesmal, wenn sie Raschid zu Gesicht bekam, die Flucht ergriff. Bereits am ersten Tag seiner neuen Anstellung führte man ihn von der Bibliothek in die im Keller gelegene höhlenartige Küche, deren verräucherte Wärme er als tröstlich empfand. Man gab ihm heißes Wasser zum Waschen, eine Schere zum Trimmen von Haar und Bart und neue Kleider – dicke, warme Breeches aus Wolle und ein Hemd aus feinem Leinen, darüber eine dicke Jacke aus gewirktem Roßhaar, für seine Füße Strümpfe und schließlich ein Paar Schuhe aus Holz. Zu essen gaben sie ihm warme Milch, in die er harte Kanten Schwarzbrot einbrockte. Von nun an, das hatte Heinesen klargestellt, sollte er alle Mahlzeiten in dieser Küche gemeinsam mit den anderen einnehmen. Also aß Raschid, während sie gebannt zuschauten. Der Koch war ein wohlbeleibter Mann mit einer einzelnen, senkrecht in die Höhe stehenden Locke karottenroten Haares. Die Frau, die den Haushalt besorgte, war offenbar seine Ehefrau, obgleich er erheblich öfter mit seinem Hund sprach, einem Geschöpf, das sich nur aus seiner Ecke neben der Feuerstelle rührte, wenn man ihm einen Tritt versetzte. Die Männer beobachteten Raschid, als ob sie nie damit gerechnet hätten, daß er aß wie jeder andere. Sie setzten sich nebeneinander an die gegenüberliegende Seite des Tisches und warfen ihm zusätzliche Brocken hinüber, die er ebenso rasch, wie er sie zu fassen bekam, hinunterschlang.

Ihre Neugierde, ihre mißtrauische Scheu vor jedem näheren Kontakt, war keineswegs sonderbar. Er begriff, daß er für sie ein völlig fremdes Wesen, ein Außenseiter war. Für die Unwissenden war er ein Objekt der Neugier, ohne Vergangenheit, ohne Namen. Für diejenigen, die denken konnten, war er der lebende Beweis für die Existenz einer anderen Welt, über die sie nicht das geringste wußten und der sie daher mißtrauten. Für sie war er der Türke, ein Sohn des berühmten Süleyman, berüchtigt für das Pfählen gottesfürchtiger Christen. Raschid betrachtete die beiden Männer, ihre Gesichter und ihre staunenden Augen, während sie miteinander sprachen und nur ab und zu kurz zu ihm herüberschauten.

Sie fürchteten ihn nicht mehr. Sie empfanden überhaupt nichts für ihn, nicht einmal Mitleid.

Und schließlich gehörte zum Haushalt noch Heinesens Schwester. Raschid wußte von ihrer Existenz, obwohl er sie selten zu Gesicht bekam. Ein oder zwei Mal sah er flüchtig eine schmale Gestalt an der Tür vorbeigehen, einen Schatten am Ende des Flures. Und eines Abends hatte er vom Torhaus aus einen kurzen Blick auf Heinesen erhascht, als er sich im großen Speisezimmer zum Essen niederließ – ihm gegenüber saß eine Frau.

Erneut ging Heinesen, unablässig auf der Suche nach finanzieller und ideeller Unterstützung des Adels und der Fürsten von Europa, auf Reisen. Jeden Morgen erhob sich Raschid in aller Frühe, um sich zum Gebet niederzuknien, bevor er die schmale Treppe des Torhauses hinabstieg. Dann ging er zwischen den Fuhrwerken und Kutschen hindurch, überquerte rasch den Hof und steuerte auf das Herrenhaus zu, den Kopf gesenkt zum Schutz gegen den schneidenden Wind, in Gedanken bereits bei den mit staubigen Pergamenten und Büchern vollgestopften Regalen, die dort auf ihn warteten.

Leise sperrte er die Tür zur Bibliothek auf. Stets blieb er einen Moment lang stehen und ließ den Blick umherwandern, um sicherzugehen, daß er allein war. Erst dann trat er vor und schritt quer durch den Raum zum Tisch am Fenster. Allein dieser Tisch war so groß wie Raschids Kammer im Torhaus. Er war ihn der Länge und der Breite nach abgeschritten, um sich zu vergewissern, daß seine Schätzung zutraf. Er kletterte auf den hochbeinigen Stuhl, zog die Füße an und stellte sie auf die runde Fußstütze aus Stroh. Die Haushälterin hatte Anweisung, dafür zu sogen, daß das Feuer brannte.

Also machte Raschid es sich auf dem großen Stuhl bequem, während hinter ihm im riesigen Kamin das Holz prasselte. Dann senkte er den Kopf und begann zu lesen. Anfangs konnte er nicht länger als ein paar Atemzüge stillsitzen, schon war er wieder aufgesprungen, die Treppe hinauf und hinunter gestürmt, zwischen den Regalen auf der Galerie verschwunden und wieder aufgetaucht, mit Feuereifer dabei, ihre Schätze zu sichten. Er begann mit Schriften in arabischer Sprache, die nicht sehr zahlreich, stark abgegriffen und oft in jämmerlichem Zustand waren, und arbeitete sich rasch zu den spanischen und schließlich den griechischen Texten vor. Er stellte fest, daß die Worte und Zeichen ihm schnell wieder vertraut waren. Oft war er so vertieft in seine Lektüre, daß er darüber das Essen vergaß, bis sein Magen ihn mit heftigen Schmerzen daran erinnerte. Dann ließ er sich von dem hohen Stuhl gleiten, stolperte den düsteren Korridor entlang bis zur Steintreppe und hinunter in die Küche. Seine eigentümlichen Essenszeiten schienen den anderen recht zu sein, denn offensichtlich hatten sie noch immer keinerlei Bedürfnis, ihre Mahlzeiten gemeinsam mit ihm einzunehmen. Man gab ihm, was von den jeweiligen Speisen übriggeblieben war, ein paar zusammengekratzte Reste in einem hölzernen Napf. Der Hund öffnete ein Auge und warf ihm einen traurigen Blick zu, als sei die Nahrung, die er zu sich nahm, Mundraub an einem wehrlosen Tier.

Es war jedoch keineswegs vorgesehen, daß er seine Zeit damit zubrachte, nur seine eigene Neugier zu stillen. Heinesen hatte ihm eine Aufgabe zugewiesen, die er in seiner Abwesenheit erledigen sollte: die Übersetzung der ziemlich umfangreichen Toledischen Tafeln. Diese Tafeln waren eine Sammlung von Tabellen, die die Bewegungen und relativen Positionen von Sonne, Mond und anderen Himmelskörpern enthielten. Die vorliegende Fassung hatte ein in Sevilla geborener Mann namens Ibn al-Ha'im verfaßt, der gleich zu Beginn behauptete, eine frühere Sammlung zu berichtigen. Als Beleg zitierte Ibn al-Ha'im längere Passagen in Arabisch und einer anderen Sprache, bei der es sich, wie Raschid vermutete, um die Sprache Kastiliens handeln mußte. Er hatte den Verdacht, daß Heinesen diese Tabellen eigentlich gar nicht brauchte – Grade von Helligkeit, solare und lunare Abweichungen auf der Grundlage von al-Battanis genauen Berechnungen der Planetenpositionen. Raschid war überzeugt, daß er nur anfangen mußte, die Galerie zu durchforsten, um eine präzisere Version der gleichen Tafeln zu entdecken: al-Chuwarazmi oder vielleicht die Tafeln von König Alfons X. von Spanien – Alfons der Weise nannten ihn die Christen, zweifellos, weil es ihm gelungen war, die Mauren aus León und Kastilien zu vertreiben. Er war es auch, der gesagt hatte: »Wenn ich der Schöpfer des Universums gewesen wäre, so hätte ich wohl gründlichere Arbeit geleistet!« – eine Anekdote, die

Raschid in diesen Tagen häufig in den Sinn kam, eine stete Erinnerung an die schamlose Überheblichkeit des christlichen Geistes.

Auf jeden Fall waren die Toledischen Tafeln kaum brauchbar. Um sie in diesen Breiten zu benutzen, mußte man zunächst einmal entsprechende Änderungen vornehmen. In den über dreihundert Jahren, seit sie zum ersten Mal gedruckt worden waren, hatte das bestimmt schon jemand getan. Offensichtlich stellte Heinesen ihn auf die Probe, um zu sehen, wie weit es mit seinen Fertigkeiten her war.

Er steigt wieder auf den knarrenden Stuhl und beugt sich über den Tisch. Die Luft besitzt eine geheimnisvolle Dichte – duftende Tinte und der schwere Geruch des unaufhaltsamen Zerfalls brüchiger Pergamente, die den Raum wie ein Netz zarter Äderchen durchziehen. Seine Augen schmerzen vom schlechten Licht und dem mühsamen Versuch, die gedruckten Schriftzeichen zu entziffern. Seine Lippen bewegen sich, während er mit dem Finger an den Zeilen des Textes entlangfährt. Der Berg von Büchern neben ihm wird immer höher. Die Lampe ist fast niedergebrannt. Er streckt den Hals, reibt sich die Hände und bläst auf seine Finger, um sie aufzuwärmen. Wie sehr er sich nach der Wärme anderer Breiten sehnt, nach der Intensität des Lichtes dort, in der die Buchstaben ihm geradezu von den Seiten entgegensprangen. Wie kann irgend jemand irgend etwas lernen in diesen Breiten, wo sich die Worte in Papier verkriechen um sich warmzuhalten.

Der Stand der Gestirne und die Azimute, die Tafeln, die Sternkarten, all das war ihm trotz der ungewohnten Sprache und der angewandten Methode vertraut. Er erkannte die Modelle seiner Vorfahren wieder, der großen Männer, die er zu bewundern und zu lieben gelernt hatte, als ob sie zu seiner Familie gehörten – insgeheim empfand er sie als seine wahre Familie. Lange Zeit, ein Leben lang, hatte er mit diesen Männern im Kopf gelebt, bis sie ein Teil von ihm geworden waren und er ein Teil von ihnen. Wie lange hatte er davon geträumt, in ihren Reihen aufgenommen zu werden. Mathematiker, Astronom, Geograph. Solche Ambitionen schienen nun endgültig der Vergangenheit anzugehören und waren daher um so lächerlicher. Die Bücher, die die Regale dieser großartigen Bibliothek füllten, hatten seine Phantasie gelähmt und zugleich beflügelt. Er wollte sie sich allesamt einverleiben.

Er wollte sich Seite für Seite, Zeile für Zeile, durch sie hindurcharbeiten, bis all das Wissen, das sich dort hinter Zeichen und Ziffern verbarg, das seine war. Er würde die Tinte trinken, das Papier verschlingen. Diese Bücher enthielten die Lichtbögen des Firmaments, das heilige, unergründliche Geheimnis, das ihn umschloß wie ein Kokon.

26. KAPITEL

»Na ja, ewig kannst du hier nicht sitzenbleiben.«

»Ich weiß. Ich hab einfach im Moment absolut keine Lust zurückzugehen.«

»Ist es so schlimm?«

Sie saßen an der Kreuzung vor dem Laden im Wagen. Martin inspizierte den Schmutz unter seinen Fingernägeln.

»Also, ich kenn mich ja mit so was nicht aus, aber ich hab immer gedacht, wenn man eine Familie hat... Ich mein, ein Kind und eine Frau. Ich mein, das ist doch was Besonderes, oder etwa nicht? Was Wertvolles, das man beschützen sollte.«

Hassan schüttelte den Kopf.

»So einfach ist das nicht immer.«

Vor ihnen kam ein kleiner blauer Wagen um die Ecke gerast und hielt mit quietschenden Bremsen vor dem Laden. Ein Junge stieg aus und ging hinein.

»Deine Freunde.«

»Das sind eigentlich gar nicht meine Freunde«, murmelte Martin und schob sich mit einer ruckartigen Kopfbewegung das Haar aus dem Gesicht. »Bloß die einzigen Leute in meinem Alter, die's hier gibt.« Er lachte abfällig. »Ich hab also gar keine Wahl, würd ich sagen.«

Aus dem blauen Wagen drang laute Musik. Der Junge, der in den Laden gegangen war, kam wieder heraus, schaute die Straße hinunter, dann in die andere Richtung. Dann entdeckte er Martin und winkte. Martin winkte zurück. Der Junge beugte sich ins Fenster des blauen Wagens, und schallendes Gelächter war zu hören, dessen Echo auf der wie ausgestorbenen Straße verhallte. Dann sprang er hinein, und der Wagen raste im Rückwärtsgang auf sie zu, bis er auf gleicher Höhe mit ihnen war. Hassan sah drei oder vier Jungen, die herüberwinkten und gestikulierten. Der Fahrer ließ ein paar Mal den Motor aufheulen, dann gab er Gas, die Räder drehten durch, und der Wagen schoß davon, begleitet vom durchdringenden Quietschen der Reifen auf dem Asphalt.

»Na, du kannst nicht bestreiten, daß ich ein bißchen Action in die Gegend gebracht habe.«

Der gereizte Unterton in Hassans Stimme war Martin nicht entgangen. Er hob den Kopf. »Die machen doch bloß ihre Faxen. Das hat nichts weiter zu bedeuten.«

»Wenn es nichts weiter zu bedeuten hat, dann hätten sie's auch bleibenlassen können.«

»Hier gibt's nicht viel, womit sie die Zeit totschlagen können. Man hat nicht groß die Wahl.«

»Jeder hat eine Wahl, oder etwa nicht? Du hast eine Wahl.«

Martin trommelte jetzt nervös auf dem Armaturenbrett herum. »Sie wissen einfach nicht, wie das ist. Ich mein, hier ist absolut nichts los. Sie haben ein interessantes Leben, einen Job, eine Familie. Ich mein, vielleicht fragen sich die Jungs, wieso Sie das alles haben und sie nicht.«

Hassan versuchte, in der Dunkelheit Martins Gesicht zu erkennen.

»Fragst du dich das?«

Martin hob die Hände und ließ sie wieder fallen, als fehlten ihm die richtigen Worte. Er versuchte noch einmal zu lächeln, doch das Lächeln gefror zu einer steifen Grimasse. »Sie reden, als hätten die Sie fertigmachen wollen oder so. Als hätten die was dagegen, daß Sie hier Ihre Arbeit machen. Die haben doch überhaupt keine Ahnung, wer Sie sind und was Sie hier tun.«

»Darum geht's ja gerade, oder?«

Martin wandte rasch den Kopf und sah einen Moment lang zur Seite. »Versteh ich nicht.«

»Es interessiert sie überhaupt nicht, was ich hier mache. Wieso sollte es auch? Sie wollen es gar nicht wissen. Sie bleiben lieber bei dem, was sie kennen: ihre Unwissenheit und ihre Angst. Und das wird im Laufe der Jahre immer schlimmer werden. Bis es eines Tages das einzige ist, woran sie sich noch halten können, und sie gar nichts anderes mehr kennen.«

»Die langweilen sich einfach, es sind gelangweilte, dumme Bauernjungs… genau wie ich.« Er riß die Tür auf und stieg aus. »Mir reicht's.«

Hassan wünschte, er hätte seinen Ärger nicht an dem Jungen ausgelassen. Er versuchte, es wiedergutzumachen. »Ich sag doch nur, daß du sehr viel aus deinem Leben machen kannst, Martin. Es muß ja nicht hier enden.«

»Klar.«

Einen Moment lang herrschte Schweigen.

»Und was ist jetzt mit deinen Freunden?«

Martin sah die Straße hinunter. »Die werden schon wiederkommen«, sagte er. »Bleibt ihnen gar nichts anderes übrig. Was sollen sie sonst machen?«

Auf der kurzen Strecke zu seinem Haus konnte Hassan Martin noch im Rückspiegel sehen, eine linkische, schlaksige Gestalt, die die dunkle Straße überquerte und auf den hell erleuchteten Laden zuging.

Noch immer versuchte er, sich ein genaueres Bild von der damaligen Welt zu machen. Was hatte sich zu Beginn des siebzehnten Jahrhunderts in der Astronomie abgespielt? Für welche Fragen war sie zuständig? Tycho Brahe stand als Astrologe im Dienste des Königs. In einer Reihe von Vorträgen, die er im Jahre 1574 hielt, vertrat Brahe zumindest in Andeutungen die Überzeugung, daß das Schicksal des Menschen nicht vollständig von den himmlischen Erscheinungen beherrscht werde, sondern daß Gott dem Menschen die Fähigkeit geschenkt habe, dem Einfluß der Sterne etwas entgegenzusetzen. Daher sei die Astrologie von großem Nutzen, wenn es darum gehe, unmittelbar drohende Gefahren vorherzusagen, so daß der Mensch Maßnahmen ergreifen könne, ihnen zu entgehen. Daß die Astrologie an der Aufgabe scheiterte, bestimmte Ereignisse präzise vorherzusagen, war für Brahe der Ansporn, seine Instrumente einer genauen Prüfung zu unterziehen. Die Unzuverlässigkeit astrologischer Vorhersagen führte er auf einen Mangel an Präzision zurück, und aus diesem Grund verwandte er viel Zeit und Mühe auf den Bau eigener Instrumente.

Und was war mit diesem Raschid al-Kenzy? In der arabischen Welt war im gesamten sechzehnten Jahrhundert ein Niedergang der Wissenschaften zu verzeichnen gewesen. Das Goldene Zeitalter der Gelehrsamkeit hatte dort drei Jahrhunderte zuvor seine höchste Blüte erreicht. Danach klaffte eine riesige Lücke. So wurde das heliozentrische Weltbild von Kopernikus erst gegen Ende des siebzehnten Jahrhunderts erstmals erwähnt und auch dann nur beiläufig. Die islamische Welt hätte sonst ähnlich darauf reagiert wie die Christen – den Mittelpunkt des Universums von der Erde und vom Menschen weg zur Sonne hin zu verlagern, wäre als gefährliche Vorstellung zurückgewiesen worden. Allah hatte die Erde und die sieben Himmel erschaffen, oder etwa nicht?

Hassan lehnte sich zurück und legte die Füße auf den Tisch. Wenn man also davon ausging, daß Raschid al-Kenzy keine Universität in Europa besucht hatte, dann war er mit dem zeitgenössischen Stand der Wissenschaft nicht vertraut gewesen. Kopernikus' Thesen zur Astronomie waren damals immer noch nur einem kleinen Kreis von Schülern geläufig gewesen und ganz sicher nicht allgemein anerkannt.

Was hätte ein Mann wie al-Kenzy wohl von solchen Ideen gehalten? Warum war er ganz allein so weit nach Norden gereist? Warum war Heinesen auf dem Berghang begraben worden, und wer hatte ihn begraben? Warum hatte man ihm das Messinginstrument mit ins Grab gelegt? Ein Geschenk?

Er wandte sich wieder seinen Aufzeichnungen zu. Die Kathedrale war im Jahre 1610 niedergebrannt, und mit Hilfe dieses Datums konnte man die Zeit, in der sich der geheimnisvolle »Türke« in dieser Gegend aufgehalten hatte, relativ präzise bestimmen. Was war im Jahre 1610 auf dem Gebiet der Astronomie los gewesen? Hassan öffnete seine Enzyklopädie und tippte das Jahr ein. Der Bildschirm flimmerte, und der Computer surrte. Er klickte sich durch den Index. Galileo war damit beschäftigt, sein Fernrohr zu bauen und die Berge auf dem Mond zu beobachten. 1610 war eine merkwürdige Zeit gewesen. Die Vorstellungen darüber, wie das Universum funktionierte, wandelten sich radikal. 1633 wurde Galileo zu lebenslänglicher Haft verurteilt, weil er öffentlich für die Theorien des Kopernikus eintrat. Obwohl das Urteil nicht vollstreckt wurde, verbrachte Galileo den Rest seines Lebens unter Hausarrest.

Kaum wahrscheinlich, daß Raschid al-Kenzy zu Forschungszwecken oder auf der Suche nach wissenschaftlicher Erkenntnis hierhergekommen war – dann wäre er in eine Universitätsstadt gegangen. Also mußte ihn ein Unglück oder der pure Zufall in diese Gegend verschlagen haben. Hassan entfaltete erneut seine Karte von Europa und fuhr mit dem Finger die Küstenlinie entlang. Ein Schiff unterwegs nach Norden – oder nach Süden? Nach Norden. Als sein Finger auf Holland stieß, fiel ihm etwas ein, und er schaute noch einmal in der Enzyklopädie nach. 1609 war es zwischen Galileo und einem deutschen Astronomen namens Simon Mayr zu einer Kontroverse um die Konstruktion seines Fernrohrs gekommen. Ein Jahr zuvor war das Instrument erstmals in Holland erwähnt worden. Zu dem Zeitpunkt allerdings, als Raschid al-Kenzy nach Europa kam, war das Fernrohr bereits recht verbreitet. Es war wenig plausibel, daß jemand wegen dieses Instrumentes eine solch weite Reise angetreten hätte, oder etwa nicht? Hassan verwarf den Gedanken, schaltete seinen Computer aus, stieg die Treppe hinauf, sank ins Bett und fiel sofort in einen tiefen, tiefen Schlaf.

27. KAPITEL

Raschid vernachlässigte die Aufgabe, die Heinesen ihm übertragen hatte, immer mehr, oder vielmehr, sie trat ganz von selbst in den Hintergrund, denn er wurde fortgeschwemmt auf anderen Wogen, von anderen Plänen. Inzwischen nahmen die Schätze der Bibliothek seine gesamte Aufmerksamkeit gefangen. Er war nicht sicher, wonach er suchte, vielleicht nach irgendeinem Anhaltspunkt, einem Zugang zum Verständnis von Heinesens Gedankenwelt.

Von Zeit zu Zeit erinnerte er sich an das Leben in vertrauteren Breiten. Der Mensch, der er einmal gewesen war, war ihm fremd geworden. Er schlief schlecht. Er verlor den Appetit. Im Laufe der Zeit hatte er seinen Widerwillen gegen die hiesige Kost überwunden und hätte durchaus gegessen, wenn er sich irgend etwas hätte hineinzwingen können, doch jeder Bissen blieb ihm im Halse stecken, so daß er beinahe daran erstickte.

Er fühlte sich, als würde er langsam hinweggefegt, ganz sanft, wie eine Sanddüne im Wind, oder wie ein Maisfeld, das er einmal gesehen hatte, über das ein Schwarm Heuschrecken herfiel. Er konnte sehen, wie sich vor seinen Augen die Farbe des Feldes veränderte, die grünen Halme sich bis hinunter zum Boden kringelten, bis nurmehr kahle braune Erde übriggeblieben war. Wenn er auf den Verlauf seiner Entwicklung zurückblickte, kam es ihm so vor, als triebe er dahin in einem Meer von Stimmen, von denen keine seine eigene war. Sein sicheres Gespür für die Sterne wurde nun durch Magie hintertrieben. Die bislang festgefügte Geographie der Welt war in heillose Unordnung geraten. In den Breiten, die er nun durchquerte, stellte Gott den Menschen nicht mehr in den Mittelpunkt der Schöpfung, sondern schob ihn zur Seite. Die

Erde war nur noch eines von vielen sich munter drehenden Gestirnen, so unbedeutend wie ein paar Glühwürmchen. Er lebte unter Menschen, die den Namen Gottes im Munde führten, doch nicht an das glaubten, was ihre eigenen Lippen ihnen sagten.

Er fuhr fort, seine Flucht zu planen. Natürlich fanden sich in der riesigen Bibliothek Karten, auf denen Land und Meer, und auch solche, auf denen die Sterne verzeichnet waren. Er würde sich nach Osten bis zur Küste durchschlagen, von wo aus die Fahrtrouten der Schiffe in die Ostsee und zu den Häfen der Hanse und bis nach Pommern führten. Er war kräftig und überzeugt davon, jede erforderliche Mühsal ertragen zu können, um sich eine Schiffspassage nach Süden zu beschaffen, zurück in die Welt. Er hatte sorgfältige Kopien von Karten der Region angefertigt, auf denen er seine Route einzeichnete. Er wußte, wo er in den Vorratskammern der Küche ausreichend Proviant finden würde, um sich auf der langen Reise zu ernähren. Er hatte sogar schon die Pferde ausgesucht, die er mitnehmen wollte. Alles war bereit, und es war bald an der Zeit aufzubrechen, bevor der Winter einsetzte, bevor er den Verstand verlor. Die Zeit zum Aufbruch war gekommen – jetzt.

Doch die Sternenkonstellation, die über Raschid al-Kenzy am Himmel kreiste, war ihm nicht vertraut, und er lief Gefahr, vollständig vom Wege abzukommen. Er geriet in den Bannkreis eines anderen Planeten, plötzlich und unerwartet.

Es war ein Tag wie jeder andere, bis knarrend die Tür aufging und Raschid den Blick geistesabwesend von dem vor ihm liegenden Buch hob. Die Person, die eintrat, durchquerte den Raum und summte dabei vor sich hin. Regungslos beobachtete er die Frau, die bei jedem Schritt getrocknete Blumen über die mit Stroh bedeckten Dielen verstreute. Sie schaute nicht in seine Richtung, ja, sie schien seine Gegenwart nicht einmal bemerkt zu haben. Es war, als sei er unsichtbar. Er richtete seinen Blick wieder auf die Seiten und fuhr mit seinen Berechnungen fort. Er wußte, wer sie war: Heinesens Schwester. Raschid war ziemlich sicher, daß sie entweder unter einem schweren körperlichen Gebrechen litt oder aber ihr Geist in irgendeiner Weise gestört war. Es wäre ihr vermutlich kaum aufgefallen, wenn das Haus, das sie durchschritt, in Flammen gestanden hätte. Er steckte die Nase wieder in das Buch. Sie führte ein abgeschiedenes Dasein, wohnte im obersten Stockwerk des Nordflügels, den sie nur selten verließ, und wenn sie es tat, dann war es, als ob der Rest der Welt für sie nicht existiere, als ob sie auf einer Woge von Gedanken durchs Leben getragen werde.

Im Laufe der folgenden Tage tauchte sie immer wieder auf, und Raschid war in ihrer Anwesenheit zunehmend unbehaglich zumute. Seine Ruhe war dahin. Er hegte tiefes Mißtrauen, was ihr gesamtes Wesen und ihre Absichten betraf. Wenn Heinesen ein unbeschwertes, heiteres Gemüt besaß, dann war bei seiner Schwester, sie hieß Sigrid, offenbar das Gegenteil des Fall. Sie schien so gut wie nie mit irgend jemandem zu sprechen. Raschid sehnte Heinesens Rückkehr herbei.

Sie war nicht groß von Wuchs. Ihre Bewegungen strahlten die Ruhe fester Überzeugungen aus. Ihr Haar war kurzgeschnitten und unter einem schlichten schwarzen Tuch versteckt, was ihrer Erscheinung eigentlich etwas Unansehnliches hätte verleihen müssen, sie jedoch im Gegenteil nur um so verwirrender erscheinen ließ. Der bloße Klang ihrer Schritte erfüllte ihn mit Furcht und ließ ihn erbeben, obwohl er nicht hätte mit Worten beschreiben können, worin die Bedrohung bestand, die von ihr ausging.

Er hatte die Augen niedergeschlagen, konnte aber hören, daß sie stehengeblieben war. Er wagte nicht, auch nur verstohlen in ihre Richtung zu schauen, aus Angst, ihrem Blick zu begegnen. Er wagte es nicht, konnte jedoch nicht widerstehen. Im Raum war es so lange still gewesen, und so... ließ er, in einem passenden Moment, beim Umblättern einer Seite des großen Buches, seine Augen über das gewölbte Blatt hinweggleiten und hob den Blick. Sie war nirgendwo zu sehen! Sein Herz begann zu pochen. Vor zwei Dingen mußte man sich in acht nehmen, das war ihm aus den Lehren seines guten alten Fakih in Erinnerung geblieben: vor dem Meer und vor Frauen, die das »Zweite Gesicht« besaßen. Das Meer hatte er überlebt, doch vielleicht nur, um dieser noch mächtigeren Bedrohung zu erliegen. Ganz leise kletterte er von seinem Stuhl herunter. Tatsächlich, sie war spurlos verschwunden, hatte sich in Luft aufgelöst. Er stieß einen leisen Fluch aus und begann, religiöse Verse vor sich hin zu murmeln. Seine Bemühungen, sie ausfindig zu machen, wurden hastiger, weniger vorsichtig. Er machte einen Schritt vor, dann noch einen, schaute sich aufgeregt um, wandte sich nach links und rechts. Sein Ärmel streifte die Spitze eines mehr als mannshohen Quadranten, der auf dem Boden stand. Das Instrument geriet ins Wanken. Raschid machte einen Satz, und es gelang ihm gerade noch, es aufzufangen, bevor es auf dem Boden aufschlug. Behutsam brachte er das schwere Messinginstrument wieder ins Gleichgewicht. Und dann war sie plötzlich wieder da, aufgetaucht aus den Tiefen des Raumes wie der dünne schwarze Rauch einer Öllampe, der durch das Glas aufsteigt.

Keiner von beiden spricht ein Wort. Er senkt den Kopf und kehrt zu seinem Platz zurück, um sich wieder seiner Arbeit zu widmen. Wenige Augenblicke später hält er inne, als ihm bewußt wird, daß sie sich nicht vom Fleck gerührt hat. Er hebt erneut den Blick.

Das Licht vom Fenster links hinter ihr fiel auf ihr Gesicht. Sie stand in gebieterischer Haltung, die Hände vor den Hüften verschränkt. Sie hatte ein markantes Gesicht, stellte Raschid fest, ein energisches Kinn und eine hohe Stirn, die unter dem schwarzen Tuch verschwand, das sie fest um den Kopf geschlungen hatte. Aus dieser strengen Kopfbedeckung hatte sich eine winzige Strähne ihres feinen Haares gelöst und tanzte nun wie gesponnenes Silber auf den Sonnenstrahlen.

Raschid überlegte, ob er irgend etwas falsch gemacht hatte. Vielleicht war ihr klar, daß er sich nicht mehr der Aufgabe widmete, die ihr Bruder ihm gegeben hatte.

Heinesen, das fiel ihm nun wieder ein, hatte ihm einmal beiläufig erzählt, daß sie Gedichte verfaßte, die sie an den Abenden, wenn die beiden am Kamin saßen, vortrug. Raschid hörte diesen Lobeshymnen nur mit halbem Ohr zu. Er hatte noch nie von einer Frau gehört, die Gedichte schrieb, und er bezweifelte, ob man in der Sprache jener Menschen, die sich wie das Schnattern von Enten anhörte, so erhabene Empfindungen wie Poesie zum Ausdruck bringen konnte.

»Während ich, das muß ich bekennen, eine Begabung für Berechnungen, die Präzision von Quantifizierungen und Messungen habe, liegen ihre Stärken eher im intuitiven Bereich des Intellekts. Sie kann mit großer Klarheit in der Seele lesen und ist meiner bescheidenen Meinung nach eine der größten Autoritäten auf dem Gebiet des Ineinandergreifens von Sternen und Seele. Stundenlang kann sie über die Bedeutung von Giordano Bruno und die Hermetiker sprechen, über die *Prisca Theologica*, über die *anima mundi*. Ein ganz eigenes Gebiet des Denkens, das von allerhöchstem Wert ist, wenn man das Wesen des menschlichen Schicksals, wie es die Sterne beschreiben, deuten will, da stimmst du mir doch zu?«

Natürlich konnte Raschid dem weder zustimmen noch widersprechen, denn all diese Dinge waren ihm neu. Ja, in der Astrologie kannte er sich aus, und auch auf den Gebieten der Magie und der Traumdeutung besaß er einige Kenntnisse, doch diese Namen hatte er noch nie gehört. Er hatte keine Ahnung, welche Bedeutung ihnen zukam. Jetzt trug all das nur dazu bei, sein anfängliches Mißtrauen gegen die Frau zu bestätigen.

Raschid war der Gedanke gekommen, daß sie vielleicht gar keine Geschwister waren. Derlei war schon oft genug im Angesicht Allahs bezeugt worden und würde zweifelsohne so lange vorkommen, bis alle Beteiligten im Feuer der Hölle schmorten. Merkwürdig, daß beide, obwohl sie das passende Alter bereits überschritten hatten, nicht verheiratet waren. Die fruchtbaren Jahre einer Frau sind begrenzt, und wenn sie auch offensichtlich ein strenges, zweifellos unversöhnliches Wesen besaß, so war sie doch eine Frau, die noch Kinder zu Welt bringen konnte.

Doch wie dem auch sein mochte, für Raschid bestand kein Zweifel, daß eine Atmosphäre der Unruhe das ganze Haus erfüllte, seit dieses Geschöpf aus der Abgeschiedenheit aufgetaucht war. Tagein, tagaus saß sie da, kritzelte wie besessen Seite um Seite voll, arbeitete bis spät in die Nacht hinein, bis die Spitze der Feder in ihrer Hand zerbrach oder das Tintenfaß leer war oder ihr irgendein neuer Gedanke durch den Kopf schoß und sie alles andere beiseite schob.

Und so kam es, daß er eines Tages aufsah und sie schlafend fand, den Kopf auf den Tisch gelegt, die Hände auf der massiven Eichenplatte ausgestreckt. Ganz still und reglos schaute er sie an, gestattete seinen Augen zum ersten Mal, sie eingehend zu betrachten, ohne sich zu fürchten. Er konnte nur wenig sehen: das dunkle Haar, das unter dem Rand des schwarzen Tuches hervorkam. Während er sie anschaute, bewegte sie sich, und das Tuch rutschte ihr vom Kopf. Ihr Haar war glatt und sehr fein, wie dunkle Seide, dachte er. Als er die weichen Linien ihres Gesichtes studierte, konnte er nicht mehr begreifen, warum er sie gefürchtet hatte. Sie mußte etwa in seinem Alter sein, vielleicht ein oder zwei Jahre jünger. War es nicht undenkbar, daß ein Mensch mit einem solchen Gesicht irgend jemandem Schaden zufügen konnte?

Einige Blätter ihrer Aufzeichnungen waren auf den Boden gerutscht. Er überlegte kurz, beugte sich dann hinunter und schaute nach. Sie waren noch da. Er holte tief Luft und legte das Blatt, das er in der Hand hielt, beiseite. Noch immer hatte sie sich nicht gerührt. Hinter ihm knisterte das Feuer zufrieden vor sich hin. Er zögerte nicht länger. Leise rutschte er von seinem Stuhl und ging auf dem Boden in die Knie, um die herabgesegelten Blätter aufzusammeln. Er nahm jedes einzelne in die Hand, drehte sie ein ums andere Mal um, versuchte, aus ihnen schlau zu werden.

Auf diese Weise also wies sie ihm den Weg zu den Werken der Heiden.

»Hebdomadae«, las er langsam.

Und genau in diesem Moment bewegte sie sich. Er wurde zu Stein – hörte auf zu atmen. Plötzlich erwachend, hob sie den Kopf. Ihr Blick wanderte in seine Richtung, und dann, als sie ihn auf dem Boden hocken sah, fuhr sie erschrocken zurück, stieß einen Schrei aus und stürzte zu Boden. Alle beide erstarrten in ihrer Stellung, wie zwei verängstigte Tiere, er auf den Knien und sie auf der Seite liegend, mit einem Fuß hängengeblieben an dem Stuhl, der neben ihnen lag. Sie atmete schwer und begann eilig, die Blätter aufzusammeln und ihre Kleider glattzustreichen. Er streckte die Hand aus, um den umgestürzten Stuhl wieder aufrecht hinzustellen. Ihre Hand streifte seine, als sie allzu hastig versuchte, es selbst zuwege zu bringen. Er räumte das Feld und zog sich auf seinen Stuhl zurück, dann senkte er den Blick und vergrub die Nase wieder in seine Arbeit.

Erneut kehrte Stille ein. Noch war zwischen ihnen kein Wort gefallen.

28. KAPITEL

»*Hebdomadae*«, hörte Raschid sich endlich sagen.

Sie legte die Hände auf das vor ihr liegende Buch, klappte es entschlossen zu und sah auf.

»*Hebdomadae*«, wiederholte er, »was bedeutet das?« ohne zu zögern, ergriff sie das Wort, den Blick fest und unverwandt auf ihn gerichtet, die gefalteten Hände entspannt auf ihre Notizen gelegt. »Veröffentlicht 1589 in Venedig von Fabio Paolini. Es enthält Ficinos Theorie der Magie. Es gibt einen Überblick über Kosmologie und Astrologie, die Grundlagen der Magie.« Ihr Spanisch war besser als das ihres Bruders.

Raschid runzelte die Stirn. »Aus welchem Grund hat man ein solches Werk herausgebracht?«

»Die Tatsache, daß wir existieren, ist Grund genug.« Raschid erinnerte sich, daß Heinesen bei irgendeiner Gelegenheit erwähnt hatte, sie habe sich das Spanische selbst angeeignet, während er auf Reisen in diesem Land war. Im Verlauf seiner Abwesenheit hatten die beiden in dieser Sprache korrespondiert, so stark war ihre Verbundenheit mit dem Bruder, so stark ihre Zielstrebigkeit. Ihre Aussprache jedoch war sonderbar, denn sie hatte das Spanische nie zur Konversation, sondern einzig und allein zum Zwecke des Lesens und Schreibens benutzt. Sie sprach selbstsicher, aber dennoch mit einer Unbeholfenheit, die sie ärgerte – als ob die Worte, sobald sie ihr auf der Zunge lagen, schon zu entschlüpfen drohten. Die Grammatik beherrschte sie besser als er. Ihre Ausdrucksweise erinnerte ihn an die Gespräche der alten jüdischen Gelehrten des Mudadschan-Viertels in Algier.

Sie redete jetzt mit außerordentlicher Geschwindigkeit. Nachdem sie mit Paolinis *Hebdomadae* den Anfang gemacht hatte, stürmte sie weiter, so schnell, daß ihm der Kopf schwirrte. Ihr Studium des betreffenden Werkes sei noch keineswegs abgeschlossen, die eigentliche Quelle habe sie bislang nur flüchtig gestreift, nämlich die Schriften eines Engländers namens John Dee. Ob er das Werk John Dees kenne? Raschid schüttelte verständnislos den Kopf. Sie galoppierte ungerührt weiter.

John Dee habe das mathematische Vorwort zu Billingsleys Übersetzung des Euklid ins Englische geschrieben. Er befürworte die Theorie des Agrippa in *De Occulta Philosophia*, wonach das Universum in drei Welten unterteilt wird.

»In der ersten, der irdischen Welt, arbeitet der Magus mit den Mitteln der natürlichen Magie. In der mittleren oder himmlischen Welt bedient er sich der mathematischen Magie. Und im Raum jenseits des Firmamentes arbeitet der Magus mit den Mitteln numerologischer Konfigurationen.« Sie war in der Tat großartig, wenn sie in Fahrt kam, und nahm sich, so schien es Raschid, kaum Zeit zum Luftholen. Nie zuvor hatte er eine solche Begeisterung erlebt. »Dee glaubt, mit Hilfe bestimmter Zahlen könne man Engel herbeirufen.«

Ebenso plötzlich, wie er begonnen hatte, kam ihr Redefluß zum Stillstand. Raschid war ratlos. Beschwörung von Engeln mit den Mitteln der Magie?

»Ich muß gestehen, daß es mir schwerfällt, den unmittelbaren Nutzen solch allzu ausgefallener Theorien einzusehen.« Endlich hatte er seine Sprache wiedergefunden. Eigentlich hatte er sagen wollen, mit derlei verschreibe man sich seiner Meinung nach einer trivialen und falschen Art der Magie, die mit den erhabenen Sphären wenig zu tun habe. Sie blieb gelassen und gab freundlich zu bedenken: »Überrascht es dich nicht, daß das erste auf Geheiß von Cosimo de Medici ins Lateinische übersetzte griechische Werk nicht Plato, sondern das *Corpus Hermeticum* des Hermes Trismegistos war?« Doch, das überraschte ihn. Woher hätte er so etwas wissen sollen? Ihre Stimme rieselte durch den muffigen Raum, als sickere eine mit Kraftströmen erfüllte Tinte in seinen Kopf. »Spricht das nicht für die Bedeutung dieses Werkes?«

»Ich kenne diesen Hermes Trismegistos nicht«, murmelte er. All die Tage in seinem Leben, die er von früh bis spät über Worten und Büchern gebrütet hatte, schienen plötzlich in Frage gestellt, wurden matt und grau wie verblassendes, allmählich von der Dunkelheit verschlucktes Sonnenlicht.

Sie raffte ungeduldig die Röcke, erhob sich und legte ihre Hände einen Moment lang auf den breiten, reich verzierten Tisch, an dem er arbeitete. Das Kleid, das sie trug, war indigoblau, der Stoff steif vor Stärke. Die Knöpfe ihres Überkleides waren aus glattem, geschnitztem Bein gefertigt. Das Rauschen der zahllosen Schichten ihrer Röcke war wie das träge Wogen von Gewächsen auf dem Meeresgrund. Er lernte allmählich, sie anzuschauen, ohne zu zittern oder sich vor ihr zu verstecken, sondern ganz direkt, wie ein menschliches Wesen einem anderen ins Angesicht schaut. Seine Augen verrieten ihn, huschten unablässig hin und her, nahmen nur Bruchstücke wahr, Ausschnitte, von ihren Ärmeln herabhängende lose Fäden, eine im Licht tanzende Haarsträhne.

Hermes Trismegistos war ein ägyptischer Priester, erklärt sie ihm, ein Zeitgenosse von Moses, auch unter dem Namen Idris bekannt. Wie der Mensch erschaffen wurde, habe er so beschrieben: Zuerst wurden das Licht und die Elemente der Natur erschaffen, dann der Himmel mit den sieben Planeten, die er die Regenten nannte. Danach wurde der Mensch erschaffen. Als Adam die Geheimnisse der göttlichen Macht zu ergründen suchte, wurde er für seinen Ungehorsam aus dem Garten Eden vertrieben, erlangte jedoch Hermes zufolge die Herrschaft über die Natur durch das Bewußtsein seiner Verbundenheit mit dem Kosmos wieder. Die sieben Regenten liebten ihn, und jeder von ihnen trat einen Teil seines Herrschaftsgebietes an ihn ab.

Zunächst hatte Raschid den Eindruck, er sei in eine Welt dilettantischer Spekulationen hineingeraten – etwas vollkommen Neues für ihn. Die Ideen, die diese Frau vortrug, waren bestenfalls wilde Mutmaßungen, schlimmstenfalls offene Befürwortung heidnischer Abgötterei, Anbetung der Natur und der Planeten. Im Stillen betete er zum allmächtigen Schöpfer, er möge ihm vergeben, daß er sich überhaupt auf derlei Phantastereien einließ. Doch er ist bereits davon in Bann gezogen. Seine Ohren hungern nach mehr, denn diese Geschichten sind ebenso verführerisch und staunenswert, wie viele andere, die er gehört oder gelesen hat, und sie sind der Schlüssel. Er ist gefesselt, wie hypnotisiert. Sie hat begonnen, ihm die Geschichte der Welt zu erzählen, die sie bewohnt, die Geschichte der Luft, die sie atmet. In kürzester Zeit überhäuft sie ihn mit Neuem, Theorien über Statuen und Uhren und die Beseelung des Mechanischen. Die Mechanik der Uhr sei das Mittel, die *anima mundi,* die Seele des Universums, zu entschlüsseln.

Er greift nach einem Strohhalm. »Dann ist also die Zeit der Schlüssel?« fragt er. Sie schüttelt den Kopf, nicht die Zeit allein. Zeit und Raum. Die Perspektive. Alles ist eine Frage der Perspektive, sagt sie. Der unendliche Raum ist erfüllt von einer unendlichen Zahl von Einzelseelen, und diese unendlich vielen Einzelseelen haben teil am unendlichen schöpferischen Werden des Universums. Sie spricht jetzt über Giordano Bruno, den Häretiker. Raschid sitzt mit offenem Mund da, wartet auf die sprichwörtlichen Fliegen. Für die Gedanken, die Bruno auszusprechen wagte, hat man ihn in Rom auf den Scheiterhaufen gebracht und bei lebendigem Leibe verbrannt. Das ist erst zehn Jahre her. Er hatte behauptet, die Sonne sei die Quelle allen Lebens und jeder Energie. »Die Erde bewegt sich, weil sie lebendig ist, sie lebt!« sagte Bruno. Sie verstreuten seine Asche in alle Winde, weil er zu behaupten gewagt hatte, das Universum sei grenzenlos.

»Kommt darin nicht das Wunder des Lebens vollkommen zum Ausdruck?« fragte sie ihn. Er hatte keine Ahnung, was darin zum Ausdruck kam, doch dieser poetische Sinn, den sie in die Welt hineinlegte, machte ihm angst. »Die Erde, auf der wir gehen, ist lebendig. Denk nur an die Bäume und den Wind, denk an das Licht der Sonne ... « Sie brach unvermittelt ab, denn ihre Gedanken waren bereits davongaloppiert, und sie hatte den Faden verloren.

Worin lag der Unterschied zwischen den Gebräuchen der Ungläubigen und denen der Gläubigen? Auch ihn würde man zweifellos bei lebendigem Leibe verbrennen, wenn er in die Heimat zurückkehrte und derartige Ideen zum besten gab, und dennoch ...

Sie führte ihn einen Weg entlang, fütterte ihn mit Bruchstücken und Bröckchen, damit er auf der richtigen Fährte blieb. Es war schwierig, die unregelmäßigen Bewegungen der Planeten zu erklären. Wenn man dem Ptolemäischen Modell folgte, das die Umlaufbahnen der Gestirne als konzentrische Kreise beschrieb, wie erklärte man dann die veränderlichen Abstände zwischen den Planeten?

Ein Kreis ist also nicht länger ein Kreis.

Wären Raschid solche Ideen in Aleppo oder Damaskus zu Ohren gekommen, so hätte er ohne Zweifel mit allen anderen darüber gelacht. Soll denn die Erde nun ein Götze werden, ein Gott? Aber er ist nicht in Damaskus, er befindet sich im Gürtel der Siebenten Zone, die dem großen Gelehrten Ibn Chaldun zufolge für die Ansiedlung des Menschen ungeeignet ist. Doch damit nicht genug, er befindet sich im »Schloß der Sonne«, und er ist allein. Er muß selbst entscheiden, was richtig und was falsch ist.

Und der Beweis ist ihm bereits vorgelegt worden: die hell aufflammende *Stella Nova*, beobachtet von Tycho Brahe, dem »Alten Eisenzinken«, wie Heinesen seinen früheren Meister nennt, dem Astronomen am Königshof in diesem Land des Eises und des Wassers. Er entdeckte einen neuen, im Zeichen der Kassiopeia leuchtenden Stern. Während die Konstellation emporstieg, veränderte sich der Winkel des Sternes, was bewies, daß sich die Nova weit hinter den Planeten befand. Es gab also Bewegung und Veränderung. Die Sterne waren nicht in einem Kristallgitter fixiert, wie Aristoteles behauptet hatte. Wenn dies zutraf, war alles, was man zuvor für feststehend und unveränderlich gehalten hatte, tatsächlich in Bewegung. Wo man Stille und Ruhe angenommen hatte, gab es keine mehr. Natürlich konnte es sein, daß er sich geirrt hatte, doch die Berechnungen lagen vor, und die Messungen waren mathematisch plausibel. Ein neuer Stern.

Raschid hatte das Gefühl, daß er nur langsam vorankam. Seine Geschwindigkeit beim Lesen erhöhte sich allmählich, doch die Berge von Wissen, die er anschließend zu verdauen hatte, wurden ebenfalls immer höher. Sein Geist bewegte sich in Zuckungen, wie die Läufe einer sterbenden Gazelle.

Sie arbeiten sich vor bis zu Kopernikus.

Zweifellos angeregt durch die Schriften von Bruno, sprach Kopernikus über die Natur und darüber, daß die Bewegung der Erde eine natürliche, nicht erzwungene Bewegung sei. »Was immer dem Lauf der Natur folgt, ist gut und wohl geordnet.« Raschid runzelt verwirrt die Stirn. Befürwortete dieser Mann etwa eine Rückkehr auf die Stufe der Tiere? Die Natur den Errungenschaften des Menschen überlegen? Bevor der Mensch den einen wahren Gott kannte, war die Welt erfüllt von der Dunkelheit der Dschahiliya.

Ein Zeitalter der Unwissenheit, bewohnt von Götzen und heidnischen Göttern, die Menschenopfer verlangten. Konnte es sein, daß nun die Sterne selbst solch ein Objekt der Anbetung geworden waren? Kopernikus, der Sohn eines polnischen Kaufmanns, hatte gesagt, es habe wohl den Anschein, als drehe sich der Himmel, in Wirklichkeit handele es sich jedoch um eine tägliche Umdrehung der Erde. Von einem Schiff aus, das auf ruhiger See dahinsegelt, scheint sich alles Ferne zu bewegen, tatsächlich aber ist es das Schiff, das sich bewegt. Solche Argumente schlagen ihre Klauen in seinen Schädel und setzen sich dort hartnäckig fest.

Dann spricht sie über Architektur, über die Bauwerke von Brunelleschi und Alberti in Florenz. Die Lehre von der Zentralperspektive faßt die Welt als etwas, das durch das menschliche Auge wahrgenommen wird. Das Auge des Menschen ersetzt das Auge Gottes. Eine geringfügige Verschiebung, ein kleiner Schritt, mehr nicht. Was wir sehen, ist die Wahrheit.

»Deine Perspektive verändert sich«, sagt sie. »Davor braucht man sich nicht zu fürchten.«

Es ist wahr, die Welt ist in eine Schräglage geraten, und Raschid hat entsetzliche Angst, er könne im nächsten Moment davonsausen in die schwarze Nacht der dahinter liegenden Leere.

Sie winkt ihm, und er folgt ihr. Sie hat begonnen, ihn Dinge zu lehren, von denen er sich nie hätte träumen lassen.

Tagelang war Raschid wie gelähmt. Er fühlte sich hilflos und taub, als sei die Summe all dessen, was er bislang gelernt hatte, weniger als eine Handvoll Staub. Doch selbst das, begriff er erschrocken, stimmte nicht.

Bei der Betrachtung der Diagramme, die sie ihm gezeigt hatte, war ihm der Gedanke gekommen, daß dieser Kopernikus die Ideen von Nasir ad-Din at-Tusi gekannt haben mußte.

»Wer?« fragte sie.

Nasir ad-Din at-Tusi war der Gründungsvater der Schule von Maragha. Raschid holte tief Luft. Alles begann mit Hulagu, einem Enkel von Dschingis Khan, der seine Chancen, in allen Schlachten den Sieg zu erringen, erhöhen wollte, indem er seinen Astrologen und Sterndeutern einen Ort schenkte, an dem sie in Frieden arbeiten konnten. Er versammelte die klügsten Köpfe des Landes und erbaute ihnen in Maragha in Aserbaidschan ein Observatorium, das von at-Tusi geleitet wurde, einem auf so vielen Gebieten befähigten Mann, daß man munkelte, selbst der Gründer der mongolischen Dynastie höchstpersönlich hüte sich, sein Feingefühl zu verletzen. Hier konstruierten sie Modelle, in denen es nur Kreisbewegungen mit konstanter Geschwindigkeit geben durfte. Ptolemäus hatte den Ausgleichspunkt erdacht. Die Philosophen von Maragha bedienten sich seiner. Mit Hilfe dieses imaginären Punktes gab es für jeden Planeten einen Ort im Universum, von dem aus sich seine durch Winkel gemessene Geschwindigkeit als konstant erwies.

Astronomen aus West und Ost trafen ein, aus Kastilien, aus Goa, Chinesen aus Szetschuan. Alle kamen aus Bewunderung für den großen Gelehrten in Maragha zusammen. Bahnbrechende Entdeckungen gab es allerdings nicht. Die Arbeit wurde mit großer Sorgfalt und Systematik betrieben. Niemand stellte die von Ptolemäus aufgestellte überkommene Theorie der Sphären in Frage. Bei aller Brillanz des Zidsch von Muhyid-Din al-Maghribi und später des Werkes von Mu'aiyad ad-Din al-Urdi aus Damaskus, auf dessen Abhandlung über die Gestalt des Universums Ibn asch-Schatir indirekt Bezug nimmt – in keinem dieser Werke wurde die Grundannahme, daß die Erde den Mittelpunkt des Universums bildet, angezweifelt.

Und warum auch?

An manchen Tagen hatte er das Gefühl, sich im Kreise zu drehen, immer schneller, wie ein Hund, der seinem eigenen Schwanz hinterherjagt. Ein Teil von ihm sehnte sich danach, wieder in den Häfen der wüsten Ausschweifungen, wieder ein unwissender Flüchtling zu sein.

Er lag auf dem Rücken und starrte in die Dunkelheit. Er gewöhnte sich an, lange Spaziergänge zu machen, wanderte stundenlang durch die Felder, die Füße vor Kälte zu Holzklötzen erstarrt. Die kastanienbraunen Pferde rieben ihre Nüstern an der Erde. Raschid bewunderte die kleinen, gedrungenen Tiere. Einige von ihnen waren nicht größer als Maultiere, doch sie konnten einen Mann tagelang tragen, ohne zu ermüden. Die Zeilen und Worte begannen vor seinen Augen zu verschwimmen. Sie verrutschten und schoben sich ineinander, als ob sie sich auf dem Papier verflüssigten. Er konnte keine weitere Zeile mehr lesen.

Stets hat er sich auf die Beweise der Mathematik verlassen. Daran glaubt er so fest, wie er überhaupt an irgend etwas glaubt. Wenn die Schlußfolgerung, zu der diese Gleichungen ihn führten, in einer Widerlegung von Gottes Wort bestand, dann war er in der Tat verloren. Ist die Wahrheit eine Frage der Geographie? Könnte es sein, daß das, was er hier in diesem Landstrich für die Wahrheit hielt, andernorts nicht galt? Sein Geist begann, ihm Streiche zu spielen.

29. KAPITEL

Unsichtbar gleitet der Skorpion am blaugesäumten Satin des Nachthimmels entlang. Raschid hat ihn noch deutlich vor Augen, erinnert sich, wie er ihn, erfüllt von Staunen und Ergriffenheit, am Himmel über der Akademie betrachtet hat, wenn er, wie so oft, draußen einschlief, seine Decke ein Baldachin aus Sternen. Jetzt schlief er über den Büchern ein. Die Kerze war fast heruntergebrannt, und der kleine eiserne Ofen an der Wand gab kaum noch Wärme ab. Er erwachte zitternd vor Kälte, die Glieder steif von der unbequemen Stellung. Zermürbt von einer Nacht, in der ihn Träume und Dämonen gepeinigt hatten, kroch er auf den Fußboden, wickelte sich in alle verfügbaren Decken, schloß die Augen und schlief erschöpft wieder ein.

Selbst im Schlaf drehten sich seine Gedanken rastlos im Kreis, trudelten durch Wellen warmer Luft auf der Suche nach einem Orientierungspunkt, der ihm zeigen würde, welcher Weg der richtige war.

Sein Kopf war vollgestopft mit Wissen, den Bergen von Büchern, die er begierig verschlungen hatte. Das alles war ihm doch vertraut, warum fand er es dann so verstörend? Die Sprachen, die er so lange nicht benutzt hatte, brachten seine Hände zum Flattern wie ein jagender Puls. Er konnte keine Ruhe finden. Noch im Schlaf bewegten sich seine Lippen, wenn er Zeile um Zeile die Seiten durcharbeitete, die sich in sein Gedächtnis eingegraben hatten.

Er redet sich ein, der Grund für sein wachsendes Unbehagen sei eine Art Heimweh, eine Folge des Klimawechsels, der klammen Feuchtigkeit, die ihm wie Fäulnis in den Knochen sitzt. Doch er weiß, daß es nicht wahr ist, daß es nicht an der beißenden Kälte liegt, nicht an den Schmerzen in seinem Rücken oder daran, wie die Bäume in diesen Breiten abzusterben scheinen, ja nicht einmal an der Abwesenheit der Sonne, die Helioborg eine kaum zu beschreibende Aura der Trostlosigkeit und des Elends verleiht. Und es liegt auch nicht daran, daß er in den Sternenkonstellationen, die sich am Himmel über ihm nur verschwommen durch Dunst und Nebelschwaden blicken lassen, nichts Vertrautes mehr entdeckt. Was ihn zutiefst verstört, sind die endlosen Kanäle, durch die ihn wieder einmal Worte führen, denen er blindlings folgt.

Und er ist von Angst und Schrecken erfüllt. Tag für Tag.

Angst bei dem Gedanken an das Chaos jenseits des Mysteriums der Sieben Himmel, die der Schöpfer aller Dinge geschaffen hat. Angst vor den Mächten des Bösen, die nur durch jenes schwache Gitterwerk aus Licht in Schach gehalten werden, ein tödlicher Schrecken, den der Mensch in seiner törichten Eitelkeit und seinem Streben nach Allmacht eines Tages entfesseln wird. Angst bei der Vorstellung, er könne das einzige, was ihm sein Leben lang Kraft gegeben hat, verlieren – seinen Glauben. Er betet nicht mehr. Seine Furcht steht in unmittelbarem Zusammenhang mit der Ehrfurcht, die er empfindet, wenn er über die schiere mathematische Schönheit jenes komplizierten Systems nachdenkt, das so viele Bewegungen gleichzeitig beschreiben kann. Je stärker sein Wissensdurst, desto schwächer wird sein Glaube. Er fürchtet, daß sein Kurs ihn zu einem Hafen geführt hat, wo Chaos stiftende Mächte herrschen, die so stark sind, daß er ihnen nicht entkommt, und die Frage, ob er es mit einer solch verwirrenden Vielfalt aufnehmen kann, treibt ihn zur Verzweiflung. Er fürchtet, all sein hart erarbeitetes Wissen könne ihn im Stich lassen beim ersten Zeichen, daß seine Welt zusammenbricht. Er hat die ersten Schritte in das dunkle Labyrinth des Zweifels gemacht.

Der Regen ist endgültig vorüber, statt dessen sind überall winzige Körnchen Schnee versprenkelt, als habe jemand Salz verstreut. Über den Dächern der Gebäude, die den rechteckigen Hof säumen, ist jetzt völlige Stille eingekehrt. Die neue Jahreszeit hat alles in ihr seltsames Licht getaucht: die Ställe, das große Haus. Stundenlang sitzt Raschid reglos da. Er hat schon früher Schnee gesehen, auf den Gipfeln der sonnenbeschienenen Berge oberhalb der Akademie. Erst jetzt kommen ihm die Wunder dieser

Welt wieder zu Bewußtsein, als wären seine Sinne zuvor abgestumpft gewesen von den vielen Stunden, in denen er sich in der tintenverschmierten Armillarsphäre aus Büchern vergraben hat. Nun sah er, wie schnell und umfassend sich die Welt verwandeln konnte. Eines Nachmittags wurde er auf dem Weg vom Hauptgebäude zum Torhaus von einem Schauer leichter, flaumiger Schneeflocken überrascht und blieb staunend stehen, ohne zu bemerken, welch vergnüglichen Anblick er Klinke bot, der ihn von den Ställen aus kichernd beobachtete. Die Flocken landeten auf seiner Nase und zerschmolzen zu Wasser. Er stand da wie ein kleines Kind, während ihn das Gestöber wie ein Schwarm Schmetterlinge mit milchweißen Flügeln umwirbelte.

Sein Denken ist aus der Bahn geworfen, und vielleicht gibt es kein Zurück. Natürlich hätte er wissen müssen, daß man immer einen Preis zahlt, daß niemand sich auf unbekannte Wege wagt, ohne ein Risiko einzugehen. Daß die Gefahren, auf die man sich vorbereitet hat, nicht immer die wirklich bedrohlichen sind. Viele Dinge treten erst im Laufe der Zeit klar zu Tage, und wer dann noch umkehren will, braucht etwas mehr als nur die Sehnsucht. Er hatte sich ganz und gar dem Studium hingegeben, mit einem unschuldigen Wissensdurst, den er von früher kannte und der, das hätte ihm klar sein müssen, falsch war. Jeder Abschied verlangt Opfer. Selbst er, ein Mensch, dessen ganzes Leben ein ständiges Ankommen und Fortgehen gewesen war, wußte sehr wohl, daß jeder neue Aufbruch ein wenig mehr Mut erfordert als der letzte. Und am Ende ist dies vielleicht sein Schicksal.

Allmählich begriff er, daß er, ohne es zu wollen, auf etwas Einzigartiges gestoßen war. Eine Idee, die ebenso gefährlich wie umwälzend war. Die Trennung von Glauben und Vernunft war im Osten unbekannt. Die Ideen dieses Kopernikus wären von seinen Mitschülern und Lehrern mit einem Lachen abgetan worden. Den festen Halt der Sieben Himmel des Allmächtigen aufgeben? Was dann übrig bliebe, war das Nichts. Doch langsam wuchs seine Überzeugung, daß genau dies seine Lebensaufgabe war: die Wahrheit zu enthüllen. Mit diesem Wissen nach Hause zurückzukehren, wäre sicherlich eine weitaus größere Leistung, als ein mechanisches Instrument heimzubringen, ganz gleich, welch strategischen Wert es haben mochte. Dann wäre sein Leben mehr als nur ein mühsamer Weg der kleinen Schritte, würde neue Bedeutung erlangen, ein Werkzeug des Wandels werden. Wenn er Kurier dieses Wissens wäre und die unanfechtbaren Beweise den gelehrtesten Männern am Hofe des Sultans vorlegte, würde er fürstlicher als in seinen kühnsten Träumen belohnt werden, doch vor allem würde sein Name ins Buch der Geschichte eingehen als der Name des Mannes, der einen weiteren Funken Licht in die finstere Höhle menschlicher Unwissenheit gebracht hätte. Wäre dies nicht ein viel größerer Verdienst als jegliche Belohnung? Es war natürlich ebensogut möglich, daß sie ihn für einen Abtrünnigen hielten und ihm den Kopf abschlugen.

Er wandte sich wieder seinen Fluchtplänen zu und begann, die erforderlichen Schriftstücke und Karten zusammenzusuchen. All das würde er mitschleppen müssen. Er machte sich daran, seine eigenen Aufzeichnungen noch einmal durchzusehen, denn er wollte sich vergewissern, daß er in seiner Hast nichts übersehen hatte. Nun, da seine Abreise aus diesem Teil der Welt unmittelbar bevorstand, war er von neuer Zielstrebigkeit erfüllt. Sobald seine Belege vollständig waren, würde er verschwinden. Auf der Stelle.

Doch die Sterne haben ihre Konstellation verändert, und ob er wacht oder träumt, stets muß er an sie denken. Immer stärker fühlt er sich zu ihr hingezogen und kann diese seltsame Anziehungskraft selbst nicht begreifen. Das Verlangen, ihr nahe zu sein. Sie war von etwas getrieben, das er nicht ergründen konnte, er hätte nicht einmal sagen können, ob es die Suche nach Wahrheit oder der schiere Wahnsinn war. Doch was immer es sein mochte, er war wie hypnotisiert von ihren traumwandlerischen Bewegungen und ihren grünen Augen. An dieses Gefühl wird er sich erinnern, denn es wird noch oft wiederkehren, ihn überfallen, in seinen Eingeweiden rumoren, so daß er sich im Schlaf vor Schmerzen krümmt. Er ist nicht mehr Herr über seinen Verstand.

Sie haben begonnen, einander in dem großen leeren Haus zu umkreisen – alles andere ist in den Hintergrund getreten. Es hat den Anschein, als bewegten sie sich in Umlaufbahnen um denselben imaginären Raum, dessen Grenzen nicht klar definiert, aber spürbar sind. Daß es diesen Raum gibt, ist beiden bewußt, und das Vertrackte daran ist die Tatsache, daß sie ihn weder besetzen noch ignorieren können.

Im warmen Schein des Feuers und unter dem bleiernen Gewicht des Spätnachmittags läßt er den Kopf auf den Tisch sinken und schläft ein. Die Feder rutscht ihm aus der Hand und segelt sacht zu Boden. Er hört nicht, wie die Tür geöffnet wird. Er hört nicht, wie sie durch die sanft schwingenden Zweige seiner Traumgespinste gleitet, hört ihre Schritte nicht, als sie nähertritt. Sie beugt sich über den Tisch, um einen Blick auf die Schriftstücke zu werfen, die er vor sich ausgebreitet hat. Ehe sie sich zum Gehen wendet, zögert sie, bückt sich rasch, hebt die Feder vom Boden auf und legt sie neben seine reglose Hand. Dann ist sie fort.

Er beobachtet sie, wartet auf ein Zeichen. Auf irgendeinen Hinweis, daß auch sie von dem Fieber ergriffen ist. Er fragt sich, wie alt sie sein mag – vielleicht drei oder vier Jahre jünger als er, nicht mehr, und er ist tief beeindruckt von der Schärfe und Klarheit ihres Verstandes. Sie weiß so viel! Sie hat sich der Wissenschaft verschrieben, mit Haut und Haar, ganz selbstsüchtig: Nichts anderes hat je ihr Interesse geweckt. Das verbindet sie.

Seine Gedanken sind abgeschweift, sein Blick wandert ziellos über die Seiten, so wie er selbst in seiner Kindheit durch die Obstgärten gewandert ist. Seine Erinnerungen, die Geräusche, die Düfte, sind tief in seinem Körper vergraben. Der Duft von Tamarinde, Jasmin und Aprikosen – all das ist schon verblaßt. Er fürchtet, daß es ihm irgendwann im Laufe der Zeit verlorengehen, daß er selbst nicht mehr wissen wird, wer oder was er ist. Die Farben seiner Erinnerung sind in diesem schwachen Licht matt geworden, nurmehr Schattierungen von Grau. Er ist nicht mehr heimisch im klaren Licht linearer Sonnenstrahlen, sondern fürchtet, daß er nun in die Bereiche des Halbschattens eingetreten ist, wie sie bei einer Mondfinsternis zu beobachten sind – die Penumbra. Was sie trennt und zugleich unwiderstehlich zueinander hinzieht, ist das Unausgesprochene – das und die gemeinsame, ebenso unausgesprochene Verschwörung gegen die Unmöglichkeit ihres Zusammenseins. Er versucht, ein paar Brocken ihrer Sprache zu sprechen, bewegt schwerfällig die Zunge und läßt die Laute wie Steine im Mund herumrollen. Seine Bemühungen sind linkisch und unbeholfen, doch zu seinem Entzücken entlocken sie ihr ein leises, perlendes Gelächter, das den Ausdruck angestrengter Konzentration in ihren Zügen einen Moment lang vertreibt.

Doch wo in diesem verwirrenden Kreuz und Quer der Sprachen hätten sie einander begegnen können?

An dem Tag, an dem sich der bemerkenswerte Vorfall ereignete, saß er allein in der Bibliothek. Völlig vertieft beschäftigte er sich mit dem Einfluß von at-Tusis Thesen auf das Denken von Kopernikus. Wenn sich zwischen den Überlegungen eines ehrwürdigen Gelehrten wie at-Tusi und den radikalen Theorien eines Ungläubigen wie Kopernikus eine Verbindung herstellen ließe, dann schienen dessen Ideen vielleicht gar nicht mehr so abwegig wie auf den ersten Blick. Und wenn es ihm nun gelänge zu zeigen, daß zwischen den beiden offensichtlich getrennten Welten von Osten und Westen ein gedanklicher Zusammenhang bestand? Wenn er doch nur herausfinden könnte, ob Kopernikus at-Tusis Werk gekannt hatte oder nicht, dann... ja, was dann? Er ist nur ein einfacher Mann, sagt er sich. Er kann diese neuen Ideen nur dann begreifen, wenn er sie mit seinem eigenen Wissen verknüpfen kann. Bestimmt waren Kopernikus die Schriften der Hermetiker vertraut gewesen. Die Grenze zwischen dem, was wir wissen – was wir stichhaltig beweisen können – und dem, was wir glauben, ist unscharf und tritt erst dann deutlich zutage, wenn sie nicht in der dünnen Luft der Intuition belassen wird. Ideen wie die einer universellen Lebensenergie oder eines beseelten Universums sind eine Sache des Glaubens, der Intuition. Kopernikus hatte seiner Intuition vertraut und sich dann darum bemüht, seine Hypothesen mit Beweisen zu erhärten.

Trotz ihrer Kraftlosigkeit schien die Sonne sich nun aus den Bäumen im Süden befreien zu wollen, die sie so viele Monate dicht über der feuchten Erde festgehalten hatten. Raschid sann darüber nach, wie anders die Erde hier war. In diesen Breiten schien sie zu altern und zu sterben. Klinke betrat mit einem Stoß Brennholz unter dem Arm den Raum und machte sich daran, mit schwerfälligen Handgriffen den Kamin zu schüren. Rauch sickerte in seine Adern, und als Raschid, von der Helligkeit geblendet, einen Moment lang erschöpft die Augen schloß, sank er sofort in einen tiefen Schlaf. Er trieb auf einem warmen Strom dahin. Dann steht er am Kai in Algier. Er ist ein Geschichtenerzähler, und sein Publikum ist das Meer. Seine Geschichte ist ein Dämon, ein Fieber, das ihn nicht mehr losläßt. Er muß immer weitersprechen. Eine Geschichte geht in die andere über. Er darf nicht aufhören, denn wenn er das täte, was würde das Meer dann tun?

Und plötzlich war sie da, wie ein winziges Detail aus einem Winkel seines Traums, das mit einem Mal in den Vordergrund tritt. Sie saß ihm gegenüber an dem großen Tisch. Er hustete und räusperte sich verlegen, weil er bei einem Nickerchen ertappt worden war. Keine Regung ließ darauf schließen, daß sie ihn überhaupt wahrgenommen hatte, doch er glaubte, für einen Augenblick ein kaum verhülltes Lächeln auf ihrem Gesicht gesehen zu haben. Sie schaute nicht auf, und das Licht der tiefstehenden Sonne, das durch das Fenster hereinflutete, ließ schimmernde Gold- und Silberfäden in ihrem Haar aufleuchten. Sie hielt den Kopf gesenkt und schrieb wie besessen. Beim Anblick ihres Nackens, auf den der Schatten des Fensterrahmens fiel, durchfuhr ihn ein Schauer. Sie saß vornübergebeugt, ein wenig abgewandt vom Licht, die Finger ihrer linken Hand in einem beredten Bogen vor sich auf dem Papier.

Dann hob sie den Blick.

Genau in diesem Moment traf ein Sonnenstrahl ihre Augen, blitzte auf, und plötzlich war der Raum von einem Gefunkel graublauer Wärme erfüllt. Er verlor den Boden unter den Füßen, versank in einem Meer flüssigen, geschmolzenen Lebens. Was hatte sich verändert? Es waren dieselben Augen, die er seit Wochen und Monaten sah, deren Blick er so oft ausgewichen war, und es war dieselbe Sonne, der er, wann immer sie sich zeigte, sein Gesicht zugewandt hatte wie eine Eidechse, dieselbe Sonne, die er all die sinnlosen Jahre seines Lebens angestarrt hatte, all die wertlosen Jahre, die er bis heute, bis zu diesem besonderen Augenblick, gelebt hatte. Doch diesmal war ihr Licht auf ihn gerichtet. Sie sah ihn an, und es war, als sei er erst in dem Moment, als sie aufschaute, zum Leben erwacht. Ein Teil von ihm, der bis dahin geschlummert hatte, war plötzlich geweckt, mit treffsicherer Genauigkeit geortet worden.

Sie sprach mit ihm, doch er hörte keines ihrer Worte. Er sah, wie sie die Lippen bewegte, konnte aber nicht eine einzige Silbe verstehen.

Es war ein einfacher, einmaliger, einzigartiger Augenblick.

Von diesem Moment an begann er, ganz neue Dinge wahrzunehmen, seltsame Dinge: schwache Düfte, die das Zimmer zu erfüllen schienen. Düfte, denen er zuvor keine Beachtung geschenkt hatte. Seine Ohren wurden so empfindsam, daß selbst das leiseste Knarren eines Schrittes auf der Treppe klang, als stürze ein Berg ins Meer. Die Haut an seinen Fingerkuppen wurde weich und empfindlich wie die eines Säuglings. Es war ihm schier unerträglich, das rauhe Papier zu berühren, auf dem er schrieb. Seine Handflächen waren ständig feucht, und er fühlte sich benommen, als hätte er ein Fäßchen kretischen Weins getrunken. Er konnte nicht schlafen, und ebensowenig brachte er die Kraft dazu auf, sich morgens von seinem Lager zu erheben. Er war außerstande, ein einziges Wort seiner Lektüre zu verstehen. So sehr er sich auch mühte, es war, als glitten seine Augen über die Oberfläche einer Buchseite hinweg, ohne auch nur ein Wort aufnehmen zu können.

Auch andere Dinge erregten erst jetzt seine Aufmerksamkeit, zum Beispiel die feine Kontur ihres Mundes, die ebenmäßigen Reihen ihrer Zähne, der sanft geschwungene Bogen ihrer Lippen, das Spiel des Lichts auf ihrer Wange.

Ihn peinigen Schmerzen, ein konkretes körperliches Leiden, das seine inneren Organe befallen hat. Es ist der Schmerz der Trennung, der Ungewißheit, und nie zuvor hat er etwas derartiges empfunden. Drei Tage liegt er mit hohem Fieber auf seinem Lager. Der Schmerz läßt nicht nach, wird im Gegenteil mit jeder Minute des Alleinseins stärker. Er horcht auf den Hall ihrer Schritte im Korridor. Im knarrenden Geraune der Nacht hört er ihr leises Lachen.

Wenn sie die Sonne war, dann war er die dunkle Seite des Mondes. Er spürte die Schatten auf Armen und Rücken, die sich fächerförmig ausbreiteten wie starre teerverklebte Flügel, die ihn zu Boden zogen, bis er unerträglich schwer wurde und sich kaum noch rühren konnte. Sie dagegen war ein leuchtender, quecksilbriger Teich aus Licht und Ruhe, und er sehnte sich danach, in seine warme Umarmung zu gleiten. Sie verkörperte eine so komplexe und erhabene Geometrie, daß das Gitterwerk der Sterne, die den Himmel erleuchteten, zu einem unbedeutenden, fernen Ornament verblaßte. Sie sprühte vor Leben, und die Sterne waren glanzloser Flitter.

Er sucht vergeblich nach einer Transformation, einer Veränderung der Form. Einer Metamorphose, durch die er imstande wäre, sie zu erreichen. Sie war weit entfernt, luftigleicht und schwebte vergeistigt über dem Boden, während er unbeweglich und plump wie ein gefällter Baum war. Seine Füße schwollen an, seine Schultern wurden steif. Er prallte gegen Wände und stieß sich die Zehen an. Er verschüttete Tinte auf dem Tisch. Seine Finger wurden lang und hölzern, seine Nägel zu Klauen.

Die silbrige Haarlocke, die ihr über die Stirn fiel, war ein magisches Zeichen, das ihn an die Geheimnisse der Astrologie und an Zauberformeln denken ließ, die die Seele in Bann schlagen. Sie zeigte ihm den Weg zu einem Wissen, für das er noch nicht gerüstet war, vor allem aber: dessen er sich unwürdig fühlte.

Wenn er beobachtete, wie ihre Finger sich krümmten und streckten, die Fingerspitzen das Papier berührten, hätte er vor Schmerz aufschreien können, denn er hatte ein solch feines Gespür für jede ihrer Gesten entwickelt, daß es ihm war, als sei das rauhe Papier seine Haut.

Je stärker und strahlender das Licht wird, das sie umgibt, desto mehr fühlt er sich abgewiesen, zurückgestoßen in die düstersten Winkel, wie eine Eule, die im Tageslicht blinzelt. Er ist der arme Verwandte bei der Feier, der nichts weiter als alte Knochen und ein dreckiges Fell voller Flöhe zu bieten hat. Sie ist unerreichbar für ihn, doch beharrlich, wie ein Idiot oder ein Kind, streckt er die Hände nach der Flamme aus.

Er hängt in der Luft, kann weder stürzen noch fliegen. Er wünschte, er könnte sie beleidigen und damit die Sache ein für alle Mal hinter sich bringen. Auf diesem schmalen Grat kann er nicht ewig weitergehen.

Narziß weiß, daß er die Schönheit, die ihm aus dem Bach entgegenblickt, nicht besitzen kann. Seine Torheit liegt in dem Wunsch, es dennoch zu versuchen, obwohl er weiß, daß im selben Augenblick, wo er die Hand ausstreckt, um die schimmernde Schimäre zu berühren, das Trugbild zerrinnen wird. In dem Moment, in dem er die Grenze zwischen Hand und Auge überschreitet, wird er das Objekt seines Begehrens zerstören.

Doch das Fieber läßt ihn nicht los. Er entdeckt, daß sie einen Duft verströmt, an dem er sie sofort erkennt. Lange bevor er sie sieht oder auch nur kommen hört, spürt er, daß sie in seiner Nähe ist. Er geht durch die Stallungen und bleibt unvermittelt stehen, weil er spürt, daß sie vor Stunden, vielleicht auch vor Tagen, hier vorbeigegangen ist. Er blinzelt und sieht sich um. Selbst der Boden, auf den er seinen Fuß setzt, läßt ihn plötzlich erbeben. Jetzt sind seine Tage gezählt.

Er schaute aus dem Fenster, das nach Osten ging. Ein merkwürdiges orangefarbenes Leuchten war am Horizont zu sehen. Es schien sich aufzublähen und zu pulsieren wie ein riesiges Glühwürmchen. Eine schwarze Rauchsäule stieg zum Himmel auf. Irgendwo brannte es lichterloh, und Raschid fragte sich, ob er seinen Augen noch trauen konnte oder ob vielleicht auch dies ein Zeichen war.

30. KAPITEL

Es war sein letzter Tag auf der Ausgrabungsstätte, und Okking hatte Hassan spontan eingeladen, an diesem Abend zu ihm zum Essen zu kommen. Nicht mehr als eine Geste der Höflichkeit, das war Hassan klar, der Wunsch, in aller Form das Ende ihrer Zusammenarbeit zu begehen. Er wußte auch, daß diese Geste Okking nicht leicht fiel. Die Menschen in dieser Gegend luden in der Regel keine Fremden in ihr Haus zum Essen ein. Obgleich sie fast drei Wochen lang gewissermaßen Kollegen gewesen waren, wußten sie so gut wie nichts voneinander. Vielleicht wollte er ihn ja auch freundlich darauf hinweisen, daß seine Arbeit nun abgeschlossen war und er allmählich ans Heimfahren denken sollte. Sonderbarerweise hatte er es plötzlich mit der Abreise gar nicht mehr so eilig. Und er hatte auch keine besondere Lust auf die höfliche Konversation, die ein solcher Abend zwangsläufig mit sich brachte. Er starrte auf den blinkenden Cursor auf seinem Bildschirm und hatte das Gefühl, daß ihm alles entglitt. Allmählich fragte er sich, was er mit dem ganzen Material anfangen sollte, wenn er hier fertig war. Eine akademische Abhandlung konnte man es wohl kaum nennen, denn die Grenze zwischen den gesicherten Fakten und seiner Phantasie hatte er längst überschritten. Dann also eine Art Roman, der die historisch verbürgte Ankunft eines Besuchers aus dem Nahen Osten zu Beginn des siebzehnten Jahrhunderts beschrieb? Eine unwahrscheinliche Geschichte, die ihren eigenen Gesetzen folgt. Die Fakten, soweit er sie zusammengetragen hatte, waren spärlich. Er war sicher, daß dieser Mann existiert und daß er für seine Reise hierher wahrscheinlich andere Gründe gehabt hatte, als man bisher annahm.

Mittlerweile stellte er sich Raschid al-Kenzy als eine Art Katalysator vor. Besser gesagt, seinen Raschid. Ein Element von außen, das, wo immer es ins Spiel gebracht wurde, die Dinge in einem anderen Licht erscheinen ließ.

Die Okkings bewohnten eine große moderne Villa, die bescheiden in einer unauffälligen Seitenstraße am Stadtrand lag. Hassan brauchte über eine Stunde, bis er sie gefunden hatte. Zweimal verfuhr er sich, mußte anhalten und nach dem Weg fragen. Es war nicht die Art von Haus, die er mit Okking in Verbindung gebracht hätte – alles war adrett und ordentlich und so perfekt aufeinander abgestimmt, daß es Hassan beinahe wie ein Puppenhaus vorkam. Im Flur waren schöne, hell lackierte Dielen verlegt, und am hinteren Ende hing ein großer Spiegel. Okkings Frau war eine schlanke, gepflegte Mittfünfzigerin, das dunkle, graumelierte Haar zu einem ordentlichen, nüchternen, fast schulterlangen Bob geschnitten. Sie trug eine dunkle Wolljacke, eine sportliche Hose und um den Hals eine dünne Perlenkette. Okking trug Hausschuhe, hatte seine Brille auf die Nasenspitze geschoben und den Flaschenöffner in der Hand. Hassan überlegte, ob er seine Schuhe ausziehen sollte, doch da es draußen trocken war, begnügte er sich damit, sie gründlich auf der Fußmatte abzutreten.

Er machte ein paar Komplimente über das Haus, wobei er sich bemühte, es nicht zu übertreiben. Frau Okking, ihr Name war Ellen, nahm sie souverän entgegen und führte ihn auf eine beiläufige, unbeteiligte Art rasch durchs Haus, als ob sie dieses Programm schon viele Male absolviert hätte. Okking selbst enthielt sich jeden Kommentars. Er blieb höflich, wirkte sogar ein bißchen unbeholfen, als sei das Haus die Domäne seiner Frau. Die beiden Männer nahmen im Wohnzimmer Platz, während sie sich in der Küche zu schaffen machte. Es war ein langgestreckter Raum mit tadellos geordneten Bücherregalen, die eine ganze Wand ausfüllten, und einem großen Fenster, das den Blick auf die dunkle Fläche des Sees freigab. Von der dahinterliegenden Stadt war jetzt nur eine fahle Lichterkette aus Straßenlaternen zu sehen.

»Ich hoffe, Ihr Aufenthalt hier hat sich gelohnt.«

Hassan lächelte und nahm einen Schluck aus seinem Weinglas. »Ich bin nicht sicher, ob meine Mitarbeit eine Hilfe für Sie war.«

Der große, rotgesichtige Mann legte den Kopf schräg, eine Gebärde, die offenbar, so deutete es Hassan, als eine unverbindliche

Geste der Großmut gedacht war. »Oh, alle Kollegen aus dem Museum waren sehr dankbar für Ihre Hilfe. Ohne Ihre Kenntnisse hätten wir die Fundstücke nicht identifizieren und klassifizieren können. Natürlich hoffe ich…« – er kratzte sich an der Braue –, »daß es für Sie nicht allzu langweilig war. Sie haben sicher nicht damit gerechnet, daß Sie so lange von zu Hause fort sein würden.«

Hassan stellte sein Glas auf dem Tisch ab. »Na ja, ich muß gestehen, daß ich zum Teil selbst daran schuld bin. Der ganze Fall hat mich plötzlich doch sehr fasziniert.«

»Natürlich. Er ist ja auch ausgesprochen ungewöhnlich.«

»Ja«, nickte Hassan.

»Ich glaube nicht, daß wir je alle Fakten zusammentragen können. Die Quellen sind nun mal lückenhaft, deshalb werden sich die Zusammenhänge wohl nie vollständig klären lassen.« Okking legte den Kopf zur Seite und sah Hassan aufmerksam an. »Ja?«

Hassan schüttelte den Kopf. Er hatte etwas erwidern wollen, verschluckte den Satz, begann erneut. »Ich hab nur gerade gedacht, wie schade es ist, daß man aus den Quellen so wenig über den Araber erfährt, der an Heinesens Arbeit beteiligt war.«

Okking zuckte die breiten Schultern. »Daß man bei so etwas fündig wird, ist außerordentlich selten. Manchmal denke ich, daß das Gewebe der Geschichte eigentlich aus Löchern besteht, all die ungeschriebenen Berichte und all die Stimmen, die stumm bleiben.« Er war aufgeräumter Laune und hatte jetzt etwas von einem freundlichen Onkel, der mit einem Kind plaudert. »Aber natürlich haben Sie recht. Es wäre schon was ganz besonderes gewesen.«

»Ich zerbreche mir immer wieder den Kopf darüber, warum er die Messingschatulle zurückgelassen hat. Ich meine, ganz abgesehen von ihrem Wert – es ist ein Instrument, das er bei seinen Reisen benutzt hat, damit er die Richtung von Mekka bestimmen und seine Gebete sprechen konnte…« Hassan brach ab, denn er merkte, daß Okking ihm kaum noch zuhörte.

»Noch ein Glas Wein?«

»Es kommt mir bloß so vor, als müsse es etwas zu bedeuten haben, daß er es einfach zurückgelassen hat.«

Okking füllte die Gläser. »Bestimmt haben Sie recht, aber aus heutiger Sicht läßt sich das wohl nicht mehr klären.«

Das Thema wurde stillschweigend fallengelassen. Hassan

nippte an seinem Wein, während Okking zu seiner Frau in die Küche ging. Er konnte hören, wie die beiden leise miteinander sprachen. Dann kamen sie gemeinsam wieder zurück. Frau Okking nahm Platz. Okking füllte ihr Glas, sie nahm einen kleinen Schluck und rührte es den Rest des Abends nicht mehr an.

»Sind Sie verheiratet?« lächelte sie.

Es gelang ihm, sich von der Direktheit ihrer Frage nicht aus der Fassung bringen zu lassen. »Ja«, sagte er knapp, »ich habe einen kleinen Jungen.«

Daraufhin trat ein Schweigen ein, durch das Hassan sich zunehmend bedrängt fühlte. Die Frau hatte sich vorgebeugt, die Beine seitlich angewinkelt, die Knie geschlossen, so daß sie auf ihrem Stuhl thronte wie eine Elfe auf dem Ast eines Baumes. Er kannte dieses Schweigen. Er hatte es erwartet.

»Sie sprechen sehr gut Dänisch.«

»Ich lebe schon seit vielen Jahren hier.« Er sprach zu hastig, zu betont beiläufig.

Sie errötete. »Ich wollte nicht indiskret sein, aber Sie wissen ja, wie das ist. Man ist immer neugierig zu erfahren, woher die Leute kommen.«

Er hätte ihr verziehen, wenn nicht das »aber« gewesen wäre.

»Schon in Ordnung«, lächelte er. »Das bin ich gewohnt.«

Okking machte sich anderweits nützlich. Aus der Stereoanlage plätscherte der unbeschwerte Blues von Count Basie. Er brachte eine neue Flasche Wein, um ihre Gläser zu füllen.

»Ich hab schon mal daran gedacht«, sagte Hassan, »eventuell noch ein paar Nachforschungen zu dem Fall anzustellen. Ich habe Kontakte zur Universität von Kairo. Vielleicht läßt sich von dieser Seite noch etwas mehr herauskriegen.«

»Na ja, auf dem Gebiet bin ich kein Experte, aber da würde ich mir nicht allzu große Hoffnungen machen.« Okking lehnte sich in seinem großen Sessel zurück und musterte Hassan eingehend, als sähe er ihn zum ersten Mal.

»Vielleicht hab ich mich in die ganze Geschichte auch ein wenig hineingesteigert«, sagte Hassan, bemüht um einen unbeschwerten Ton. »Schließlich ist das mein erster Besuch auf Jütland.«

»Tatsächlich?« flötete Ellen.

»Ein richtiger Großstadtmensch«, brummte Okking.

Sie verfielen wieder in Schweigen.

»Es hat ja einige Berichte über den Besuch arabischer Kaufleute in diesem Land gegeben, allen voran die berühmte Schilderung von Ibn Fadlan über seine Reise ins Land der Rus. Aber dieser Fall hat etwas ganz Einzigartiges.«

»Er hat Ihre Phantasie angeregt, das merkt man.«

Hassan hatte sich vorgebeugt und starrte in die Flamme der Kerze, die zwischen ihnen stand. »Nichts weist darauf hin, daß dieser Mann ein Kaufmann war und seine Mission in Jütland mit irgendwelchen Geschäften zu tun hatte. Ich glaube, daß er auf der Suche nach etwas war.«

Okking war ganz offensichtlich nicht in der Stimmung für weitere Arbeitsgespräche. Es war Freitag, und heute abend wollte er sich entspannen. Das Thema Beruf sollte außen vor bleiben, aber gegen ein bißchen Nostalgie hatte er nichts einzuwenden. Er lachte unbekümmert. »Wissen Sie was«, sagte er, »zu Beginn meines Studiums war ich völlig besessen von der Archäologie. Ich hatte den brennenden Wunsch, die verborgenen Geschichten unserer Vorfahren auszugraben.«

»Damals hat er so hart gearbeitet, daß er kaum Zeit für mich und die Kinder fand«, nickte seine Frau.

»Wenn man älter wird, ist all das nicht mehr so wichtig.«

Die Okkings lächelten, und Hassan lächelte mit. Er hatte keine Lust, sich noch weiter über das Thema auszulassen, nicht den Wunsch, ihnen zu erzählen, wie viele Stunden er seiner Phantasie freien Lauf gelassen, immer wieder versucht hatte, sich in die Gedankenwelt einer nicht faßbaren Figur, eines vierhundert Jahre alten Schattens hineinzuversetzen.

Der Rest des Abends wurde mit dem unbeschwerten Ritual des Essens ausgefüllt, und darüber war Hassan heilfroh. Die Speisen, eher traditionelle Kost, waren ausgezeichnet zubereitet. Die beiden Männer machten ehrfürchtige Bemerkungen über die Gänge, die ihnen serviert wurden: Blätterteigpasteten mit Pilzfüllung, gefolgt von Roastbeef, sehr blutig, mit Kartoffeln und sautierten Karotten, danach ein kleiner Kuchen mit reichlich kalorienarmer Schlagsahne. Als sie bei Käse und Gebäck angelangt waren, machte Okking, der beim Wein tüchtig zugelangt hatte, bereits einen recht mitgenommenen Eindruck. Er bekam einen trüben

Blick und gähnte wiederholt. Das Gespräch war bei den Kindern der Okkings gelandet, die inzwischen erwachsen waren und ihre eigenen Wege gingen. Der Sohn machte gerade eine Weltreise, die Tochter lebte in der Hauptstadt.

»Mir wäre da zuviel Trubel. So viele Menschen, und ständig so viel los«, sagte die Mutter und verschränkte sorgenvoll die Hände.

Hassan fragte sich, worauf das Ganze hinauslief, ob jetzt wohl ein versteckter Seitenhieb auf Ausländer kam. Natürlich sei die Hauptstadt »kosmopolitischer« als die Provinz, sagte Frau Okking, doch die jungen Leute könnten ja heutzutage viel besser auf sich aufpassen, als man dachte.

Sie machten sich Sorgen. Die Stadt war viele Stunden Zugreise entfernt – eine andere Welt, die nicht zuletzt von Menschen wie ihm bevölkert wurde.

Nachdem Hassan sich höflich bedankt hatte, fuhr er langsam durch das schlafende Städtchen. Nur ganz vereinzelt sah er Passanten, und auch Autos waren kaum noch unterwegs. Es dauerte nicht lange, und er hatte das andere Ende der Stadt erreicht und fuhr, allein mit dem Sternenhimmel und den Bäumen, auf der Landstraße dahin.

Im Dorf waren seine Scheinwerfer das einzige, was sich bewegte. Erst beim Aussteigen aus dem Wagen merkte er, daß etwas nicht stimmte. Nachdem er ihn abgeschlossen hatte, ging er um den Wagen herum zum Vordereingang. Die Fenster des kleinen Hauses waren beschmiert – wie sich herausstellte, mit einer Mischung aus Rasierschaum und Farbspray. Sämtliche Fenster an der Vorderfront waren völlig zugesprüht. Als er zur Küchentür an der Rückseite kam, stellte er erleichtert fest, daß sie nach wie vor abgeschlossen war. Nichts ließ darauf schließen, daß jemand sich gewaltsam Zutritt verschafft hatte. Ein Plüschtier war mit einem großen Nagel an die Tür geschlagen. Er zog es ab, hielt es einen Moment lang in der Hand und drehte es um: ein kleines, flauschiges Äffchen.

Er war zu lange fortgewesen, befand er. Es war Zeit, die Vergangenheit ruhen zu lassen und in die Realität zurückzukehren. Es war Zeit heimzufahren. Er legte das Äffchen vor sich auf den Tisch und setzte sich. Eine Zeitlang saß er einfach nur da, dann griff er zum Telefon und rief seine Frau an.

31. KAPITEL

Die blitzenden Pferde kommen – ein wilder Wirbel von Hufen auf hartem Boden, dann von Eisen auf Holz. Das Echo hallt vom Hang des Berges wider, durchbohrt die poröse Stille des großen Hauses und löst eine rasselnde Kette von Ereignissen aus. Ein paar Sekunden ist alles wie gelähmt, dann wird erneut an die Vordertür gehämmert. Raschid rührt sich nicht. Er hört die Stimmen von Menschen, von vielen Menschen, hört ihre Ungeduld. Er schleicht sich zum Fenster. Unten stehen acht Männer. Sie wirken sonderbar unbeholfen in ihren schweren Mänteln und hohen Stiefeln und halten Stöcke, Gewehre, Schwerter umklammert. Der Mann in der Mitte des Pulks kommt Raschid bekannt vor, und er entsinnt sich, daß es einer der drei Männer ist, die nach dem Tod des Jungen aufgetaucht sind.

Er zögert keine Sekunde, eilt den Flur hinunter, wobei er sich bemüht, so leise wie möglich aufzutreten. Die Stimmen kommen näher. Heinesen, der an diesem Abend zurückgekehrt ist, hat sich ihnen in den Weg gestellt und erhebt lautstark Einspruch, während der andere Mann zu Erklärungen ausholt.

Raschid steigt die Steintreppe zur Küche hinab. Der Geruch von brennendem Holz und Rauch von der Feuerstelle hängt in der Luft. Die Tür ist angelehnt. Er tritt in den kalten Morgen hinaus und sieht den Koch, der sich mit dem Rücken zum Haus über den Holzstoß gebückt hat und Scheite aufsammelt. Mit langsamen, vorsichtigen Bewegungen macht Raschid sich daran, den Berg zu erklimmen, wobei er den Koch im Auge behält. Der Boden unter seinen Füßen ist gefroren und hart wie Stein. Er bohrt sich in die Sohlen seiner Stiefel, und Raschid spürt einen stechenden Schmerz in den Füßen. Er strauchelt und ringt keuchend nach

Atem. Er geht weiter. Er rennt. Wenn es ihm gelingt, den Gipfel des Berges zu erreichen, kann er sich auf der anderen Seite in die Bäume schlagen und im Moor dahinter verschwinden. Als er fast ein Drittel des Weges zurückgelegt hat, hört er hinter sich einen Schrei. Er wendet den Kopf und sieht, daß der Koch zu ihm hinauf zeigt. Neben ihm stehen zwei der Soldaten.

Und wieder einmal flüchtet Raschid bergan. Einen Moment lang ist es, als sei in seinem Leben nichts mehr geschehen seit jenem Morgen, der eine Ewigkeit zurückzuliegen scheint, als die Janitscharen ihm auf den Fersen waren. Noch immer hat er nicht gelernt, daß bergan zu fliehen ein Fehler ist. Er verflucht seine Torheit, verflucht seine Anmaßung, und vor allem verflucht er seine Füße, die auf dem Rücken dieses steinigen Panzers von einem Berg keinen festen Halt finden.

Er rennt, gefolgt von tausend bösen Dämonen, und Gott in seiner Weisheit sieht, daß er es eigentlich schaffen müßte. Doch die Soldaten besaßen Pferde und hatten ihn bald eingeholt. Ein Hieb traf ihn zwischen den Schultern und streckte ihn nieder. Raschid blieb die Luft weg und landete mit dem Gesicht im trockenen Pulverschnee.

Sie verschnürten ihn mit hundert Knoten und warfen ihn wie einen Sack Mais über den Rücken eines Pferdes. Die anderen warteten unten im Hof. Heinesen bestieg kopfschüttelnd und mit bestürzter Miene sein Pferd. Sigrid sagte kein Wort, schaute nicht einmal zu ihm hin und kletterte schweigend in die Kutsche, wo sie mit gesenktem Kopf neben einem verkniffen dreinschauenden Klinke Platz nahm. Die Soldaten saßen bereits im Sattel und warteten auf den Befehl zum Abmarsch. Über die Flanken des Pferdes hinweg beobachtete Raschid, wie hinter ihnen das Haus langsam in der Ferne verschwand – er glaubte nicht, daß er es je wiedersehen würde.

Sie waren fast den ganzen Vormittag unterwegs. Es war ein klarer Tag, und die Sonne wärmte seinen Rücken. Kopfüber sah er, wie die Straße unter den Hufen des Pferdes langsam vorüberzog. Die Stadt war größer, als er erwartet hatte. Rauch von Holzfeuern stieg aus den Schornsteinen der Katen. Sie ritten durch eine schmale Öffnung in der Stadtmauer, ein Wall aus Schlamm und Stroh, der vom westlichen Stadttor aus nach Norden und Süden verlief und sich weiter unten in ein paar Lichtreflexen auf Wasser verlor. Auf diesem Damm standen schmutzige Kinder und johlten. Eines von ihnen warf einen Klumpen Erde auf die Kolonne, und die anderen folgten seinem Beispiel. Ein Stein traf Heinesen an der Stirn, so daß ein heftiger Ruck durch seinen ganzen Körper ging. Die lachenden Soldaten vergaßen ihre Gefangenen einen Moment lang und bückten sich, um die Attacke zu erwidern. Angesichts der Übermacht nahmen die Kinder Reißaus und waren im Nu auf der anderen Seite des Walls verschwunden.

Blut rann Heinesen übers Gesicht, und er versuchte, es mit einer Kopfbewegung abzuschütteln. Wenn Raschid den Hals verrenkte, konnte er Sigrid sehen, die mit kerzengeradem Rücken und hocherhobenem Kopf dasaß. Er konnte nicht umhin, staunend ihre Haltung zu bewundern.

Sie zogen durch Straßen voller Pferdemist und Schafe, Stroh und abgebrochener Zweige, dazwischen die Radspuren schwerer Karren wie Narben, die eine stumpfe Klinge hinterlassen hat. Männer mit verschränkten Armen betrachteten die vorüberziehende Prozession. Frauen schlugen sich entsetzt die Hand vor den Mund, und einige zogen ihre Kinder an sich, um sie vor ihrem Anblick zu bewahren. Ein Mann verpaßte seiner Tochter eine Ohrfeige, weil sie Raschid allzu eingehend angestarrt hatte. Seine Augen huschten verwirrt zwischen ihnen hin und her. Ihre Gesichter waren mit Schweiß und Schmutz verschmiert, ihre Hände schwielig und wund von der Arbeit. Sie trugen einfache Kleider aus groben Stoffen. Er empfand nichts für sie, kein Mitleid, kein Befremden. Er fürchtete nur ihre Unwissenheit. Sie kannten nichts weiter als die Erde in ihren Händen, den Geruch des Grases im Sommer und die Wärme qualmender Feuer im Winter.

Die Kirche schwelte noch, als sie ankamen. In der Mitte der Stadt, wo sie Halt machten, bot sich ihnen ein Anblick, der Raschid mit Entsetzen erfüllte. Dies war das Feuer, das er in der vergangenen Nacht am Horizont hatte auflodern sehen – ein Zeichen, aber nicht das Zeichen, das er sich erhofft hatte. Die geschwärzten Steine, die Rauchfahnen, die noch immer aus den eingestürzten Mauern aufstiegen. Die mit Dreck und Ruß verschmierten Gesichter erschöpfter Männer. Menschen waren auf der nackten Erde in die Knie gegangen und weinten. Heinesen stieg vom Pferd und half seiner Schwester beim Aussteigen aus der Kutsche. Viele Hände packten Raschid und zerrten ihn zu Boden, wo er, die Arme noch immer auf dem Rücken gefesselt, zusammengekauert liegen blieb.

Er beobachtete Sigrid, die sich plötzlich in Bewegung setzte. Sie ging mit leichtem Schritt, scheinbar abwesend, so wie er sie schon oft durchs Haus hatte gehen sehen, bahnte sich einen Weg durch die Trümmer aus verkohltem Holz und verbrannten Ziegeln. Die Männer, die vergeblich gegen das Feuer gekämpft hatten, ließen erschöpft die Arme sinken und folgten ihr mit den Blicken. Sie bewegte sich wie im Traum, durchschritt die Menge, als wäre sie unsichtbar. Heinesen wurde von Rusk, dem Pfarrer, zur Rede gestellt.

»Euer abscheuliches Werk hat erneut böse Früchte getragen, Heinesen.«

»Ihr sprecht in Rätseln, Hochwürden. Der Rauch hat Euren Verstand vernebelt, ich bitte Euch, laßt Vernunft walten.«

»Ihr wollt von Vernunft reden?« erwiderte der Pfarrer mit höhnischem Grinsen, streckte entrüstet den Arm aus und zeigte auf die Trümmer der Kirche. »Erst der Tod des Jungen, und nun dies hier. Und Ihr wollt behaupten, hier habe die Vernunft gewaltet?« Er trat vor und erhob in einer dramatischen Gebärde die Hände zum Himmel. »Ihr guten Leute, das Haus Gottes ist in dieser Nacht bis auf die Grundmauern niedergebrannt, und dieser Mann«, er wies mit dem Finger auf Heinesen, »dieser Mann redet von Vernunft.«

»So mäßigt Euch doch, Hochwürden«, zischte Heinesen, doch der Pfarrer schob ihn beiseite. Völlig außer sich stürmte Rusk auf die Menge der Schaulustigen zu. »Wenn der Himmel uns je ein Zeichen geschickt hat, dann heute. Und was sagt uns dieses Zeichen? Ich frage, ihr guten Leute, was will uns dieses Zeichen sagen?« Er nickte wissend und setzte ein sonderbares Lächeln auf. »Daß unter uns das Böse lauert, daß ein Frevel begangen wurde, und zwar von Mitgliedern unserer eigenen Gemeinde. Nehmt euch in acht, sage ich, denn dies ist eine überaus ernste Warnung. Unsere gottesfürchtige Gemeinde wird vor dem Bösen gewarnt, das in unserer Mitte wohnt.«

Heinesen wandte sich um, verzweifelt auf der Suche nach jemandem, den er um Hilfe bitten konnte. Sein Blick fiel auf eine Gestalt, die am Rande der Menge stand, ein Mann mit breitkrempigem Hut, in der Hand einen vornehmen Stock. »Koppel«, rief er, »so tut doch um Gottes willen etwas, Mann!« Doch der Kaufmann schüttelte nur knapp den Kopf und schaute dann zur Seite.

In diesem Augenblick erscholl aus der Menge ein Schrei. Viele Hände wiesen auf die Kirche, aus deren Eingang Sigrid, die Kleider übersät mit kleinen Flammen, herausgetreten war. Und dennoch ging sie mit der gleichen gelassenen Ruhe, als mache sie einen Spaziergang durch sonnige Wiesen.

»Sie geht durchs Feuer!«

Heinesen wollte zu seiner Schwester eilen, doch er wurde von einer Gruppe Männer gepackt und festgehalten. Er wehrte sich mit aller Macht, konnte sich jedoch nicht aus ihrem Griff befreien.

»Braucht ihr noch mehr Beweise für Hexerei?« brüllte Rusk triumphierend. Drei Männer stürzten auf Sigrid zu, ergriffen sie und versuchten, sie festzuhalten, ohne sich zu verbrennen. Unter Verwünschungen und Schmerzgeheul gelang es ihnen endlich, die Flammen zu ersticken, die vom Saum ihres langen Kleides nach oben züngelten. Klinke sprang vom Kutschbock und wollte die Männer, die Heinesen gepackt hatten, von seinem Herrn fortziehen. Eine ausgestreckte Hand schloß sich um einen großen Ziegelstein und ließ ihn durch die Luft sausen. Klinke stürzte mit einem Schrei zu Boden, als ihn der Stein am Hinterkopf traf.

»Den Teufel selbst haben sie hier eingeschleppt, in Gestalt dieser abscheulichen, pechschwarzen Bestie.« Rusk zerrte Raschid brutal vom Boden auf die Füße und hielt ihn mit ausgestrecktem Arm der Menge hin. »Wozu brauchen sie ihn? Ich werde es euch sagen. Sie haben sich am himmlischen Firmament zu schaffen gemacht, mit ihren Instrumenten und ihren Zauberformeln und ihren gotteslästerlichen Reden.« Die Leute wußten nicht, wie sie sich verhalten sollten. Raschid konnte das Entsetzen in ihren Gesichtern sehen. Eine Frau sank in Ohnmacht, die Augen nach oben gerollt, bis das Weiße sichtbar war. Er konnte ihre Angst riechen, die Angst von Pferden, die in einem winzigen Verschlag eingepfercht sind. In ihrer Verwirrung drängten sie vorwärts, wichen wieder zurück. Raschid spürte, daß seine Beine nachgaben, und mußte sich anstrengen, aufrecht stehen zu bleiben, denn in diesem Moment genügte das geringste Zeichen der Schwäche, und sie würden ihn bei lebendigem Leibe in Stücke reißen.

»Erst der Tod eines Christenkindes, und nun dies.« Rusk hatte Raschid am Kragen gepackt und schüttelte ihn. »Welchen bösen Zauber konnten sie nicht heraufbeschwören mit Hilfe dieses Handlangers von Satan, dessen Körper die Farbe der Finsternis hat, ein untrügliches Zeichen für seinen besudelten Geist? Er trägt die Schwärze Luzifers in die Welt hinein. Welch unnatürlicher Unzucht mag er nicht gefrönt haben? Können wir sicher sein, daß wir nicht die Metze des Teufels vor uns haben, daß sie nicht die Frucht seines bösen Samens in ihrem Schoß trägt?«

Allmählich erfaßte die Menge das ganze Ausmaß der Gefahr, der sie da ins Auge sah. Die Männer warfen einander ängstliche Blicke zu, als warteten sie auf ein Zeichen. Raschid packte die Gelegenheit beim Schopfe, entwand sich geschickt dem Griff von Rusk und sprang mit einem Satz hinten auf die Kutsche. Mühsam, die Hände noch immer hinter dem Rücken gefesselt, richtete er sich auf und wandte das Gesicht der Menge zu. Er sah das Entsetzen in ihren Augen. Nicht einmal sie selbst wußten, was gegen das Grauen, das sie gepackt hatte, zu tun war. Sie waren vor Abscheu wie gelähmt. Doch es würde nur Sekunden dauern, bis sie sich wieder gefaßt hatten, bis diese Verwirrung sich in erbarmungslosen Haß verwandelte, und dann würden sie ihm Arme und Beine ausreißen und ihn den Vögeln zum Fraß vorwerfen.

Und tatsächlich, schon ging ein leises Raunen durch die Menge: Verbrennt sie! Die Dunkelheit brach langsam herein, und Raschid al-Kenzy schloß die Augen, holte tief Luft und heulte, heulte wie ein Hund, langgezogen, durchdringend und wild.

Augenblicklich stand die Menge wie angewurzelt da. Allen stockte der Atem. Tödliche Stille trat ein. Sein Blick glitt von oben über die Menge hinweg. Er keuchte oder lachte, vor Erschöpfung, vor Erleichterung. Doch dann faßte er sich.

»Guten Tag, liebe Leute«, wandte er sich mit lauter Stimme in der Landessprache an die Menge. »Steht das Essen auf dem Tisch? Brennt das Feuer im Ofen?«

Einen Moment lang herrschte absolute Stille. Was immer Raschid vielleicht noch hätte sagen wollen – und seine Kenntnisse ihrer Sprache waren derart begrenzt, daß es ihm schwergefallen wäre, auch nur ein weiteres Wort zu finden – blieb ungesagt, denn das Schweigen wurde von Gelächter gebrochen. Es brach sich in krampfhaften, anfallartigen Lachsalven Bahn, wälzte sich schließlich donnernd wie eine Kanonenkugel über den Marktplatz und rollte vor den verkohlten Trümmern der Kirche hin und her. Sie lachten und lachten, und Raschid, der nicht wußte, was er tun sollte, nicht wußte, ob er ihr Gelächter als gutes oder schlechtes Zeichen deuten sollte, starrte sie einfach nur an.

»Seht doch, welch falsches Spiel er mit euch treibt«, tobte der Pfarrer, der wie von Sinnen durch die Menge lief und versuchte, den Zauber zu brechen, sie buchstäblich noch einmal aufzurütteln. Sie streiften seine Hände ab und ließen Rusk stehen, und in seinen Ohren gellte noch lange und laut das Echo ihres Gelächters. Die Heimsuchung war vergessen, das Werk des Teufels mit Lachkrämpfen abgetan. Raschid traute seinen Augen nicht. Offenbar waren sie noch nie einem Geschöpf wie ihm begegnet, das ihre Sprache sprach. Wie vor den Kopf geschlagen ließ er sich nieder, unfähig, seine Augen von diesen merkwürdigen Leuten abzuwenden.

Klinke richtete sich mühsam auf. Mit seinen blutdurchtränkten Kleidern und dem blutverschmierten Hals bot er einen grausigen Anblick. Er half Heinesen und Sigrid beim Einsteigen in die Kutsche, dann kletterte er selbst auf den Bock und nahm die Zügel in die Hand. Langsam fuhren sie aus der Stadt. Niemand machte den Versuch, sie aufzuhalten.

32. KAPITEL

Von der schweren Prüfung, den Torturen jenes Tages sollte sich Heinesen nie mehr erholen. Es war, als sei sein Glaube an den Menschen, sein Glaube an sich selbst, unwiderruflich erschüttert. Er schloß sich in seinen Gemächern ein und verließ sie nur selten. Er verlor jedes Interesse und lehnte es kategorisch ab, sich mit irgend etwas zu befassen, einerlei, worum es ging. Seine ehrgeizigen Pläne wurden nicht mehr erwähnt. Leute, die auf der Suche nach Arbeit an seine Tür klopften, gingen enttäuscht wieder fort. Andere kamen im Auftrag entfernter Bekannter, Kollegen, Freunde, um sich nach seinem Befinden zu erkundigen oder in Erfahrung zu bringen, welche Fortschritte er machte, doch all diese Anfragen blieben ohne Antwort.

Eines Tages hielt eine schnelle Kutsche vor dem Haus. Zwei Männer stiegen aus, entluden eine lange Holzkiste und ließen sie auf der untersten Treppenstufe stehen. Dann stiegen sie wieder auf, gaben den Pferden die Peitsche und waren in Windeseile den Berg hinunter entschwunden. Raschid hob die Kiste hoch und trug sie in die Bibliothek. Er war allein. Er öffnete die Kiste und entnahm ihr ein kleineres, in Wachstuch eingeschlagenes Paket, in dem sich ein länglicher, lackierter Kasten befand. Ein paar Sekunden ruhte seine Hand auf der glatten Oberfläche.

Er schiebt den glänzenden Riegel beiseite und klappt den Deckel auf.

Er weiß, was es ist, wußte es lange, bevor er die längliche, rechteckige Kiste im dunklen Flur stehen sah. Seine Hände strichen über den weichen Samt, dann glitten seine Finger unter den Stoff und ertasteten die glatte Rundung aus schimmerndem Messing. Er hielt es ins Licht, blinzelte und sah sich die kleine Messingplatte an, die auf der Oberseite festgeschraubt war: *Hans Lipperhey, Middelburg, Seeland.* Er wog das Fernrohr in seinen Händen und schüttelte den Kopf über die wundersamen Zufälle der Welt.

Heinesens Zustand verschlechterte sich. Seine Schwester wich ihm nicht mehr von der Seite, weder bei Tag noch bei Nacht. Ihr Gesicht wurde immer grauer und verhärmter, ihre einst so leuchtenden Augen waren jetzt tief verschattet. Raschid saß in der Bibliothek und wartete. Arbeiten konnte er nicht mehr. Es war, als warte er auf etwas Bestimmtes, obgleich er nicht genau wußte, auf was. Er brauchte irgendein Zeichen, das ihm offenbarte, welcher Sinn sich hinter all dem verbarg. Also wartete er.

Ein Arzt wurde gerufen, ein junger Mann, der ängstlich und konfus wirkte und dem der Aufenthalt in diesem Hause offenbar großes Unbehagen bereitete. Aus Angst vor einer ansteckenden Krankheit gab er unverzüglich Anweisungen, das gesamte Haus mit Brettern zu verrammeln, so daß kein Lichtstrahl herein- oder hinausdringen konnte. Die Bewohner des Hauses durften es nicht mehr verlassen, und niemand von außen sollte sich hineinwagen. Ob diese Maßnahme tatsächlich ergriffen wurde, weil die Krankheit, an der Heinesen litt, es erforderlich machte, oder ob sie, wie Raschid vermutete, in erster Linie dem Seelenfrieden des Arztes diente, blieb eine offene Frage. Sodann bestand er darauf, daß alle mit Salzwasser gurgelten und sich Füße und Hände mit dem eigenen Urin wuschen. Eine sonderbare Verordnung, befand Raschid und weigerte sich, solch ekelhaften Weisungen Folge zu leisten.

Sigrid blieb an der Seite ihres Bruders. Raschid kauerte neben der kleinen Fensteröffnung in seiner Kammer im Torhaus und beobachtete den Lichtschein, der durch die Räume im Obergeschoß wanderte – er wußte, daß sie es war, die die Öllampe umhertrug. Hin und wieder sah er sie am Fenster von Heinesens Zimmer stehen und hinaus in die Welt schauen. Dann spürte er, wie mit jedem verstreichenden Augenblick die Kluft zwischen ihnen tiefer wurde. Er schloß die Augen und stellte sich vor, neben ihr zu stehen. Wenn er sie wieder öffnete, war das Fenster leer.

Eine Woche verging. Jeden Tag kam der Arzt und fuhr wieder fort. Raschid hörte die Kutsche unter dem Torhaus davonrattern, als würden Dämonen ihn von diesem Ort vertreiben. Die verbliebenen Dienstboten, der Koch und seine Frau, hielten es kaum länger als die erste Woche aus. Klinke verlor als Folge der erlittenen Verletzung langsam sein Augenlicht und verließ eines trüben Morgens ohne Ankündigung das Haus. Raschid sah ihm nach, wie er unbeholfen den Berg hinunterstolperte, ohne sich auch nur ein einziges Mal umzudrehen.

Das Gehöft war nun verlassen und die Ställe unbeaufsichtigt. Die Tiere – Hühner, Pferde und Rinder – liefen frei im Hof herum, und niemand war da, der sich um sie kümmerte. Von Zeit zu Zeit gelangten einige von ihnen sogar ins Gutshaus. Man konnte sie in der Eingangshalle umherstreifen sehen, wo sie das Stroh vom Fußboden fraßen und mit ihren Hufen das Holz zerkratzten. Hennen nisteten unter der Treppe, und plötzlich waren an den sonderbarsten Orten Eier zu finden.

33. KAPITEL

Er packt das Seil, gleitet durch die sternenübersäte Dunkelheit und läßt sich hinab. Der Skorpion steht jetzt am Südhimmel, ganz blaß und dicht über dem Horizont. Dann stürzt er und landet mit ausgestreckten Händen im Schlamm.

Die ersten Regentropfen rieseln über seinen Nacken, als Raschid die Hand in das trübe schwarze Wasser taucht. Es reichte ihm bis zu den Knien, doch er konnte den Boden fühlen, wo die Arbeiter die ersten flachen Steine verlegt hatten. Er zog die Hand heraus, ballte die Faust und ließ den Schlamm zwischen seinen Fingern hervorquellen.

Mit Hilfe eines altersschwachen Ponies hatten sie sich im schwächer werdenden Licht den Hang hinauf gequält und die Räder des Karrens mit den Händen angeschoben. Der Himmel war wie blaugrüne Jade, und ein Schwarm tiefhängender muschelförmiger Wolken zog geschwind darüber hinweg. Die verlassene Baustelle war jetzt ein einziges Labyrinth – überall lagen regennasse Steinblöcke nach einem nicht mehr zu entschlüsselnden System verstreut.

Da das Pony den schweren Karren das letzte Stück des Weges nicht mehr hinaufziehen konnte, ließen sie ihn stehen, befestigten die hastig zusammengezimmerte Holzkiste am Geschirr und schoben sie über den Boden weiter bergan. Hier und dort bohrte sich die Kiste in die weiche Flanke des Berges, als wolle sie sich ihren Anstrengungen widersetzen, und sie mußten Halt machen, um sie wieder herauszuziehen, Als sie schließlich den Gipfel erreicht hatten, baute er aus Seilen und den Überresten des Gerüsts einen behelfsmäßigen Flaschenzug und ließ den grob gezimmerten Sarg langsam in den westlichen Graben gleiten, dann ließ er sich selbst am Seil hinab. Sie blieb oben und stand wartend im Wind, der an ihren Kleidern zerrte. Er ging auf die Knie und begann, ein Loch in die Wand am anderen Ende zu graben, die nicht mit Steinen befestigt worden war. Es dauerte fast den ganzen Tag. Vor Kälte zitterte er am ganzen Körper, und seine Finger waren fast taub. Regen setzte ein und hörte wieder auf, verwandelte sich schließlich erneut in Schneeregen, der unablässig auf ihn niederströmte, begleitet nur vom rauhen Krächzen der Krähen auf den hohen Bäumen am Ufer des tief unten gelegenen Sees.

Er mußte in der Kammer, die er in den glitschigen Schlamm gegraben hatte, Schutz suchen. Er kroch so weit hinein, bis auch seine Füße im Trockenen waren. Mit bloßen Händen versuchte er, sich ein bißchen tiefer in das enge Loch hineinzugraben. Es war ein sonderbares Gefühl, hier zu kauern, über ihm und um ihn herum nichts als Erde. An diesem Ort würde Heinesen seine letzte Ruhe finden, und vielleicht war es angemessen, ihn genau hier zu begraben, unter dem Monument, das er hatte errichten wollen, doch jetzt wollte Raschid die Sache nur noch so schnell wie möglich hinter sich bringen.

Rückwärts schob er sich aus der Kammer, bewegte sich mit größter Vorsicht, aus Angst, die Wände könnten über ihm zusammenstürzen. Dann war er draußen. Mit letzter Kraft hob er die Holzkiste an und versuchte, sie Stück für Stück in die Kammer zu schieben. Beinahe hätte sie hineingepaßt – bis auf eine sperrige Spanne, die noch aus dem Loch hervorragte. Raschid war zu schwach und müde, um sie wieder herauszuziehen und von vorn zu beginnen. Er drehte sich um, drückte seinen Rücken gegen die Kiste und versuchte, sie mit kleinen ruckartigen Bewegungen tiefer hineinzuschieben. Vergeblich. Er war völlig erschöpft. Seine Hände zitterten, und er besaß kaum noch die Kraft, sich auf den Beinen zu halten, Schneeflocken fielen in die glitzernden Pfützen zu seinen Füßen, schmolzen und lösten sich auf. Er schaute hinauf zu der Stelle, wo sie stand, und schrie ihr zu, sie solle sich umdrehen. Sie schien ihn nicht zu verstehen, und so winkte er wie wild und rief ein zweites Mal. Diesmal reagierte sie und trat vom Rand des Grabens zurück, so daß sie nicht mehr zu sehen war. Dann hob er die Schaufel hoch in die Luft und ließ sie mit einem Schrei auf die Kiste niedersausen. Das Splittern von Holz war zu hören, dann, beim zweiten Schlag, ein lautes Krachen. Das hervorstehende Ende der Kiste brach auseinander, und Heinesens bläuliches Haupt wurde in den Regen hinausgeschleudert.

Raschid ließ die Schaufel fallen, bückte sich und barg den Kopf in seinen Händen. Er war kalt und gefroren, wie ein Stück Holz oder Stein, nur noch härter. Er versuchte, die Leiche ganz in das Loch zu schieben, und schließlich gelang es ihm mit größter Mühe, den Hals anzuwinkeln und sie so tiefer in die Höhlung zu zwängen. Das geborstene Holz brach unter seinen Händen auseinander, und er warf die Stücke beiseite. Dann zog er die Messingschatulle aus seinem Mantel. Eine kleine Ewigkeit hielt er sie in der Hand, bevor er den Arm in die Öffnung schob und sie neben den Toten legte. Dann machte er sich daran, das Loch mit nasser Erde, die er mit bloßen Händen aufklaubte, zu verschließen. Er konnte eine Seite des fahlen Gesichts sehen, bis die letzte Handvoll Erde auch Heinesens linkes Ohr bedeckte. Dann sammelte er kleinere Steine und baute eine Mauer vor den Eingang zur Grabkammer, schließlich schleppte er eine schwere Steinplatte herbei und wuchtete sie davor. Der westliche Graben würde ein bißchen kürzer als die anderen sein, aber das war nicht zu ändern.

Am anderen Ende des Grabens angekommen, kletterte er mit mühsamen Klimmzügen am Seil nach oben, und gemeinsam hasteten sie den Berg hinab, zurück zum Gutshaus.

Auf dem Heimweg bricht sie zusammen. Ihre Beine geben nach, und sie sinkt zu Boden, ein Häufchen durchnäßter Kleider. Ohne zu zögern, kniet er nieder, schiebt beide Hände unter sie und spürt, wie ihr weicher Leib unter seinem Griff nachgibt. Die Schmerzen in seinen Händen sind verflogen, sie zittert, ihre Lider flattern im Traum. Ihre Zähne schlagen leicht aufeinander. Mit seiner schlammverschmierten Hand wischt er ihr das Wasser vom Gesicht. So nahe sahen ihre Augen aus wie Muscheln, die sacht von der Meeresströmung gestreift werden, ihre Lippen wie Wellen, festgehalten im Augenblick vollkommenster Bewegung. Auf Wangenknochen und Kinn blitzten winzige Lichtpartikel auf, und ihr Haar hatte sich aus dem strengen Rahmen des Kopftuchs befreit. Das weiche Haar, das er so viele Male mit den Blicken gestreichelt hatte und nun mit den Fingern berührte, bis zu den Wurzeln. So nahe, so zum Greifen nahe, erschrak er vor ihrer Schönheit.

Er drückte sie fest an seine Brust, richtete sich auf und taumelte den Rest des Weges bergab zum Haus.

34. KAPITEL

Neben der großen Feuerstelle in der Küche schläft er ein. Zu einer Kugel zusammengerollt, kauert sie neben ihm, starrt in die Flammen. Seit drei Tagen hat sie sich nicht gerührt. Er steht auf, geht nach oben und wandert erneut durch das stille Haus. Rastlos läuft er hin und her, durchstreift die leeren Räume, wartet. Draußen haben die zusammengeballten Wolken sich verzogen und einem klaren Sternenhimmel Platz gemacht. Er weiß, daß sie bald kommen werden, und diesmal wird es keine Schonung geben, kein Mitleid. Sie werden kommen, um das böse Geschwür aus der Haut ihrer Welt herauszuschneiden. Einen Moment lang erwägt er, einfach zu bleiben. Mit ihr an seiner Seite könnte er hier vielleicht ein neues Leben beginnen. Es ist ein Ort, der ihm ebensowenig gehört wie ihr – jetzt nicht mehr. Doch der Gedanke entschlüpft, noch bevor er ihn festhalten kann.

Als er sich vom Fenster abwendet, nimmt er aus dem Augenwinkel ein Glitzern wahr, wie Mondschein auf Metall. Im düsteren Bogen unter dem Torhaus bewegt sich etwas. Er bleibt einen Augenblick stehen und späht hinaus, doch als es ruhig bleibt, geht er seiner Wege. Er wandert durch die riesige, abgedunkelte Bibliothek und spürt das gewaltige Volumen des Raumes über sich. In der Mitte steht das Fernrohr, daneben ein Berg von Büchern und Manuskripten, die er herausgesucht hat.

Aus dem Dunkel tauchen plötzlich Hände auf, die sich nach ihm ausstrecken und ihn unsanft zur Seite zerren. Mit einem dumpfen Schlag prallt er gegen die Wand. Er wird in eine Ecke unter der Treppe in der Eingangshalle gedrängt. Die Schatten sprechen mit hastigen, erregten Stimmen. Sie riechen nach Tierhäuten, Talgfett und Angst und zischen einander in einem Sturzbach der Verwirrung an. Er begreift, daß sie keine Angst vor ihm haben. Daß sie sich vor allem davor fürchten, was sie selbst zu tun imstande sind.

Eines der Gesichter kam ihm bekannt vor. Der Vater des verunglückten Jungen. Auch Rusk, der Pfarrer, war dabei, das Gesicht halb verschluckt von den Schatten. Es waren zehn, vielleicht auch mehr. Er ahnte, daß weitere Männer aus der Stadt draußen warteten. Der Pfarrer trat vor, blickte ihm einen Moment lang in die Augen und wandte sich dann ab. Irgendwo ein Stück weiter den Korridor hinunter, in der Nähe der Treppe, die zur Küche hinabführte, stieß jemand einen Schrei aus. Sogleich wurde er von den anderen umringt. In der Hoffnung, die Männer so lange aufzuhalten, daß sie entkommen konnte, stürzte Raschid ihnen nach. In diesem Moment stieg ihm der Rauch in die Nase.

Helle Aufregung erfaßte die Männer. Jede Vorsicht außer acht lassend, brüllten sie einander etwas zu. Ein kräftiger Mann unternahm den Versuch, die Treppe zur Küche hinabzusteigen, doch es war schon zu spät. Nach wenigen Augenblicken kam er keuchend und würgend wieder heraufgewankt. Als man ihm auf die Füße half, war die Hitze bereits spürbar. Glühende Asche, ein Schwarm zarter orangefarbener Sterne, der aus dem dunklen Treppenschacht nach oben schwebte wie ein langer warmer Atemstoß, der ihnen in die Gesichter blies. Sie stampften auf den Fußboden, schlugen einander gegen die Mäntel, um das Feuer zu ersticken, stolperten übereinander, als sie in fliegender Hast versuchten, durch die Eingangstür zu entkommen. Die ersten Flammen züngelten bereits an der Treppe.

Er stand plötzlich allein da. Wie lange, wußte er nicht mehr. Das ganze Haus war in Bewegung. Er konnte die eiligen Schritte hören, aufgeregtes Geraune in den Ecken der Dachsparren und Wände. Er glaubte, ihre Stimme zu hören, verwirrt, gepeinigt von Schuld oder Schmerz, da war er nicht sicher, nicht sicher, daß sie es war und nicht das alte trockene Holz, das sich dem Feuer ergab. Die Männer waren fort. Ihn hatten sie vergessen. Durch das Fenster sah er die große Menschenmenge, die sich in der sternhellen Nacht versammelt hatte und zum Haus hinauf starrte. Dann setzte er sich in Bewegung, zurück in die Bibliothek, und bei jedem Schritt quoll Rauch zwischen den Dielen hervor. Er stolperte durch den Friedhof von Instrumenten und Ehrgeiz, fand ein Stück Bindfaden und begann, Manuskripte und Schriftrollen, Bücher und Karten zu festen Bündeln zu verschnüren, die er sich über die Schultern hängte und um die Taille verknotete. Der Rauch brannte ihm in den Augen. Er verschob die Gewichte, verteilte sie so an seinem Körper, daß er möglichst viel Bewegungsfreiheit behielt. Er hatte es nun sehr eilig, und nurmehr ein flüchtiger Blick streifte die vielen Seiten, die ihn so lange beschäftigt hatten. Zahlen, Worte, Ziffern verschwammen ihm vor den Augen, während er zu entscheiden versuchte, was er mitnehmen, was er zurücklassen sollte. Er hatte hier gelernt, was er lernen konnte, es war genug. Er hatte gelernt, daß die Sonne der Ursprung allen Lebens auf dieser Welt und die Erde nichts weiter als ein rotierendes Gestirn war. Er hatte nur einen flüchtigen Blick in den tiefen Brunnen des Wissens geworfen, und ihm war angst und bange.

Er konnte nur noch an sie denken, daran, daß sie sich nun endlich in das verwandelte, was sie letztlich schon immer gewesen war, daß sie den Schleier fortwarf, um sich als Weißglühen, als das Licht selbst zu offenbaren. Behindert durch seine sperrigen Lasten, steuerte er auf die Tür zu. Er hielt inne, nahm das Fernrohr aus dem Kasten, klemmte es unter den Arm und trat, ohne sich noch einmal umzuschauen, in die Eingangshalle hinaus. Der Fußboden brannte lichterloh. Um ihn herum stürzten Teile der Decke herab. Er spürte, wie die Haut an Händen und Gesicht sich spannte und aufplatzte. Jetzt war er am Fenster und sah draußen auf dem Hof die Gestalten der Männer, die sich wie Fische auf dem tiefsten Grund der Ozeane bewegten. Mit glühenden Gesichtern jubelten sie, tobten, beteten. Dies also sollte ihr Opfer sein – für den toten Jungen, für die Reinheit ihrer Seelen und ihre geheiligten Ideale. Er trat zurück, machte kehrt, sah, daß Flammen ihm den Weg versperrten, machte wieder kehrt und dann noch einmal, bis er schließlich die rückwärtige Mauer des Hauses erreichte. Er packte einen Stuhl und schleuderte ihn mit aller Kraft. Die Fensterscheibe aus Kristallglas ging zu Bruch, und er stürzte durch den Tunnel aus schwarzem Stein in die Nacht. Dann war er draußen, erstickte mit raschen Schlägen die Flammen, die aus den um seinen Körper geschnürten Papierbündeln hervorschlugen.

Er spürte, wie die Härchen auf seinem Gesicht brannten, hatte den Geruch von versengtem Fleisch in den Nasenlöchern. Kühle

Luft, nichts als kühle dunkle Luft. Flammen und Rauch stiegen bereits in einem dünnen Schweif glühender Asche in den Nachthimmel auf. Sie war es, die emporstieg in die Nacht, flirrende graue Asche, die in der Dunkelheit den prächtigen Sternen entgegenschwebte. Zum allerletzten Mal begann er, den Berg zu erklimmen. Hustend, vielleicht sogar weinend, doch ohne in seinen Bemühungen nachzulassen.

EPILOG

Schau staunend hinaus auf die Welt, mit diesem einen Auge. Wie weit sie sich erstreckt, über das ungestüme Dröhnen der rastlosen Wellen, über den graugrünen Ozean bis zum schlichten, vollkommenen Pinselstrich des Horizontes, der wie stets unerreichbar bleibt. Bis zum Ende der Welt und noch weiter. Das hohle, rohrförmige Instrument, das die entferntesten Dinge naherückt. Ein schimmernder Tubus, der alles heranholen kann, die Ferne und die Zukunft ebenso wie die Vergangenheit.

Dieses Instrument ist trügerisch einfach: ein an beiden Enden offenes Messinggehäuse, in das harte Tröpfchen aus Glas gepreßt sind. Wenn Licht durch das Glas einfällt, krümmt es sich – wie verwandt doch Luft und Glas sind – und tritt, derart verwandelt, ein in die lange Messingröhre der Zeit. Die Strahlen werden wie Fäden aufgefangen und gebündelt, ganz ähnlich, wie es beim Erzählen einer Geschichte geschieht. So rückt nahe, was zunächst weit entfernt zu sein schien. Die Zeit wird hinausgeschleudert ins Nichts, zu den fernen, erloschenen Sternen. Die Vergangenheit greift aus in die Zukunft, und einen kurzen, flüchtigen Moment lang wird die Gegenwart schwach erleuchtet.

Von weitem hört er das Donnern des Meeres – der dumpfe Aufschlag eines Säugetieres auf die dicke Eisfläche. In der grauen Ferne liegt eine schmale Bucht, und er kann undeutlich den geschorenen Wald hoher Masten erkennen.

Um seinen Körper raschelt und knistert das Papier, während er daliegt, dem Wind preisgegeben, ein abgerissener Krieger aus alter Zeit, niedergedrückt von Büchern, durchweichten Pergamenten und nutzlosen, hinderlichen Instrumenten, die man für Waffen halten könnte. Er liegt auf einem Stück fremder, gefrorener

Erde in einem unfreundlichen, abweisenden Land. Er hat keine Ahnung, wohin genau seine Reise führt. Er weiß nur, daß es nach Süden gehen muß.

Also ein Fernrohr.

Wie durch einen Trichter flutet das Leben in die Messingröhre. Er umklammert das geheiligte Instrument mit tauben Fingern, um es vor der Tinte zu schützen, die aus den schwarzen Wolken tropft. Sein Atem geht flach und stoßweise und verursacht einen stechenden Schmerz in der Brust. Der Wind kauert sich in Mulden und Gräben, und durch seine verworrenen Träume stürmen die Pferde mit dampfendem Atem. Die Welt ist zum Stillstand gekommen, hat sich zusammengezogen zu einem einzelnen, letzten Zucken: Er glüht, lodert kurz auf, wie eine Motte, die in den eisigen Böen des Windes, im Gestöber der Schneeflocken flattert.

Mit offenen Augen liegt er da, starrt unverwandt in die Nebelbank, die ihn nun immer dichter einhüllt, und die Worte des Hermes Trismegistos kommen ihm wieder in den Sinn: *»Im Mittelpunkt aller Dinge thront die Sonne, denn welch besseren Standort könnte man diesem herrlichen Licht im schönsten aller Tempel geben als dort, wo es alles zugleich erleuchten kann? Und so nennen manche es die Lampe der Welt, andere den Geist, wieder andere den Herrscher. Und Hermes Trismegistos nennt es den Sichtbaren Gott.«*

Er tastet nach dem Instrument, führt es ans Auge und richtet es auf die dichten Wolken über ihm. Und dann geschieht etwas Merkwürdiges. Er spürt, wie er zu schweben beginnt, hinauf zu der dräuenden Masse, die sich wirbelnd über seinem Kopf zusammenballt. Er schwebt durch das Glas hindurch nach oben, dreht sich langsam durch die körnigen Strahlen von Licht. Tief unten sieht er die winzige, halb erfrorene Gestalt, die in ihren schmutzigen Lumpen kaum noch als menschliches Wesen erkennbar ist, schon gar nicht als er selbst. Das Eis ist eine endlose Fläche und der Tag nur ein schmaler, blaßblauer Riß in der grauen Wolke. Dann spürt er, wie er hoch hinaufgetragen wird und quer durch die Zeit, zurück zu dem Ort, an dem alles begann.

Der Skorpion ist vom Himmel herabgefallen und kriecht nun durch die ausgedörrten Felsen über dem Obstgarten, wo er als Kind spielte. Er sieht den grünen Salamander, der sich an den

Stamm eines Aprikosenbaumes schmiegt, hört die Stimme seiner Mutter, die ihn ruft.

Das Eis frißt sich in seinen Körper. Er spürt die steifgefrorenen Schilfgräser unter sich, die wie Knöchlein knacken. Das Gewicht der Papiere, die er mitgeschleppt hat, wird sein Tod sein. Er greift nach seinem Gürtel, zieht das Messer heraus und beginnt, an den Riemen, Gurten und Seilen herumzusäbeln, mit denen die Last an seinem Körper befestigt war, bis sie nachgeben. Er setzt sich auf, nimmt das Fernrohr in die Hände und schaut es an. Er ist einer *Sarab*, einer Fata Morgana nachgejagt – die Wissenschaft kann uns nirgendwohin führen, außer zurück zu uns selbst. Er erhebt sich, schleudert das Messingrohr fort und hört, wie es mit einem dumpfen Laut auf die gefrorene Oberfläche der Welt aufschlägt. Dann hat die sich herabsenkende Dunkelheit es verschluckt. Im fernen Zwielicht jenseits der weiten Fläche des zugefrorenen Meeres kann er das Aufflackern von Lampen erkennen, die entzündet werden. Seine Füße, mit unzähligen Schichten von Tüchern umwickelt, sind zwei taube, klobige Blöcke. Er hebt einen Fuß, dann den anderen. Ganz langsam, wie ein Kind, das laufen lernt, beginnt er, sich in Bewegung zu setzen.

In der Ferne wartet ein namenloses Schiff auf ihn, eine Passage, die ihn nach Süden bringen wird, zurück in die Welt, die er verlassen hat, fort von den Breiten der Dunkelheit. Mit jedem Schritt, sagt er sich, wird es leichter werden.

Die Welt kippt, und er rutscht die Schräge hinunter auf die geduldigen, unerschütterlichen Sterne zu, ein Gebet auf den Lippen – daß er nicht in die dunklen Löcher stürzen möge, die sich auftun im zarten Geflimmer des stillen Lichts.

GLOSSAR

Abbasiden, zweite Kalifendynastie des muslimischen Reiches, dessen Zentrum sich mit ihrer Machtergreifung 750 von Syrien nach Mesopotamien verlagerte; die Kalifen residierten bis zum Mongoleneinfall 1258 in der von al-Mansur (reg. 754-775) gegründeten Hauptstadt Bagdad.

Abdarrahman as-Sufi, bedeutender arab. Astronom, 903 bis 986, sammelte u. ordnete in seinem Buch der Fixsterne alle in der arab. Literatur erwähnten Sterne u. Sternennamen.

Abul-Atahiya, arab. Dichter, 748 bis 826. Er war zunächst mit Wein- und Liebesgedichten aufgetreten, wurde dann aber in der Regierungszeit Harun ar-Raschids der Libertinage bezichtigt und ins Gefängnis gesteckt. In der Folgezeit verfaßte er fast ausschließlich »asketische Gedichte« (*Zuhdiyat*) und entwickelte daraus ein eigenständiges Genre.

Abu Ma'schar, in Europa unter dem Namen Abulmasar bekannt, arab. Astrologe, 787 bis 886, wirkte v.a. in Bagdad.

Abul-Wafa, arab. Mathematiker u. Astronom, 940 bis 998.

Abu Nuwas, arab. Dichter, um 755 bis 813, Hofpoet und Trinkgenosse eines frühen abbasidischen Kalifen; bekanntester Vertreter der »Modernisten«-Schule, die den altarab. Stil überwinden wollte.

Agrippa von Nettesheim, deutscher Arzt, Philosoph und streitbarer Theologe, 1486 bis 1553, mehrfach als Häretiker eingekerkert und gefoltert und 1535 des Landes verwiesen. In *De Occulta Philosophia*, das als wichtiger Anstoß zur Beschäftigung mit der Magie während der Renaissance gilt, erklärt er die Welt in Begriffen der kabbalistischen Analyse hebräischer Buchstaben und der pythagoreischen Numerologie und preist die Magie als bestes Mittel, Gott und die Natur zu begreifen.

al-Andalusin, die Menschen aus al-Andalus = arab. Bezeichnung für die Iberische Halbinsel, vgl. **Mudadschan**.

Leon Battista **Alberti**, ital. Architekt, Kunsthistoriker, Künstler und Gelehrter, 1404 bis 1472.

Aleppo, Stadt im Nordwesten Syriens nahe der Türkei.

Alfons X., genannt der Weise, 1221 bis 1284, 1252-82 König von Kastilien und León, einer der gelehrtesten Fürsten des MA. Förderte Dichtung, Gesetzessammlung, Geschichtsschreibung u. Himmelskunde; in seinem Auftrag erstellten die jüd. Gelehrten Jehuda ben Mose u. Isaak ben Sidi um 1272 auf der Grundlage des Ptolemäischen Planetensystems die sogen. Alfonsinischen Tafeln, ein Tabellenwerk zur Berechnung der Örter von Sonne, Mond und der damals bekannten fünf Planeten.

Almagest, von arab. al-Midschisti, was wiederum auf griech. *Megale syntaxis* zurückgeht (lat. *Syntaxis mathematike*), Titel eines Werkes von **Ptolemäus**, das im 8. Jh. ins Arabische übersetzt wurde, erstes systematisches Handbuch der mathematischen Astronomie, das bis ins 17. Jh. für alle astronomischen Handbücher maßgeblich wurde.

Ammizaduga, etwa 1646 bis 1626 v. Chr., König von Babylon.

Anaximander, griech. Naturphilosoph aus Milet, 610 bis 546 v. Chr., übernahm von den Babyloniern den Gnomon (Schattenweiser) und bestimmte damit die Sonnenwenden, verfertigte erste griech. Erdkarte u. einen Himmelsglobus und darf als Begründer der wissenschaftlichen Geographie gelten.

Apollonios, = Apollonios von Perge, in Alexandria lehrender griech. Mathematiker u. Astronom, um 262 bis 190 v. Chr. Größte wissenschaftl. Leistung ist sein *Handbuch der Kegelschnittlehre*, in dem er erstmals Ellipse, Parabel u. Hyperbel als Schnitte im Kreiskegel definierte.

Aristarchos, = Aristarch von Samos, griech. Astronom, um 310 bis 230 v. Chr., nahm als erster an, daß die Erde und die fünf damals bekannten Planeten die Sonne umkreisen und ist somit eigentlicher Begründer des heliozentrischen Weltbildes. Entwickelte außerdem erste genaue Methode zur Bestimmung kosmischer Entfernungen im Verhältnis zum Erdumfang.

Aristoteles, griech. Philosoph und Naturforscher, 384 bis 322 v. Chr., entwarf (eine Weiterentwicklung des kugelförmigen Universums seines Lehrers Platon) ein Modell mit homozentrischen, ineinander enthaltenen Kugeln, in dem jede Kugel eine gleichmäßige Umdrehung um eine durch das Erdzentrum verlaufende Achse vollführt.

Armillarsphäre, histor. astronomisches Gerät, ein Skelett-Himmelsglobus mit beweglichen Ringen, der die Himmelssphären und deren verschiedene Koordinaten im Verhältnis zur Erde darstellt, die im Mittelpunkt steht. In vereinfachter Form wurde die A. bereits im antiken Griechenland benutzt. Mit Hilfe einer Gradeinteilung auf den Ringen lassen sich Winkelberechnungen vornehmen, in den späteren Modellen werden z.T. auch Meridiane, Äquator, Polar- und Wendekreise durch Ringe dargestellt.

Astrolabium, bereits von Ptolemäus beschriebenes und von Muslimen weiterentwickeltes astronomisches Instrument in Form einer Scheibe mit beweglichem Visier. Das A. diente zur Bestimmung der Position von Sonne und Sternen, zur Beobachtung und Berechnung der Zeit sowie zur Bestimmung des geographischen Standorts und wurde auch zur Navigation benutzt.

Ausgleichspunkt, ein von Ptolemäus eingeführter Bezugspunkt in der Planetentheorie, um die Theorie der Himmelsbewegungen, die nach dem bis dahin in der Astronomie geltenden Axiom gleich- und kreisförmig sein müssen, mit den beobachteten Phänomenen (z.B. ungleichförmige Umlaufgeschwindigkeiten der Planeten) in Einklang zu bringen.

Awa'il, (arab. »Die Ersten«), arab. Literaturgenre zwischen Geschichte und Belletristik, das sich im weitesten Sinne mit der Frage »Wer hat erstmals was getan?« beschäftigt. Das besondere Interesse an den »Ersten« in Naturwissenschaft und Medizin ist bereits in der einschlägigen hellenistischen Literatur dokumentiert, die schon bald nach den großen muslimischen Eroberungen ins Arabische übersetzt wurde.

Azimut, Winkel, der die Richtung eines Punktes auf dem Horizont angibt, von Süden aus im Uhrzeigersinn berechnet (westliche Punkte haben also niedrige Werte, östliche hohe Winkelgrade); für Himmelskörper gilt das A. des Horizontpunktes, über dem sie jeweils stehen.

Baraka, (arab.) »Segen« im Sinne einer Heils- und Segensmacht, die von Gott ausgeht und z.B. an Heilige weitergegeben wird, die sie dann selbst ausstrahlen; oft als physisch wirksame Kraft interpretiert, die auch durch Berührung übertragen werden kann.

Barbarossa, (die Legenden um Barbarossa und Uluç Ali), Beiname des türkischen Korsaren und zeitweiligen Großadmirals der Osmanischen Flotte Khaireddin, der 1516 mit seinem Bruder Algier eroberte und von dort aus christliche Schiffe angriff. Seine Eroberung von Tunis führte zum Nordafrikafeldzug Karls V., der Kaiser vertrieb B., zerstörte seine Flotte und griff seine Basis in Algier an, worauf B. mit der Plünderung der italienischen Küste antwortete. Uluç Ali, auch Ali Re'is, mit christl. Namen Giovan Dionigi Galeni (geb. um 1508), konvertierte, nachdem er verschleppt und versklavt worden war, zum Islam und wurde Korsar für die Osmanen. Statthalter von Tripolis, ab 1568 Dienstherr, ab 1572 Flottenkommandeur von Algier.

Bait al-Hikma, (arab. »Haus der Weisheit«), vom Kalifen al-Ma'mum (reg. 813-33) in Bagdad gegründete wissenschaftliche Institution, in der v.a. philosophische und naturwissenschaftl. Texte aus dem Griechischen ins Arabische übersetzt wurden. Angegliedert waren zwei Observatorien in Bagdad und Damaskus.

al-**Battani**, (latinisiert Albategnius), arab. Astronom, etwa 858 bis 929, bestimmte mit großer Genauigkeit Ekliptikschiefe und Präzession; verfaßte ein astronom. Handbuch, das im 11. Jh. ins Lat. übersetzt wurde und die abendländ. Astronomie u. Trigonometrie stark beeinflußte.

al-**Biruni**, einer der größten muslimischen Gelehrten des MA, Persien 973 bis um 1050, bedeutende Beiträge zu Geographie, Astronomie, Physik, Mineralogie, Geschichte. Er wirkte als Vermittler zwischen dem arab. und indischen Kulturkreis.

Filippo **Brunelleschi**, ital. Baumeister u. Bildhauer, 1377 bis 1446, einer der wichtigsten Schöpfer der Renaissance-Architektur.

Giordano **Bruno**, ital. Philosoph, 1548 bis 1600, den die Inquisition auf dem Scheiterhaufen verbrennen ließ. Sein Werk umfaßt vor allem Logik, Metaphysik, Moral und Religion. B. war der erste große Denker, der das kopernikanische Weltbild metaphysisch interpretierte. Seine Ansichten von der Endlosigkeit des Alls und sein fester Glaube an die Natur führten ihn zu einem pantheistischen Gottesbild. Als Symbol der Gedankenfreiheit und als Kämpfer gegen engstirnigen Klerikalismus entfaltete er bis in die deutsche Klassik und Romantik große Wirkung.

al-**Chuwarazmi**, Mathematiker, Astronom und Geograph, um 780 bis 850, arbeitete in seiner Jugend im **Bait al-Hikma**, erstellte wichtige **Zidsch** und vermittelte der Arab. sprechenden Welt die Lehren der Babylonier und Juden, schrieb die ersten bekannten systematischen Lehrbücher über Gleichungslehre, Rechnen mit arab. Ziffern und jüd. Zeitrechnung. Von seinem Namen leitet sich das Wort Algorithmus her.

John **Dee**, engl. Mathematiker, Astrologe u. Alchimist, 1527 bis 1608; obwohl Hofastrologe von Queen Mary Tudor und später Günstling v. Queen Elizabeth I., zeitweise unter dem Vorwurf der Zauberei inhaftiert. Die erste englische Übersetzung von Euklids Werk, zu der er das Vorwort schrieb, wird zwar Sir Henry Billingsley zugeschrieben, wurde jedoch vermutlich ganz oder zu großen Teilen von Dee verfaßt.

Dei, (türk. dayi), zwischen etwa 1600 und 1830 Titel des gewählten u. vom Sultan bestätigten Oberhauptes der Janitscharen in Algier.

Diwan, (pers. Amtszimmer/»bequemer Sitz der Beamten«), im Iran und dann auch im Osmanischen Reich Bezeichnung der Zentralregierung und ihrer Einrichtungen, besonders des Staatsrates.

al-**Dschabr**, arab. Bezeichnung für die Transformation von Gleichungen, daher nannte man später die Theorie der Gleichungen Algebra; das älteste arab. Werk zur Algebra stammt von al-**Chuwarazmi**.

al-**Dschahiz**, der bekannteste arab. Prosaschriftsteller des MA, um 776 bis 869, verfaßte etwa 200 Werke, darunter schöngeistige Episteln, z.B. über Sängersklavinnen, und das *Buch der Geizigen*. Sein Hauptwerk ist das *Buch der Tiere*, eine Anthologie, in der Tiere oft Anlaß für unterschiedliche gesellschaftl., philsoph. und andere Erörterungen sind.

Dschahiliya, Periode vor der Offenbarung des Koran an Mohammed. Das arab. Wort bedeutet »Unwissenheit/Barbarei«, was der negativen Bewertung der präislamischen Kultur in Arabien durch den Islam entspricht. Positive Konnotationen hat der Begriff nur in der Literatur – die vorislamische Lyrik wird von den Muslimen wegen ihres sprachlichen und metaphorischen Reichtums sowie der raffinierten metrischen und rhythmischen Strukturen hochgeschätzt.

al-**Dschazari**, berühmter Ingenieur des ausgehenden 12. Jh., dessen reich illustriertes Hauptwerk *Buch des Wissens über erfindungsreiche mechanische Vorrichtungen* den Bau, die Komponenten und Funktionen von 50 mechanischen Vorrichtungen wie Wasseruhren und Musikautomaten beschreibt.

Echnaton, = Amenophis IV., ägyptischer König der 18. Dynastie, Gatte der Nofretete, 1364 bis 1347 v. Chr., der die Sonnenscheibe (Aton) zum einzigen Gott erhob und sich in Amarna eine neue Hauptstadt erbaute.

Ekliptik, scheinbare Kreisbahn, welche die Sonne im Laufe eines Jahres beschreibt. Dabei durchwandert sie, von der Erde aus gesehen, die den Tierkreis bildenden Sternbilder. Die E. ist gegen den Äquator des Himmels um 23°27' geneigt (Schiefe der E.). Sie schneidet ihn in zwei Punkten, den Tagundnachtgleiche-Punkten.

Epizykel, (griech. Nebenkreis), Kreis, dessen Mittelpunkt sich auf einem anderen Kreis bewegt (vgl. **Ptolemäus**).

Eudoxos, = Eudoxos von Knidos, griech. Mathematiker, Naturforscher und Philosoph, 403 bis 355 v. Chr. Größte Leistungen auf den Gebieten der Proportionenlehre u. angewandten Mathematik (mathematisch-astronom. Geographie, Astronomie). E. schuf das erste auf Beobachtung beruhende Modell der Planetenbewegungen.

Fakih, (arab.) muslimischer Rechtsgelehrter; umgangssprachl. für Lehrer an Schulen aller Art.

al-**Farabi**, einer der bekanntesten älteren islam. Philosophen, um 870 bis 950. Wichtige Schriften zu Ethik, Politik, Mathematik, Musiktheorie und Aristoteles-Kommentar.

Marsilio **Ficino**, ital. Arzt, Philosoph und Theologe, 1433 bis 1499, dessen Kommentare und Übersetzungen der griechischen Philosophen (insbes. das gesamte Werk Platons sowie wichtige Neuplatoniker) von großer Bedeutung für die Harmonisierung der christl. Offenbarung mit der Philosophie Platons waren. Darüber hinaus übersetzte er das dem **Hermes Trismegistos** zugeschriebene *Corpus Hermeticum* und entwickelte eine eigene, christlich-hermetische bzw. neuplatonische Philosophie.

Firandschi, (arab.) wörtlich: »fränkisch, Franke«, Begriff für Europäer.

Galileo **Galilei**, ital. Mathematiker und Philosoph, 1564 bis 1642. Nachdem G. von der Erfindung des holländischen Fernrohres gehört hatte, konstruierte er – unabhängig davon, aber nach dem gleichen Prinzip (mittels Linsen) – 1609 ein eigenes Fernrohr, mit dem er u.a. die Mondmorphologie, den Sternenreichtum der Milchstraße, die Phasen der Venus, die 4 größten Jupitermonde u. die Sonnenflecken entdeckte. Seit 1610 trat G. als Hofmathematiker in Florenz öffentlich für das Kopernikanische System ein, was zu Konflikten mit der Kirche und schließlich zu einem Prozeß gegen Galilei führte, der 1633 mit seiner Abschwörung und Verurteilung endete.

Galiote (oder Galeote), kleinere und leichtere Form der Galeere mit etwa 20 Riemen, die im MA v.a. als Aufklärungsschiff Verwendung fand.

Hadith , heilige Überlieferung des Islam, Berichte über Worte oder Taten des Propheten Mohammed.

Hadsch, Ehrentitel eines Mannes, der die Pilgerfahrt nach Mekka vollzogen hat.

al-**Harith**, vorislam. arab. Dichter des 6. Jhs.

Harun ar-Raschid , legendärer **abbasidischer** Kalif, um 763 bis 809, der das Kalifat v. Bagdad zur polit. und kulturellen Blüte führte; großer Förderer der Wissenschaft u. Kunst. Sein Gerechtigkeitssinn und seine Ritterlichkeit leben in den Erzählungen von *Tausendundeiner Nacht* fort.

Hermes Trismegistos, (griech. ›Hermes, der dreimal Größte‹), späterer griech. Name des ägyptischen Gottes Thot, der als Erfinder der Schrift und Schutzherr aller damit verbundenen Künste galt, im MA als großer Zauberer verehrt. Die ihm zugeschriebene, in Form platonischer Dialoge verfaßte Sammlung lat. und griech. Texte *Hermetica* oder *Corpus Hermeticum*, entstanden zw. der Mitte des 1. und dem Ende des 3. Jh. v. Chr., beschäftigt sich neben Astrologie und anderen okkulten Wissenschaften auch mit Theologie und Philosophie und stellt eine Fusion orientalisch-religiöser Elemente wie Magie und Mystik mit der Philosophie Platons, der Stoiker und der Neupythagoreer dar.

Hermetiker, hier: Anhänger des **Hermes Trismegistos**.

Hidschra (auch Hijra oder Hidjra), Auswanderung Mohammeds und seiner Anhängerschaft aus Mekka nach Medina im Jahre 622; Beginn der islamischen Zeitrechnung. (Der islam. Kalender ist ein Mondkalender von 354 Tagen, weshalb die Monate durch die Jahreszeiten wandern.)

Hipparchos, = Hipparch von Nikaia, griech. Astronom und Geograph, Begründer der wissenschaftl. Astronomie, um 160 bis 120 v. Chr., lehnte das heliozentr. Planetensystem ab und verbesserte das geozentrische, legte den ersten Fixsternkatalog an, den Ptolemäus im wesentlichen übernahm. Schöpfer der Trigonometrie.

Hulagu, (arab. für Hülä'ü), mongolischer Fürst und Eroberer, um 1217 bis 1265, Enkel des Dschingis Chan, gründete die mongol. Il-Chan-Dynastie in Persien, besiegte die **abbasidischen** Kalifen und plünderte ihre Hauptstadt Bagdad.

Ibn Chaldun (oder Khaldun), arab. Geschichtsschreiber, 1332 bis 1406. Seine *Weltgeschichte* (*Kitab al-Ibar*) mit einer berühmten geschichtsphilos. Einleitung und seine *Geschichte der Berber* sind von großer Bedeutung für die Geschichte des Islam in Nordafrika. Ch. wird wegen seines Werks *al-Mukaddima* (= die Einleitung) heute als erster arabischer Soziologe angesehen.

Ibn Fadlan, einer der ersten Muslime, die im Zuge der Blüte und Expansion des Islamischen Reiches den Norden Europas bereisten, Lebensdaten ungesichert. Im Auftrag des Kalifen reiste er in den Jahren 921-922 von Bagdad ins Land der Bulgar, der Chazaren, der **Rus** u.a. Völker, deren Sitten und Gebräuche er in seinem Reisebericht beschreibt.

Ibn al-Haitham, bekannt auch unter dem lat. Namen Alhazen, 965 bis 1039, größter Physiker des MA, bedeutende Beiträge zur Astronomie und vor allem auf dem Gebiet der Optik, die bis J. Kepler maßgebend blieben.

Ibn asch-Schatir, Mathematiker und Astronom, um 1305 bis 1375. Sein Mond- und sein Merkurmodell sind nahezu identisch mit denen von Kopernikus; im MA war er auch als Konstrukteur der prachtvollen Sonnenuhr in Damaskus bekannt.

Ibn Hazm, andalusischer Dichter, Philosoph, Geschichtsschreiber, Jurist und Theologe, 994 bis 1064, einer der bedeutendsten arabisch-muslimischen Denker.

Ibn Sina, (im Westen Avicenna genannt), einer der größten Gelehrten der muslimischen Welt, 980 bis 1037. Der Philosoph, Arzt, Mathematiker, Astronom und Dichter verfaßte fast 300 Schriften, u.a. eine phil.-naturwissenschaftl. Enzyklopädie in pers. Sprache. Sein arab. *Kanon der Medizin* war über Jahrhunderte das verbreitetste med. Werk im Orient und im mittelalterlichen Europa.

Ibn Yunus (oder Ibn Junus), ägypt. Astronom, um 950 bis 1009; erstellte **Zidsch**-Tabellen zur Berechnung von Planetenpositionen. Er war berühmt für die Präzision seiner Vorhersagen und soll eine überdimensionale Armillarsphäre erbaut haben.

Id al-Bairam, Id (arab.) = Fest, Bayram (türk.) = Fest; der Begriff ist charakteristisch für die Vermischung der Kulturen in den Außenposten des Osman. Reiches. Gemeint ist das Fest der Feste, Id al-Fitr, mit dem das Ende der Fastenzeit (Ramadam) gefeiert wird.

Imhotep, (griech. Imuthes), ägypt. Baumeister (Architekt der Stufenpyramide des Pharao Djoser in Sakkara), Arzt u. Schriftsteller, 3. Jahrtausend v. Chr., dem die älteste, nicht erhaltene ägypt. Weisheitslehre zugeschrieben wird. Im antiken Griechenland wurde I. als Gott der Heilkunst verehrt.

Imrul-Kais, wichtiger vorislamischer **Mu'allakat**-Dichter, gest. um 550, fragmentarisch erhaltene Gedichte. Sohn des letzten Königs von Kinda, der im Norden und im Zentrum der arabischen Halbinsel herrschte; um sein Leben ranken sich heroische Legenden.

Janitscharen, (türk. Yeniceri »neue Truppe«), vermutlich im 14. Jh. gegründete Infanterie, Kerntruppe des Osmanischen Reiches, gebildet aus Jungen bzw. jungen Männern, die durch die sog. »Knabenlese« ursprünglich nur unter der christlichen Landbevölkerung ausgehoben und vor ihrer Ausbildung zum Islam bekehrt wurden. Das J.-Korps (im 16. Jh. ca. 20 000 Mann stark, dazu kamen Provinzialtruppen mit ca. 200 000 Mann), war in Konstantinopel und den großen Städten des türk. Reiches stationiert; es war berüchtigt für seine wiederholten Aufstände gegen die Regierung.

Kadi, (arab. Richter), in den islam. Ländern Richter der religiösen Gerichtsbarkeit (Schari'a).

Kaik, türkische Barke (langes, schmales Ruderboot).

Karracke, großes Segelschiff in der Form einer Galeone mit fünf Masten und zwei Reihen Geschützen an der Breitseite, frühes 16. Jh.

Kassiden, (arab. Kasida), eine etwa Ende des 5. Jh. von Arabern geschaffene, von Persern und Türken übernommene Dichtungsart, die in kunstvollen Metren und Reimschemata eine Vielzahl poetischer Themen behandelt.

Kassiopeia, Sternbild des nördlichen Himmels.

Johannes **Kepler**, Astronom, 1571 bis 1630. Seinem 1596 in Graz veröffentlichten spekulativen Werk *Mysterium Cosmographicum* verdankt er die Bekanntschaft mit Brahe, zu dem er 1600 nach Prag geht. Nach Brahes Tod wurde K. Nachfolger als kaiserl. Mathematiker und Hofastronom Rudolfs II., 1611 erster Entwurf für das astron. Fernrohr; nach ihm sind die Keplerschen Gesetze der Planetenbewegung benannt: Die Planeten bewegen sich in Ellipsen, in deren Brennpunkt die Sonne steht.

Omar **Khayyam**, Mathematiker und Astronom, um 1048 bis 1122, verfaßte arab. Werke über Algebra, Arithmetik und Geometrie und war berühmt für seine Kalenderreform; im Westen vor allem bekannt für seine von Edward Fitzgerald 1859 ins Englische übersetzte Gedichtsammlung der *Ruba'iyat* (Vierzeiler).

al-**Kindi**, arab. Philosoph, Mathematiker u. Astronom, um 801 bis 866, erster islam. Denker, der die aristotelisch-neuplatonische Philosophie mit der islam. Theologie zu verbinden suchte.

Konya, heutige Hauptstadt der türkischen Provinz Konya im südlichen Inneranatolien; berühmt durch zahlreiche Medresen und Moscheen, noch heute Zentrum der Mevlevi-Sufis, der »tanzenden Derwische«.

Nikolaus **Kopernikus**, Astronom und Begründer des heliozentrischen, nach ihm kopernikanisch genannten Weltbildes, 1473 bis 1543. K.s Revision der Lehre von der Erde als Mittelpunkt des Universums war angeregt durch antike Überlieferungen und eine Reihe kritisch gesichteter Beobachtungen; ihre Unvollkommenheiten wurden durch J. **Kepler** beseitigt, für einen Beweis im heutigen Sinne waren jedoch die astronomischen Beobachtungen nicht genau genug.

Kufa, Stadt im heutigen Irak; 657 zog der 4. Kalif Ali von Medina nach K., das sich später von einem Militärlager zu einer bedeutenden Stadt und Pflegestätte der Wissenschaft entwickelte.

Kunuz, Banul'Kunuz oder Banul-Kanz (»Söhne des Kanz«) heißt ein Stamm, der vor allem in der Gegend von Assuan lebte und seine Herrschaft im 14. Jh. bis nach Nubien ausdehnte. In der Gegend nördlich und südlich des heutigen Assuan-Staudamms und im Sudan leben noch heute arabisch-nubische Muslime, die sich Kunuz oder Kunaz nennen bzw. ihre Abstammung von den Banul-Kanz herleiten.

Kuttab-Schule, Koranschule (Elementarschule – im Gegensatz zur **Medrese**).

La ilaha illa-llah, (arab.) »Es gibt keinen Gott außer Gott.«

Lepanto, italienischer Name des Ortes Naupaktos, Griechenland. Bei L. besiegten Spanier und Venezianer unter Don Juan de Austria 1571 in einer verlustreichen Galeerenschlacht die Türken.

Lingua franca, (lat.-it.); Verkehrssprache im Mittelmeerraum, aus romanischem (meist italienischem), mit arabischen Elementen vermischtem Wortschatz.

al-**Ma'mun**, Sohn des großen Harun ar-Raschid, Abbasiden-Kalif, reg. 813-833, bedeutender Förderer der Wissenschaften, vor allem der Mathematik und Astronomie.

Mascha'allah der Jude, berühmter jüdischer Astrologe aus Basra, gest. 809, der z. Zt. des **abbasidischen** Kalifen al-Mansur (reg. 754-775) wirkte, einer der vier Astrologen, die ein günstiges Horoskop für die Gründung der Stadt Bagdad erstellten.

Simon **Mayr**, = Simon Marius, deutscher Astronom, 1573 bis 1625, verfaßte zahlreiche astrolog. Kalender und Prognostika, entdeckte den Andromedanebel und – unabhängig von **Galilei** – die ersten vier Jupitermonde sowie Venusphasen und Sonnenflecken.

Cosimo de **Medici**, = Cosimo der Alte, Stadtherr von Florenz, 1389 bis 1464. Cosimo baute das Familienunternehmen des berühmten florentinischen Geschlechtes, das vom 15. bis zur Mitte des 18. Jh. Florenz beherrschte, weiter aus, förderte großzügig Künste und Wissenschaft, bes. die »Platonische Akademie« (an der auch M. **Ficino** wirkte) u. machte Florenz zum Mittelpunkt des Humanismus.

Medrese, islam. Hochschule, verband ursprünglich die Funktion eines theologischen Seminars, einer Rechtsschule und einer Moschee, oft gleichzeitig Bet-, Lehr- und Wohnort für Lehrer und Studenten.

Moros/Morisken, (span. Moriscos, Kürzel Moros), Muslime, die nach der christlichen Eroberung der maurischen Gebiete in Spanien blieben und oft das Christentum annahmen.

Mu'aiyad ad-Din al-Urdi, geb. in Damaskus, Astrologe und Zeitgenosse von **at-Tusi**, gest. 1266; er verfaßte u.a. ein Werk über die Instrumente des Observatoriums von Maragha.

Mu'allakat, die berühmteste Sammlung altarabischer bzw. vorislamischer Dichtung, auch genannt »Die sieben langen Oden«; vermutlich von Hammad ar-Rawiya (um 694 bis 772) zusammengestellt.

Mudadschan, (arab. »Tributpflichtiger/Zurückbleibender«; span. Mudéjar), Muslim, der in Spanien unter christlicher Herrschaft lebte. Viele dieser Muslime wurden im Verlauf der sogenannten *Reconquista* (= »Wiedereroberung«, Kampf gegen die arab. Herrschaft auf der Iber. Halbinsel zwischen dem 8. und 15. Jh.) nach Nordafrika vertrieben.

Muhtadin (oder Mahdi, arab.), Rechtgeleiteter/Bekehrter.

Muhyid-Din al-Maghribi, gest. um 1285, Astronom und Astrologe, Kollege von **at-Tusi** am Observatorium von Maragha.

al-**Mutanabbi**, bedeutendster arabischer Dichter der Nachklassik, geb. in Kufa, 915 bis 965, erhielt seinen Namen (»der sich für einen Propheten ausgibt«) nach der Teilnahme an politischreligiösen Aufständen, wegen der er längere Zeit im Gefängnis saß; später wurde er Hofdichter, u.a. in Aleppo und Fustat, der damaligen Hauptstadt von Ägypten.

Nasir ad-Din at-Tusi, persischer Universalgelehrter, Mathematiker, Astronom, Geschichtsschreiber und schiitischer Politiker, 1201 bis 1274, der seine Karriere als Hofastrologe begann (Astronomie und Astrologie bilden zu dieser Zeit noch weitgehend eine Einheit). T. redigierte arab. Übersetzungen griech. Klassiker der Mathematik u. Astronomie, gründete 1259 die Sternwarte von Maragha bei Tabriz und entwickelte grundlegende Sätze der sphärischen Trigonometrie.

Nebukadnezar, legendärer Sohn und Nachfolger des Chaldäerkönigs Nabopolassar, 605 bis 562 v. Chr., drängte den Machtanspruch Ägyptens in Syrien und Palästina zurück, eroberte 597 und zerstörte 587 Jerusalem und baute seine Residenz Babylon prächtig aus.

Parallaxe, (griech. »Abweichung«), Winkel zwischen den von zwei verschiedenen Standorten nach dem gleichen Punkt (z.B. Stern) gerichtete Sehstrahlen; dient in der Himmelskunde zur Entfernungsbestimmung von Sternen.

Penumbra, (lat. »Halbschatten«), nicht ganz dunkles Randgebiet um den Kern eines Sonnenflecks.

Plejaden, das »Siebengestirn«, Sternhaufen im Sternbild des Stier (im griech. Mythos die sieben Töchter des Atlas und der Pleione, die von Zeus als Siebengestirn an den Himmel versetzt wurden).

Präzession, das Wandern der Achse eines bewegten Kreisels auf einem gedachten Kegelmantel. Die Präzession der Erdachse wird durch die Anziehung von Sonne, Mond und Planeten auf den Äquatorwulst der Erde erzeugt und bewirkt eine rückläufige Bewegung des Schnittpunktes zwischen Himmelsäquator und Ekliptik.(Die P. wurde um 150 v. Chr. von Hipparch entdeckt.)

Prisca Theologica, (von lat. priscus »vormalig, altehrwürdig«), hier: die frühere, vor der Herrschaft des Klerus existierende Theologie (in der Antike, im *Corpus Hermeticum* etc).

Claudius **Ptolemäus**, griech. Astronom, um 100 bis 178. In dem nach ihm »Ptolemäisches System« genannten Modell des Universums (zusammengefaßt in seinem Hauptwerk **Almagest**), das bis ins 16. Jh. bestimmend blieb, ist die ruhende Erde das Zentrum des Universums, um das sich Sonne, Mond und die damals bekannten fünf Planeten auf gleichförmigen Trägerkreisen (Deferenten) bewegen. Um die von der Erde aus beobachteten periodischen Geschwindigkeitsschwankungen von Sonne und Mond und die Richtungsänderungen der Planeten zu erklären, nahm P. an, daß sich jeder Planet außerdem auf einer zweiten Kreisbahn, den sog. »Epizykeln«, bewegt, deren Mittelpunkt auf der ersten Kreisbahn liegt.

Quadrant, (lat. Viertelkreis), astron. Meßgerät, vereinfachte und zugleich präzisere Form des **Astrolabiums**, das gegen Ende des 15. Jh. entwickelt und auch von Kolumbus verwendet wurde. Es bestand aus einem schwenkbaren Stab mit Visiereinrichtung, mit dem ein astron. Objekt anvisiert wurde. An einem Viertelkreis mit Gradeinteilung wurde die Neigung des Stabes und damit die Gestirnshöhe abgelesen. In Tycho Brahes Studierzimmer auf Schloß Uranienborg war sein berühmter Mauerquadrant in die Wand eingebaut.

Quien tiene Moro, tiene oro, (span.): »Wer einen Mauren hat, hat Gold.«

Regiomontanus, (latinisiert für »Königsberger«), eigentl. Johannes Müller, Mathematiker und bedeutendster Astronom vor Kopernikus, 1436 bis 1476. Unter Mitverwendung arab. Quellen faßte er die ebene und sphärische Trigonometrie zusammen; verbesserte die zeitgenössischen astron. Tafeln und Instrumente.

Ritter des Heiligen Stephanus, Orden zur See fahrender Ritter, gegründet von Cosimo de Medici 1561.

Rus, alte Bezeichnung für die zum Kiewer Reich gehörenden Stämme, von denen Rußland seinen Namen hat. Ob es sich um ein von den skandinavischen Vikingern abstammendes Volk oder einen slawischen Stamm handelt, ist ungeklärt.

Rustam, der legendäre Hauptheld des *Schahname* (Buch der Könige), dem persischen Nationalepos, in dem die Geschichte der persischen Könige und anderer Helden von Anbeginn bis zum Ende der Sassanidenzeit 651 behandelt wird.

Saladin, (arab. Salah ad-Din), Sultan von Ägypten, um 1138 bis 1193, Begründer der Ayyubiden-Dynastie; schlug 1187 ein großes Kreuzfahrerheer und eroberte Jerusalem. S. ist eine der Hauptfiguren in Lessings Schauspiel *Nathan der Weise*.

Samarkand, Stadt im heutigen Usbekistan. Unter dem asiat. Eroberer Timur seit 1369 zur glanzvollen Residenz mit Palästen, Gärten, Bewässerungsanlagen und Moscheen ausgebaut. Timurs Enkel **Ulugh Beg** errichtete hier ein Observatorium, das als Weltwunder galt.

San Marco, der hl. Markus, Schutzheiliger von Venedig = Name für die Republik Venedig etwa seit dem 12. Jh.

Sassaniden, persisches Herrschergeschlecht 3. bis 7. Jh.

Schahname, vgl. **Rustam**.

Serenissima, (lat. Durchlauchtigste), vollständig: Serenissima Repubblica di Venezia, die Republik Venedig (vgl. **San Marco**) insgesamt oder die sie repräsentierenden Behörden.

Shiraz, Stadt in Persien mit berühmten Moscheen, und im ganzen MA bekannt für ihre Gelehrten, entwickelte sich im 13./14. Jh. zu einer Art Dichterhauptstadt persischsprachiger Literatur.

Sieben Himmel, die Himmel – schon im Koran meist in der Mehrzahl genannt – bezeichnen nicht den Ort der Seligen, sondern das

Firmament. Die muslimische Lehre unterscheidet meist sieben, die oft mit den sieben Planeten in Verbindung gebracht werden. Diese Vorstellung entspricht dem Sphärenmodell des Ptolemäus: Die Sphären von Mond, Merkur, Venus, Sonne, Mars, Jupiter und Saturn drehen sich um die Erde. Gemäß muslim. Glauben werden die Himmel herabstürzen, wenn das Ende der Welt gekommen ist, bis dahin aber werden sie von Gottes Macht an ihrem Ort festgehalten.

Skaphe, Form der Sonnenuhr, halbkugelförmige Schale mit einem Schattenweiser (Gnomon).

Smyrna, das heutige Izmir.

Sogdisch, Sprache der Einwohner einer histor. Landschaft in Mittelasien, zw. den Flüssen Oxus (heute Amu-Darja) und Jaxartes (heute Syr-Darja). Das S. hat sich bis heute im ostiranischen Dialekt Yaghnobi erhalten.

Süleyman, (arab. Sulaiman), auch »der Prächtige« genannt, um 1494 bis 1566, Sultan des Osmanischen Reiches 1520 bis 1566, der das Reich erheblich erweiterte (Eroberung von Belgrad, Rhodos, Ungarn und Bagdad; vergebliche Belagerung von Wien 1529) und durch seine Flotte das Mittelmeer und das Rote Meer beherrschte.

Sufi, ursprüngl. »einer, der Wolle trägt« (das rauhe Gewand als Zeichen von Armut und Askese), wie sich auch die Bezeichnung Derwisch von pers. Derwisch = arm ableitet); Mensch, der allein oder gemeinschaftlich in Bruderschaften der muslimischen Mystik folgt und eine stark verinnerlichte, spirituelle Form des Glaubens und der Glaubenspraxis pflegt. Im Westen sind heute insbesondere die »tanzenden Derwische« der türkischen Mevlevi-Bruderschaft bekannt, die ihr Zentrum in **Konya** hat.

Tabriz (oder Täbris), Stadt im heutigen Iran.

Taki ad-Din, der bedeutendste osmanische Astronom, um 1520 bis 1585.

Tarabulus, arab. für Tripolis.

Tarafa, vorislamischer Mu'allakat-Dichter, lebte Mitte des 6. Jh. Hinterließ wenige, aber für ihre Metaphorik berühmten Gedichte.

Thales, = Thales von Milet, griech. Naturphilosoph und Mathematiker, um 650 bis 560 v. Chr.

Toledische Tafeln, angeblich 1070 von dem span.-arab. Gelehrten az-Zarkali, in Europa bekannt als Azarquiel (gest. 1100), zusammengestellt; enthalten u. a. astronomische Tafeln der Planetenbewegungen, der Mond- und Sonnenfinsternisse sowie Sternenverzeichnisse.

Tyros, heute Sur, Stadt im Libanon.

Ulama', (arab., Pl. von alim »Gelehrter«), Bezeichnung für die muslimischen Rechtsgelehrten.

Ulugh Beg, asiat. Fürst und Astronom, 1393 bis 1449, Enkel des Eroberers Timur, regierte seit 1409 in Transoxianien (heute Usbekistan), verfaßte unter Mitarbeit bedeutender Astronomen die genauesten Sterntafeln des MA.

Wahran, frz. Oran, Hafen- und Industriestadt im heutigen Algerien.

Wali (arab. »Beschützer«), kann unterschiedliche soziale Stellungen und Funktionen bezeichnen, hier: Beamter, der ein muslimisches Land im Auftrag eines Kalifen regiert.

ya mu'allim sir, (arab./engl.) ehrerbietige Begrüßungsformel, etwa: »O Meister«, verstärkt durch das engl. »Sir«.

Zidsch, (pers.= Faden, wie ihn die Baumeister zum Messen benutzen, Längenmaß), Satz astronomischer Tabellen; häufig auch Bezeichnung für die Wissenschaft der Astronomie überhaupt.

Die Übersetzerinnen danken Dr. Karin Hörner vom Orientalischen Seminar der Universität Hamburg für ihren fachlichen Rat.

DANKSAGUNG

Für ihr Engagement und ihre Unterstützung bedanke ich mich bei Gillon Aitken & Co., bei Rebecca Wilson und den Mitarbeitern von Weidenfeld & Nicolson. Ahdaf Sovief und Aamer Hussein bin ich für Freundschaft, Rat und Hilfe zu besonderem Dank verpflichtet.